PRIX DES DÉTECTIVES

VERSO LE FIGARO MAGAZINE

2025

Un prix littéraire pour révéler les nouvelles voix françaises
du polar, du roman noir ou du thriller.
Un appel à manuscrits ouvert à toutes et tous,
de novembre à janvier.
12 jurés qui représentent chacun un maillon essentiel
de toute investigation judiciaire.
Un premier roman élu parmi
plus de 200 manuscrits anonymes.
Un prix remis lors d'un déjeuner avec le jury
au restaurant Guy Savoy.

Le label VERSO et *Le Figaro Magazine* comptent sur vos talents d'écrivain !

Procédure d'inscription et règlement :
https://www.seuil.com/PrixDesDetectives-Label-Verso

VERSO LE FIGARO MAGAZINE

JURY DU PRIX DES DÉTECTIVES

Patrick BAUDOT (secrétaire)
Commandant divisionnaire fonctionnel
Ancien chef d'état-major de la Brigade criminelle

Philippe BLANCHET
Chroniqueur polar *Le Figaro Magazine*

Rémi COSTAGLIOLA DI POLIDORI
Médecin légiste
Expert près la cour d'appel de Toulouse

Jean-Jacques DELAMARLE
Chef de l'amphithéâtre de l'Institut médico-légal de Paris
Expert en restauration d'empreintes digitales

Janine DRAI
Magistrate
Présidente de la commission d'instruction
de la Cour de justice de la République

Pierre Louis DURAND
Ancien procédurier de la Brigade criminelle
Ancien chef d'état-major à la DRPJ
A participé à la mise en œuvre de la police scientifique et technique

Maître Léon Lef FORSTER
Avocat pénaliste au barreau de Paris depuis 1972
Ancien secrétaire de la Conférence
Ancien membre du conseil de l'Ordre

Patrice GEORGES-ZIMMERMANN
Archéologue à l'Inrap
Expert judiciaire près la cour d'appel de Toulouse

Olivier MARCHAL
Ancien inspecteur au SRPJ de Versailles
Acteur, scénariste et réalisateur

Colette OPER
Présidente de la chambre de l'instruction honoraire

Docteur Olivier PASCAL
Directeur général de l'Institut français des empreintes génétiques
Expert agréé par la cour d'appel

Guy SAVOY (membre d'honneur)
Cuisinier

Alain VASQUEZ
Ancien chef d'état-major à la DRPJ
et ancien procédurier de la Brigade criminelle

MENU DU DÉJEUNER
DE REMISE DU PRIX DES DÉTECTIVES 2025

La rivière dans la brume

Sandre de la Biebrza, le citron en sabayon,
petit ragoût de chou pointu

Soupe d'artichaut à la truffe noire,
brioche feuilletée aux champignons et truffes

La canette rôtie, jus au genièvre,
poêlée terre et sous-bois

Szarlotka Marais rouges

Vins

Cour Cheverny « Porte Dorée » 2020
Domaine Philippe Tessier

Crozes-Hermitage « Les Pends » 2022
Domaine des Entrefaux

RESTAURANT
GUY SAVOY

MARAIS ROUGES

L'AUTEUR

Né en 1973, Jean Toulko partage son temps entre Varsovie et son chalet dans la forêt polonaise, se consacrant pour l'essentiel à l'écriture de ses romans. Diplômé de sciences politiques, il a auparavant occupé différents postes dans une dizaine d'entreprises en France et à l'étranger, et passé plusieurs années à courir le monde, avec l'Amérique du Sud et l'Asie comme terrains d'exploration privilégiés. Jean Toulko aime retourner de temps en temps en Bretagne, d'où il est originaire.

Marais rouges est son premier roman, lauréat du Prix des Détectives 2025.

JEAN TOULKO

MARAIS ROUGES

roman

VERSO

Un label des
ÉDITIONS DU SEUIL
*57, rue Gaston-Tessier, Paris XIXe*

Ouvrage publié sous la direction de Glenn Tavennec

ISBN 978-2-38643-233-0

Pour Anna et Pola

« Que leur ombre soit notre asile. »

Saint Augustin

Note de l'auteur

Il existe une zone, au nord-est de la Pologne, non loin de la frontière biélorusse et de la forêt primaire de Białowieża, qu'on appelle les Marais rouges (*Czerwone Bagna*), et sur laquelle règne un roi. J'y ai moi-même longtemps vécu, et ne crois pas avoir trahi l'esprit du lieu en faisant de lui le décor de ce roman, me contentant, tout au plus, de changer certains noms.

Sous leurs apparences sauvages, les Marais rouges cachent une histoire souvent tragique. Un certain nombre des événements que je relate sont réellement survenus. Ils hantent à coup sûr d'autres mémoires que la mienne.

Mes personnages m'ont été inspirés par des rencontres. J'ai pris la liberté de réagencer récits et traits de caractère, de combler les zones d'ombre, parfois de forcer le trait. Assez, je l'espère, pour que nul ne se reconnaisse en eux plus que par instants.

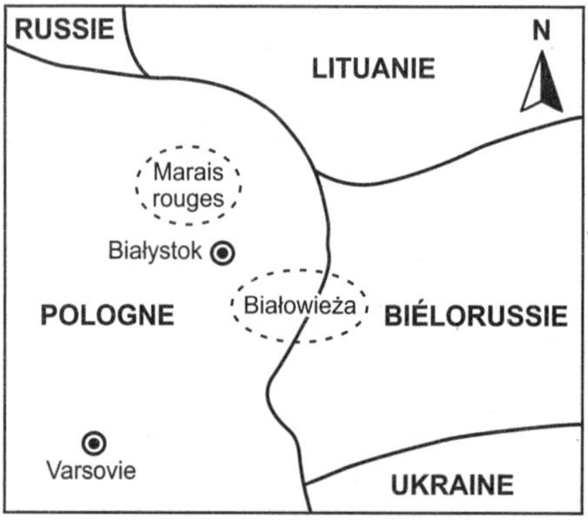

LES MARAIS ROUGES

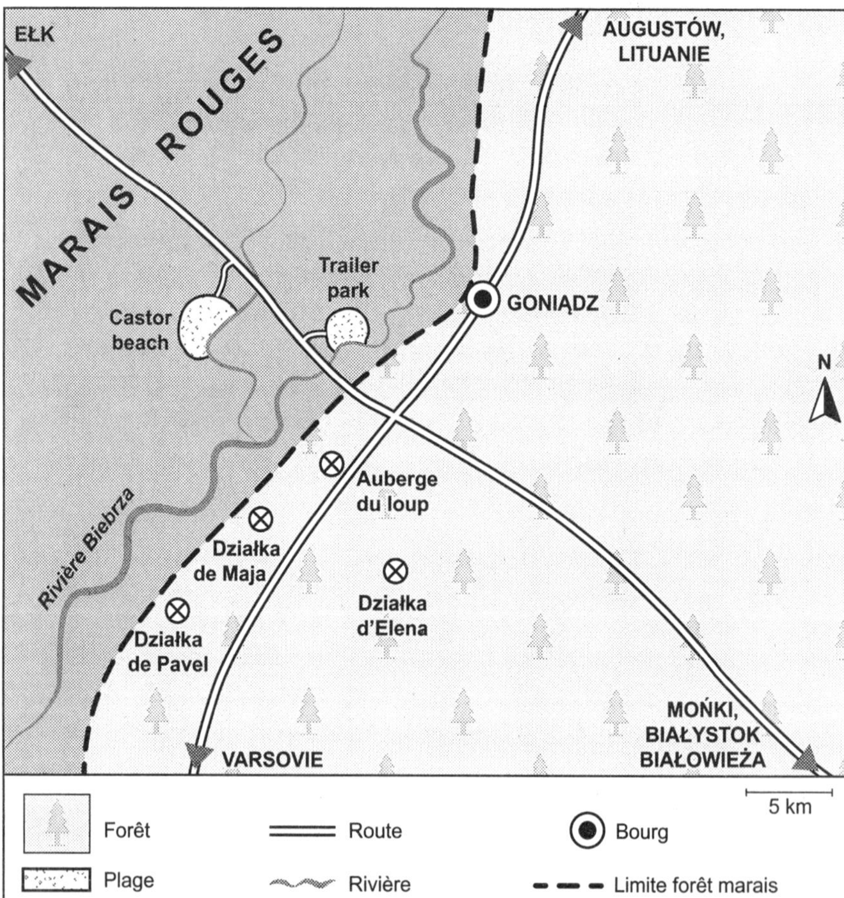

PREMIÈRE PARTIE

Un problème avec Pavel Wronski

MAJA

Marais rouges, 12 novembre 2021

QUAND IRINA IGORENKO M'A TÉLÉPHONÉ pour me prévenir qu'il y avait un problème avec Pavel Wronski, je n'ai pas hésité, je suis venue tout de suite. En coupant à travers les bois, le trajet pour me rendre chez elle en Kombi ne m'a pas pris plus d'un quart d'heure. Une fois sur place, j'ai rejoint les autres à l'intérieur de la *działka*[1], dans la cuisine puant le rance, où ils s'étaient réunis. J'ai tiré une chaise et me suis assise sans attendre qu'on m'y invite.

Elena Wronski, installée en face de moi, a fait le voyage exprès depuis Varsovie dès qu'elle a appris la nouvelle. Ses relations avec son père ont beau être mauvaises, leur lien de parenté lui confère une certaine responsabilité à son égard et, vu les circonstances, elle n'a pas vraiment eu d'autre choix que d'accourir. Même si, avec son bébé qui vient de naître, j'imagine qu'elle a d'autres chats à fouetter. Elle se tient très raide, les mains posées sur la toile cirée, et affiche un air crispé qui ne laisse présager rien de bon.

Pavel est assis à ma gauche. Il a à peine daigné lever un œil quand il m'a entendue entrer. Je ne suis même pas sûre qu'il ait

1. Un glossaire des termes polonais est présent en fin d'ouvrage.

remarqué ma présence. Il s'est maintenant un peu redressé, de sorte que je peux voir distinctement son beau visage usé. Long et étroit, les pommettes hautes, encadré par une épaisse chevelure tombant presque jusqu'aux épaules, et d'un blanc éclatant qui contraste avec sa peau sombre et ses yeux de guerrier tatar.

Je suis un peu surprise, car je m'attendais à le trouver dévasté, or c'est loin d'être le cas. Le seul signe qu'il est arrivé cette nuit quelque chose d'inhabituel, c'est l'air buté qu'il affiche, ou, disons, encore plus buté que d'habitude, et qui ne laisse pas de place au doute : Pavel n'est pas d'humeur à parler. Alors, tout naturellement, une fois que j'ai fini de le détailler du regard, je me tourne vers Irina, l'Ukrainienne qui vit avec lui, en espérant qu'elle se montrera plus loquace.

Yeux gris perçants, dont un en verre à ce qu'on dit, nez pointu, peau diaphane, crâne lisse, vêtue comme toujours d'une robe longue, ample et colorée. Elle a tout à fait l'allure de la *szeptucha* que les gens de la région la soupçonnent d'être. Personnellement, je ne l'ai jamais vue exercer ses supposés pouvoirs, ni même entendue en parler. Il est possible qu'il s'agisse d'une rumeur, rien de plus. Un jour peut-être, je la connaîtrai assez bien pour lui poser la question sans détour.

J'ignore quel âge elle a au juste, mais je lui donne au bas mot trente ans de moins que Pavel, et cela pose évidemment la question de la nature exacte de leur relation. Un sujet sur lequel personne n'a de certitude. Au début, quand elle a débarqué chez lui, comme surgie de nulle part, il y a une quinzaine d'années, leur cohabitation a suscité une vague de curiosité assez malsaine dans le voisinage. Mais à présent, tout le monde s'est habitué et ils mènent tranquilles leur drôle de vie de couple. Enfin, jusqu'à un certain point, il y a quand même des limites et, cette nuit, il semble qu'elles aient été franchies.

— Il s'est introduit dans ma chambre vers quatre heures du matin et a commencé à me serrer le cou, avec ses deux mains, aussi fort qu'il pouvait.

Répondant à ma question silencieuse, Irina a parlé posément, sans élever la voix. Aucune nuance de reproche n'est perceptible dans son intonation. Elle se contente de relater les faits. Le calme qu'elle affiche ne m'étonne pas vraiment. Avec Pavel, elle se montre toujours d'une indulgence inouïe, et je me demande parfois pourquoi elle l'aime à ce point.

— Je crois que, cette fois, si je ne m'étais pas débattue, il serait allé au bout.

Se tournant vers Pavel, sans paraître se rendre compte du froid que ses dernières paroles ont jeté, elle ajoute :

— Pas la peine de l'interroger. Il dit qu'il ne se rappelle rien. Je ne crois pas qu'il mente.

Elle se force à sourire, et y parvient presque. Elle fait tout pour minimiser l'incident (c'est le mot qu'elle a employé au téléphone : *l'incident*). Mais sous ses airs bravaches, je crois qu'elle est marquée. Il y a de quoi, même pour quelqu'un qui, comme elle, en a vu d'autres.

— Bon, eh bien, si on n'a rien de plus à se dire, je ne vois pas de raison de s'attarder ici.

C'est Elena qui a parlé, avec une pointe d'agacement dans la voix. Joignant le geste à la parole, elle se lève et invite son père à la suivre, ce qu'il fait sans discuter. En passant, elle me glisse à l'oreille :

— Ça fait une heure que j'essaie de tirer davantage de ces deux-là. Sans succès. On tourne en rond. J'en ai marre. Je n'ai pas que ça à faire.

Une fois dehors, elle fait monter le vieil homme à l'arrière de sa Dacia cabossée, garée devant la maison, pour le conduire au petit hôpital de Mońki, à une demi-heure de route. Je doute qu'ils disposent là-bas du matériel pour réaliser les examens qui s'imposent dans pareilles circonstances, mais ce sera mieux que rien. En cas de besoin, il sera toujours temps, plus tard, de pousser jusqu'à Białystok.

— C'est bon, laisse-moi tranquille ! Je ne suis pas impotent, crache Pavel en écartant sèchement mon bras quand je tente de l'aider à boucler sa ceinture de sécurité.

Ce sont les premiers mots qu'il prononce depuis mon arrivée.

Me retournant vers Elena, je lâche, avec le sourire :

— On dirait qu'il est déjà en train de redevenir lui-même.

Elle répond par un haussement d'épaules désabusé, puis s'installe derrière le volant et démarre le moteur. Irina et moi demeurons côte à côte dans la cour jusqu'à ce que la Dacia soit hors de vue. La *szeptucha* la regarde disparaître dans un nuage de poussière, comme si quelque chose d'important était en train de sortir de sa vie.

Une fois le silence revenu, elle baisse la tête et demande l'air de rien :

— Tu viens m'aider à nourrir les chiens ?

Cela fait des années que Pavel recueille tous les chiens abandonnés qu'il trouve dans la forêt. Personne n'en connaît le nombre exact, même pas lui, sans doute près de cent. Il les a regroupés par taille, dans trois enclos que je persiste à trouver trop exigus, même si lui soutient que ses chiens y sont heureux. Il faut dire que la plupart d'entre eux ont été maltraités par leurs anciens propriétaires et sont plus ou moins traumatisés, alors je suis presque prête à lui donner raison. Mais presque seulement.

J'accompagne Irina dans la grange où est stockée, dans des sacs de vingt kilos, la nourriture des bêtes. Elle en remplit trois seaux et m'en tend un que je saisis en essayant de ne pas faire attention à l'odeur.

— Normalement, c'est Pavel qui s'en charge. Mais aujourd'hui, il n'est pas en état, alors il faut bien que quelqu'un s'y colle.

Tandis que nous traversons la cour, assez proches l'une de l'autre pour se toucher, je dis :

— Désolée pour tout ça, Irina.

— Pourquoi tu es désolée ? Tu parles comme si c'était ta faute. C'est plutôt moi qui devrais m'excuser de t'avoir mêlée à cette histoire. Ça ne te concerne pas.

Après une pause, je demande :

— Que comptes-tu faire ? Rester ?

— Tu sais, finit-elle par répondre, quand je n'avais rien, que j'étais paumée, que je n'avais nulle part où aller, Pavel a été le seul à m'ouvrir sa porte, sans rien me demander en échange. Alors, je ne peux quand même pas le planter au premier signe de fléchissement.

Je m'interroge un moment sur la pertinence de ce mot, *fléchissement*, puis décide de ne pas faire de commentaire.

— Je vais installer un ou deux verrous à la porte de ma chambre, poursuit Irina. Ça devrait suffire pour que je puisse dormir tranquille.

Quand ils nous voient arriver, les chiens se jettent furieusement contre les grilles. J'ai beau rendre souvent visite à Irina et Pavel, me sentir presque familière de cet endroit, ces bêtes me font le même effet à chaque fois. De la glace dans tout le corps. Je ne crois pas que je m'habituerai un jour. Mais d'après ce que je sais, ils font peur à tout le monde dans le coin, alors je me sens moins idiote de réagir de cette façon.

Irina, qui connaît mon peu de goût pour ces chiens, me jette un coup d'œil amusé avant de pénétrer dans le premier enclos pour remplir les auges. Dix minutes plus tard, la corvée est terminée et nous regagnons la maison. Tandis que nous traversons la cour encombrée de ferraille rouillée, je me demande, comme d'habitude, pourquoi Pavel ne s'en est jamais débarrassé. D'un autre côté, pareille négligence est tellement dans le style local que je n'ai pas de raison de le lui reprocher.

Une faible lumière brille derrière les fenêtres de la maison aux bardages lépreux d'Irina et Pavel. Un Christ de bois aux traits grossiers et ruisselant de peinture rouge sang est suspendu au-dessus de la porte d'entrée. La souffrance sur son visage est si réaliste qu'un frisson me saisit chaque fois que je passe dessous.

La première chose qui frappe à l'intérieur, c'est le froid, et juste après, la saleté : des toiles d'araignée pendent du plafond, un épais tapis de poussière couvre le sol, une odeur de pourriture flotte dans l'air. Il faut un moment pour commencer à distinguer dans la semi-pénombre les objets entassés dans la pièce principale comme dans un musée : statues de bois issues des régions reculées du pays, masques primitifs d'Asie ou d'Afrique, morceau de bombe, vieux gramophone, service à thé ayant appartenu à je ne sais plus quel tsar, livres rares, icônes… Tout l'espace est saturé par ce fourbi que Pavel a rapporté de ses voyages, dont, malgré mes questions insistantes, il a toujours refusé de me parler.

Irina m'invite à m'installer dans le sofa.

— Je te prépare une *herbatka ?*

Sans attendre ma réponse, elle disparaît dans la petite cuisine aménagée à l'arrière du bâtiment. Deux minutes plus tard, elle revient, tasses fumantes en main, et s'assoit près de moi. Mécaniquement, elle ôte son foulard et, pour la première fois, j'entrevois les vilaines marques rouges sur son cou. Il n'y est pas allé de main morte, le salopard. Mais pas de commentaire. Ayant surpris mon regard, Irina a déjà réajusté l'étoffe pour dissimuler sa blessure.

Un chien de taille moyenne tirant sur le roux vient se coucher à ses pieds. Maigre, pelé et haletant, il paraît bien misérable. Ce chien est en train de mourir, cela se voit tout de suite. J'imagine que c'est la raison de ce traitement de faveur.

— Il t'aime bien, tu sais, lance-t-elle en me tendant une tasse.

Un instant, je crois qu'elle parle du chien, puis je réalise juste avant de commettre une bourde qu'il s'agit de Pavel.

— Note qu'il fait tout ce qu'il peut pour qu'on le déteste. Il y parvient presque toujours. Mais moi aussi, je l'aime bien.

— Qu'est-ce qui lui a pris, à ton avis, Irina ?

— C'est difficile à dire…

Elle semble vouloir ajouter quelque chose, mais se retient *in extremis*. Une soudaine pointe d'inquiétude dans le regard, elle décide finalement de botter en touche.

— Tu sais, il est parfois pris de terribles colères. Ça ne sert à rien d'essayer de leur trouver une explication. Disons qu'il a un foutu caractère. Rien de neuf sous le soleil.

Ici, c'est chaque fois la même chose. Dès qu'il est question de parler, les gens sont effrayés. Comme si les mots recelaient un danger impalpable dont il convenait de se méfier. Même avec le temps, je n'y peux rien, j'ai du mal à m'y faire.

Refusant de lâcher prise si facilement, je demande :

— Il a dit quelque chose pendant… l'agression ?

À cette question, la tête d'Irina se rétracte entre ses épaules. Gagnée par un début d'irritation, j'enchaîne :

— Pourquoi as-tu voulu que je vienne, si c'est pour ne rien me dire ?

— Je n'avais pas envie d'être seule aujourd'hui, après ce qui s'est passé… Et…

Elle s'interrompt une poignée de secondes, avant de terminer sa phrase :

— … j'apprécie ta compagnie.

Les compliments n'étant pas monnaie courante par ici, l'aveu me touche.

— En tout cas, si tu as besoin, n'oublie pas que je suis toujours disponible pour t'écouter, je réponds, adoucie.

— Merci Maja. C'est gentil à toi. Mais je ne pense pas que cela sera nécessaire.

La réponse, polie mais sans ambiguïté, met un terme à mes velléités d'investigation. Irina paraît visiblement soulagée quand elle comprend que je n'ai pas l'intention d'insister. Elle va bientôt pouvoir se détendre et arrêter de se tordre les mains comme si je cherchais à lui arracher un secret honteux. Ensuite, on pourra attendre le retour d'Elena et de Pavel en buvant notre *herbatka* et en échangeant deux, trois banalités.

En fin d'après-midi, alors que je commence à trouver le temps long, nous entendons un bruit de moteur qui s'approche.

— C'est eux ! lance Irina d'une voix excitée, en quittant le sofa d'un bond pour les accueillir dans la cour.

Pavel est le premier à s'extraire de la Dacia. À première vue, il semble remis, prêt à en découdre, presque indécent de santé après ce qui s'est passé cette nuit. Gênée pour lui, je me tourne vers Irina pour observer sa réaction. Je comprends tout de suite que j'ai eu tort de m'en faire. Le visage ruisselant de bonté, passant sa main sur son crâne lisse sous le coup de l'émotion, elle semble sincèrement se réjouir de retrouver son compagnon en pleine forme.

Elena suit son père de près. Elle a le teint encore plus pâle que d'habitude, et pour tout dire elle semble lessivée. Tandis que Pavel s'engouffre dans la maison avec Irina en me jetant à peine un regard au passage, elle s'approche de moi et explique à voix basse, avec un air blasé :

— Les résultats du check-up sont plutôt rassurants. D'après le médecin, rien dans son cerveau n'a été endommagé de façon irrémédiable. Il a juste souffert d'un trouble de circulation cérébrale – ça veut dire que son cerveau n'était pas assez alimenté en sang. Il faut que Pavel boive plus d'eau, même s'il doit se lever quinze fois par nuit pour aller pisser après. Et tout devrait rentrer dans l'ordre.

Elle conclut son explication avec une moue dubitative, puis demande :

— Et ici, tout s'est bien passé ?

— Rien à signaler. Irina encaisse bien, je crois. Elle est solide, cette femme.

Après une hésitation, j'ajoute, comme si c'était important, regrettant aussitôt mes paroles :

— On a nourri les chiens.

Elena, amusée, m'adresse un clin d'œil ironique. Elle aussi connaît mes réserves quant à l'espèce canine, et elle non plus ne manque jamais une occasion de se moquer gentiment de moi sur le sujet.

— Tu as tenu le choc ?

Avant que j'aie eu le temps de trouver une repartie, Irina nous rejoint sur le perron et propose à Elena de lui servir un café. En réponse, la fille de Pavel regarde sa montre et répond que non, elle doit y aller. Sous-entendu limpide, au moins pour moi : *J'ai déjà perdu assez de temps avec cette histoire.*

Avant de retourner à la Dacia, elle suggère sans grande conviction à Pavel de venir loger avec elle, à Varsovie, le temps qu'il se remette complètement.

Bien entendu, il refuse.

— Les chiens ont besoin de moi, explique-t-il.

Elena hausse les épaules, dépitée. Se tournant vers Irina, elle ajoute :

— Tu penses que ça va aller, avec lui ?

La *szeptucha* hoche aussitôt la tête, ne laissant transparaître aucune hésitation. Son regard est plus clair que jamais. Mais peut-être est-ce dû à son œil de verre, tellement bien fait que je me demande toujours si c'est le droit ou le gauche.

J'observe la scène sans rien dire. Personnellement, j'ai toujours pensé que la famille, ce n'était pas obligatoire. Alors, dès qu'il en est question, j'évite de m'en mêler, surtout s'il s'agit de celle des autres.

Je m'arrange juste pour intercepter Elena avant qu'elle monte dans sa voiture et lui demander si elle va bien. En réponse, elle me souffle à l'oreille :

— J'ai juste peur que ce vieux cinglé me pourrisse la vie jusqu'au bout.

— Tu es sûre que tu ne veux pas passer la nuit ici ? Il y a de la place chez moi, tu sais, si ça t'embête de rester avec eux ou d'être seule chez toi.

Elena possède sa propre *działka*, à quelques kilomètres de la mienne, mais n'y vient que les week-ends quand le temps s'y prête, ou pour les vacances d'été.

— Rien ne me ferait plus plaisir. Mais je dois rentrer à Varsovie, je ne peux pas laisser Gaspard tout seul avec le bébé qui n'a même pas un mois.

— Oui. Bien sûr. J'espère que Lucie va bien, au fait.

Pour la première fois de la journée, elle me décoche son joli sourire :

— Elle se porte comme un charme. D'ailleurs, il va falloir qu'on te la présente. On viendra te rendre visite, tous les trois, un de ces jours. Gaspard aussi a très envie de te revoir.

En entendant ce nom, je sens que mon corps se raidit. Mais comme Elena a déjà un peu l'esprit ailleurs, je crois qu'elle ne le remarque pas.

★

Ma *działka* se situe au cœur de la région des Marais rouges, au nord-est de la Pologne, dans une zone sauvage de cinquante kilomètres sur cinquante, où les forêts de pins, de bouleaux, d'aulnes et de saules alternent avec une sorte de mangrove froide balayée quasi continuellement par des vents venus de Sibérie et chargés, selon les croyances locales, de mauvais sorts. Il est fréquent d'y ressentir toutes les saisons en une journée, ou même en une heure. Il y fait toujours quelques degrés de moins qu'à Varsovie, située à deux cent cinquante kilomètres au sud.

Les Marais rouges se trouvent sur la route de tous les oiseaux migrateurs : oies, grues, cigognes, et bien d'autres que je serais incapable de nommer… Des daims, des renards, des élans, des serpents dorés, des fouines, des lynx et des loups y vivent à demeure. La rivière est peuplée de brochets et de carpes. Mais la seule chose qu'on est sûr d'y côtoyer en abondance, dès l'arrivée du printemps, ce sont les insectes, volants et piquants. Pas exactement la compagnie rêvée, mais ça n'est pas comme si on avait le choix.

Les humains y sont en revanche peu nombreux. On trouve au milieu des bois une poignée de maisons isolées où habitent des paysans, quelques originaux, parfois des intellectuels, presque toujours plus ou moins fous. Une seule auberge à signaler, celle de mon amie Alicja Zembron. Mais si vous cherchez à faire la fête, passez votre chemin : cet endroit n'est pas pour vous.

Parfois, les habitations sont regroupées en hameaux minuscules. Sur les pourtours de la forêt, il y a aussi quelques gros villages. Tous ont été vidés de leurs habitants juifs pendant la guerre. C'est pourquoi, aujourd'hui encore, une maison sur deux y est abandonnée et en ruines.

Les fermiers du coin doivent faire avec une terre pauvre, qui ressemble à du sable. Ils passent l'été à travailler du matin au soir, l'hiver à se saouler. Ils n'aiment pas les étrangers, les homosexuels, les écologistes. Ils ne s'aiment pas beaucoup non plus les uns les autres. Il est probable aussi qu'ils ne s'aiment pas eux-mêmes, si tant est que l'amour-propre ait encore une quelconque signification ici.

Une route goudronnée en mauvais état traverse la zone de part en part, en ligne droite comme une longue blessure au couteau sur l'épiderme de la forêt. Elle est fréquentée pour l'essentiel par des poids lourds transportant du bois brut, des pick-up de fermiers ou de rangers, et occasionnellement par des hordes de Hell's Angels locaux en quête de grands espaces.

Si la forêt est partout, j'ai fini par comprendre, après de longues heures passées à l'écouter, qu'elle ne disait rien. Elle se tait, la forêt. J'ai beau avoir essayé de la faire parler, elle n'a jamais fait autre chose que se taire. Il y a bien, par endroits, ces trous de bombes dans le sol recouvert de verdure, qui rappellent qu'autrefois on s'est battu, dans le coin. Mais ces traces en disent plus long sur les hommes que sur la forêt.

La nuit, surtout, on prend la mesure de son étrangeté, quand il n'y a ni étoiles ni lune, qu'on distingue à peine sa main tendue devant soi et qu'on se trouve en face d'un mur d'obscurité et de silence. Alors seulement on parvient presque à en saisir l'essence – un pas de plus et l'on pourrait s'y dissoudre entièrement.

Quand j'ai racheté la *działka*, il y a une dizaine d'années, c'était une ruine dont personne ne voulait. Il m'a fallu des mois, et pas mal d'efforts et de déconvenues pour la retaper. Mais à présent les travaux sont terminés, l'endroit est devenu vivable, même en hiver. Vu comme il est rude par ici, ce n'est pas une mince affaire. Je ne cache pas que j'en tire une certaine fierté.

La pièce du bas, le cœur du logis, comprend un coin cuisine, une cheminée, une table de bois avec quatre chaises, un sofa qui sert aussi de lit, trois petites fenêtres percées dans les murs en rondins de bois et qui, dans la journée, laissent entrer une lumière toujours hésitante, même quand il fait beau. Un escalier raide mène au grenier que j'ai aménagé en chambre d'amis. Pas de déco, pas de fioritures, rien de moderne. J'ai toujours eu des tendances minimalistes et là, je m'en suis donné à cœur joie.

Longtemps, je n'y ai guère passé que mes week-ends, du début du printemps à la fin de l'automne. Il y a un peu plus d'un an, quand j'ai annoncé à mes amis ma décision de quitter Varsovie pour aller m'installer dans ce qu'ils appelaient avec une note de dédain ma *cabane*, ils m'ont regardée comme si j'étais devenue folle. Ils m'ont dit : *Tu es sûre que tu as bien réfléchi ? Tu n'es pas un peu jeune pour aller t'enterrer là-bas ? On te connaît, tu ne tiendras pas plus de trois mois, tu ne passeras pas l'hiver, la vie loin du monde, ça n'est pas pour toi.*

Un an plus tard, force est de constater qu'ils avaient tort et que j'ai tenu le coup. Malgré l'hostilité de la nature.

Et malgré celle des hommes.

Car j'ai été accueillie froidement par les gens du coin – c'est le moins qu'on puisse dire. Pour eux, j'étais une intruse, et ils me l'ont fait comprendre à leur manière. Pas délicate. Pendant les deux mois qui ont suivi mon arrivée, j'ai reçu en flux quasi continu des lettres anonymes plus ou moins menaçantes, et des visites d'inspecteurs en tout genre auxquels on m'avait dénoncée, venus s'assurer que les travaux que j'avais entrepris ne mettaient pas la forêt en péril.

Ils ont aussi profité d'un jour où je n'étais pas là pour venir tout casser, alors que je venais juste d'achever, dans la douleur, ma première rénovation. Ils ont emporté tout ce qu'ils pouvaient, détruit le reste, puis sont partis en couvrant les murs de merde.

Je l'avoue : j'ai pleuré en découvrant les dégâts. J'étais sur le point d'accepter ma défaite. Mais finalement, je me suis reprise, je n'ai pas baissé les bras. La semaine d'après, j'ai fait installer une alarme et tout recommencé à zéro. Ils ne sont pas revenus.

Au fond, je n'avais pas à me plaindre. Tous les nouveaux venus dans la région passaient par là. C'était un peu comme un rite d'intégration. Un jour, j'ai discuté avec une voisine éloignée qui m'a raconté qu'on avait déposé des ordures dans son jardin. Puis une vache morte. Puis on avait tué son chien. Même Alicja, qui était pourtant une fille du pays, avait en son temps dû faire face à quelques désagréments. Alors, non, dans un sens, je n'avais pas à me plaindre.

Les attaques ont cessé d'un seul coup, aussi brutalement qu'elles avaient commencé. Des voisins que je ne connaissais pas ont commencé à me rendre visite pour prendre le café, à m'apporter des fruits et des légumes de leur jardin, à me raconter leurs histoires personnelles, sans omettre les détails les plus scabreux, que j'aie ou non envie de les entendre. J'ai compris que j'avais passé le test, et que je pouvais désormais me considérer ici comme chez moi, autant que c'était possible.

Chez moi.

On peut dire que j'avais mis le temps.

★

Je ressens le soulagement habituel quand, au bout d'un quart d'heure de route parmi les ombres mouvantes, je vois ma *działka* apparaître, au milieu de la clairière éclairée seulement par la lumière de la lune, pas loin d'être pleine ce soir. Murs de bois brun, volets bleus, filet de fumée qui s'échappe par la cheminée : une vision idyllique pour qui n'est que de passage. Pour qui y vit et connaît un peu les contraintes de la vie en forêt, c'est un peu moins rose, bien entendu.

Une fois chez moi, je réalise assez rapidement que je n'ai pas envie d'être seule ce soir, pas après la journée que je viens de vivre, et je décide d'aller rendre visite à Tadzio Sikora.

Tadzio est le seul homme avec qui j'ai couché depuis que je suis installée ici. Le seul aussi qui, à ma connaissance, échappe au fléau du ventre à bière et du teint rouge brique s'abattant sur la totalité de la population mâle de plus de vingt-cinq ans dans la région. Pour tout dire, je le trouve même presque beau, avec ses yeux verts, son air blasé et ses muscles dessinés par la vie au grand air. Une sorte de miracle tel que les marais en produisent parfois, entre deux cauchemars.

Il vit à Trailer Park. Le nom n'a rien d'officiel, c'est moi qui appelle cet endroit ainsi. Il s'agit d'un camping pour estivants désargentés, presque tout le temps vide, juste à côté du bras de rivière où j'aime aller me baigner dès que j'en ai l'occasion, mais surtout par temps froid. Tadzio y occupe un van déglingué posé sur des blocs de béton – je n'ai jamais bien compris s'il lui appartenait ou s'il le squattait.

Autant que je sache, il vit de sa pension de garde-forestier – profession qu'il a longtemps exercée ici même et qui fait de lui un connaisseur inégalable de la région. Je ne lui connais pas d'autre source de revenus, mais l'argent que l'État lui verse semble suffire à couvrir ses modestes besoins. En tout cas, je ne l'ai jamais entendu se plaindre.

Lui et moi, on se voit de temps en temps pour baiser. Et encore, pas souvent. La dernière fois remonte déjà à au moins un mois. Les choses étant ce qu'elles sont, cette fréquence réduite nous satisfait l'un et l'autre.

Hormis nos rapports physiques, nous n'avons pas grand-chose en commun. C'est même plutôt le contraire : presque tout nous sépare. Pour faire court, Tadzio pense comme la plupart des gens alentour, c'est-à-dire à l'opposé de tout ce pour quoi je me suis battue du temps où je vivais en ville. Il n'apprécie ni les homos, ni les étrangers, ni les Juifs.

Heureusement, la faible présence d'ennemis dans les environs limite les occasions de conflit ouvert. De plus, à sa décharge, Tadzio n'a rien d'un extrémiste. Tout cela, au fond, ne l'intéresse pas beaucoup.

Il n'empêche. Quand j'ai parlé à Elena Wronski de cette relation, elle m'a fixée un moment avant de répondre avec cette rudesse qui la caractérise parfois :

— Si tu veux mon avis, c'est un vrai con. Il n'est pas digne de toi.

Quand j'incarnais encore le prototype de la beauté slave, avec mon corps fuselé, mes pommettes saillantes et mes yeux de biche, j'aurais sûrement pensé pareil, quitte à paraître un peu arrogante. À présent, avec mes quinze kilos de trop, ma peau desséchée par la vie quasi sauvage que je mène et mes cheveux filasse, je n'en suis plus si sûre.

De toute façon, ce n'est pas comme si j'avais l'embarras du choix. Je pourrais raccrocher les gants, bien sûr, ce serait sans doute la voix de la sagesse. Mais je suis quand même un peu jeune pour cela. Après tout, j'ai à peine dépassé la quarantaine. Ce n'est plus si vieux, de nos jours.

Dans ces conditions, l'équation est vite résolue : ne pas jouer les difficiles, faire avec ce qu'il y a et éviter de s'apitoyer sur son sort. Même si ça n'est pas toujours aussi simple que ça en a l'air.

Une heure à peine après être rentrée de chez Irina et Pavel, tout juste le temps de passer sous la douche, je remonte donc dans la voiture et roule vingt minutes en direction de Goniądz. À cinq cents mètres du point d'accès à Castor Beach (le nom est aussi de moi), je bifurque sur une piste étroite qui part sur la droite et s'achève là où un pont de bois vermoulu, enjambant la rivière, prend le relais. Autant dire qu'il s'agit d'une impasse, car personne ne prendrait le risque de rouler sur ce pont au bord de l'effondrement.

Je me gare sur le bas-côté, comme d'habitude. Je passe une minute ou deux dans le véhicule à l'arrêt. Le ventilateur émet un petit sifflement pendant un moment, puis plus rien ne trouble le silence.

À droite, on aperçoit la pointe sud de Castor Beach. À gauche, en contrebas, s'étend le campement, qui ressemble en fait à un petit bidonville avec ses caravanes sans roues montées sur parpaings, ses vieux camping-cars rongés par la rouille, ses petites baraques faites de matériaux de récupération, serrées les unes contre les autres, sa piscine vide aux flancs noirs de crasse et remplie de bouteilles vides.

La haute saison n'existe plus à Trailer Park. Il y a quelques années encore, de juillet à fin août, des touristes fauchés débarquaient en nombre de Białystok pour se livrer à une orgie de barbecues sur fond de disco polo et de hurlements de gamins. Pas vraiment ma tasse de thé et, d'une certaine manière, j'aime autant la version minimaliste. Mais je trouve quand même quelque chose d'assez triste à cette désertification accélérée.

Le van de Tadzio est installé à deux mètres à peine de la petite plage de sable qui borde la rivière, il a déjà été inondé une ou deux fois au printemps, pendant la saison des crues. Sa Suzuki Jimmy aux flancs couverts de boue séchée est garée à sa place habituelle. Sous une bâche, je devine la silhouette de sa moto Dollar, véritable pièce de musée à laquelle il tient comme à la prunelle de ses yeux.

Depuis le temps, je sais décrypter les signes.

Ça veut dire qu'il est là.

Je frappe deux coups, puis ouvre la porte, qui n'est pas verrouillée, sans attendre la réponse. À l'intérieur, c'est le même décor que celui de toutes les chambres minables qui m'ont servi d'abri du temps où j'arpentais la planète. Il pourrait aussi bien surgir de ma mémoire que de la banalité du réel.

Une couchette une place, sur laquelle traîne une serviette jaune tachée de crasse indélébile, un poste de télé ancienne génération, un chauffage électrique d'appoint qui ronronne dans un coin. Sur le sol, de la moquette rouge, épaisse, couverte de brûlures de cigarettes. Du plafond pend une ampoule nue, dont j'ignore au juste comment elle est reliée au réseau électrique – je doute que Tadzio paie la moindre facture d'électricité. Chaque fois que je viens, je me dis que c'est la dernière.

Tadzio est assis sur le lit, occupé à jouer un air de blues basique sur sa guitare électrique débranchée. Il me regarde en souriant, l'air à peine surpris de me voir débarquer chez lui à l'improviste.

— Maja ? Quelle bonne surprise. Ça fait une éternité…

Déjà, il a posé la guitare contre le mur, s'est levé pour me prendre dans ses bras, et commence à me caresser sans façon avec ses mains rugueuses. Je laisse tomber mon sac qui fait un bruit mou en heurtant le sol.

— Je savais que tu reviendrais.

— Un peu présomptueux, non ?

Je me dégage de son étreinte et m'avance jusqu'à la fenêtre pour observer le point de vue sur la rivière et les étendues de roseaux qui bordent l'autre rive.

— Tu as toujours la meilleure vue de la région, on dirait.

— Et toi, tu sais toujours apprécier les bonnes choses.

Je m'allume une cigarette, lui en offre une, fume la mienne en entier, en prenant bien soin de souffler la fumée par la fenêtre, puis je lâche le mégot à l'extérieur. Ensuite, je me tourne vers Tadzio, colle mes lèvres contre les siennes, puis fais passer mon pull par-dessus ma tête en songeant comme à chaque fois, ne me rappelant même plus, à force, où j'ai lu cette phrase : « Le désir est une fange dans laquelle on se vautre. »

— Tu ne m'as jamais dit pourquoi tu vivais à Trailer Park.

Nous sommes étendus l'un contre l'autre, peau contre peau, sur sa couchette trop étroite, à nouveau occupés à fumer une cigarette. J'estime que nous sommes désormais assez proches pour me permettre de lui poser la question, même si je ne sais pas pourquoi j'en ressens le besoin ce soir plutôt qu'un autre. J'ai peut-être tort, vu qu'il ne répond pas, m'obligeant par son silence à reformuler.

— Je veux dire… Ta famille est du coin, non ? Ils devaient bien avoir un lopin de terre, comme tout le monde. Si je me rappelle bien, la réforme agraire des communistes n'a laissé personne de côté…

Il laisse échapper un petit rire où transparaît une pointe d'amertume.

— Oui, on avait quelque chose dans le genre. Mais ils ont tout perdu.

— Que s'est-il passé ?

— Ma grand-mère…

Il se tourne vers moi, sourit franchement cette fois, et reprend :

— C'est elle qui a tout dilapidé. Après la mort de ses parents, elle a épousé un pauvre gars du coin, un alcoolique. À eux deux, on peut dire qu'ils ont bu le domaine.

Il me fixe un instant en silence.

— Je suis un des rejetons du bout de la lignée. Les autres sont partis tenter leur chance ailleurs. Moi, je suis resté. Il y a toujours un pauvre gars qui reste…

— Si ça peut te consoler, il y a au moins une personne que cela réjouit.

Cette déclaration me vaut une pression de sa main sur la cuisse, mais ne me donne pas droit à plus de détails. Quand Tadzio reprend la parole, c'est pour changer de sujet. Pas plus que moi, il n'aime parler de sa famille.

— Tu sais qu'ils ont commencé à construire la route.

Ce n'est pas une question. Il sait que je sais.

— Oui, j'ai entendu dire ça.

Tadzio m'observe plus attentivement, pour évaluer ma réaction.

— Bientôt, il ne sera peut-être plus possible de vivre ici. Que vas-tu faire ?

— Je ne sais pas. J'imagine que j'irai recommencer ailleurs. Avec ce que j'ai appris ici.

À ceci près que, si cet endroit disparaît, je ne suis pas certaine qu'il restera encore un Ailleurs pour moi. Une question sensible que le moment est heureusement mal choisi pour creuser.

— Ils sont encore loin, remarque. Ça débute tout juste, cette histoire. Ça te laisse un peu de temps pour y réfléchir.

— C'est ce que je me disais.

— En plus, il paraît qu'ils sont déjà bloqués.

— Bloqués ?

— Un bulldozer a buté sur des tombes. Juives.

— La route passait sur un cimetière ?

— Non. Les Allemands ont souvent utilisé des pierres tombales juives pendant la guerre, pour faire des réparations en tout genre. C'était une pratique courante, à l'époque. Aujourd'hui, c'est le passé qu'ils déterrent.

Il accompagne ces mots d'un geste d'impuissance.

— J'imagine que c'était inévitable.

Après une dernière cigarette, on se dit au revoir sur un baiser, puis je me mets en route vers la *działka*. Je ne passe jamais la nuit chez lui, ni lui chez moi, c'est comme un contrat tacite entre nous. Une façon que nous avons l'un et l'autre de ne pas nous engager plus que nécessaire dans cette relation, et d'en préserver la légèreté.

Au bout de quelques minutes, je suis de retour sur la route qui traverse la forêt. Tandis que je regarde défiler les pins têtus dans leur verticalité, l'idée me vient qu'ici, le monde s'effiloche, qu'on perçoit le vide à travers les mailles, sur fond de néant. Je ne sais pas bien pourquoi, au juste. C'est vraiment très loin de mes préoccupations du moment.

À mi-parcours, j'allume la radio. Sur la station biélorusse, la seule que je capte, ils passent un morceau de rock que j'aime bien, alors je pousse le son au maximum et me mets à chanter à tue-tête. À Varsovie, j'écoutais tout le temps de la musique, mais ici je ne le fais plus guère que pendant mes trajets en voiture. Je ne sais pas comment c'est arrivé. Je crois tout simplement que, dans la forêt, le silence est si parfait qu'on n'a pas envie de le perturber.

Quand j'arrive à la *działka*, il est deux heures du matin. Avant d'aller dormir, je fume la dernière cigarette de la journée, assise sur les marches du perron, sans allumer la lumière extérieure. C'est un rituel pour moi, depuis que je suis installée ici. Tous les soirs, je m'oblige à passer un moment dehors dans l'obscurité. Parfois, c'est tellement écrasant que ça devient intenable, et je me dis que je ne m'y habituerai jamais. Mais ce soir, le ciel est dégagé et on perçoit la Voie lactée à l'œil nu, alors je trouve cela plutôt plaisant, au point d'avoir envie de m'attarder un peu.

Une fois ma cigarette consumée, la fatigue me tombe dessus d'un seul coup. Je rentre, vérifie deux fois que j'ai bien fermé derrière moi, et file me coucher en espérant que la *kuna* n'est pas d'humeur à faire la java cette nuit. Ensuite, je dors d'un sommeil si profond que je ne saurais dire, le matin venu, si elle s'est tenue tranquille ou non.

15 novembre 2021

Aujourd'hui, c'est par centaines que les corbeaux tournoient au-dessus de la maison de Pavel, et leurs croassements funèbres me glacent le sang. C'est inhabituel et, pour un peu, leur mélopée me ferait presque regretter celle des chiens, qui se tiennent curieusement tranquilles. Je presse le pas, soudain inquiète.

Mais j'ai tort de m'en faire. Quand j'arrive dans la cour, Pavel est en train de se laver sous le soleil incertain. Il est nu, penché sur une bassine d'acier aux flancs parcourus de traînées de rouille et qui ressemble à une auge à pourceaux. Il se verse de l'eau sur le crâne et le corps avec la tasse rouge que je crois l'avoir déjà vu utiliser pour boire son café.

Je suis à moins de dix mètres de lui quand il remarque enfin ma présence. Il interrompt son geste, se redresse, se tourne dans ma direction, affichant sans complexe ses chairs déliquescentes, sa peau fripée, semée de taches noires, ses cicatrices au bras, ses organes génitaux qui semblent s'être rétractés dans le ventre.

On n'est pas habitués à voir de tels corps. On est habitués à ceux qui suscitent le désir. Celui-ci suscite plutôt quelque chose comme de l'effroi – quelque chose qui vous met mal à l'aise, parce qu'il représente la certitude d'une mort imminente ; pire, de celle qui a déjà commencé son œuvre.

Mais lui s'avance vers moi, sans pudeur, ne songeant pas à se couvrir. Il m'adresse un large sourire plein de dents gâtées. Quand il se trouve assez près pour me tendre la main, je remarque une cicatrice toute fraîche au-dessus de son arcade sourcilière droite.

— *Cześć*, Maja. Tu me surprends en plein nettoyage de printemps.

La terre est humide autour de la bassine. Je jette un œil à l'intérieur : l'eau est noire de crasse. L'extrémité d'un bloc de savon noir dépasse d'un bol ébréché posé à même le sol. Le croassement des corbeaux redouble d'intensité. Pavel lève la tête dans leur direction. Il me montre le ciel de l'index. Je fais la grimace.

— Pourquoi ils sont si nombreux aujourd'hui ?

— Je ne sais pas. Ils ont dû sentir la mort passer. (Il m'adresse un clin d'œil complice.) Mais cette fois, tu vois, elle ne s'est pas arrêtée.

Il se penche pour ramasser une serviette sale qui traîne sur le sol, se sèche de façon sommaire, puis, une fois qu'il a terminé, la noue autour de sa taille. Ensuite, il se dirige vers la maison, pieds nus, m'invitant d'un geste à le suivre.

Tandis que je m'assois au milieu du capharnaüm, il s'absente un instant pour aller passer une chemise et un pantalon, avant de revenir et de s'installer face à moi. Seul un guéridon nous sépare. Il y a aussi un objet que je ne vois pas et qui m'empêche de bouger les jambes.

J'ai l'impression que la couche de poussière a encore épaissi depuis la dernière fois que je suis venue. Un dossier de papier jauni est posé sur le guéridon. Juste à côté, une bouteille contenant un liquide transparent et un paquet de cigarettes Minsk bleu et blanc, le produit phare de la contrebande locale.

Quand je suis sûre d'avoir toute l'attention du vieil homme, je pose sur la table, en même temps que l'enveloppe habituelle, le sac de victuailles que je lui ai rapporté du marché de Goniądz. *Kaszanka*, *smalec*, *salceson*, foies de poulet et de porc, pain noir. De la nourriture de survivant. Celle à laquelle il est habitué. La seule qu'il aime vraiment.

Je m'amuse de voir ses yeux briller à mesure que je vide le sac devant lui. Il accepte toujours ce genre de cadeau avec la joie d'un petit enfant et je crois que c'est à cause du plaisir que me procure cette vision que je ne viens jamais les mains vides.

— Merci, Maja. Parfois, je me dis qu'il n'y a que toi qui me comprends vraiment.

En guise de remerciement, il me sert un shot d'eau-de-vie.

— Alors ? Comment vas-tu, petite louve ?

S'il m'appelle ainsi, c'est parce que mon nom de famille, Wilka, signifie *louve* en polonais. Dans ce pays où tant de gens portent des noms de bestioles, j'ai tiré la bonne pioche. Louve, cela sonne mieux que cochon, écureuil ou hérisson, même si je n'ai bien entendu rien contre eux. Vu la façon dont je vis depuis un an, il m'est difficile de ne pas y voir une sorte de prédestination.

— Et toi ? Tu reprends des forces ?

— De quoi tu parles ?

— Eh bien… Cette crise…

Il m'interrompt avec un geste d'agacement.

— Cette crise, comme tu dis, c'est du passé. On n'en parle plus. (Il désigne son front écorché.) Et ça, c'est rien, si tu veux tout savoir. Je me suis cogné.

Je comprends que je devrai me contenter de cette explication laconique.

— Et Irina ?

— Ça va. Elle s'est remise. Elle en a vu d'autres, tu peux me croire…

Je regarde autour de moi, comme s'il y avait une chance pour qu'elle soit cachée quelque part derrière les montagnes d'objets qui m'entourent. Une idée absurde, bien entendu.

— Elle n'est pas là ?

— Elle est partie faire un tour à la *kolonia.*

Je hoche la tête.

— À part ça, quelles nouvelles ?

Il me désigne le dossier jaune sur le guéridon.

— J'ai encore reçu une lettre de menaces. La troisième, ce mois-ci.

Une ombre passe sur son visage.

— Je peux voir ?

D'un geste sec, il tire l'enveloppe vers lui.

— Non. C'est un tissu de mensonges et d'ignominies. Je n'ai pas envie que tu te mettes dans la tête des idées fausses à mon sujet.

Je fixe le document, hésite un instant, puis demande, feignant l'amusement :

— Tu te soucies de ce que je pense de toi ?

— Comme tu vois.

J'ai beau vivre ici depuis un moment, je ne sais que peu de choses sur Pavel. Dans la région, on le surnomme parfois *le consul rouge* parce qu'il a été diplomate en Asie, au sommet de sa carrière, sous le régime communiste.

Les plus malveillants disent : *rouge sang*.

Parfois, de façon encore plus grandiloquente, on l'appelle aussi *le roi des marais*. À cause de tous les petits trafics qu'il contrôle, prétendument.

Mais rien de tout cela n'est avéré. Ou du moins complètement avéré, car il y a bien entendu quelques pratiques que je ne saurais ignorer. Lui, en tout cas, n'en dit jamais rien.

Personnellement, je lui accorde le bénéfice du doute.

Parfois, je me dis que je ne devrais pas.

La bouche sèche, soudain, j'avale une rasade d'eau-de-vie. Le liquide passe dans ma gorge en brûlant tout sur son passage, sans même laisser deviner le goût de la cerise.

— Une idée de qui est l'auteur ?

À nouveau, ce haussement d'épaules.

— Pas quelqu'un du coin, en tout cas. Chacun sait que le passé, c'est de la matière inflammable qu'il faut manipuler avec précaution, sous peine qu'elle vous explose à la figure.

Comme si les gens du coin n'étaient pas capables du pire. Pavel le sait aussi bien que moi et ne parle ainsi que pour sauver les apparences. Il entretient la légende d'une communauté qui ferait corps face au monde extérieur. Une bonne blague, si vous voulez mon avis.

— C'est à cause de ces lettres que tu as perdu les pédales, avec Irina ?

L'idée m'est venue d'un seul coup, sans prévenir, et je n'ai pas pu la garder pour moi. L'extrémité de la cigarette de Pavel se met à rougeoyer intensément. L'air contrarié qu'il affiche depuis tout à l'heure s'enrichit d'une nuance de tristesse.

— Non. Ça n'a rien à voir. Elle, c'est autre chose.

— C'est quoi, si je peux me permettre ?

— Elle me fait peur, parfois.

Il a répondu avec un sérieux qui parvient presque à me déconcerter. C'est mieux que rien. Je m'attendais à un silence appuyé. Je tente une réponse légère.

— Moi qui croyais que tu n'avais peur de rien ni de personne.

Mais ma boutade ne l'amuse pas. Il reste de glace. Une réaction qui n'est pas sans m'intriguer. Je me demande ce qu'elle lui a fait, l'autre jour, pour le mettre dans un état pareil.

— Mais j'ai compris que j'avais réagi trop violemment. Je me suis excusé. Je crois qu'elle ne m'en veut plus.

— N'hésite pas à en remettre une couche. Ton style de communication n'est pas toujours limpide.

Toujours insensible à mon humour, il pose à nouveau sa main sur l'enveloppe qui contient la lettre de menaces, s'en saisit, se retourne, et la range dans un tiroir qu'il ferme à clé.

— Je crois que je vais brûler ce truc. Sa présence me rend nerveux.

Puis il ajoute, presque effrayant soudain :

— Nom de Dieu, je te jure, si je mets la main sur l'imbécile qui fait ça, je lâche les chiens sur lui. Et pas les petits.

18 novembre 2021

Située à dix kilomètres de ma *działka*, au bord de la route, au milieu d'une minuscule clairière cernée par la forêt, l'Auberge du loup en impose avec ses murs de bois brut et son enseigne représentant la silhouette d'un loup, suspendue au-dessus de l'entrée.

Criminels en fuite, Hell's Angels, trappeurs, chercheurs d'or, ascètes et poètes, répond immanquablement mon amie Alicja Zembron, propriétaire et gérante de l'établissement, en ne plaisantant qu'à moitié, quand on lui demande quel genre de voyageurs le fréquente. La vérité, c'est qu'il est le plus souvent vide, et j'ignore comment Alicja fait pour tenir le coup financièrement. Mais je ne m'inquiète pas trop pour elle, elle n'est pas le genre de femme à se laisser abattre par des problèmes d'argent, ni par rien d'autre d'ailleurs.

Quand j'arrive chez elle, à l'improviste, elle est perchée sur le toit, marteau serré dans le poing, concentrée sur sa tâche. Il est rare de la trouver en train de se tourner les pouces. Dans la région, été comme hiver, les éléments ne font pas de cadeau. Il y a toujours quelque chose à réparer. Je suis bien placée pour le savoir, la règle vaut aussi pour moi, même s'il m'a fallu du temps pour l'accepter.

Dès qu'elle me voit, Alicja s'interrompt pour me faire signe de la main en criant :

— Tu permets que je termine ? J'en ai pour une minute. Entre, si tu veux. Installe-toi. Mets-toi à l'aise.

Mais je préfère profiter de l'éclaircie et l'attendre dehors en grillant une cigarette. J'ai à peine le temps de la terminer que déjà Alicja remballe ses outils, descend du toit par l'échelle de bois qu'elle a calé contre le mur ouest, et me rejoint, en nage et triomphante.

— Voilà. J'ai bouché toutes les entrées. Si la *kuna* revient, il faudra qu'elle recommence son travail à zéro.

La *kuna*, c'est la fouine qui vit chez elle. Il y en a une chez moi aussi. De même, selon toute probabilité, que dans chacune des rares maisons construites dans les environs. On se trompe en se croyant propriétaire de quoi que ce soit. Dans le meilleur des cas, on exerce un droit d'usage. Entre autres choses, vivre dans un milieu sauvage est une leçon d'humilité.

Alicja, le rouge aux joues, reprend en s'essuyant le front :

— Allez, entre, je te dis. Je me rince, je me change, et je te rejoins. Sers-toi une bière si tu veux.

Elle me tient la porte pour me laisser passer, puis file se laver sans attendre. Je traverse la vaste salle aux murs en rondins qui abrite le restaurant et peut accueillir jusqu'à cent personnes. Mais, autant que je sache, un tel niveau de fréquentation n'a jamais été atteint, et je suis prête à parier qu'il n'est pas près de l'être.

Des têtes naturalisées d'animaux de la forêt accrochées aux murs constituent l'essentiel de la décoration. Un loup, un renard, une *kuna*, un sanglier, un brochet, et même un lynx. Alicja affirme que cela confère au lieu un style folklorique que les touristes aiment bien. Mais moi, leur regard vide me met toujours un peu mal à l'aise.

Je m'installe à ma table favorite, dans un coin, sous le brochet empaillé qui affiche deux rangées de dents acérées, près de la cheminée où luisent de vieilles braises, et commence à passer mentalement en revue les événements de la matinée, sans trouver de raison valable de m'attarder sur aucun d'entre eux. Au bout de cinq minutes, Alicja se matérialise derrière le bar, vêtue de frais et les cheveux humides, métamorphosée.

— Tu es sûre que je ne te dérange pas ?

— Certaine. Pas de client en vue pour le déjeuner. Ne me dis pas que ça t'étonne.

Peau tannée, clou argenté dans la narine, T-shirt EZLN ramené d'un voyage au Chiapas, elle a l'air d'une baroudeuse qui vient de passer cinq ans sur les routes de Thaïlande, plus que de la tenancière de la dernière auberge avant le néant.

Elle a beau jouer les enfants du pays, sa famille y ayant vécu autrefois, elle ne s'est installée dans la région que cinq ou six ans avant moi. Avant qu'elle débarque, l'auberge était à l'abandon. Elle a dû la remettre d'aplomb une première fois, puis tout a flambé, alors elle a dû tout recommencer. Un peu comme moi, en somme. Mais en pire.

Les premiers temps où je l'ai connue, elle n'ouvrait l'établissement qu'à la saison chaude et partait courir le monde entre novembre et mai. De ses voyages, elle revenait toujours bronzée et amaigrie. Quand je lui faisais remarquer que la vie nomade ne semblait pas beaucoup plus facile que celle qu'elle menait ici, elle répondait en riant que l'hédonisme ne devait pas être pour elle, qu'elle s'y mettrait sûrement dans une autre vie.

Dans un sens, je l'admirais pour la façon dont elle avait organisé son existence, sa dureté et son air de s'en foutre, que résumait assez bien son incisive cassée au cours d'une partie de pêche et qu'elle n'avait jamais songé à soigner.

Mais n'étant pas douée pour faire rentrer l'argent dans les caisses, elle a dû depuis deux saisons se résoudre à passer l'hiver dans son auberge. Si cela lui pèse, elle n'en montre rien. Elle a le don de savoir tirer le meilleur de chaque lieu où elle se trouve et celui-ci n'échappe pas à la règle.

— J'ai mis un poulet à cuire. On le mange ensemble ?

— Avec plaisir.

Alicja a prévu le coup et lancé la cuisson avant d'aller travailler sur le toit, habituée à ce que les activités manuelles lui ouvrent l'appétit. À peine sommes-nous entrées dans sa cuisine impeccable qu'elle sort le plat du four.

— Laisse, dis-je. C'est moi qui décortique.

— Comme tu voudras.

Pendant que j'affûte le couteau de cuisine, Alicja sort d'un placard un plat en céramique et le pose devant moi. Les minutes qui suivent, j'y empile les morceaux de viande suintants de graisse que je détache de la carcasse du volatile, les uns après les autres.

— Je suis allée voir Pavel, hier, dit soudain Alicja.

— Ah bon ? Je croyais que vous ne vous parliez plus…

— On a des affaires dont on est bien obligés de discuter. Que cela nous plaise ou non.

— Et alors ? Il va bien ?

— Tu parles. Il est increvable, cet homme-là. Les salopards ont la peau dure, j'ai remarqué. Ça ne s'est pas très bien passé, tu imagines. Le ton est monté, et on s'est un peu engueulés…

Je ne demande pas de précision sur la nature de leur différend, m'efforçant toujours de ne pas me mêler des affaires des autres, et me concentre sur ma tâche, jusqu'à ce qu'il ne reste plus le moindre morceau de chair sur l'animal. Une fois que j'ai terminé, je me passe les mains sous l'eau, les essuie avec un torchon humide, et reviens l'air de rien à Pavel :

— On ne sait pas trop si c'est un salopard, en fait.

Alicja réagit du tac au tac, d'une voix un peu énervée :

— Excuse-moi de penser autrement. C'est un ancien *ubek*.

Comme ils ont fini par le faire consul, j'imagine que ça signifie qu'il a bien fait son travail. Toi, je ne sais pas. Mais moi, je sais ce que ça veut dire, et ça me suffit.

Le sujet est sensible et je regrette d'avoir raté l'occasion de passer à autre chose, sachant qu'Alicja ne portait pas Pavel dans son cœur.

Heureusement, elle joue l'apaisement.

— Ne t'inquiète pas, va, ajoute-t-elle. Je n'ai ni l'envie ni les moyens de jouer les justicières… Et puis, Elena m'en voudrait…

Peu désireuse de poursuivre cette conversation, je m'empare du plat et me charge d'aller le déposer sur la table, pendant qu'Alicja remplit les pintes de bière fraîche, debout derrière le bar. Une fois que nous sommes installées face à face, elle dit :

— En tout cas, à ta place, je garderais mes distances. Autant que possible. Toi et lui, vous ne faites pas partie du même monde. Enfin, c'est juste un conseil. Tu es une grande fille. Tu fais ce que tu veux.

J'ai beau chercher sur son visage un signe qui trahisse la plaisanterie, ou atténue au moins son intonation glaciale, je n'en trouve pas. Sa réaction me surprend. D'ailleurs, je trouve mon amie un peu bizarre, aujourd'hui.

Mais je ne vais pas en faire toute une histoire. Alicja doit avoir ses raisons.

Alicja a toujours ses raisons.

Le poulet est fondant, cuit juste comme il faut, un régal. Mais nous avons à peine entamé notre repas qu'il est interrompu par la sonnerie de mon téléphone qui, depuis que je vis ici, ne sonne pourtant presque jamais. Je le sors de ma poche en m'excusant d'un geste du menton auprès d'Alicja et décroche.

Tout le temps que dure la conversation, c'est-à-dire moins d'une minute, mon amie garde les yeux rivés sur moi, comme pour essayer de deviner ce dont il est question. Quand je raccroche, elle demande aussitôt :

— Qu'y a-t-il, Maja ? Tu es toute pâle…

D'une voix que je reconnais à peine, je lâche :

— C'est dingue… On était justement en train de parler de lui.

— Tu veux dire… Pavel ?

— Oui.

— Qu'est-ce qui lui arrive ? Il a encore fait des siennes ?

— D'une certaine façon, oui. Il est mort.

★

On raconte qu'un hiver, Pavel Wronski a tellement forcé sur la vodka qu'il a oublié de nourrir ses chiens une semaine durant. Résultat, un grand festin cannibale : ils se sont bouffés entre eux. À défaut d'en avoir été témoin, imaginer la scène m'a valu une belle série de rêves tourmentés.

Je ne pensais pas l'avoir un jour sous les yeux. Dans le monde réel. C'est pourtant à peu de chose près ce qui arrive aujourd'hui.

Comme la dernière fois, c'est Irina qui m'a appelée pour m'annoncer la mauvaise nouvelle, et, comme la dernière fois, j'ai accouru. Alicja m'a suivie dans sa Polo et nous avons roulé aussi vite que possible. Mais il n'y avait pas vraiment de raison de se presser. Non, cette fois, il n'y avait personne à sauver.

Puisque Pavel est mort.

On est en plein milieu de l'après-midi quand j'arrive à destination et me gare au milieu de la cour, juste à côté de la Dacia d'Elena. Une fois de plus, elle a été contrainte de revenir en catastrophe. Mais il est certain que ce sera la dernière.

Autour de nous, le jour commence déjà à décliner. Le ciel est blanc, tirant sur le gris. La température s'est stabilisée en dessous de dix degrés. Dès que je quitte le véhicule, Irina, le visage fermé à double tour, me fait signe de la suivre, sans dire un mot. Elle me conduit dans les enclos, où le corps sans vie de Pavel gît au milieu de celui de ses chiens. Je sens la présence d'Alicja, juste derrière moi, qui ne dit rien, mais je sais qu'elle est secouée.

— C'est moi qui les ai abattus, explique froidement la *szeptucha*.

Après ce qu'ils ont fait à leur maître, tu comprends, on ne pouvait plus leur faire confiance.

Je passe un moment à la fixer, stupéfaite, n'en revenant pas qu'elle soit responsable de cet holocauste, n'arrivant même pas à me représenter la façon dont elle a pu le mener à bien. Puis j'échange un regard avec Alicja, aussi troublée que moi. Dire que je croyais qu'Irina les aimait autant que lui. À l'évidence, je me trompais.

Parfois, elle me fait peur.

Finalement, faute de trouver un commentaire approprié, je renonce à dire quoi que ce soit et fixe mon attention sur le corps de Pavel. Plus encore que de son vivant, il ressemble à un Christ de Grünewald. Sous les lambeaux de vêtements, la chair est meurtrie, laissant apparaître plusieurs générations de cicatrices. À côté des lèvres épaisses, violettes, que j'avais remarquées sur ses bras, sont apparues de nouvelles marques, toutes fraîches.

Les côtes sont dénudées. Un chapelet de tripes pend sur le côté. Une auréole de sang s'est formée autour de lui. À peine une vague salissure sur la terre. Comme si le fluide vital s'était déjà retiré de ce vieux corps, avant terme.

Ses orbites sont vides ; ses yeux ont sans doute été mangés par les corbeaux, à moins que les chiens ne s'en soient chargés avant. On perçoit un fin sourire sur son visage, reconnaissable malgré ses blessures. Pavel ne semble pas avoir été surpris ni vraiment attristé de ce qui lui arrivait. À croire qu'il était prêt.

M'approchant un peu, je remarque qu'il a laissé une traînée de sang derrière lui. Il était donc encore vivant quand il s'est fait dévorer, et a visiblement rampé comme il a pu pour essayer d'échapper aux molosses. Puis il a fini par abandonner la partie, se retourner, s'étendre sur le dos, bras en croix, jambe droite repliée sous la gauche. Ensuite, il a attendu la fin.

Je redoute qu'elle ait tardé à venir. Rien que d'y penser, j'en ai des frissons. Heureusement, les pompiers font leur entrée dans la cour, accompagnés par un véhicule de police, et détournent mon attention des images terrifiantes qui commencent à se bousculer dangereusement dans ma tête.

En les suivant du regard, Irina déclare, toujours sans perdre son sang-froid :

— Eux, je m'en occupe. Vous, chargez-vous d'Elena. Elle est à l'intérieur. Je crois qu'elle a besoin de compagnie. D'un peu de soutien, vous voyez ?

Peu friande du contact avec les autorités, je ne me fais pas prier, et file jusqu'à la *działka*, suivie par Alicja. Au milieu de la cour, mon amie s'arrête soudain et m'explique, tout à trac, qu'elle préfère rentrer chez elle, qu'elle ne se sent pas à sa place, qu'après tout, Pavel n'était pas un ami. Je la serre dans mes bras en lui disant que je comprends, même si la vérité est que j'aurais préféré qu'elle reste avec moi, estimant qu'on ne serait pas trop de deux pour faire face à la situation.

À l'intérieur de la *działka*, je trouve Elena assise au milieu du fourbi de son père, figée comme une statue, les yeux dans le vague. Quand elle remarque ma présence, elle lève la tête, et se force à sourire. Je m'approche et, avant qu'elle ait eu le temps de dire un mot, me penche pour l'étreindre longuement.

— Désolée, Elena. C'est atroce, ce qui est arrivé. Comment tu te sens ?

— Ça va. Tu vois, je tiens le choc.

Mais sa voix, tout juste perceptible, contredit ses paroles. C'est non sans peine qu'elle poursuit :

— Dans un sens, je m'y attendais. Je l'avais vu décliner, ces derniers temps. Je m'étais préparée à sa disparition. On ne peut pas dire qu'elle m'ait surprise.

Ses yeux sont rouges. Elle sort un mouchoir. Essuie une larme.

— Mais les circonstances. Elles font mal. Nom de Dieu, tu as vu comme moi…

Je pose une main sur son épaule.

— Je m'en veux de ne pas l'avoir revu plus souvent avant la fin, reprend-elle. C'est ma faute. Sans cette foutue querelle entre nous…

— Allez. Ça aurait changé quoi, une ou deux rencontres de plus ?

Je pense : *Rien. Ni à sa vie. Ni à la tienne. Ni à sa mort. Ni à votre relation ratée.* À voir son air, je crois qu'elle n'est pas loin de penser la même chose. Peut-être avec d'autres mots, un peu moins durs. Qu'importe. En gros, on est d'accord sur l'essentiel, elle et moi. Comme presque toujours.

À un moment donné, elle laisse tomber sa tête sur mon épaule et lâche :

— Merci, Maja. Je suis contente que tu sois là. Ça me fait du bien de te parler, tu sais. Et je ne dis pas cela seulement pour aujourd'hui.

Quand je quitte Elena, une demi-heure plus tard, ayant le sentiment qu'elle a envie d'être à nouveau un peu seule avant de s'attaquer à la montagne de problèmes pratiques qui l'attendent, je décide d'aller faire un tour à la rivière. Ça me réussit toujours, quand quelque chose va mal, de me baigner dans l'eau froide. La douleur de la perte s'anesthésie comme les autres. Il n'y a pas de raison.

Quand je sors de la *działka*, Irina est plongée dans une explication tendue avec le chef de la police locale, que je connais un peu, Jacek Kaminski, un personnage à l'intelligence limitée pour lequel je n'ai pas beaucoup d'estime. Peut-être n'apprécie-t-il pas la façon radicale dont la *szeptucha* a réglé le problème des chiens. Ou peut-être est-ce autre chose. En tout cas, les cris qu'il profère à deux centimètres de son visage la laissent de marbre. Elle ne semble même pas les entendre.

Blindée, cette femme.

De leur côté, les pompiers sont occupés à évacuer le corps de Pavel sur une civière. Ils l'ont emballé dans un sac noir. L'un d'entre eux, très jeune, a l'air au bord de la nausée. Je me mets au volant du Kombi et quitte la propriété, sans attendre que le cadavre disparaisse au fond de leur camion hors d'âge.

Aujourd'hui, comme presque tout le temps à cette saison, la route est déserte. Je traverse sans y penser les vastes étendues tirant sur le blanc, déjà prêtes pour la neige qui ne devrait plus tarder à venir, à présent.

Il me faut une vingtaine de minutes pour arriver à Castor Beach. Une fois sur place, je me déshabille et me jette dans l'eau brune, la tête la première, sans hésiter, depuis la rive boueuse hérissée de roseaux. Le froid me fait l'effet d'un électrochoc. Dès la première seconde, je sens que quelque chose en moi se remet à circuler. Comme si l'eau aspirait mon malaise.

Une poignée de minutes passent. Je nage jusqu'à ne plus sentir mon corps, jusqu'à ce que mon cerveau se retrouve au bord de la déconnexion, et mon cœur à la limite du renoncement. Ce n'est que quand j'ai atteint cet état extrême que je sors de l'eau. À chaque pas que je fais, l'herbe crisse sous mes pieds nus, mais le froid qui remonte du sol ne parvient pas à m'atteindre, car celui que j'ai accumulé à l'intérieur est plus intense.

À nouveau installée derrière le volant, bien au chaud dans le Kombi, je regarde un moment la rivière fluer, emporter quelque part le surplus d'immondices dont je viens de me délester, puis tourne la tête dans la direction du buisson où il me semble qu'un renard vient de passer.

Puis je rentre chez moi. Prête pour ce qui va suivre. Autant qu'on peut l'être.

22 novembre 2021

Après une enquête bâclée, la police locale conclut à un accident et rend publique la version officielle : un vieillard fait un malaise alors qu'il est occupé à nourrir ses chiens. Il se blesse en tombant. Le sang rend les animaux complètement dingues et ils dévorent leur maître.

Fin de l'histoire. Dossier fermé. Un entrefilet paraît en dernière page du journal de Mońki et on n'en parle plus.

Ou presque.

C'est que Pavel, ici, n'était pas n'importe qui. Sa mort et ses circonstances suscitent une vive émotion dans la communauté des marais. Ce n'est pas comme si cette dernière n'avait pas l'habitude des drames. Mais à force de paix, elle avait presque oublié.

Alors, forcément, l'onde de choc causée par la disparition du vieillard met un moment à se dissiper.

Le jour de l'enterrement, qui a lieu au cimetière de Goniądz, pas un habitant des Marais rouges ne manque à l'appel. Tout le monde est venu rendre un dernier hommage au roi défunt. Ou satisfaire une curiosité malsaine. Sans doute, dans la plupart des cas, un mélange des deux.

La température a remonté et il fait presque doux. Le ciel est dégagé. Le vent qui a soufflé toute la nuit est tombé, et il n'y a plus rien pour redonner un semblant de vie aux feuilles mortes qui jonchent le sol.

Hormis les locaux, peu de gens se sont déplacés. Quand on atteint l'âge de Pavel, on se retrouve quand même très seul. Elena est venue, bien sûr. Sa sœur Ewa, également. Elle a dix ans de moins qu'Elena, mais ne lui ressemble pas du tout. Elle a tout d'une bourgeoise coincée et traîne derrière elle en permanence un mari terne, dont j'ignore le prénom, et une flopée de gosses.

Les deux femmes se sont évitées tout le temps qu'a duré la cérémonie et ont réussi, je crois, à ne pas se parler. J'ignore la cause de leur brouille, et n'ai aucune envie de la connaître : à coup sûr, ce ne sont pas mes affaires.

Il y a aussi un inconnu. Le seul visage de l'assistance sur lequel je n'arrive pas à mettre un nom. Il s'agit d'un vieillard, à peu près du même âge que Pavel. Figure émaciée, air impénétrable, costume élimé. Un homme d'un autre temps. Impossible de ne pas le remarquer.

Une fois la mise en terre terminée, cédant à la curiosité, je vais le saluer pendant que le gros de la foule se dirige vers la sortie.

Quand je lui tends la main en me présentant, il me dévisage avec la même intensité que Pavel lors de notre première rencontre. En fait, il me fait beaucoup penser à lui, c'en est presque troublant. Il saisit ma main juste avant que la situation devienne embarrassante pour moi, et se présente à son tour.

— Je suis Witek Klossowski.

— Tu es un ami de Pavel ?

— Oui. Un ami. Je crois qu'on peut dire ça.

— Et votre amitié remonte à loin ?

— On peut difficilement imaginer plus loin. Lui et moi, nous sommes nés et nous avons grandi dans le même village, tout près d'ici.

Il accompagne sa déclaration d'un geste vague en direction de l'est. Au même moment, une rafale passe sur nous. À l'intérieur des lampions qui brûlent un peu partout sur les tombes, les flammes se mettent à trembler, à vaciller, et se résorbent presque, menaçant de s'éteindre.

Puis le vent s'arrête d'un seul coup et le feu repart.

— C'est bien que tu sois venu.

— C'était la moindre des choses.

Ne trouvant rien à ajouter, je prends congé du vieil homme, qui reste se recueillir seul face à la tombe fraîchement rebouchée, ne résistant quand même pas à la tentation de jeter un dernier coup d'œil dans sa direction avant de quitter l'enceinte du cimetière. De là où je me trouve, il perd un peu de sa prestance, se voit réduit à un homme fragilisé par les ans, qu'un souffle de vent semble pouvoir briser.

Qu'importe. Je suis contente qu'il soit venu. Contente pour Pavel. À quoi ça ressemble, une vie où tu n'es même pas foutu d'avoir un ami qui vient à ton enterrement ? À quoi ça sert d'avoir vécu si longtemps, si c'est pour finir seul comme un chien ?

Je passe le reste de la journée à la *działka* de Pavel, où est organisée une réception en l'honneur du défunt. Avec Elena, nous avons fait le plus gros du travail, acheté de quoi manger et boire et lancé les invitations. Une quinzaine de personnes sont venues. Vu qu'aucun d'entre nous ne le connaissait, le vieux Klossowski n'en fait pas partie. Je regrette un peu de ne pas lui avoir proposé de se joindre à nous, tout à l'heure. Même si quelque chose me dit qu'il n'aurait pas accepté.

Si elle s'est montrée forte le jour de la découverte du corps, Irina est à présent effondrée. Sans exagérer, elle a pris dix ans en trois jours. Chaque mouvement qu'elle fait lui arrache une grimace de douleur. Quand elle se déplace, Elena est obligée de l'accompagner et de lui tenir le bras pour qu'elle ne s'écroule pas. Elle fait vraiment de la peine à voir.

À un moment donné, Elena la prend à part pour l'informer de sa décision : elle peut rester dans la *działka*. C'est ce que Pavel aurait voulu et, apparemment, Ewa, qui n'est pas encore arrivée, est d'accord. On dirait que, finalement, les deux sœurs ont trouvé l'occasion de se parler sans que je m'en aperçoive, au moins pour traiter ce sujet sensible.

En réaction à l'offre d'Elena, Irina se met à sourire, mais de travers. Les deux extrémités de sa bouche en lame de rasoir remontent sans conviction en direction de ses narines. Il y a dans cette vision quelque chose de déchirant.

— On verra bien. Merci, en tout cas. Ça me touche beaucoup que tu me le proposes.

— Pas de quoi. Tu es chez toi, ici.

D'abord, Ces derniers mots laissent Irina songeuse. Puis l'idée semble faire son chemin dans son cerveau et parvenir à lui faire éprouver un soupçon de joie. Autant, en tout cas, qu'il lui est permis d'en éprouver un jour pareil.

Ce n'est qu'en fin d'après-midi, alors que la moitié des convives est déjà partie, qu'Ewa, la sœur d'Elena, fait son entrée, accompagnée de son mari transparent et suivie, à ma grande surprise, du vieux Witek.

— J'ai rencontré un ami de notre père au cimetière. Je lui ai proposé de venir, explique-t-elle.

— On se connaît déjà, dis-je, pas mécontente de le revoir.

— J'espère que je ne m'impose pas, fait le vieil homme.

— Au contraire. J'ai regretté, tout à l'heure, de n'avoir pas pensé à t'inviter. Heureusement, grâce à Ewa, le mal est réparé. Je te sers quelque chose ?

Il refuse d'un geste de la main, et, ayant ôté pardessus et chapeau, va s'asseoir dans le canapé du fond, où il passe un assez long moment à discuter avec Ewa.

Décidée à ne pas laisser passer l'occasion d'en savoir un peu plus sur cet homme, le seul ici qui m'intéresse, je guette le moment de prendre la place de la sœur d'Elena, et dès qu'elle s'éclipse pour aller vérifier ce que ses gosses font dans la cour, je me dirige vers lui sans hésitation.

— Tout se passe bien, Witek ?

— Nous avons eu une longue discussion avec Ewa. Une femme charmante.

— Je la connais mal. Je suis surtout amie avec sa sœur, en fait.

Il hoche la tête, à l'évidence peu intéressé par l'information.

— Je peux m'asseoir près de toi ?

— Je t'en prie.

Je me laisse tomber sur le sofa qui fait un bruit de ressorts.

— Alors, dis-m'en un peu plus. Comment vous êtes-vous connus, avec Pavel ?

— Je te l'ai dit. Lui et moi, on a grandi dans le même patelin. (Mais cette fois, il consent à développer :) Nous avons été témoins d'événements terribles. Même si nos chemins ont divergé après la guerre, cela a créé entre nous un lien indestructible. C'est pour cela que je suis ici aujourd'hui.

Il s'interrompt pour me regarder. Je lui adresse un hochement de tête, pour l'encourager à continuer.

— Je suis certain que si c'était moi qui étais parti en premier, il aurait aussi fait le déplacement pour me rendre un dernier hommage.

Il fait une nouvelle pause, semble se plonger dans ses pensées, puis refait surface et poursuit :

— Cela ne signifie pas que j'approuve tous les choix qu'il a faits dans sa vie d'adulte, loin de là. Il a commis beaucoup d'erreurs, et même pire que cela. Mais je sais au nom de quoi, du moins pour l'essentiel, il a fait ce qu'il a fait. Et même là où le doute subsiste, je ne juge pas. Et à mon avis, personne n'en a le droit.

Il me jette un nouveau coup d'œil, comme si j'avais pu avoir la tentation de juger Pavel, alors que je crois au contraire avoir toujours été indulgente avec lui, en dépit de tout.

— C'est bien que tu sois venu, dis-je pour la seconde fois, faute de mieux.

Cette fois, ma remarque lui arrache un rire bizarre.

— On peut savoir ce qui t'amuse ?

— Rien. Juste qu'à ta place, je n'en serais pas si sûre.

Son intonation est devenue glaçante et toute trace d'affabilité a disparu.

— Comment ça ?

— Tout ce que je dis, c'est que les circonstances de sa mort ne sont pas claires pour l'instant.

Je garde le silence et attends la suite, nerveuse. Elle ne tarde pas à venir.

— Mais la brume qui les entoure finira par se dissiper. Et quand la vérité éclatera, s'il s'avère que quelqu'un est d'une façon ou d'une autre mêlé à la mort de mon ami, il ne s'en sortira pas indemne.

Refroidie, je demande :

— Ça veut dire quoi au juste ?

— Que même mort, Pavel reste dangereux. Comme il l'a toujours été. Rien de plus. Rien de moins.

Il laisse planer un court silence, regarde sa montre, et dit en même temps qu'il s'extrait du canapé, sans effort apparent malgré son allure fragile :

— Maintenant, je crois que j'ai assez abusé de votre temps, je vais vous laisser entre vous.

Ayant remis son pardessus et son chapeau, sans se presser, il s'éclipse, dans le silence qu'il a lui-même provoqué. Une fois la porte refermée derrière lui, Elena, à qui rien n'a échappé, est la première à reprendre la parole :

— Encore un de ces vieux cinglés qui ne se sont pas aperçus que la guerre était finie.

Tout en parlant, elle fait tourner son index contre sa tempe.

— C'est juste un très vieil homme, je réplique, plus indulgente. J'imagine qu'on ne peut pas le prendre trop au sérieux.

Puis nous cessons de penser à lui et passons à autre chose.

GASPARD

Varsovie, novembre 2021

C'EST DEVENU UNE ÉVIDENCE, maintenant que tout est terminé : mon nouvel environnement a eu sur moi l'effet d'une maladie mentale. Plus je me sentais chez moi en Pologne, plus je souffrais. Plus les choses devenaient familières, plus l'espoir de guérison s'amoindrissait.

Évidemment, je ne me suis aperçu de rien, jusqu'à ce qu'il soit trop tard.

Tout a commencé, je crois, avec le fait d'être confronté constamment à la laideur des choses. Les alignements de blocs gris foie de veau ou vert vomi, à l'infini, de quelque côté qu'on se tourne, cela avait quelque chose d'effrayant. Il y avait de quoi perdre pied dans le vertige qu'ils causaient à celui qui n'est pas habitué.

Il faut se mettre à ma place. Un jour, j'étais encore à Paris, dans le giron d'une vieille putain vérolée, mais encore capable de jeter fièrement ses attraits fanés à la face du monde. Le lendemain, je me retrouvais au cœur d'une cité ghetto, de celles où les types comme moi ne mettent jamais les pieds. Sauf qu'on ne pouvait pas vraiment parler de ghetto, puisqu'il n'y avait que ça. Comme si, en une nuit, la tumeur urbaine s'était métastasée jusqu'à prendre toute la place.

Cela m'a valu une bonne dose d'angoisse, au début. Je connaissais l'endroit, j'y associais l'histoire et les émotions négatives qui vont avec, que les professionnels de la peur y avaient fait entrer à coups de boutoir au fil des ans. Mais le décor, ici, n'appelait pas la même histoire que chez moi. C'est sans doute cela, être étranger. Pas forcément un décor différent, mais se tromper d'histoire dans un décor que l'on croit familier.

Cela m'a pris du temps, mais j'ai fini par comprendre qu'à présent je n'avais rien à craindre des types baraqués en sweat à capuche promenant des pitbulls. Parce qu'après que la guerre a presque tout détruit, le grand rêve égalitaire n'a épargné personne, de sorte que le ghetto n'a rien d'un camp retranché. La peur est passée, donc. Mais la laideur est restée. La ruine érigée en principe. N'ayant même plus besoin d'une attaque impériale pour aller au bout d'elle-même.

Les gens peuplant le décor n'arrangeaient pas vraiment les choses. Cette tristesse congénitale, ces regards embués par l'alcool, ces démarches raides, sans grâce. À l'opposé de la dansante légèreté parisienne. Un signe qui ne trompe pas : même les grandes beautés du coin ne sont jamais parvenues à susciter mon désir. Le désir, il donne le sentiment de s'être retiré.

Un hiver glacial qui n'en finit pas, affadit encore les couleurs déjà ternes, colle des migraines pas possibles, et pendant lequel le ciel bas semble verrouillé à double tour. Puis l'aberrante surchauffe continentale. Pas vraiment de saisons intermédiaires. On est soit congelé, soit écrasé.

Les mois passant, j'ai cru que je m'y habituerais. Mais à l'inverse : c'est devenu pire. À force de parler avec les gens, j'ai commencé à voir sous la surface. J'ai commencé à savoir. Alors ça ne m'a plus lâché. Le sentiment, en me promenant en ville, de marcher dans des flaques de sang. À l'ombre des tas de cadavres. De respirer comme tout le monde les effluves empoisonnés d'un Tchernobyl mental dont on ne se relèverait pas avant un millénaire.

Chaque coin de rue témoin d'un massacre. Chaque bâtiment

construit sur une ruine. Partout, d'anciennes prisons. D'anciens ghettos. D'anciennes zones concentrationnaires. D'anciennes gares de triage d'humains. Que tout cela ne se manifeste que sous forme de traces rend sans doute encore pire l'effet que cela produit sur le cerveau – ce sentiment d'évoluer parmi les fantômes inapaisés.

J'ai à nouveau cru que les choses s'amélioreraient quand nous avons décidé avec Elena de passer plus de temps dans la *działka* qu'elle possède dans la région des Marais rouges. Mais, là non plus, ce n'est pas ce qui est arrivé.

Tant s'en faut.

J'étais déjà perturbé en quittant Paris. Les derniers mois que j'ai passés là-bas, en dehors des heures de travail, je ne quittais plus guère mon deux pièces, et plus précisément la cuisine de mon deux pièces, seul endroit où je me sentais en sécurité parce qu'elle ne comportait aucune fenêtre. J'étais travaillé par d'incessantes migraines, des otites à répétition me vrillaient les oreilles, mes articulations me causaient d'effroyables douleurs, je ne dormais plus. D'une façon générale, je me sentais comme assiégé.

Je connaissais les symptômes. Ce n'était pas la première fois que j'atteignais la fin d'un cycle. Quinze ans plus tôt, j'en avais déjà fait l'expérience, à une époque où, en apparence, j'avais pourtant tout pour moi. Les diplômes qu'il fallait, un emploi dans une grosse compagnie américaine, un compte bancaire jamais dans le rouge.

Pourtant, un jour, à la veille de mes trente ans, j'ai tout plaqué, appart, copine, boulot, pour m'envoler avec un aller simple, destination Rangoon, en sachant très bien qu'une période de ma vie venait de prendre fin et que c'était irréversible.

À mon retour d'Asie, un an plus tard, je me suis retrouvé quelque temps à la rue, mais ma situation n'a pas trop tardé à s'arranger, et je me suis mis à enchaîner des jobs en tout genre dans le secteur des services informatiques, entre lesquels je m'offrais de grandes virées à l'autre bout du monde avec l'argent que j'avais gagné.

Ce qui a facilité les choses, c'est qu'assez vite, je me suis constitué un petit réseau, trois ou quatre personnes bien placées dans leurs entreprises respectives, qui me reprenaient dans leurs effectifs chaque fois que je rentrais de voyage.

Elles y trouvaient aussi leur compte, car j'acceptais sans hésiter les tâches dont personne ne voulait – parce que trop compliquées, hasardeuses ou simplement ennuyeuses. N'ayant rien à perdre ni à gagner professionnellement, je m'en tirais en général avec les honneurs.

Ce nouvel équilibre a tenu quinze ans.

Puis la mécanique a commencé à se gripper. Je crois que c'est la disparition accidentelle sur une route du Chili d'une fille rencontrée en voyage, et dont je m'étais entiché un peu au-delà du raisonnable, qui a tout déclenché. Sa mort m'a donné le sentiment que j'avais jusqu'alors vécu dans une bulle qui me protégeait des aspérités du réel, et qu'elle venait d'éclater. Que la bonne étoile qui m'avait si souvent permis de me tirer sans dommage de situations bancales avait cessé de briller.

La veille de m'envoler pour Addis-Abeba, que je souhaitais explorer à fond, comme je l'avais fait auparavant avec des dizaines d'autres villes réputées dangereuses, je me suis mis à m'imaginer ce qui pourrait m'arriver là-bas, à me dire que moi aussi je pourrais bien y laisser ma peau, bref, à gamberger. Au point que j'ai renoncé à partir. C'était la première fois que je reculais devant l'obstacle. L'air de rien, ma carrière de voyageur venait de prendre fin.

Le reste n'a pas tardé à se déliter. Les mois qui ont suivi, pour faire tomber la pression du travail, inévitable même pour un dilettante dans mon genre, j'ai passé de plus en plus de temps avec des collègues dont le visage changeait chaque mois à vider des magnums de pouilly-fumé dans des bars parisiens. Inutile de dire que ça ne menait nulle part, que ce n'était pas ainsi que je remplacerais ce que j'avais perdu.

Puis, un matin, déjà mal en point, j'ai découvert au réveil qu'une bande de malfrats avaient semé des cadavres humains dans la rue parallèle à celle où je vivais et où se trouvaient mes bars préférés. J'étais déjà réduit à l'état de loque quand c'est arrivé. À partir de ce moment-là, je suis, en plus du reste, devenu un sale type. Un petit facho, pour dire les choses sans détour. J'y avais cru longtemps, pourtant. J'avais même vécu à Barbès, en toute connaissance de cause. C'est dire que j'y avais cru.

J'ai mal supporté quand ça a basculé en moi. J'ai essayé de faire semblant. Me suis accroché tant bien que mal à mes vieux idéaux. Me suis menti, à moi et aux autres. Mais c'était là, dans les tripes, accroché comme de la glu.

Cela servait à quoi d'avoir bien choisi son bar ce soir-là, si c'était pour ne plus pouvoir se regarder dans le miroir ? Je me retrouvais dans le camp des dégueulasses. Je leur en voulais pour cette raison aussi. Pas surtout. Mais aussi.

Bref, là-bas, à Paris, j'étais cuit, sur tous les plans. Je n'exagère pas. Je ne me donnais pas cinq ans à vivre dans cet environnement et dans cet état d'esprit. Il fallait que j'ouvre le chapitre suivant. J'avais besoin d'un nouveau décor, de nouvelles histoires, de nouvelles personnes, un peu plus grand format, si possible. Faute d'y parvenir, je ne voyais pas de raison de continuer l'aventure.

Alors quand Elena Wronski m'a proposé de la rejoindre en Pologne, je n'ai pas hésité une seconde. Son offre est arrivée pile au bon moment. Elle et moi, on s'était rencontrés dix ans plus tôt lors d'un voyage en Amérique du Sud. On s'était perdus de vue, retrouvés, tourné autour. On avait joué au chat et à la souris. Ça aurait pu déboucher sur un néant de plus. J'étais habitué, un dénouement pareil n'aurait rien eu pour me surprendre.

Le destin en a décidé autrement.

En partant, je n'ai pas fait dans la dentelle, j'ai complètement coupé les ponts avec ma vie passée. Amis, famille, travail, appartement, langue, habitudes. J'ai fait flamber tout cela sans regret dans un grand feu de joie.

Je ne parle pas des choses : sur ce terrain-là, j'ai été encore plus radical, n'emportant avec moi que quelques livres dont il s'est vite avéré que d'eux aussi j'aurais pu me passer. Je ris encore en me rappelant l'expression sur le visage d'Elena quand elle a vu la taille de mon sac.

Mes projets, ceux que je n'ai pas abandonnés avec le reste, étaient flous. J'avais vaguement dans l'idée d'écrire un livre. Ça ne datait pas d'hier, c'était un rêve que je caressais depuis longtemps. Mais quant à la réaliser, c'était une autre histoire. Je n'en avais pas rédigé la moindre ligne, et ne tenais même pas l'ombre d'un sujet. Autant dire que je n'étais pas encombré par les perspectives d'avenir.

Ç'a été presque plaisant, au début. Ayant balancé par-dessus bord tout le surpoids dont je m'étais encombré au fil des ans, je me suis senti incroyablement léger. J'ai cru que j'allais pouvoir construire quelque chose de nouveau sur les ruines de mon ancienne vie.

En réalité, avec le recul, je pense que ce vide que j'ai délibérément ouvert en moi n'a fait que me rendre plus vulnérable. Peut-être que sans cela, ma rencontre avec Pavel Wronski ne m'aurait pas fait un tel effet, n'aurait pas, pour le dire autrement, sonné ce qui devait être le coup de grâce.

Elena m'a annoncé sa mort en prenant les plus extrêmes précautions, redoutant à l'évidence l'impact que la nouvelle aurait sur moi. Comme si c'était de mon père qu'il s'agissait et non du sien. Ironique inversion des rôles. Dévoré par ses chiens, nom de Dieu, il fallait le faire. Avoir traversé toutes les horreurs du vingtième siècle, survécu au nazisme, au communisme, au capitalisme débridé des années quatre-vingt-dix et aux gangsters qui allaient avec, pour finir boulotté par une armada de clébards, qu'il aimait plus que tout, par-dessus le marché. Ce serait presque à mourir de rire, si ce n'était pas si tragique.

Une semaine a passé et je suis sous toujours sous le choc. Mais de tous les sentiments qui se bousculent en moi, ce n'est pas l'effroi qui domine. Il y a aussi le soulagement, la culpabilité et, surtout, un vide immense. Après tout, Pavel a été ma grande histoire, ou au moins la dernière. Après lui, je ne crois pas qu'il y en aura d'autres.

À présent, Elena rentre tout juste de la région des Marais rouges où a eu lieu l'enterrement. Vêtue d'une longue robe noire, les traits plus tirés que de coutume, elle se penche sur moi et me murmure à l'oreille :

— Voilà. C'est terminé. Tout s'est bien passé.

Je n'ai pas envie d'en savoir plus, et elle en a conscience. Si je ne lui demande pas de détails, elle n'en donnera pas, et je lui suis reconnaissant de cette délicatesse. Même de savoir si mon absence a fait jaser ou non, je m'en fous. De toute façon, je ne crois pas qu'elle ait posé le moindre problème : je suis un étranger, ça me donne des excuses. Avec moi, tout le monde est prêt à passer sur certaines excentricités.

La décision qu'elle se rende seule aux obsèques de Pavel s'est prise d'elle-même, sans donner lieu à discussion, négociation, ou aigreur. Nous sommes tombés d'accord sur ce sujet sans avoir besoin de nous concerter.

Ces quelques paroles prononcées, Elena a quitté le salon en laissant derrière elle une traînée de parfum fruité, pour aller se débarrasser de sa robe de deuil et jouer avec Lucie dans la pièce d'à-côté. J'imagine que sa fille lui a manqué. Je suppose aussi que le spectacle de sa vitalité toute neuve lui fait du bien après avoir respiré, trois jours durant, les effluves de la mort.

En son absence, j'ai eu tout loisir de repenser à Pavel. Disons que c'est la façon que j'ai eue de lui rendre hommage, une dernière fois, avant de clore pour de bon ce chapitre. L'épisode qui, dans cet exercice, m'est revenu avec le plus d'insistance, c'est notre première rencontre, quelques jours après notre arrivée dans la région des Marais rouges.

Marais rouges, octobre 2020

En plus de nous, il y a quelques clients ce soir à l'Auberge du loup, de sorte qu'Alicja est occupée et ne s'est pas jointe à notre table. Mais compte tenu des circonstances particulières qui nous amènent chez elle, elle ne l'aurait peut-être pas fait même si l'auberge avait été vide.

Une dizaine de minutes après notre arrivée, un très vieil homme vêtu d'un *kożuch* fait son entrée, passe un moment sur le seuil à parcourir la salle du regard et, une fois qu'il nous a repérés, s'approche de nous.

Œil vif, teint hâlé, maigreur au couteau. Je donne un coup de coude à Elena.

— On dirait William Burroughs.

— Tu n'es pas le premier à noter la ressemblance. Mais, mauvaise nouvelle, ce n'est pas lui. Tu vas vite t'en apercevoir.

Arrivé à notre hauteur, il me toise du regard, me jauge, ignorant presque Elena qui s'est levée pour l'embrasser. *Alors ? Quel est ton verdict, vieillard ?*

Mais il dit juste :

— Saleté de froid.

Ce sont les premiers mots que j'entends sortir de sa bouche. Quand je me lève pour me présenter, et lui donne mon nom, il répond :

— C'est bien. En polonais, à une lettre près, ton nom veut dire : *dans les airs*.

On ne pouvait rêver meilleure entrée en matière. Il faut dire que j'ai toujours détesté mon nom. Je l'avais déjà remarqué, pourtant : ici, il ne veut rien dire de mal, ne dit rien sur moi, si ce n'est que je suis étranger. C'est une réalité neutre. Il n'empêche : j'apprécie.

— Moi, je m'appelle Pavel Wronski.

Il me tend la main par-dessus la table pour que je la serre. Le contact avec sa peau me fait l'effet d'une décharge électrique. Lui ne flotte pas dans les airs. C'est même tout le contraire : lui, il pèse. L'espace qu'il occupe est comme incurvé par sa présence.

Les présentations achevées, on s'assoit pour causer.

— Alors ? Qu'est-ce qui t'a poussé à venir t'installer dans un pays comme la Pologne ?

Une question qu'on me pose tout le temps depuis que je suis arrivé. Personne ne comprend pourquoi c'est moi qui suis venu, et pas Elena qui est partie. J'ai fini par m'habituer à leur surprise. Ayant écouté ma réponse avec attention, il prend son temps avant de répondre :

— Un abri, dis-tu ? Tu cherchais un abri ? Alors là, je ne sais pas.

À nouveau, il semble réfléchir intensément.

— Ici, tu t'installes sur la ligne de faille. Le point de rencontre de deux empires irréductibles. Là où ont commencé les pires conflits. Et où commenceront les prochains. Ce qui se passe chez toi, c'est rien à côté de ce qu'on a vécu ici. Ni de ce qu'on y vivra encore… Alors, non, je ne sais pas…

Il parle lentement, en articulant, pour que je comprenne bien. Sa voix est plus douce que son apparence ne le laisse penser. Elle ne tremble pas, ne croule pas sous le poids des ans : elle tient bon. Comme le reste.

Bien que rien de particulier ne se soit encore passé, je me sens un peu anecdotique face à ce personnage. Il faut dire que j'ai quitté mon pays avec mes histoires pour tout bagage. Ma légende personnelle. Deux bras, deux jambes, une tête et ce qu'elle contient. Autant dire pas grand-chose.

Par le seul fait de me trouver face à lui, je sens que mes histoires ne valent rien. Rien par rapport à celles qu'il porte en lui. Je me sens nu.

Mais peut-être suis-je en train de me faire des idées. C'est en tout cas l'avis d'Elena. Ayant deviné mon état d'esprit, elle se penche sur moi et murmure, un peu moqueuse :

— Ne te laisse quand même pas trop impressionner…

Pavel, qui n'a pas remarqué l'intervention de sa fille, ou choisi de ne pas y faire attention, dit :

— Enfin, tu as eu le culot de venir : c'est bon signe. Sois le bienvenu chez nous.

Un court silence s'installe. Je réalise que j'ai la gorge sèche et je bois la moitié de ma bière.

Pavel attend que je pose ma pinte pour reprendre la parole.

— Que vas-tu faire, ici ?

Là encore, j'ai une réponse toute prête.

— Je repars de zéro. Je casse tout. Et je recommence.

— Une sorte de suicide, donc ?

— Un assassinat, plutôt. D'une version de moi-même qui avait cessé de me plaire.

Tandis que je parle, je reconnais à peine ma voix. À Paris, elle était morte. Elle ne portait plus, n'avait plus rien à porter. Ce qu'il en restait s'était réfugié dans une cavité, juste derrière mon estomac. Ce soir, elle sonne comme celle d'un autre : claire et assurée, à défaut d'être puissante.

Pavel a l'air intéressé. Je crois que sans le vouloir, j'ai dit ce qu'il fallait pour lui plaire. Peut-être même assez pour qu'un jour, il se confie à moi, qui sait. Même si, à coup sûr, cela ne se produira pas ce soir.

Déjà, le temps a passé, il regarde sa montre, se lève, et dit :

— Je dois y aller, j'ai déjà abusé de votre temps. Et c'est l'heure de nourrir les chiens.

Je me lève à mon tour, on se salue, Elena le raccompagne à la sortie. Moi, sonné, je reste où je suis. Elle passe un moment à discuter avec lui dehors. Je les observe à la dérobée, par la porte restée entrebâillée, en songeant : tel père, telle fille. Elle aussi, après tout, m'a harponné avec ses histoires. Voyages dingues, cabane dans la forêt, photos, livres publiés. Elles sont la raison de ma présence en ces lieux, dans un sens.

Quand elle revient, Elena déclare :

— Bonne nouvelle : il t'adopte.

— Il adopte quoi, au juste ? Je n'ai presque rien dit.

Elle hausse les épaules. Je sais pourtant que cette tendance à l'autodépréciation à laquelle il m'arrive encore de m'abandonner parfois ne lui plaît pas beaucoup. Pour essayer de me rattraper, j'ajoute :

— En tout cas, c'est réciproque. J'ai très envie de le revoir.

Je laisse filer sans rien dire le haussement de sourcils qu'elle m'adresse en guise de réponse.

MAJA

Marais rouges, décembre 2021

C'EST LA PREMIÈRE FOIS QUE JE RETOURNE à la *działka* de Pavel depuis sa mort. Celle d'Irina, désormais, il va falloir que je m'habitue. Je ne suis pas très fraîche car des cerfs en rut ont bramé toute la nuit, à quelques mètres de la maison, et j'ai dormi trois heures, quatre au plus.

Irina m'a entendue arriver et m'attend sur le seuil. Je laisse échapper un sifflement admiratif en découvrant l'intérieur presque refait à neuf. La couche de poussière sur le sol et les toiles d'araignée épaisses comme de la laine qui pendaient du plafond ont disparu. Les vitres qui étaient encrassées ont été nettoyées, de sorte que la faible lumière du dehors entre à nouveau et qu'on n'a plus le sentiment de se trouver au fond d'un caveau. Tous les objets de Pavel sont là, autant que je puisse en juger, mais Irina les a regroupés par origine géographique et repoussés dans les coins, ce qui fait qu'on a un peu plus d'espace pour circuler. Au lieu du froid humide habituel, la maison baigne dans une agréable tiédeur.

— On dirait que ça a changé, ici, fais-je remarquer. En mieux.

— Je ne suis pas certaine que Pavel partagerait ton point de vue. Mais merci pour le compliment.

Irina porte une robe bariolée, dénuée de forme, et un fichu qui dissimule son crâne chauve. Une tenue qui, plus que jamais, la fait ressembler à une *szeptucha*. Elle a repris du poids, retrouvé des couleurs, semble pleine d'énergie. Pour une fois, je distingue son bon œil parce qu'il brille plus que l'autre. Rien à voir avec le zombie qu'elle était devenue le jour de l'enterrement. Ça me fait chaud au cœur de la voir revenir ainsi à la vie. Je dois avouer que je ne pensais pas qu'elle remonterait la pente si facilement.

— Je suis contente de te revoir, dis-je.

Elle m'invite à m'asseoir, pendant qu'elle prépare le café. La tasse qu'elle me tend en revenant de la cuisine ne colle pas aux doigts, une autre nouveauté. Sitôt installée à côté de moi sur le sofa, elle fait signe à Urok, son jeune berger allemand, de nous rejoindre. L'animal s'exécute. Il est énorme, museau noir, œil sombre, poil long. Plutôt beau, dans son genre. Bien plus que le mourant qui nous a tenu compagnie la dernière fois, en tout cas, et qui a dû y passer depuis. Une fois qu'il est à ses pieds, elle lui caresse le museau, et il la gratifie en retour de quelques coups de langue énergiques.

Avec une nuance de tristesse dans le regard, elle explique :

— Pavel me l'a offert. Pour se faire pardonner. Après cette nuit où il m'avait sauté dessus... (Après une pause, elle ajoute :) C'est le seul qui ait survécu au carnage. Il était avec moi à la *kolonia* quand c'est arrivé, tu comprends...

Elle boit quelques gorgées de café.

— Ce n'est pas trop dur de se retrouver ici toute seule ?

— Oh, la vie a changé depuis la mort de Pavel. Mais on s'habitue. Il faut bien.

Je vide mon café d'un trait, puis demande en souriant :

— Tu es prête ? On y va ?

Après avoir chaussé nos cuissardes, nous nous mettons en marche. Dehors, il fait presque doux, la température est idéale pour aller faire un tour dans la nature. Nous atteignons les marais en moins de dix minutes.

Leur surface plane et détrempée, couverte d'herbes hautes balayées par le vent, semble s'étendre jusqu'à l'horizon. Elle est surplombée par un ciel immense, dans lequel les nuages forment des figures complexes en recomposition permanente. Ici, le sublime n'est jamais loin et offre toujours un visage renouvelé. Une sensation de voyage immobile.

La tentation de s'abandonner à la contemplation est toutefois rapidement évincée par la difficulté à se mouvoir sur ce terrain. La progression y est particulièrement pénible. Très vite, il faut, à chaque pas, s'arracher à la terre visqueuse dans un bruit de succion pour continuer à avancer. Chaque mètre parcouru requiert au moins deux fois plus d'effort que sur un terrain sec.

À ce régime, il ne me faut pas plus d'une heure pour me sentir lessivée. Irina, en revanche, semble dans son élément, et se déplace sur la boue sans effort apparent. Selon une légende qui court sur son compte, elle vient parfois marcher ici pieds nus. Je lui demande si c'est vrai. C'est une question que, je crois, je peux me permettre de poser.

Elle commence par rire, puis répond :

— Ça m'arrive. Tu devrais essayer. C'est agréable.

— Désolée, mais je ne crois pas que ce soit pour moi. J'ai trop peur des bêtes qui se cachent là-dessous.

Vers midi, après avoir marché trois heures, pratiquement sans parler, nous faisons une halte au milieu d'un morceau de lande à peu près sec. Nous nous assoyons sur un tronc d'arbre en cours de décomposition, et déballons les sandwichs à la *kiełbasa* que nous avons préparés avant de partir.

— Délicieux, dis-je la bouche pleine. Je crevais de faim. Pas toi ?

Comme elle me regarde d'un drôle d'air sans toucher au sien, je demande :

— Qu'est-ce qu'il y a ? Tu n'as pas faim ?

— Il y a peut-être un problème.

— Quel genre de problème ?

— Je n'en ai parlé à personne…

Je pose ma main sur son avant-bras pour la tranquilliser, et remarque qu'elle tremble un peu.

— Je sais être muette comme une tombe, quand il faut…

Elle hoche la tête puis, apparemment convaincue, elle se remet à parler, yeux baissés.

— Voilà… C'est un peu dur de trouver les mots… Mais… je ne suis pas sûre que la mort de Pavel soit accidentelle.

Je m'arrête net de mâcher.

— C'est peut-être un détail insignifiant, reprend Irina avant que j'aie eu le temps de réagir. Mais quand il nourrissait les chiens, Pavel laissait toujours la porte de l'enclos ouverte derrière lui. J'ignore pourquoi. Peut-être pour pouvoir fuir plus facilement en cas d'urgence. En tout cas, c'est une habitude qu'il avait.

Elle fait une pause pour déglutir, avant d'ajouter :

— Le matin où je l'ai trouvé, elle était fermée.

— Ça ne pouvait pas être à cause du vent ?

— Je ne pense pas… Cette porte fermait mal. Il fallait pousser fort pour…

— Donc tu penses que quelqu'un l'a fermée en quittant l'enclos ?

— Je ne vois pas d'autre explication.

— Et tu es sûre que ce n'est pas toi ?

Oui, visiblement, elle n'a aucun doute là-dessus. Étourdie, je sors le thermos de mon sac, dévisse le bouchon, remplis deux tasses en plastique de café fumant, et lui en tends une.

— Pourquoi tu n'as rien dit à la police ?

— Si tu veux vivre ici, répond-elle, embarrassée, il est préférable de régler ses problèmes soi-même. À la rigueur avec les voisins. Mais les flics… Non.

Une fois de plus, me voilà confrontée à cette primitive loi du silence… Mais Irina reprend sans me laisser le temps de lui dire ce que j'en pense :

— J'imagine que j'ai eu peur, aussi… Je sais de quoi les gens d'ici sont capables. Ils n'ont pas vraiment changé, tu comprends.

Pavel en était persuadé, lui aussi. Il répétait ça tout le temps : ils n'ont pas changé.

Son regard semble quêter mon approbation, tout en doutant de l'obtenir.

— Alors, si j'ai raison de croire que quelqu'un est responsable de la mort de Pavel, et qu'il est du coin, continue-t-elle, j'aime autant ne frapper que quand je serai sûre de mon coup.

— Qu'est-ce qui te fait croire que c'est quelqu'un d'ici ?

— Depuis le temps qu'il vit reclus dans la forêt... qui d'autre pourrait lui en vouloir ?

Je songe qu'il n'est pas exclu, compte tenu des zones d'ombre dans la biographie tortueuse du personnage, et en dépit de son âge avancé, que la liste soit longue comme le bras. Mais je garde ma remarque pour moi, et mets la main sur l'épaule de mon amie pour la réconforter.

— Bon. Je ne vais pas te mentir. Tu m'as complètement prise au dépourvu avec tes soupçons. Laisse-moi un peu de temps pour digérer tout cela, y réfléchir posément, et on en reparle. Tu veux bien ?

Elle soutient mon regard un moment, un peu déçue, semble-t-il, que je ne trouve rien à lui répondre de plus décisif, puis, résignée, fait oui de la tête. Nous finissons les sandwichs, les cafés, sans prononcer un mot de plus, puis nous remballons nos affaires et nous remettons en marche.

Les premiers kilomètres, les pensées se bousculent dans ma tête dans le plus grand désordre. Je n'avais jusqu'à présent jamais songé à remettre en question la version de la police locale. Un vieillard fait un malaise tandis qu'il nourrit ses chiens. Il se blesse en tombant. Le sang rend les animaux encore plus dingues qu'ils ne l'étaient déjà, et ils bouffent leur maître. Fin de l'histoire.

Mais sans doute cela m'arrangeait-il d'y adhérer sans réserve. En particulier, il était plus confortable pour moi de ne pas me demander si la fin tragique du vieil homme pouvait avoir un rapport quelconque avec les menaces qu'il avait reçues les jours qui l'ont précédée.

Il y avait aussi eu l'étrange sortie du vieux Klossowski, le jour de l'enterrement, sur laquelle j'avais décidé de mettre le couvercle… Avec ce que mon amie venait de dire, je n'allais pas pouvoir continuer à feindre d'ignorer cet autre fait troublant.

Heureusement, l'effort que demande la progression dans les marais, plus efficace que la méditation et les anxiolytiques réunis, parvient à réduire au silence toutes ces interrogations, auxquelles je n'ai de toute façon aucune chance de répondre dans l'immédiat.

Le soleil est bas, à présent. Les joncs s'enflamment. La terre a durci, semble avoir retrouvé un peu de son intégrité. Une brume laiteuse s'est formée au loin, au niveau de la rivière, donnant le sentiment qu'une horde d'esprits primitifs plane au-dessus du sol.

Vers dix-sept heures, nous touchons au but et atteignons un village dont le nom signifie *la route*. Il se compose de quatre ou cinq misérables maisons de bois construites en bordure du marais. Des chiens vicieux nous harcèlent tandis que nous le traversons. Les quelques minutes que nous y passons, nous n'apercevons aucune trace de présence humaine.

— Ici, commente Irina, tu peux toujours courir pour rencontrer autre chose que des alcooliques ou des chiens.

Peu après, nous débouchons sur la route principale. Au carrefour avec la piste que nous venons de suivre, un crucifix grossier est accroché sur un tronc. Nous nous engageons sur le bitume. Sa résistance sous mes pieds me fait une drôle d'impression. Quelques heures ont suffi à me faire perdre l'habitude de la terre ferme.

Vingt minutes plus tard, nous sommes de retour à la *działka* d'Irina et la nuit est déjà tombée. Je ne suis pas mécontente que notre petite équipée se termine enfin. Les muscles de mes jambes sont en feu, tout mon corps me fait mal. Je ne crois pas que j'aurais pu continuer à marcher beaucoup plus longtemps sans risquer de m'effondrer.

Avant qu'on se sépare, Irina me dit :

— J'espère que tu ne vas pas te faire trop de mauvais sang à cause de ce que je t'ai dit. J'avais besoin de partager mes doutes avec quelqu'un. Ça s'arrête là, je n'attends rien de plus. J'espère que tu comprends.

— Parfaitement, Irina. Et je te remercie pour ta confiance. Ça n'est pas tous les jours qu'on a l'occasion de se parler si ouvertement, dans le coin.

★

De retour chez moi, malgré l'épuisement physique, je comprends qu'il est inutile d'essayer de trouver le sommeil avec les pensées qui se sont remises à tourbillonner dans ma tête. Alors, je fais ce que je fais toujours quand je suis perturbée : je décide d'aller rendre visite à Tadzio.

Quand j'arrive chez lui, malgré l'heure déjà avancée et le froid, il est dehors, torse nu, occupé à réparer le vieux lavabo rouillé installé à l'extérieur du van, et qui lui sert de salle de bains en toute saison. Apparemment, il s'est trouvé une baignoire sabot, qui n'était pas là la dernière fois que je suis venue, pour compléter le dispositif.

— Le luxe se profile à l'horizon, fais-je remarquer en désignant l'objet. Attention quand même de ne pas t'embourgeoiser.

— Je fais ça pour toi, figure-toi, répond-il sans rire. Comme ça, tu viendras me voir plus souvent.

— Tu me connais si bien... Prendre mon bain en plein air et me donner en spectacle aux buveurs de Lech, c'est tout à fait mon genre.

— Tu sais bien que même les buveurs de Lech ne viennent plus ici depuis longtemps... Et puis, ne t'en fais pas, il y a aura un rideau.

J'ai dû laisser transparaître quelque chose de mon humeur car, malgré mes tentatives pour me montrer légère, Tadzio demande, après m'avoir observée pendant quelques secondes :

— Qu'est-ce qui se passe ? Tu n'as pas l'air dans ton assiette.

— Ça te dit de sortir ? J'ai besoin de prendre l'air.

— Bonne idée. Si tu veux, on va au bar de la plage. Je t'invite.

— Il est encore ouvert ?

— Au moins jusqu'à la fin du mois.

— Alors, c'est oui.

— Laisse-moi juste un moment pour me préparer, tu veux bien ?

Je patiente dehors en grillant une cigarette et en me rongeant l'ongle du pouce. Tadzio sort du van au bout de cinq minutes, sur son trente et un, vêtu de son short de surf préféré, d'un débardeur à l'effigie d'un glouton en colère, avec tout de même des chaussures de marche et une parka pour affronter le froid.

La classe.

— Quoi ? demande-t-il en me voyant le détailler du regard.

— Rien. J'apprécie l'élégance. C'est tout. On y va ?

Nous montons dans la Suzuki aux flancs recouverts de poussière jaune. Le bar de la plage, qui se trouve à un quart d'heure de route en allant vite, est un peu moins qu'un restaurant, un peu plus qu'une baraque à frites. Mais il faut reconnaître qu'il bénéficie d'un cadre agréable, avec sa vue sur la rivière et la petite plage de Goniądz. Une fois arrivés, nous nous installons à l'extérieur, sous un parasol aux couleurs de la bière Żywiec. Sans surprise, nous sommes les seuls clients ce soir.

Après m'avoir laissé un moment pour étudier le menu, Tadzio me demande ce que je veux, puis se charge d'aller passer la commande au patron, Michal, qui sommeille à moitié derrière le zinc dans les vapeurs d'alcool et me fait un signe de la main quand il me reconnaît.

Une fois qu'il est de retour, je laisse passer un moment avant de me lancer :

— On est allées faire un tour dans les marais avec Irina aujourd'hui.

— Ah ? Comment va-t-elle ? Elle se remet de la mort du roi ?

— Disons qu'elle remonte la pente. Il faudra du temps pour qu'elle se rétablisse complètement. Mais j'aimerais ton avis sur quelque chose qu'elle m'a dit.

— Je t'écoute.

— C'est au sujet de Pavel, justement. Je ne vais pas y aller par quatre chemins. Sa mort. Elle n'est pas sûre qu'il s'agisse d'un accident.

Il souffle par le nez la fumée de sa cigarette.

— C'est pour ça que tu fais cette tête ?

— Un peu, oui, j'imagine. Ce n'est quand même pas rien.

— Avec un passé chargé comme le sien, il avait sans doute encore quelques ennemis.

Électrisée par sa réponse, qui confirme ce que je pensais déjà, je demande :

— Alors l'hypothèse te semble plausible ?

— Je ne sais pas. Irina a des preuves de ce qu'elle avance ?

— Le terme d'impression conviendrait sans doute mieux.

— C'est bien ce que je me disais. Le style local. Tout à l'instinct.

Il prend un moment pour réfléchir avant de poursuivre :

— Beaucoup de gens avaient de bonnes raisons d'en vouloir à Pavel. Même elle. Il l'avait plus ou moins tabassée récemment, non ? Et, autant que je sache, ce n'était pas la première fois.

— Dans ce cas, quel serait son intérêt de remettre en cause la thèse de l'accident à laquelle tout le monde ici adhère sans discussion ?

— Je ne sais pas. Assurer ses arrières au cas où quelqu'un d'autre viendrait à poser la question ?

Je suis un peu déstabilisée par l'air sérieux qu'il affiche.

— Tu crois vraiment qu'elle serait tordue à ce point ?

Il commence par hausser les épaules, avant de répondre en fixant un point situé au niveau de mes sourcils :

— Ce que je crois, c'est que la thèse de l'accident est quand même la plus probable. C'est ce que les flics ont conclu, non ? Ils sont supposés savoir ce qu'ils font.

Il faut croire que je fais à nouveau une drôle de tête, car il se sent aussitôt obligé d'ajouter :

— Et puis Pavel avait presque cent ans. Il avait fait son temps, tu ne crois pas ? Il a eu une belle vie, par-dessus le marché. Alors je ne vois pas pourquoi tu te soucies pour lui. On a d'autres raisons de s'inquiéter, je trouve. Ce ne sont pas les sujets qui manquent, ces temps-ci.

Je décide d'aller dans son sens.

— Oui, tu n'as peut-être pas tort. Peut-être que le mieux que j'aie à faire, après tout, c'est de laisser tomber cette histoire. Peut-être que cela vaut mieux pour tout le monde.

À ce moment, Michal arrive en titubant avec notre commande, et parvient à poser assiettes et bières sur la table sans rien faire tomber. Une fois qu'il est parti, je dis à mi-voix :

— Il est en train de consommer ses propres stocks de bière…

— Il faut se mettre à sa place. Les clients ne se bousculent pas, à cette saison. Il passe le temps comme il peut.

Tout en avalant une bouchée de *placek po węgiersku,* un de mes plats préférés, je demande :

— À part ça, quoi de neuf en ville ?

Une heure plus tard, mon assiette est vide, Tadzio ne m'a rien appris que je ne sache déjà, et nous quittons le bar de la plage. Au moment où nous sortons, une bande de jeunes du village fait son entrée en discutant avec animation. Ils ont l'air de gamins prématurément déglingués, et affichent cet air violent de petites frappes que je connais trop bien. Le regard qu'ils me jettent en passant parvient presque à me mettre mal à l'aise.

Tadzio ne leur prête pas la moindre attention.

— Tu les connais ?

— Jamais vus.

— Toi qui sais toujours tout ? Fais attention. Tu es en train de perdre la main.

Il rit de ma remarque puis me raccompagne jusqu'à ma voiture, que j'ai laissée à Trailer Park. Une fois devant le van, il me propose un dernier verre chez lui, mais je ne suis pas d'humeur. Il n'insiste pas et nous nous séparons sur un baiser.

Sur le chemin du retour, arrivée à proximité de l'Auberge du loup, je décide de m'arrêter pour saluer Alicja. Quand je pénètre sur le parking, elle est perchée sur le toit, occupée comme d'habitude à je ne sais trop quels travaux rébarbatifs, et éclairée seulement par la lumière de sa lampe frontale. Dès qu'elle m'aperçoit, elle me fait un signe de la main.

Je réponds en criant par la vitre baissée du Kombi :

— Je te dérange ?

— Penses-tu.

— La *kuna* est revenue ?

— Elle n'est jamais partie, en fait. Entre, tu connais le chemin. J'arrive tout de suite.

Une fois que nous sommes toutes les deux à l'intérieur de l'auberge, assises devant un thé brûlant, Alicja me tend son téléphone pour me faire lire le message qu'elle a reçu le matin :

> The Polish border is sealed.
> BLR authorities told you lies. Go back to Minsk !
> Don't take any pills from Belarusian soldiers.
> The Polish government.

Je lis tout haut puis lui rends l'appareil, qu'elle pose sur la table devant elle d'un geste négligent.

— Ils envoient ce message à tous ceux qui pénètrent dans la zone. Tu ne l'as pas reçu ?

— Je ne crois pas. Tu sais, on capte mal chez moi. Ou alors, je ne l'ai pas vu. Enfin, peu importe. C'est quoi cette histoire de pilules ?

— Apparemment, une drogue qui soulage ces gens de la peur de se lancer à l'assaut de la frontière. Les salopards cyniques du camp russe les utilisent comme des béliers humains. C'est triste à dire, mais ils sont sans doute encore pires que ceux d'ici.

Après une pause, elle demande :

— Tu feras quoi, toi, si l'un d'entre eux vient frapper à la porte ?

— Je l'accueillerai.

Elle me regarde, soupçonneuse.

— Comment peux-tu être si sûre ?

— Parce que je l'ai déjà fait.

Ma réponse la réduit au silence. Elle ne s'attendait sans doute pas à ce que je sois encore capable de la surprendre, à ce qu'il y ait encore des épisodes de mon histoire lui restant à découvrir.

— Et toi ?

— Moi aussi, je crois. En tout cas, je n'ai pas l'excuse du manque de place… (Elle réfléchit un peu, puis reprend :) J'ai des amis, qui font de leur mieux pour leur venir en aide, près de la frontière. La vérité, c'est qu'ils ne peuvent pas faire grand-chose. Avec ceux de l'autre côté, ils se regardent en chiens de faïence. Ils sont séparés par une barrière de fils barbelés et un cordon de flics. La seule chose qu'ils pouvaient espérer, c'était d'attirer l'attention. Ils y sont parvenus pendant un moment. Et puis, les médias ont fini par s'intéresser à autre chose. Toujours la même histoire.

Elle hausse les épaules, puis ajoute en faisant de la main un geste désabusé :

— Et maintenant, on en est là. Englués dans la honte.

Sur le chemin du retour, pas d'humeur à m'échauffer les oreilles avec le rock biélorusse diffusé à la radio, je me passe un CD des préludes de Chopin que j'aime écouter quand je conduis. Ensuite, j'essaie de faire le vide, de me concentrer sur la route, sans y parvenir aussi bien que je le voudrais.

Quand une voiture arrivant en face avec des phares mal réglés me sort brusquement de ma torpeur, je réalise que je m'y étais peut-être enfoncée un peu plus qu'il n'est raisonnable. Mais je ne crois pas que ce soit moi. Cette route fait toujours cet effet-là à tout le monde.

Heureusement, la *działka* n'est plus très loin.

GASPARD

Varsovie, novembre 2020

L'AMIE D'ELENA, QUE JE N'AI ENCORE JAMAIS rencontrée, nous a donné rendez-vous au Skład Butelek. C'est une vieille bâtisse de brique rouge aux murs couverts de *street art*, située au fond d'une cour, en retrait d'une rue peu animée, perpendiculaire à la Targowska. Elle a dû servir autrefois d'entrepôt avant d'être reconvertie en bar *underground*.

À l'intérieur, les murs sont décrépis, le bar est minimaliste, la serveuse est sexy et pas souriante. Il y a beaucoup de monde, surtout des jeunes, mais pas seulement, de sorte que je n'ai pas l'impression de faire tache. De la musique violente qui monte du sous-sol fait trembler les murs.

Elena me laisse au niveau de l'entrée pour aller faire un tour de reconnaissance, et revient au bout de deux minutes.

— Elle n'est pas encore arrivée. On va l'attendre en bas, si tu veux.

L'escalier qui descend à la cave est étroit et raide. La salle de concerts est petite et bondée. Les gens sont debout, remuent la tête, une ou deux bouteilles de bière à la main. Certains ont un style recherché, mais la plupart, non. La musique gronde, punk local avec cuivres et paroles qui m'échappent totalement.

Je passe un moment à écouter le concert, jusqu'à ce qu'une basse trop tendue me vrille le tympan. Alors je suis contraint de remonter au rez-de-chaussée, main plaquée contre l'oreille. J'ai peur qu'elle se mette à pisser le sang, c'est déjà arrivé une fois.

Deux filles saoules manquent de s'effondrer sur moi au passage. Je commande une troisième bière, la vide d'un trait, et la douleur s'atténue un peu. Soudain, tandis que j'attaque la suivante, mes antennes se mettent à vibrer. Je tourne la tête et repère tout de suite ce qui les a mises en alerte.

Depuis un coin du bar, une fille, la trentaine, cheveux ras, nous dévisage avec un sourire figé. Corps sec moulé dans un jean serré, troué par endroits, et un T-shirt noir, son visage est marqué par une maussaderie tenace, malgré le sourire qu'elle affiche. Ses yeux sont bleu délavé, comme passés au détergent.

Je donne un coup de coude à Elena. Elle sourit.

— C'est elle. Maja.

— J'avais deviné. Tu me l'avais bien décrite.

Nous la rejoignons. Une fois qu'elle a fini de serrer Elena dans ses bras, Maja me tend la main, d'un geste un peu raide. Elle est douce, froide, délicate.

— Maja est la femme dont tu as besoin si tu veux comprendre ce qui se passe ici, dit Elena, en guise de présentation.

La fille hausse les épaules.

— Comme si ce qui se passe ici était compréhensible.

Elle m'adresse un sourire mélancolique. À première vue, elle semble bien disposée à mon égard et prête, au moins, à me laisser une chance. J'avais perdu l'habitude, ces temps-ci, avec les femmes. Mais il y a quelque chose de rigide dans son attitude et dans ses gestes, à croire que chacun d'entre eux exigea un combat de sa part. Je ne pense pas que ce soit à cause de moi. Elle est ainsi, c'est tout : sur le qui-vive. Elle doit avoir ses raisons.

— Venez, j'ai réussi à trouver une table.

Nous la suivons jusqu'au fond du bar. Une petite table ronde nous attend en effet dans un coin. Un petit miracle, vu la fréquentation.

— La première tournée est pour moi, dit Maja en s'asseyant. Vous buvez quoi ?

Elle fait signe à la serveuse, qui apporte les verres quelques minutes plus tard. Nous trinquons et commençons à boire.

— Alors ? Qu'est-ce qui t'a pris de venir t'installer dans ce pays ?

— À vous entendre tous, c'est l'enfer ici. Pourtant, quand je regarde autour de moi… (J'accompagne ces paroles d'un geste englobant les clients du bar, qui ont tous l'air de passer du bon temps.)… j'ai le sentiment que la situation n'est pas si mauvaise.

— Ne te fie pas aux apparences, répond-elle du tac au tac. Ici, tu dois te battre pour tout. Pour baiser qui tu veux. Pour te faire avorter. Pour dire ce que tu penses si tu ne penses pas droit. Pour obtenir justice.

Elle plante ses yeux dans les miens, sans pitié. Une guerrière.

— Pour tout, je te dis. Ça n'est pas drôle. Et il va falloir que tu t'y habitues.

Se calant dans son siège, elle poursuit, un ton plus bas, comme si elle craignait d'être entendue :

— Maintenant, à toi de voir. Personnellement, je n'exclus pas de me tirer, un de ces jours.

Je me tourne vers Elena. Elle a les yeux rivés sur son amie, et acquiesce à tout ce qu'elle dit. Un mot me vient à l'esprit en la voyant : *admirative*. Ce n'est pas rien : il en faut beaucoup pour impressionner Elena.

— En attendant, je me bats. Pas seule. On est nombreuses, tu sais.

— C'est vous, cet éclair rouge, qu'on voit partout sur les murs de Varsovie ?

— C'est un des symboles de notre lutte. Pas le seul. Il y a aussi le parapluie noir, le cintre… À défaut de mieux, nous essayons de nous rendre maîtres des murs. Sans me vanter, je crois qu'on y arrive assez bien.

Elle s'interrompt, regarde autour d'elle, soudain un peu désemparée.

— J'ai besoin d'un autre verre. Je n'y peux rien, j'ai toujours très soif, quand je parle de tout ça.

Quand elle se tourne vers le bar pour capter l'attention de la serveuse, je remarque un bout de tatouage grand format. Le dessin à l'encre verte dépasse de son T-shirt, à la base du cou. Une forme anguleuse. Je n'arrive pas à identifier ce qu'elle représente. Une minute plus tard, elle a récupéré son verre, et un pour nous par la même occasion.

Après avoir vidé le sien d'un trait, Maja dit :

— Excusez-moi. Il faut que j'aille pisser.

Elena et moi la regardons disparaître dans la lumière bleutée. Une fois qu'elle est hors de vue, Elena se penche vers moi en souriant.

— Tu as de la chance, elle t'aime bien.

— Qu'est-ce que tu en sais ?

— Je le sais. C'est tout.

— Alors tant mieux. Car moi aussi, je l'aime bien.

L'heure qui suit, nous vidons encore quelques verres. Par moments, les deux amies parlent entre elles, et je me retrouve un peu à l'écart de la conversation, mais cela ne me dérange pas.

Sur le coup d'une heure du matin, Maja regarde sa montre.

— Désolée, les amis, il faut que j'y aille. J'ai promis à d'autres gens que je passerais les voir.

Puis, s'adressant plus spécifiquement à moi en même temps qu'elle enfile son blouson de cuir :

— Gaspard, enchantée d'avoir fait ta connaissance. J'espère qu'on se reverra bientôt.

— Moi aussi, Maja.

— On a encore beaucoup de choses à se dire. Et il faudra qu'on aille ensemble à une manifestation. Alors, tu verras ce que cette ville a vraiment dans les tripes.

Je réponds que je suis partant. Pour confirmer que le courant passe bien entre nous, elle me fait une bise sur la joue, serre

Elena dans ses bras, puis se fraie un chemin dans la foule et quitte le bar.

— Une vraie tornade, dis-je à Elena quand elle a disparu.

— Je t'avais prévenu.

Après une pause, elle ajoute :

— En tout cas, elle a raison. Ce serait bien que tu ailles avec elle à une manifestation. Pour te faire une idée.

Je hoche la tête, en songeant qu'en effet, ça ne me ferait pas de mal de m'intéresser un peu aux luttes du présent, pour changer des drames du passé.

★

Comme le temps est ensoleillé malgré le froid, nous décidons d'aller passer le week-end qui suit à la *działka* d'Elena, et profitons de l'occasion pour inviter Pavel à dîner. Notre première rencontre, trop brève, m'a laissé sur ma faim, et j'ai vraiment envie de le revoir. Est-ce à cause de cette vague idée de livre que j'ai en tête ? Parce que je vois en lui un sujet en or, un personnage de première catégorie ? Ou est-ce déjà plus que cela ? Je ne saurais le dire avec certitude.

Ce qui est sûr, c'est que mon impatience n'est pas partagée par sa fille, et j'ai dû insister pour la convaincre. Mais elle a fini par céder.

Nous avons acheté ses mets favoris, de ceux qu'on ne trouve pas dans les supermarchés. Saucisson de peau de porc. Soupe aux orties. Boudin noir. Foies de poulet. Graisse, peau, sang, mauvaises herbes. Tout ce qui est rejeté par la société de consommation. Nous avons payé le tout un prix dérisoire.

Le soir venu, nous sortons la vaisselle chinoise. Un cadeau que Pavel a fait à sa fille. Vers vingt heures, notre invité apparaît, sanglé dans un étrange costume démodé à la couleur indéfinie. Je souris à l'idée qu'il a fait l'effort de se mettre sur son trente et un.

Nous passons à table sans tarder. Je débouche une bouteille de vin hongrois. Une minute ou deux, Pavel couve du regard les mets que nous avons préparés et, sur un signe d'Elena, se jette dessus tel un affamé. En le voyant se comporter ainsi, elle me lance un coup d'œil embarrassé. Mais je lui fais signe que c'est sans importance. Moi aussi, après tout, je viens d'un milieu fruste où l'on fait souvent fi des bonnes manières.

Surmontant mes réticences, je me mets à mon tour à manger, un peu honteux d'avoir l'estomac si délicat. C'est bien joli de vouloir vivre hors du système, encore faut-il être capable de se contenter de peu. Sinon, on ne tarde pas à se faire rattraper par la réalité matérielle.

Lui sait y faire. Les crises du vingtième siècle qu'il a traversées les unes après les autres l'ont dressé à l'impératif de survie. Maintenant la vie est plus douce, mais son corps n'a pas oublié. Ayant achevé ma ration, je le regarde avaler sa seconde, à moins qu'il ne soit déjà rendu à la troisième. Je le regarde faire sans dégoût, avec, au contraire, un peu d'envie.

Il ne se met à parler qu'une fois qu'il a le ventre plein.

La magie opère à nouveau. Encore plus que la première fois. C'était presque inespéré, après tout, que dès la deuxième rencontre il se mette à me raconter son histoire. La naissance dans un village près de la frontière ukrainienne. La mère qui l'abandonne. Le père qui meurt sur le front russe en 1941. Sa fuite. Son éducation à l'école des cadets. Ses succès. Sa carrière de diplomate en Asie.

Et puis la chute.

Comment il est emporté par la vague d'épuration antisémite qui déferle sur le pays en 1968. La perte des privilèges. La vie dans un bloc avec les trois enfants. Les petits boulots pour survivre. La cueillette des myrtilles, ce genre de choses. La débrouille, comme tout le monde. Les files d'attente devant les magasins vides. Sa femme qui fait la gueule.

Parvenu à ce stade, il fait une pause dans son monologue, pour plonger son couteau dans le pot de *smalec*, et se tartine un morceau de pain géorgien qu'il enfourne avec gourmandise.

Je profite de l'interruption pour me tourner vers Elena. Elle a les yeux baissés, et je la connais assez pour savoir qu'elle bouillonne intérieurement et n'est pas loin d'exploser. Elle a sans doute déjà entendu cette histoire cent fois. Pourtant, elle continue à la déranger. Pourquoi au juste, je l'ignore.

Sans prêter attention à l'humeur de sa fille, une fois qu'il a fini de mastiquer, Pavel se remet à monologuer. Mais l'essentiel est dit, et ce qui suit est moins romanesque. Les livres, les longues marches, les voyages. Il est fier de sa liste de pays visités. Des petits boulots qu'il a enchaînés, jusqu'à soixante-dix ans. Celui qu'il a le plus aimé ? Guide pour touristes juifs dans le vieux Varsovie. Que leur montrait-il au juste ? Pour l'essentiel des choses qui n'existaient plus. Détruites. Réduites à néant.

— Dans ce pays, Gaspard, ce qu'on sait est plus important que ce qu'on voit, précise-t-il pour que je comprenne bien.

C'est le moment qu'Elena choisit pour sortir de son mutisme.

— Puisqu'on parle de cela... Tu es juif, toi, ou pas ? Tu ne m'as jamais dit.

Il secoue la tête énergiquement.

— Non, non, non. Peut-être un peu tatar. Mais juif, sûrement pas.

Pourquoi cette inquiétude dans sa voix, dans ses yeux ? Ce n'est pas difficile à imaginer, compte tenu de ce qu'il vient de raconter. Quarante ans plus tôt, cette question a été une accusation qui lui a coûté sa carrière, et aurait pu lui coûter sa tête. Instinct de survie, encore et toujours.

On ne sait jamais à qui on a affaire. Même si longtemps après. Même quand il s'agit de sa propre fille.

Pour briser la tension qui s'est installée, je demande, sourire aux lèvres :

— Penses-tu que tu pourrais me faire faire la visite, quand tu viendras à Varsovie ?

Je pensais le flatter en lui faisant cette requête. Mais l'effet obtenu est à l'opposé de ce que j'attendais. Le visage du vieil homme se fige. Il semble vraiment embarrassé, soudain. On dirait que j'ai mis le doigt sur un point faible. Ce n'était pas délibéré. Mais maintenant, j'ai envie de comprendre.

Pavel satisfait ma curiosité en m'adressant un sourire déchirant.

— Rien ne me ferait plus plaisir. Mais je ne peux pas. J'ai oublié. Ma mémoire me joue des tours. J'ai quatre-vingt-dix ans. Ce n'est pas si simple.

Ainsi, c'est donc ça. L'ultime point faible des histoires, c'est qu'elles finissent par disparaître. Déjà, Pavel a perdu l'accès à celles de la ville. Ensuite, j'imagine que ce sera le tour des siennes. Que reste-t-il quand on en est arrivé là ?

— De toute façon, je ne vais plus jamais à Varsovie, et je n'ai aucune intention d'y retourner.

Embarrassé à mon tour, je lui sers un morceau de *makowiec* pour faire passer la pilule. Il se jette dessus comme il l'a fait pour le reste. L'instinct du survivant, lui, ne s'efface jamais.

Le repas terminé, nous le ramenons chez lui en voiture. Il ne voulait pas, mais Elena a refusé de le laisser rentrer seul à travers la forêt si tard dans la nuit, alors il a fini par céder. Sur le chemin du retour, elle me paraît tendue. Après un silence prolongé, elle consent à me faire part de ce qui la préoccupe.

— Tu sais, il n'a dit que ce qu'il voulait bien te raconter.

— Tu veux dire… ce soir ?

— Je veux dire : depuis le début.

— Moi, il m'a paru sincère.

— Il l'a sans doute été, par moments. Mais sûrement pas tout le temps.

— Comment le sais-tu ?

— Je le connais. Avec lui, il a toujours fallu vivre dans le mensonge.

Sans doute inconsciemment, Elena a appuyé sur l'accélérateur. La Dacia file dans la nuit, sur la route déserte, entre deux murs végétaux formés par la forêt. Trop vite.

— Pas seulement ses mensonges. Les miens, aussi. Moi aussi, j'ai dû mentir. À cause de lui. Je ne pouvais pas dire la vérité. Dire la vérité, c'était avouer qu'on était du côté des méchants. D'ailleurs, je ne peux toujours pas la dire. Tout cela brûle encore. Tout cela est encore empoisonné.

Elena pile sur le frein pour laisser passer une biche qui nous fixe, aussi surprise que nous, avec un air hagard, avant de reprendre sa course. Comme si rien ne s'était passé, Elena redémarre dès que la voie est libre.

— J'ai dû vivre avec ses mensonges, respirer quotidiennement une atmosphère empuantie par leur odeur, et moi-même j'ai été obligée de mentir pour le protéger, et pour me protéger. Je lui en veux surtout pour cela : de m'avoir obligée à me salir.

Elena allume la radio, parcourt nerveusement le fil des stations, et ne trouvant aucun programme qui lui plaise, l'éteint. Puis elle tourne les yeux vers moi et poursuit :

— Quoi qu'il arrive, n'oublie jamais que Pavel est un professionnel du mensonge. Rien de ce qu'il t'a dit depuis que tu le connais n'est à prendre au pied de la lettre. Il faudra y revenir encore et encore pour approcher un semblant de vérité. Recouper. Traquer les contradictions. J'ai essayé, un temps. Maintenant, ça ne m'intéresse plus.

Nous sommes arrivés et entrons dans le jardin. Elena arrête brutalement le véhicule au pied du prunier. Nous nous retrouvons plongés dans le silence et l'obscurité. Je ne me rappelle pas l'avoir vue se mettre dans un état pareil.

— Nom de Dieu, ce que ces visites me rendent nerveuse.

— Si elles te coûtent tant que cela, on ne le verra plus…

Nous quittons la Dacia, et parcourons dans la nuit froide les quelques mètres qui nous séparent du chalet. Parvenue devant la porte, Elena sort ses clés et la déverrouille.

— Oui, je crois que c'est une bonne idée. Je crois en effet qu'on ferait mieux de passer à autre chose. Ça vaudrait mieux pour tout le monde.

Elle allume la lumière dans le couloir, puis dans le salon. Les antiquités ramenées par Pavel, exposées sur les étagères, se mettent à luire. Comme pour la vaisselle chinoise, il en a fait cadeau à sa fille : une pièce à chaque anniversaire. Vu son état d'esprit, je me demande pourquoi elle les conserve.

Passer à autre chose, a-t-elle dit. Je veux bien essayer. Mais ça ne sera pas facile. Cela fait longtemps que je n'ai pas rencontré quelqu'un qui me donne à ce point envie d'en savoir plus sur son compte. Je croyais avoir dépassé ce stade-là pour de bon. Je croyais mort en moi l'instinct du chasseur.

Il faut croire que je l'avais enterré un peu vite.

MAJA

Marais rouges, janvier 2022

CE MATIN, QUAND J'AI OUVERT LA PORTE d'entrée juste après m'être levée, un paquet m'attendait sur le perron. De la taille d'une boîte à chaussures, ficelé dans du papier kraft avec, dessus, mon nom et mon prénom écrits en lettres capitales au feutre gras. Sans adresse, sans timbre : quelqu'un s'était donc déplacé exprès pour le déposer ici, ce qui, compte tenu de l'isolement dans lequel je vis, ne constituait pas un mince effort, surtout à cette saison.

J'ai regardé à droite, à gauche, au cas où le livreur serait encore dans les parages. Une fois assurée qu'il n'y avait personne, je me suis baissée pour le ramasser. Puis, après l'avoir soupesé longuement, je suis rentrée dans la *działka*.

J'ai posé le paquet devant moi sur la table de bois et, méfiante, j'ai encore passé un moment à l'observer avant de finir par me décider à l'ouvrir. Je n'allais quand même pas rester plantée là, comme une idiote, à essayer de deviner pendant des heures ce qu'il pouvait bien contenir. Une fois le papier déchiré, nerveuse, j'ai soulevé le couvercle.

Des cailloux gris ?

Non. Pas des cailloux. Les morceaux d'une statue brisée.

Je les sors de la boîte et les place un par un sur la table, avec une précaution excessive. Douze au total. Là, une main. Une moitié de tête. L'autre moitié. Une jambe.

Pas trop compliqué, ce puzzle. Il ne me faut pas cinq minutes pour reconstituer la statue de Lénine. Une statue miniature. Cinquante centimètres de haut à peine. En terre cuite, pas le genre de matière noble qui aurait sans doute plu à son auguste modèle. Mais enfin, une statue de Lénine tout de même.

C'est lui, pas de doute. Avec sa barbiche, son pas en avant décidé, le regard fixé loin devant lui, sur le monde réconcilié, ses faux airs d'archange, il est immédiatement reconnaissable. Il me faut quelques instants, après l'avoir identifié, pour commencer à me demander *qui*, *pourquoi* et ce que ce petit jeu signifie au juste.

Mais le bruit d'une voiture qui s'arrête devant chez moi interrompt le cours de mes réflexions avant que je sois parvenue à trouver ne serait-ce qu'un début de réponse. Je jette un œil par la fenêtre et reconnais la Polo d'Alicja. Avec cette histoire de colis, j'avais oublié que je lui avais demandé de passer me prendre pour qu'on aille faire les courses ensemble à Mońki, une habitude que nous avons depuis quelques mois pour rendre cette corvée un peu moins déplaisante.

Tandis que je m'installe près d'elle sur le siège passager, elle lance :

— Tu as l'air bizarre, ce matin. Quelque chose va de travers ?

— Peut-être. Je ne sais pas encore.

— Dis toujours.

— J'ai reçu un colis contenant les débris d'une statue de Lénine.

Elle n'arrive pas à retenir un sourire.

— Une idée de ce que ça signifie ? je demande. Une coutume locale qui m'aurait échappé ?

— Pas que je sache.

Elle enclenche la première et la Polo se met à avancer.

— Tu sais, Maja, certaines personnes ont le cerveau vraiment encrassé, dans ce pays. Il faut apprendre à vivre avec. Même si c'est dur. Je suis bien placée pour le savoir…

Au bout d'un quart d'heure de route, comme, malgré tous ses efforts, Alicja n'est toujours pas parvenue à me détendre, elle me demande :

— Pourquoi ce colis t'inquiète à ce point ? Tu as connu pire, ici, ou je me trompe ?

Je me tourne vers elle, hésite un instant, puis dis finalement :

— Dans un sens, je crois que j'aurais préféré une vache crevée. Un truc clair et basique. Primitif, méchant, et dégueu, mais pas compliqué à saisir. Alors que là, je ne sais pas, ça sent l'esprit tordu. Et la dernière chose dont j'ai envie, ces temps-ci, c'est d'avoir affaire à un tordu.

Je me tourne vers elle pour jauger sa réaction. Elle conduit les yeux fixés sur le macadam craquelé, en prenant soin d'éviter les nids-de-poule. Un sourire à peine esquissé est figé sur son visage.

— À mon avis, tu as tort de t'alarmer. C'est peut-être tout simplement une erreur.

— Oui. Tout simplement.

Si seulement elle pouvait avoir raison…

Cinq minutes plus tard, nous entrons dans Mońki. Je regarde défiler les enseignes des commerces locaux. Vente de bois brut. Vente de charbon. Vente d'outils. Rien que du lourd. Heures d'ouverture : 4 heures – 13 heures. Dans un environnement pareil, la galerie commerciale sur le parking de laquelle Alicja gare la Polo a presque des airs de fête. C'est dire.

Le trajet de retour se déroule coffre plein à craquer et pour l'essentiel en silence. L'humeur joviale qu'Alicja manifestait à l'aller semble s'être dissipée. J'ignore les raisons de ce revirement. Je ne pense pas y être pour quelque chose.

Soudain, sans que rien l'ait annoncé, elle reprend la parole :

— Au fait, il paraît que ça devient sérieux, avec Tadzio ?

Surprise, je me tourne dans sa direction pour essayer de capter son regard. Mais elle garde les yeux rivés droit devant elle, sans afficher l'ombre d'un sourire.

— Il paraît ?

Elle consent enfin à me jeter un bref coup d'œil avant de revenir à la route.

— Tout se sait, par ici. Si tu aspirais à mener une vie discrète, tu as mal choisi ton endroit.

Je réfléchis quelques secondes, sans parvenir à déterminer qui a pu nous voir ensemble et encore moins en tirer des conclusions quant à la nature de notre relation. D'un autre côté, nous n'avons jamais fait d'effort pour nous cacher. Alors j'imagine qu'il était fatal que tôt ou tard elle tombe dans le domaine public. Même si, bien entendu, j'aurais préféré éviter.

— *Sérieux*, le mot est quand même fort. *Récréatif* conviendrait mieux, si tu veux tout savoir. (Puis, me tournant vers elle, j'ajoute :) J'espère que tu n'as rien contre ? Je n'ai pas empiété sur tes plates-bandes, au moins ?

— Tu plaisantes ? Non, pas du tout. Je suis juste contente pour vous deux.

Pas convaincue par son enthousiasme de façade, je décide de ne pas insister. Quand nous arrivons chez moi, elle m'aide à décharger mes sacs de courses et à les descendre dans la cave que j'utilise comme frigo d'appoint. Puis elle rentre chez elle sans accepter le café que je lui offre.

Je la regarde s'éloigner avec des sentiments mêlés. La façon dont elle a parlé de Tadzio, tout à l'heure, me laisse un goût amer dans la bouche. Enfin, si notre relation la dérange pour une raison ou pour une autre, c'est son problème, pas le mien, et je ne vais pas commencer à me torturer l'esprit à cause de ses états d'âme.

Une fois que la Polo a disparu, je rentre dans la *działka*. La statue de Lénine se trouve là où je l'ai laissée, bien en vue, sur la table. Elle m'était presque sortie de la tête, signe que je progresse, sur le terrain du détachement.

Je décide de ne pas perdre plus de temps à essayer de résoudre cette énigme, et je remets les morceaux dans la boîte, avant de la ranger dans le débarras, dans un coin bien sombre où je suis presque sûre de ne plus poser les yeux avant des mois.

Tout pourrait donc en rester là, au moins pour le moment. Mais quand je passe devant la porte d'entrée pour regagner le salon, un morceau de papier arraché à un cahier d'écolier, plié en deux, s'envole sous l'effet du courant d'air. Un peu fébrile, je me penche et m'en saisis.

On t'a retrouvée, sale pute juive.
Tu vas payer pour ce que tu as fait.
On va te faire la même chose qu'à tes ancêtres.

Un moment, le message me laisse pensive. Bien entendu, le doute est toujours possible, mais je suis prête à parier qu'il n'était pas là ce matin quand j'ai reçu le colis. Ça veut dire qu'ils sont revenus. Ça veut dire qu'ils me mettent la pression. Ça veut dire que cette histoire devient sérieuse.

★

— As-tu une idée de qui pourrait avoir envie de me faire peur, dans le coin ?

Tadzio et moi sommes installés face à face, au bar de la plage, où nous avons convenu de nous retrouver. Michal ne semble pas décidé à fermer cette année. Il a peut-être grillé trop de neurones pour s'apercevoir que l'été était fini depuis trois mois.

Tadzio se plonge un moment dans ses réflexions. Il n'est pas du genre à répondre en mode pilote automatique. J'aime assez ce côté réfléchi qu'il peut avoir quand il s'en donne la peine.

— Je ne sais pas. Depuis la mort de Pavel, les choses ont changé, ici. Tu comprends, son surnom de roi des marais, ça n'était pas que du folklore. Il maintenait l'ordre, bien plus efficacement que les autorités officielles. La plupart des gens ne l'aimaient pas, mais on le redoutait. À cause de ses chiens fous, de son passé, d'Irina et de ses pouvoirs supposés de *szeptucha*. On respectait ses décisions, aussi.

Il lève les yeux sur moi et ajoute :

— Maintenant qu'il est sorti du paysage, c'est la porte ouverte au chaos. Si tu veux mon avis, personne n'aurait osé venir t'embêter de son vivant. Il ne l'aurait pas permis, maintenant que tu fais partie de la communauté.

— Je n'avais pas réalisé qu'il exerçait un tel pouvoir.

— Tu le payais, non ?

Il a parlé sèchement, de sorte que, surprise, c'est presque sur la défensive que je réponds :

— Oui, enfin, comme tout le monde. Je voyais cela comme un impôt local. Presque une tradition.

— Tu ne peux pas ignorer non plus que Pavel rendait des services en échange, reprend-il, plus doucement. Parfois, quand il fallait. C'était discret, mais efficace. Il va nous manquer, dans le contexte actuel.

— Quel contexte ?

— La construction de la route, par exemple. Dans le coin, le sujet a tendance à rendre les gens nerveux. Certains ont tout à y perdre. Ici, les droits de propriété sont, comment dire, discutables. Tu connais l'histoire aussi bien que moi.

Impossible, en effet, de l'ignorer. Quand on vit dans la région, c'est le b.a.-ba.

— Pas mal de monde risque de se retrouver dans la même situation que moi, poursuit-il. Sans terre. Sans un *złoty* d'indemnisation. Ça ne manquerait pas d'ironie, après tout ce qu'ils m'ont balancé à la figure.

Il a beau prétendre se moquer de ce qu'on pense de lui et de son mode de vie, le sourire qu'il m'adresse est quand même teinté d'amertume.

— Ce serait logique qu'il ait un successeur, non ? dis-je. Le roi est mort, vive le roi…

— Oui. Ce serait logique. Mais il n'y a là-dedans rien d'officiel, tu imagines. Si Pavel est devenu roi, c'est en montrant les muscles. En se constituant une petite armée d'obligés.

Si quelqu'un veut prendre la place, il faudra qu'il fasse de même. Pas si simple.

— Je vois. Pas de succession paisible en vue, donc.

— La couronne risque de traîner un moment dans la boue…

Je me lève pour prendre congé.

— En tout cas, merci pour ton point de vue, Tadzio. Il m'éclaire beaucoup. Même si en fait, je demandais juste comme ça. Si tu veux le fond de ma pensée, je ne crois pas que ce soient des gens du coin qui me sont tombés dessus…

Levant un sourcil, il demande :

— Ça veut dire que tu as ton idée sur l'identité de l'expéditeur ?

— C'est possible. Mais je préfère ne pas t'en parler avant d'être sûre.

Pour tout dire, avant d'être sûre, je préfère même ne pas y penser.

★

— Tu es sûre ? Ça ne t'embête pas d'aller jeter de temps en temps un œil à la *działka* pendant que je serai en ville ?

— Pas du tout, je te l'ai déjà dit, répond Irina. Mais tu sais, il y a peu de chances pour qu'il arrive quelque chose chez toi. Ce n'est pas la saison des incendies. Pourquoi tu as l'air inquiète ?

— Ça fait longtemps que je ne suis plus partie d'ici. J'ai perdu l'habitude, il faut croire. Ça me rend nerveuse.

Irina me sonde, avec ses petits yeux gris translucides. Je ne l'ai pas convaincue. Elle est forte, cette femme. Il n'est pas facile de lui cacher quoi que ce soit.

— Les voisins n'ont quand même pas recommencé à t'embêter ?

Elle tombe si près du but que je ne suis pas loin de lâcher le morceau. Mais je me retiens *in extremis*. Après tout, le silence est mon atout maître. Et il est aussi le seul. Je ne peux pas me permettre de me répandre à la première occasion.

— Non. C'est fini, tout ça. On m'accepte, à présent. Je suis pour ainsi dire une fille du pays.

Elle n'est sans doute pas dupe de l'air faussement détaché que j'essaie d'afficher, mais a la délicatesse de ne pas insister.

— Tu seras partie longtemps ?

— Je ne sais pas exactement. Pas plus de quelques jours. J'ai juste deux ou trois affaires à régler.

Elle me sonde à nouveau pour s'assurer qu'elle n'est pas en train de me perdre pour de bon, alors j'en remets une couche pour la rassurer :

— Promis, je reviens. À Varsovie, j'ai vraiment fait le tour, tu sais. Ma vie est ici, maintenant.

MAJA

Varsovie, 11 janvier 2022, 13 heures

JE VIENS TOUT JUSTE DE M'EXTRAIRE des embouteillages de Mokotów, et à présent je traverse une zone de banlieue comme cette ville en compte par centaines. Il n'y a rien au milieu de ce paysage de blocs vieillissants et indifférenciés pour retenir mon attention, si ce n'est un bar nommé Pewex, référence ironique à un passé qui ne rend personne vraiment nostalgique à l'exception de ceux qui ont la mémoire défaillante, et une affiche grand format vantant les mérites de la vasectomie. J'ai déjà quatre heures de route derrière moi et, après la sale nuit que je viens de passer, seule l'adrénaline m'empêche de piquer du nez sur le volant.

J'ignore ce que je vais faire une fois que je me trouverai face à celui que j'ai toutes les raisons de soupçonner d'être l'auteur des menaces que j'ai reçues l'autre jour. Décoder ce que je lirai sur son visage quand il ouvrira la porte avant qu'il se mette à mentir ? Lui poser ouvertement les questions qui se bousculent dans ma tête ? Parer les coups ? Difficile de savoir. Tout ce que je sais, c'est que je n'ai pas l'intention de me laisser harceler sans réagir.

Une tactique qui n'est pas sans faille, et qui mérite à peine d'être qualifiée ainsi, d'ailleurs, j'en ai bien conscience. Mais j'ai souvent tendance à agir de façon impulsive. Parfois, ce trait de caractère m'a coûté cher. Parfois, il m'a rapporté gros. De toute façon, ce n'est pas à mon âge que je vais changer.

Le trafic ralentit à nouveau. À présent, des *malls* chinois géants défilent de part et d'autre de la chaussée, des bâtiments hideux construits en matière plastique bon marché barbouillée de couleurs pastel. Des panneaux publicitaires installés au bord de la route, et sur lesquels tout est doublé en mandarin, annoncent qu'on peut y trouver à peu près n'importe quoi, des baskets au matériel électrique, à n'importe quelle heure du jour et de la nuit.

Les vergers qui couvrent, plus au sud, une surface gigantesque se dessinent déjà à l'horizon quand je quitte la voie express pour m'engager sur une petite route qui file vers l'ouest. Au bout d'un kilomètre cahoteux se dessine une zone pavillonnaire, construite en bordure d'un champ de pommiers. L'accès est protégé par une barrière qui ne s'ouvre que pour les résidents. Je me gare un peu plus loin au bord d'un fossé.

Une fois dehors, très vite, je me retrouve entourée par les pavillons grisâtres, tous identiques, et gagnée par la déprime légère que la fréquentation de ce genre d'endroits me cause toujours. Je ne suis plus très loin de ma destination, quand j'aperçois une bande de *kibols* à moins de cent mètres, occupés à faire le pied de grue devant ce qui ressemble à un arrêt de bus, cannette de Lech king size serrée dans le poing. Eux aussi m'ont repérée et ils ont arrêté de parler pour me regarder.

Rapidement, je fais le compte : trois types costauds en survêt Legia, une fille stylée panthère, pas de pitbull, de rottweiler, ou autre molosse du même calibre. C'est, je crois, ce détail qui fait qu'après une hésitation et malgré mes réticences, je poursuis dans leur direction.

Tandis que j'avance, ils continuent à me fixer d'un regard vide. Sans hostilité, mais sans sympathie non plus. Je me demande si, le moment venu, je devrai les saluer ou les ignorer. Quand j'arrive à leur hauteur, je me dis qu'après tout, ils ne sont peut-être pas agressifs, que rien de désagréable ne va m'arriver, que j'ai eu tort de juger ces gens sur leur apparence.

Mais au moment précis où cette pensée prend forme dans mon esprit, un colosse s'extrait du groupe et se plante devant moi pour me barrer le passage. Survêt serré, cou de taureau, crâne en forme d'obus, jambes arquées, regard inexpressif : le genre auquel on ne peut pas parler, même dans sa propre langue.

Il se campe aussi près qu'il peut, et prend tout son temps pour me jauger des pieds à la tête. Avec la même expression que celle des malfrats qui m'ont fait ma fête, il y a dix ans, dans les montagnes du Laddakh. Et j'éprouve la même chose qu'à l'époque : une peur froide, celle de la proie en train de se faire renifler par son prédateur.

Quand il est sûr d'avoir toute mon attention, il dit quelque chose que je ne comprends pas, alors j'essaie de le faire répéter :

— *Jeszcze raz ?*

On dirait que ma façon de parler ne lui plaît pas, car il fronce les sourcils méchamment et s'approche encore un peu de moi. Yeux plantés dans les miens, il se met à parler avec un débit de mitraillette. Le mot *kurwa* revient environ toutes les deux secondes.

Je finis par comprendre qu'il est juste en train de me demander une cigarette.

Soulagée qu'il ne s'agisse que de ça, je fouille dans ma poche, sors un paquet entamé, le lui tends. Il extrait deux *fajki* en grommelant quelque chose qui ne ressemble pas à un merci, puis rejoint son groupe sans même me demander de les allumer. Les autres rigolent comme des hyènes, ravis du mauvais tour qu'ils m'ont joué. Je passe mon chemin sans chercher à faire la maligne, pas trop fière de m'être laissé déborder par l'émotion.

Une minute plus tard, je suis à nouveau complètement seule et contente de l'être. Les rues de la zone pavillonnaire sont désertes, rendues à leur vraie nature. Avec ce qui vient de se passer, je dois faire un effort pour me reconcentrer sur le but de ma visite.

Je trouve sans peine le pavillon grisâtre et sans âme, au milieu de dizaines d'autres identiques au détail près. Une ancienne collègue à moi – avec qui j'ai travaillé autrefois, dans cette période révolue de ma vie où je jouais un rôle dans la société – m'a fourni l'adresse.

La seule preuve palpable que je ne me trouve pas dans un décor de cinéma abandonné est la lumière des télés ou des ordinateurs qu'on voit briller derrière certaines fenêtres. Hélas, celles de la maison qui m'intéresse n'en font pas partie. Je sonne quand même.

Sans surprise, pas de réponse. Je laisse passer trente secondes, avant de tenter à nouveau ma chance : personne. Je pousse le portail qui ouvre sur un jardinet bien tenu, et me dirige vers la porte d'entrée. Je frappe trois coups avec le poing, attends un moment, recommence.

Personne.

On dirait bien que je suis venue pour rien.

J'en ressens un mélange de déception et de soulagement.

Sur le chemin du retour, je fais un crochet pour ne pas croiser à nouveau les *kibols*. Je ne peux m'empêcher de penser qu'ils ne me donneront peut-être pas une seconde chance. Du coup, je me perds un peu, comme cela m'arrive souvent dans les environnements où tout se ressemble.

Mais je finis par m'y retrouver.

À l'entrée du lotissement, le Kombi m'attend là où je l'ai laissé tout à l'heure. Avec un grand trou à la place de la vitre arrière gauche et une grosse brique sur le siège passager, qui me crache son hostilité à la figure. Je regarde autour de moi : l'endroit est désert. Mais je n'ai pas vraiment de doute sur l'identité de ceux qui ont fait le coup.

Au fond, j'avais raison de me méfier : ces gens-là ne m'avaient pas à la bonne.

GASPARD

Varsovie, 13 décembre 2020, 14 h 07

UN MANIFESTANT A MIS SON MASQUE À GAZ. Deux flics le regardent en riant. Aujourd'hui, ils n'ont même pas eu besoin d'utiliser les fumigènes. Ils le feront peut-être, plus tard, juste pour le plaisir. Pour l'instant, ils se contentent de savourer leur victoire facile. Comme tous leurs copains, sortis en nombre aujourd'hui.

Ce spectacle me donne envie de vomir depuis un moment déjà. Je rentre à l'appartement, curieux d'entendre ce qu'Elena aura à me dire de cette débâcle inattendue. J'ai déjà un pied sur le pont qui enjambe la S8, frontière naturelle entre les quartiers de Żoliborż et de Bielany, quand mon téléphone se met à vibrer dans ma poche.

C'est Maja. Je décroche.

— *Cześć*, Gaspard. Tu es où ?

— À Żoliborż. Mais il ne se passe rien, ici. Alors je rentre à la maison.

Quand je dis *rien*, j'exagère à peine. On s'était fixé comme objectif de prendre d'assaut, au moins symboliquement, la maison du chef du parti des bandits. Mais tous les accès en sont barrés par trois rangées de géants en armures de kevlar et personne n'a le cran de leur rentrer dedans. Résultat : la manifestation est en déroute. Les têtes sont basses, certaines banderoles, déjà roulées. Surtout, il y a ce grand silence. Ce jour n'est pas de ceux où l'on fait tomber les rois.

— Surtout pas, réplique Maja. Rejoins-moi, plutôt. Je suis dans le centre, place des Trois-Croix, avec les autres. Ça chauffe pas mal, ici. Et ce n'est que le début. Vraiment, tu devrais venir. Je crois que tu es juste au mauvais endroit.

J'ai déjà accompagné Maja et ses copines dans deux ou trois de leurs actions coup de poing, et j'ai acquis une certitude : elles veulent faire la révolution, pas simplement y jouer. Alors, si Maja dit qu'il va se passer quelque chose, il y a toutes les chances pour qu'elle ait raison. Et moi, je ne veux pas manquer ça.

Les yeux rivés sur le flot ininterrompu de véhicules qui passe dix mètres plus bas, je réponds :

— Très bien. Tu m'as convaincu. Je te rejoins dans une demi-heure. On se retrouve où ?

Une fois que j'ai noté l'adresse, je file vers la station Marymont. Le métro fonctionne au ralenti, à cause de la manif. Je le prends jusqu'à Ratusz Arsenał, le terminus du jour, histoire de me rapprocher un peu de ma destination. Le trajet dure cinq minutes à peine. À nouveau dehors, je ne mets pas longtemps à comprendre que Maja ne m'a pas raconté d'histoires. L'ambiance est à l'opposé de ce que je viens de laisser derrière moi : explosive. La première pensée qui me vient à l'esprit quand je me retrouve au milieu de cette foule d'individus remontés à bloc, c'est qu'ici, la bête est de sortie. J'oublie aussitôt les doutes qui m'ont gagné tout à l'heure, et me mets en marche.

Quinze minutes plus tard, je suis là où il faut être, au cœur de l'événement, localisé dans un triangle délimité, à l'ouest, par le palais de la Culture et des Sciences, au nord par l'ancien siège du PC, et au sud par la place des Trois-Croix. C'est là que la concentration de manifestants est la plus forte. Je retrouve Maja en face de la librairie Empik, à l'angle entre Ierosalem et Nowy Świat.

Elle a revêtu sa tenue de combat : pantalon de treillis, Doc Martens, débardeur arc-en-ciel et, sur le visage, son air habituel de vouloir en découdre poussé à son intensité maximum.

— *Cześć*, Maja. Merci de m'avoir appelé.

Sa réponse se noie dans le bruit ambiant. Il faut dire que, juste derrière nous, un groupe de femmes vocifèrent dans un haut-parleur. Plus loin, un autre groupe gueule autre chose, et un peu plus loin d'autres slogans encore. La rumeur croît, puis décroît, comme une houle, sans jamais disparaître.

Pas grave : on n'est pas là pour discuter.

Une poignée de minutes après mon arrivée sur le théâtre des opérations, un hélicoptère apparaît dans le ciel jaune et se met à faire des cercles au-dessus de la place. Des milliers de visages se tournent vers lui. Des sifflets et des huées montent de la foule.

— C'est la télé propagande, grogne Maja. La fête va pouvoir commencer. J'espère que tu es prêt. Ça risque de secouer un peu.

Cette fois j'ai très bien entendu ce qu'elle disait. Elle n'est pas la seule à le penser et, autour de nous, le silence se fait, impressionnant. Ceux qui sifflaient se taisent. Ceux qui étaient assis se lèvent. Les visages s'allongent. Une gravité particulière s'installe.

— Ça y est, dit Maja. C'est parti.

De l'endroit où nous sommes, nous ne faisons que deviner les forces de police au clignotement violet qui flotte au-dessus d'elles. Alors que, jusqu'à présent, elles se contentaient de barrer les rues permettant d'accéder au Sejm, elles accentuent soudain leur pression. Mais la foule massive, compacte, leur oppose son inertie avec succès. Pendant peut-être une minute, un équilibre dynamique s'établit, et les forces en présence se neutralisent mutuellement.

Jusqu'à ce que le barrage cède.

Une poussée plus violente que les autres fait alors reculer d'un seul coup un bon millier d'entre nous, cinquante mètres en arrière. Puis une autre, latérale, en direction du fleuve. On est emportés par le mouvement qui nous dépasse, sans rien pouvoir lui opposer.

C'est à ce moment que je me rappelle à quel point je hais la foule. Un peu tard sans doute. De toute façon, je n'ai pas vraiment le temps d'y réfléchir. Car, la seconde qui suit, ça se met à pousser aussi depuis le pont qui enjambe la Wisła, et on se retrouve pris entre deux feux, à moins que ce ne soit déjà trois.

Sentant un début de panique m'envahir, je regarde autour de moi en quête d'une issue, au cas où les choses tourneraient vraiment mal. Mais la seule échappatoire qui se présente est Nowy Świat, et la masse des manifestants nous en barre l'accès aussi sûrement qu'un mur de béton.

Autant dire que c'est sans issue.

Dans la minute qui suit, la pression autour de moi monte encore d'un cran et je me sens de plus en plus nerveux. Aujourd'hui, on est venus afficher notre force, et pour l'instant, l'impression que j'ai, c'est qu'elle se retourne contre nous. Quel est le problème, au juste ? Pas compliqué. Les autres savent mieux y faire. Nous, nous sommes juste plus nombreux. Ce n'est pas assez pour l'emporter. En tout cas, pas pour l'instant.

Une forme de *statu quo* s'installe à nouveau au point de rencontre des manifestants et des policiers. Seul un groupe particulièrement brutal parvient à s'ouvrir un chemin à travers la foule. D'abord, on les entend gueuler. Puis on aperçoit leurs bannières, des aigles furieux, des trucs agressifs. Puis on les voit enfin : crânes rasés, corps massifs, ventres à bière pointés vers l'avenir. Ils sèment la terreur sur leur passage à coups de barres à mine et de battes de base-ball. Autour d'eux, ça fume de partout. Il n'y a personne pour leur barrer la route : de ce côté, la police s'est retirée.

Je tourne la tête. J'aperçois Maja, à trois mètres de moi et à demi étouffée dans la foule, peinant à respirer, le visage inquiet éclairé par une lueur rouge vacillante comme une flamme. Puis elle disparaît, comme un nageur dans la houle. Quand je la perds de vue, ma nervosité monte en flèche. On n'est plus très loin, à présent, du niveau d'alerte maximum.

De leur côté, les nationalistes continuent à avancer. Quand ils arrivent au croisement avec Nowy Świat, j'entends un bruit de verre brisé, mais je ne parviens pas à identifier son origine. Ensuite, l'étau se desserre un peu, on recommence à pouvoir bouger à nouveau, sans que Maja réapparaisse pour autant.

Mais je n'ai pas le temps de m'appesantir sur l'inquiétude que cela me cause, car la foule se remet à pousser en direction du fleuve. Cette fois, je ne m'y attendais pas. Quand ma tête heurte le sol, je perds complètement le contrôle de la situation.

MAJA

Varsovie, 11 janvier 2022, 17 h 15

DES ÉCHANGEURS S'ENROULENT AUTOUR des piliers de béton, comme des serpents, dans la lumière orange des réverbères qui, à cette heure-ci, n'éclairent jamais personne. Des immeubles aux façades crasseuses se dressent de-ci de-là, séparés les uns des autres par de grands espaces vides hérissés de mauvaises herbes. À l'arrière-plan, les cheminées de l'usine d'électricité qui a donné son nom au quartier, Elektronowa, crachent sans relâche une fumée trop blanche.

En proie au malaise que me cause toujours la fréquentation de cet endroit, je gare le Kombi avec sa vitre toute neuve – qui m'a coûté un mois de courses chez Biedronka – devant le bunker. Il s'agit en réalité d'un ancien entrepôt qui se dresse au bord d'un canal branché sur la Wisła, à deux pas de l'usine, et que protège une palissade de deux mètres de haut couverte d'affiches de propagande gouvernementale représentant des fœtus avortés baignant dans le sang.

Dès que j'ouvre la portière, l'odeur de merde me prend à la gorge. Le pipeline, qui draine les eaux usées et passe tout près d'ici, a explosé cette nuit, comme cela lui arrive trop souvent au goût de tout le monde. À présent, les miasmes se font sans doute sentir jusqu'à Wilanów, à l'autre bout de la ville, et il faudra des jours pour qu'ils se dissipent. En attendant, il va bien falloir que je m'habitue à respirer ce poison, au moins pour l'heure à venir.

Je pénètre dans l'enceinte en passant par un trou dans le mur, pliée en deux. De l'autre côté, le sol est semé de gravats. Un escalier zigzague sur la façade aveugle en briques rouges. Je monte en prenant bien soin de repérer les marches manquantes.

Une fois à l'étage, je sonne. Presque aussitôt, j'entends un déclic et la porte s'ouvre toute seule : j'ai prévenu Kuba de ma visite. À l'intérieur, des piles de livres, de disques, de films, de carnets s'entassent dans tous les coins. Un yucca rabougri à force de ne pas trouver la lumière gît dans un coin. Un matelas posé à même le sol fait office de chambre à coucher. Un décor qui ressemble à Kuba, au cœur de la ville qui lui ressemble.

— Kuba ? C'est moi. Maja.

De l'autre côté du bunker, par la grande fenêtre de style industriel qui occupe presque tout un pan de mur, on aperçoit la petite église construite juste en dessous de la voie express S8. Un bâtiment hideux, fait de cubes roses et jaunes, en matériau de pacotille, empilés les uns sur les autres. Je me demande, à chaque fois que je le vois, comment la voix de Dieu parvient à se faire entendre si loin de sa source.

— *Witaj*, Maja.

La voix de mon ami s'est échappée d'un coin sombre de la pièce. On y devine son corps massif plus qu'on ne le voit. Il doit bien peser cent vingt kilos, à présent.

Il n'a pas toujours été ainsi. Je me souviens encore de lui du temps de sa splendeur. Grand et sec, cheveux argentés, coupés ras, lunettes ovales à monture dorée, une bague en forme de tête de mort à l'index gauche. Avec l'air irrésistible de celui qui a tout essayé. Soixante ans mais ne les faisant pas. Cinq ans sont déjà passés depuis que Milena Stegovic me l'a présenté. Nom de Dieu, comme c'est passé vite.

— Comment vas-tu ?

Sa voix est la seule chose qui, chez lui, n'a pas changé. Cassée d'avoir trop gueulé dans les manifs, celles de Solidarność, en particulier, alors qu'il n'avait pas vingt ans. Usée aussi par les cigarettes, qu'il fume en série, et les bières qu'il enchaîne à peu près au même rythme depuis trois décennies environ.

J'embrasse sa joue flasque avec une réticence coupable avant de me laisser tomber sur le sofa, en face de lui. Une bouteille de Żołądkowa à moitié pleine est posée sur la table basse. Juste à côté, une seringue usagée dépasse d'un bol kazakh.

— Je peux ?

— Fais comme chez toi.

Je dévisse le bouchon et porte la bouteille à mes lèvres. La vodka fait son office et me brûle la gorge. Je la repose.

— Et toi ? je demande. Comment ça va, Kuba ?

Il fait un geste en direction de la fenêtre.

— Un peu plus de lumière ne me ferait pas de mal, répond-il d'un air las.

Je regarde dehors. Il est quinze heures trente. Il fait presque nuit. Mais il n'y a pas vraiment eu de jour. Plutôt un gris sale, délavé. J'ai déjà vu des nuits plus claires que ce jour-là. Je comprends parfaitement ce qu'il veut dire.

— Sinon, je ne peux pas me plaindre.

— C'est quoi, ce truc ?

Je fais un geste du menton en direction de la seringue.

— Morphine. Bien obligé. La douleur ne me quitte plus, tu sais. Elle est devenue ma compagne la plus fidèle.

— Tu sors, de temps en temps ?

— Plus vraiment. J'ai essayé. Mais ça ne me faisait pas vraiment de bien, tu sais. À présent, avec l'allure que j'ai, je fais peur aux enfants dans la rue.

Un simulacre de rire fait remuer les plis au niveau de sa gorge. J'envisage de lui opposer qu'un peu d'exercice serait bon pour sa santé. Sauf que sa santé, à présent, il s'en fout. Ce n'est plus à l'ordre du jour.

— Tu as des nouvelles de Milena ?

Ma question est suivie de plusieurs secondes de silence lourd. Il faut dire que le sujet est sensible. Les dix ans qu'a duré leur relation, ces deux-là sont passés par une succession de hauts et de bas. Jusqu'à ce que, n'en pouvant plus de tanguer, elle sombre. Comme le reste.

— On s'appelle de temps en temps. Elle va bien, je crois.

Il a répondu calmement, peut-être trop. Je ne crois pas qu'il ait envie de développer, alors je décide de ne pas insister.

Après un temps, je demande :

— Tu as appris, pour Pavel ?

Je me trompe peut-être, mais, alors que l'évocation de son ex le laissait de glace, au moins en apparence, je le sens qui se raidit quand je lui parle du vieil homme.

— Appris quoi ?

— Il est mort.

Suit un autre silence assez long. Je ne peux pas m'empêcher de penser que le calme qu'affiche mon ami n'est qu'une façade.

— Je l'ignorais. De quoi ? De vieillesse ?

— Non. Il s'est fait bouffer par ses chiens. Un accident.

À nouveau, son corps énorme est parcouru par un frémissement.

— Une fin atroce. Même pour un sale type comme lui.

Quelque chose dans sa voix me semble altéré. Je mets cela sur le compte du sentiment déplaisant que suscite immanquablement l'annonce du décès d'une personne qu'on a un tant soit peu connue – fût-elle votre pire ennemie.

— C'est important que tu le saches, je crois.

Renonçant à interpréter son air bizarre, j'en arrive à ce qui constitue la principale raison de ma présence chez lui.

— Tu sais… je crois qu'il m'a retrouvée.

Il n'a pas besoin de me demander d'être plus explicite. Il sait de qui je parle, et poursuit sans laisser percer d'émotion :

— Qu'est-ce qui te fait penser ça ?

— J'ai reçu des menaces. Chez moi. Là-bas.

En réponse, Kuba se contente d'abord de faire tourner nerveusement sa bague en forme de tête de mort autour de son index taché de nicotine, avant de dire :

— Il était très en colère contre toi. Sans ton témoignage, les choses étant ce qu'elles sont dans ce pays, il n'aurait sans doute pas mis un pied en taule.

— Et toi, tu as eu de ses nouvelles ?

— Moi, mon témoignage a compté pour rien. Je n'étais pas là au moment des faits. Il va me laisser tranquille. Quel genre de menaces tu as reçues, au juste ?

Je lui raconte. Il m'écoute sans ciller. Même pas un tressaillement. Un vrai roc. On dirait qu'il n'y a que Pavel pour l'émouvoir aujourd'hui.

— Ça t'évoque quoi ? je lui demande enfin.

Kuba sait à peu près tout sur la Seconde Guerre mondiale. Comme beaucoup de gens dans ce pays, cette période l'obsède. Sa réponse n'a donc rien pour me surprendre.

— Tu le sais aussi bien que moi.

— J'espérais juste que tu proposerais une autre explication.

— À mon avis, il n'y en a pas.

Il s'accorde un moment de réflexion, puis ajoute :

— C'est quand même bizarre.

— Quoi ?

— Je ne suis pas sûr que ce soit vraiment son style. Je doute qu'il sache grand-chose de tout cela. En fait, je doute qu'il sache grand-chose sur quoi que ce soit.

Je hausse les épaules. Je ne peux pas lui donner tort sur ce point.

— Alors tu penses que c'est plutôt un de mes voisins qui a fait le coup ?

— À ta place, je n'exclurais pas cette possibilité.

Je baisse la tête pour réfléchir.

— Après tout, ajoute-t-il, ça ne serait pas la première fois qu'ils s'en prennent à toi, non ?

— Non… Mais je croyais que cette période était derrière moi… Je me croyais acceptée.

Dès que j'ai prononcé ces paroles, elles me semblent ridicules de naïveté. Kuba me fait l'aumône de ne pas le relever à voix haute. Mais son silence est explicite.

— C'est quand même de très mauvais goût. Je veux dire, quel que soit celui qui a fait ça, il devrait plutôt essayer de faire oublier ce qui s'est passé autrefois plutôt que d'y revenir, surtout avec une telle lourdeur.

— Oui. Sauf s'il pense la même chose que ses ancêtres. (Je laisse échapper un soupir.) Je n'écarte quand même pas la piste de Kasper. Après tout, il a peut-être appris quelque chose en prison. Il a peut-être rencontré des gens qui en savaient plus long que lui…

— Tu as raison. Même si elle semble improbable, on ne peut pas exclure cette hypothèse. Que vas-tu faire ?

— En fait, j'ai déjà essayé de lui rendre visite. Mais il n'était pas chez lui. En revanche, ses voisins ont profité de l'occasion pour bousiller le Kombi.

Je complète mon explication avec quelques détails piquants sur l'agression.

— Tu penses que ceux qui ont fait ça avaient quelque chose à voir avec lui ?

— Non. Il ne pouvait pas savoir que je venais. C'est juste un coup de malchance que je sois tombée sur eux.

Il hoche la tête, puis finit par demander :

— Et Gaspard ?

Il passe nerveusement le plat de la main sur ses cheveux ras. Quelques pellicules volent dans la lumière.

— Après tout, il a toujours été aux premières loges, dans cette histoire.

Comme je ne dis toujours rien, il reprend :

— Tu en as parlé avec lui ?

Je n'arrive pas à réprimer un haussement d'épaules, mais qui exprime, du moins je l'espère, plus le regret que l'agacement.

— Tu sais comment il est… Depuis les événements, il garde ses distances. (Je marque une pause.) De toute façon, Gaspard, Kasper l'a déjà eu. Il ne va pas remettre ça. Et puis, c'est un étranger : au fond, il est hors jeu. Il l'ignorait à l'époque des faits. Mais plus maintenant. À présent, je crois qu'il va le laisser tranquille.

— Tu sais, nous sommes restés en contact, lui et moi, répond Kuba. Alors je vais quand même l'appeler, pour qu'il ouvre l'œil. Et je vais passer deux ou trois autres coups de fil, histoire d'assurer aussi tes arrières. Je n'ai pas envie qu'il t'arrive quelque chose de déplaisant à cause de ce malade. Il nous a fait assez de mal comme ça.

— Merci Kuba. Ça me fait un bien fou de ne pas me sentir seule dans cette affaire.

Après avoir laissé passer quelques secondes, je regarde ma montre, puis, comme quelqu'un qui aurait un rendez-vous important, je me lève du sofa en disant :

— Bon. Je ne vais pas t'embêter plus longtemps.

La vérité, c'est que je ne lui ai pas pris plus d'une demi-heure. Au sommet de notre amitié, nous pouvions passer la nuit à discuter, lui et moi. Ça me rend vraiment triste que les choses aient à ce point tourné au médiocre entre nous.

— Tu peux dormir ici, si tu veux.

— C'est gentil, mais Marta est en voyage et elle a accepté de me prêter son appartement. Je crois que c'est plus simple que je passe la nuit chez elle.

Je ne me fais pas d'illusions. Cette proposition, c'était juste pour la forme. Je crois qu'il est soulagé de mon refus. Au moins autant que moi de lever le camp.

— Comme tu voudras. En tout cas, je suis content que tu aies profité de ton passage en ville pour venir me dire bonjour. Je t'en aurais voulu, si tu m'avais snobé.

Parvenue sur le seuil du bunker, je me retourne une dernière fois pour lui adresser un signe de la main. Il n'a pas bougé de là où il était quand je suis entrée. Ce n'est pas de l'impolitesse. Je pense qu'il n'est tout simplement pas en état physique de me raccompagner.

— *Dbaj o siebie.* Fais attention à toi, Kuba.

— Tu sais bien que, dans ce pays, tous les grands meurent de façon tragique.

— Eh bien alors, essaie de ne pas être trop grand.

Cinq minutes plus tard, je quitte Elektronowa au volant du Kombi. Pendant la traversée du pont Grota-Rowieckego, je tourne la tête en direction du fleuve à la surface duquel un morceau de soleil, sorti *in extremis* de derrière les nuages, alimente un timide miroitement.

Ensuite, il n'y a plus rien à voir, et je profite du reste du trajet pour me repasser mentalement le film de cette foutue journée et ce qui l'avait rendue possible.

MAJA

Varsovie, 13 décembre 2020, 15 h 30

L'AIR SENT LE CAOUTCHOUC BRÛLÉ, de la fumée épaisse s'échappe d'un peu partout, l'hélicoptère de télé propagande vrombit dans le ciel jaune. On est peut-être cent mille, mais pour l'instant, les fachos ont le dessus. Je viens de perdre Gaspard dans la foule et je m'inquiète pour lui.

Déjà, j'ai compris que les choses allaient mal tourner, sans doute parce qu'elles ont déjà commencé à dégénérer depuis un moment. Cette journée devait être un point d'orgue, et voilà qu'on s'achemine à toute vitesse vers le désastre avec un grand D.

Quand, au juste, tout a commencé à dérailler ? Je ne saurais le dire. Peut-être depuis plus longtemps que je ne veux bien l'admettre.

Tout ce dont je me souviens, c'est que, quand le mouvement de la *Strajk Kobiet* a lancé ses premières actions, je m'y suis associée presque tout de suite. Cela faisait une éternité que j'attendais que quelque chose se produise dans ce foutu pays. Je n'allais quand même pas laisser passer une occasion pareille de faire bouger les choses.

Très vite, le succès a été au rendez-vous. Les manifestations se sont succédé à une fréquence de plus en plus élevée, grossissant un peu plus à chaque fois, rassemblant un peu plus de mécontents, pas seulement des femmes ou des homos. À l'évidence, je n'étais pas la seule à attendre.

Quand Elena m'a présenté Gaspard, il m'a paru sympathique, quoique un peu paumé. Je l'ai invité sans hésiter à se joindre à nous. D'abord, il s'est montré réticent : à l'évidence, il avait d'autres soucis en tête. Mais quand il a commencé à comprendre pourquoi on se battait, il a adhéré à notre mouvement sans réserve.

Son revirement a fait plaisir à voir. Un soir, aussi enthousiaste qu'il pouvait l'être, il m'a confié : *À Paris, j'avais le sentiment que les quelques combats pour lesquels j'étais encore capable de m'enflammer étaient le résultat d'une colonisation brutale de mes pensées, de mes émotions, de mes jugements. Ici, j'ai le sentiment que je pourrais les faire miens en douceur, sans passage en force.*

Ces mots m'ont touchée, je les ai pris comme une profession de foi. En adoptant la cause des femmes et des minorités, je crois que Gaspard avait trouvé le meilleur moyen qui soit de renforcer son sentiment d'appartenance à son nouveau pays.

Pendant qu'il travaillait à sa révolution intime, l'histoire a suivi son cours. Fin octobre 2021, les manifestations ont atteint leur apogée. Un million de personnes sont descendues dans la rue à Varsovie et dans les autres villes du pays. Ce jour-là, le pouvoir a vacillé. On n'a vraiment pas été loin de l'emporter. Il s'en est fallu d'un cheveu.

Les nationalistes ont répliqué le 11 novembre par une contre-manifestation violente. Ils ont mis le feu à des balcons qui n'affichaient pas les bonnes couleurs. Ils ont cassé des vitrines de librairie. Rien de surprenant au choix de leurs cibles, l'esprit a toujours été l'ennemi numéro un de ces individus. Ce jour-là, la police, hyperactive lors de nos manifestations, n'a pas fait grand-chose pour les arrêter.

Et aujourd'hui, c'est à notre tour de répliquer et de montrer à ces salauds ce qu'on a dans le ventre.

Sauf que rien ne se passe comme prévu.

Ce qui se passe, au lieu du triomphe attendu, c'est ça : un groupe de crânes rasés en train de tout casser à coups de barres à mine à cent mètres de moi. Mon tympan a explosé à cause d'un pétard. J'ai envie de me tirer, mais je ne peux pas le faire avant d'avoir retrouvé Gaspard.

Après tout, c'est moi qui l'ai convaincu de venir. Lui, après avoir vu ce qui se passait à Żoliborż, il voulait rentrer à la maison. Étant donné la tournure que prennent les événements, je commence à me dire que j'aurais dû l'écouter et le laisser tranquille.

À trente mètres sur ma droite, juste en face du *bar mleczny*, une autre bande de fachos est en train de réduire en pièces une vieille Fiat qui a le malheur de s'être trouvée sur son chemin. Les phares explosent. Les calandres explosent. Le pare-brise explose. Le plastique et le verre giclent un peu partout. Le bruit de ferraille envahit l'espace sonore. Tout se passe comme si un rouleau compresseur était en train de passer sur la voiture.

Je ne suis pas loin d'être hypnotisée par le spectacle. En particulier, mon attention est attirée par un des *kibols*, celui qui a l'air d'être le leader. Yeux bleu lagon, peau qui pourrait n'avoir jamais vu le soleil, traits réguliers, corps athlétique, il y a dans son ballet funèbre quelque chose de captivant. Qu'est-ce qu'un type aussi beau fait avec ces cons ? Voilà ce que je me demande en le regardant s'acharner sur la carcasse comme un dément.

Comme si la beauté préservait de la connerie.

Manque de chance pour lui, Gaspard se trouve juste derrière la Fiat. Ma joie de l'avoir retrouvé ne dure pas plus d'une seconde. Quand il apparaît dans mon champ de vision, il s'est à l'évidence déjà pris un ou deux mauvais coups : il est assis à même le sol, se tient le crâne et semble ne plus savoir où il se trouve. Il y a aussi du sang sur ses mains, et j'ai peur que ce soit le sien.

Je l'appelle de toutes mes forces. Mais avec le bruit ambiant, il ne peut pas m'entendre. Même moi, je ne m'entends pas crier. Alors j'essaie de courir vers lui. Mais rien à faire, un triple rideau de colosses qui n'ont pas l'intention de s'écarter pour me laisser passer se dresse entre nous. J'ai beau me démener, je suis coincée là où je me trouve.

C'est l'ange de la mort, déchaîné, qui le repère en premier : cible facile, avec son T-shirt à éclair rouge qui l'identifie sans ambiguïté comme ennemi à abattre. C'est aussi lui qui ouvre la séquence de passage à tabac. Peu après qu'il a commencé à rouer Gaspard de coups de pied dans le ventre, quelques types de sa bande se joignent à lui, tandis que des hyènes sortent leur portable pour filmer la scène.

Toujours coincée, je ne peux pas faire un geste. Même hurler, je n'y arrive pas : mon cri reste bloqué dans ma gorge. J'en suis donc réduite à assister, impuissante, à ce déchaînement de violence qui me semble interminable et complètement démesuré.

Nom de Dieu, que leur a-t-il fait, au juste, pour qu'ils le haïssent à ce point ?

MAJA

Varsovie, 11 janvier 2022, 19 heures

DANS L'HEURE QUI A SUIVI SON PASSAGE À TABAC, une ambulance a conduit Gaspard en urgence à l'hôpital Czerniakowski. Les petits salopards ne l'avaient pas raté. Un bras et deux côtes cassés, un traumatisme crânien, des contusions sur tout le corps, il était vraiment dans un sale état.

Comme je me sentais un peu responsable de ce qui lui arrivait, et tout simplement parce qu'il était mon ami, je suis allée le voir tous les jours, pendant les trois semaines qu'il a passées cloué au lit. Jusqu'à ce qu'il me demande de ne plus venir, parce que ça l'aiderait à tourner la page. Ce sont les termes qu'il a employés. La rebuffade m'a blessée, je ne peux pas dire le contraire, mais je n'étais pas en position de discuter, alors j'ai fait ce qu'il voulait et je ne me suis plus montrée.

Un mois après la manifestation, quelques-uns de ses agresseurs se sont fait arrêter. Parmi eux, l'ange de la mort, qui s'appelait en réalité Kasper Frankowski. C'était un petit blanc typique, vingt-sept ans, né dans un bloc insalubre, parents alcooliques et violents, frère suicidé alors qu'il avait huit ans, élevé pour l'essentiel par son grand-père. Accro dès l'âge de douze ans aux soirées bière ou, pire, dans les arrêts de bus avec d'autres *kibols*, comme lui fans du club de foot Legia qui ne gagne pourtant jamais rien. À peu près à la même époque, chute dans la délinquance, sans perspective d'en sortir. D'un point de vue sociologique, il cochait toutes les cases, et il avait sans doute des excuses. Mais pour moi, elles ne comptaient pas.

Alors, quand j'en ai eu l'occasion, je n'ai pas hésité à le charger. Mon témoignage lui a valu deux ans de taule. Ce n'était pas cher payé, à mon avis, pour avoir démoli mon copain et mon amitié avec lui par la même occasion. Mais, sans moi, il n'y aurait sans doute pas mis un pied, alors c'était quand même mieux que rien.

Après cette histoire, j'ai renoncé pour de bon à la lutte sur le terrain politique, à la vie en ville, et nous ne nous sommes pas revus avec Gaspard. Chaque fois que je croise Elena, elle me dit qu'un de ces jours, on se retrouvera à nouveau tous ensemble comme avant. Mais, le temps passant, j'avoue que je commence à avoir des doutes. Je crois que, bien qu'il ait toujours prétendu le contraire, il me tient un peu responsable de ce qui lui est arrivé, et parfois cette pensée me réveille la nuit.

Quant à Frankowski, il a été remis en liberté le mois dernier, plus tôt que prévu – trop à mon goût, comme sans doute au goût d'à peu près tout le monde –, et je suis prête à parier qu'il ne m'a pas oubliée. Oui, ça ne fait pas un pli. Plus j'y réfléchis, plus j'en suis convaincue : quoi qu'en dise Kuba, c'est lui qui m'a dans le viseur.

Ce n'est que de l'autre côté du pont, alors que je passe sous le tunnel, que je remarque dans le rétroviseur mes yeux rougis par les larmes. Je les essuie rageusement du revers de la main, pas plus indulgente avec ma faiblesse qu'avec celle des autres.

D'autant qu'avec l'orage qui se profile à l'horizon, je ne peux pas me permettre le moindre fléchissement.

★

Marta vit dans un immeuble situé au cœur de l'enclave dorée de Little Soho, une ancienne gare dont les hangars ont été reconvertis en bars branchés, en agences de design et en lofts pour yuppies locaux. Mais elle était là avant eux, et ne manque jamais de le souligner. C'est important pour elle d'avoir créé la tendance, non de l'avoir suivie.

Une fois chez elle, j'ôte mon manteau et l'accroche près de l'entrée. Puis je me laisse tomber dans le vieux sofa beige qui trône au milieu du salon et parcours du regard les lieux familiers que je pensais ne jamais revoir.

Par la fenêtre, on aperçoit la moitié supérieure d'un portrait géant d'Henri de Valois coiffé d'une casquette de base-ball. Il couvre la façade de briques d'un ancien entrepôt de meubles. J'ai l'impression qu'il me regarde de travers, comme s'il était toujours vexé, depuis le temps, d'avoir été contraint de quitter en catastrophe le pays qui l'avait pourtant fait roi.

Un quart d'heure à peine après être arrivée, je suis au lit, étendue sur le dos, mains derrière la nuque, occupée à attendre le sommeil. La lumière artificielle pénètre à grands flots dans la chambre, aussi librement que la musique des bars qui viennent juste d'ouvrir leurs portes. Une poignée de secondes, je suis tentée de céder, comme cela m'arrivait tout le temps il y a quelques années, à l'appel de la nuit. Mais ce soir, rien à faire, l'épuisement prend le dessus. Ces derniers temps, il gagne toujours. C'est peut-être ça, devenir vieux.

Le lendemain, après une nuit agitée, je quitte l'appartement de Marta à l'aube et passe la journée à traîner en ville. Au fil de mon errance, je réalise à quel point mon séjour prolongé dans les Marais rouges a changé en profondeur ma façon de percevoir les choses. La ville et tous les systèmes qui y prolifèrent se présentent à moi comme une réalité négative – par défaut. Comme si, désormais, j'étais condamnée à voir les choses du point de vue de la forêt et des marais.

Ainsi, les blocs autour de moi m'apparaissent comme absence d'arbres, les rues comme absence de sentiers, les réverbères comme absence d'étoiles, la foule comme dévoiement de la solitude, les codes-barres comme détournement de l'ombre des pins sur la route, le bruit des voitures, du métro, des voisins, comme absence de silence, les arbres encagés sur les trottoirs comme des prisonniers de guerre.

Il s'agit d'autre chose que d'une variante du dépaysement. Cette absence dont je parle, elle pénètre au cœur des choses. Je me dis que c'est peut-être grave. Pas toutefois au point de paniquer. Du moins, pas encore.

Après une nuit de plus dans l'appartement de Marta, je quitte Varsovie à cinq heures du matin, n'ayant pas dormi plus de deux heures et avec le sentiment que je n'ai plus rien à y faire. Les enseignes de la zone commerciale de Targówek, dans la banlieue nord de Varsovie, défilent un temps dans la nuit. Puis elles s'éteignent, et les noms de lieux évoquant des souvenirs macabres les remplacent : Palmiry, Treblinka. Puis il ne reste plus que des panneaux McDo et Orlen tous les vingt kilomètres pour me distraire de la plaine sur laquelle un jour terne se lève en prenant tout son temps.

Au bout d'une heure trente sur la S8, je fais une pause au bar de routiers ouvert jour et nuit situé pile sur la frontière séparant le Podlaśie de la Mazowie. J'aime bien m'arrêter dans cet endroit fréquenté par des routiers solitaires en provenance de toute l'Europe centrale et qui, ayant échappé miraculeusement à la frénésie de standardisation des aires d'autoroute, sert encore de bonnes *kotlet schabowy* à un prix raisonnable.

Mon café double sans sucre avalé, je me remets au volant, roule un quart d'heure de plus sur la S8, avant de la quitter pour m'engager sur les routes secondaires. Soudain, autour de moi, il ne reste plus rien d'autre que la forêt et les marais. Des cadavres d'animaux sur les bas-côtés. Des crucifix primitifs renvoyant aux premiers temps du christianisme. De rares maisons de bois. Pas un humain en vue. J'ai beau connaître la chanson, ça me remue toujours autant les tripes de revenir ici.

J'arrive chez moi dans un état de torpeur avancée, comme à demi digérée par le monstre végétal. Avant de descendre de la voiture, je jette un dernier coup d'œil au GPS, qui indique que je suis tout proche des frontières biélorusse et lituanienne. Mais au vu du paysage qui m'entoure, je pourrais aussi bien me trouver à peu près n'importe où dans la nature entre ici et Vladivostok.

En pénétrant dans la *działka*, je me rappelle, comme chaque fois que j'y reviens même après une courte absence, les premiers pas que j'y ai faits, il y a plus de dix ans déjà, même si à l'époque je n'y passais guère plus que les week-ends. Cette impression que le froid accumulé pendant l'hiver n'en finirait jamais de dégorger des murs. Ces milliers d'insectes morts qui tapissaient le sol, craquant sous les chaussures, leurs ailes encore luisantes. Cette souris éventrée abandonnée dès le premier matin par la *kuna* mécontente de me voir empiéter sur son territoire et qui tenait à me le faire savoir.

Aujourd'hui, rien de tout cela, tout est en ordre. Il n'empêche : les souvenirs affluent.

Les jours qui avaient suivi mon arrivée, après m'être perdue une ou deux fois dans la forêt au cours de longues balades visant à me familiariser avec les environs, un sentiment avait pris le pas sur tous les autres : celui que la forêt pensait, qu'elle était avant tout une pensée, que cette pensée n'était pas humaine, me rejetait, et que l'idée que je pourrais peut-être un jour l'apprivoiser relevait de la présomption, voire de la folie pure et simple.

Tout autour de moi paraissait si démesuré. L'obscurité, le silence, l'absence d'autres humains. Dès que je mettais un pied dehors après la tombée de la nuit, j'avais l'impression de me décomposer, que mon individualité, déjà fragilisée, partait en morceaux.

Avec les années qui ont passé, ce sentiment devrait être derrière moi. Mais ce n'est pas le cas. Il faut croire qu'on n'en finit jamais de s'habituer à ce lieu. Si on n'est pas prêt à l'accepter, alors autant ne pas insister, autant partir tout de suite et passer à autre chose, ou au moins essayer, si on en est encore capable.

GASPARD

Varsovie, janvier 2021

QUAND MILENA STEGOVIC M'A PRÉSENTÉ KUBA, dans un bar du centre de Varsovie, tout près du *kino* Luna, j'ai pensé : voilà un homme qui a tout vécu dans le registre du plaisir comme de la souffrance, a tout brûlé, n'a plus très faim. Inutile de le dire, son style m'a plu. D'ailleurs, le courant est tout de suite passé entre nous. Dix minutes ne s'étaient pas écoulées depuis que nous nous étions serré la main, que déjà nous avions constaté notre goût en commun pour la musique, au sens large, sans restriction de genre.

Alors, pendant que les filles bavardaient entre elles, il m'a raconté l'histoire de la visite éclair de David Bowie à Varsovie, à son retour de Moscou en train express, et du morceau sublime qu'il en a tiré sur l'album *Low*, sorti en 1977. Elle m'a tellement plu que j'ai décidé de mettre dès le lendemain mes pas dans ceux de l'idole.

Un bon début, donc. Mais ce qui scelle vraiment notre amitié, c'est que, pendant mon long séjour à l'hôpital, après le passage à tabac, il vient me voir tous les jours. C'est bien connu : dans les périodes difficiles, le tri se fait tout seul entre les vrais amis et les autres. Kuba passe l'épreuve haut la main.

Les conversations que nous avons pendant cette période se poursuivraient toute la nuit sans l'intervention des infirmières et la fatigue qui, parfois, me tombe dessus sans crier gare. De fil en aiguille, elles finissent, quoique systématiquement écourtées, par nous mener plus loin que je ne l'aurais cru. Bien au-delà de la musique, en tout cas.

Le jour où tout bascule, Kuba semble détendu, à l'aise en ma compagnie. Quand il me demande si ce qui m'est arrivé pendant la manifestation ne m'a pas dégoûté de ce pays, si j'ai l'intention de rentrer chez moi une fois remis, je ne me méfie pas et lui fais une réponse moins simple qu'il n'aurait fallu.

— Une des raisons pour lesquelles je suis parti, c'est par nostalgie des grandes histoires. Ici, on en trouve à tous les coins de rue. Si je rentrais chez moi, elles me manqueraient.

— Quelles histoires, par exemple ?

— Eh bien, pour commencer, la tienne.

Un héros de Solidarność, qui a marché dans les manifs des années quatre-vingt aux côtés de Wałęsa, ce n'est quand même pas rien. Moi, en tout cas, il y a là de quoi m'impressionner.

— Tu n'en connais que des bribes…, répond-il, gêné.

— Ou bien celle de Pavel Wronski.

En le voyant pâlir, je comprends aussitôt que j'ai commis une erreur en prononçant ce nom devant lui. Sans un mot de plus, il quitte sa chaise, remet son manteau et se dirige vers la porte de sortie. Paniqué, j'essaie de le retenir, en bredouillant des excuses, bien que ne sachant pas au juste pourquoi. Mais rien n'y fait : il s'éclipse sans une explication. Sans même me jeter un regard. Vacillant comme si je venais de lui balancer un uppercut.

Le lendemain, il ne vient pas. Le surlendemain non plus.

Alors je me dis que je l'ai perdu. Et toute la morphine qu'on m'injecte ne peut rien contre cette douleur-là.

★

Pendant que Kuba disparaît de la circulation, Maja continue à venir me voir. J'aurais préféré que ce soit le contraire qui se produise, mais personne ne m'a demandé mon avis. Un après-midi, quand je la vois débarquer tout à trac, je comprends tout de suite qu'elle a quelque chose de spécial à me dire. Je ne sais pas ce qui m'alerte, au juste. Peut-être ses yeux qui brillent plus intensément que d'habitude.

Une fois assise, après s'être informée de ma santé, et avoir distraitement écouté la réponse, elle m'annonce, en posant sa main sur mon avant-bras :

— Je ne sais pas si ça va soulager ta douleur, mais on a attrapé celui qui t'a fait ça.

Je laisse passer un moment, le temps de digérer l'information, avant de demander :

— Comment s'appelle-t-il ?

Je ne saurais dire en quoi cela va m'avancer, mais il me semble important de connaître son nom. Peut-être pour ne pas le sous-estimer une deuxième fois.

— Frankowski. Kasper Frankowski. Il n'a pas agi seul. Mais il était le leader.

Je laisse échapper un rire nerveux.

— Oui. Je me rappelle à peu près ce qui s'est passé.

— Il y aura un procès. Si je peux, je vais témoigner. J'ai tout vu, j'étais aux premières loges, et tu peux me faire confiance : je vais le charger à mort pour qu'il passe un maximum de temps derrière les barreaux.

— Merci Maja. Je savais que je pouvais compter sur toi.

Mais en vérité, je ne sais trop que faire de l'information qu'elle vient de me livrer, et qui ne suscite en moi aucune émotion significative. En particulier, ni haine ni soif de vengeance. J'en suis d'ailleurs le premier surpris. Peut-être que quelque chose s'est cassé en moi.

— Voilà, Gaspard. Ça m'a paru important que tu saches.

Je hoche la tête, sans conviction. À peine quelques minutes plus tard, ne sachant trop comment enchaîner, et sans doute un peu déstabilisée par la froideur que j'affiche, Maja met un terme à sa visite en prétextant qu'elle a un autre rendez-vous.

En la regardant sortir, je me dis, pour la première fois, qu'il serait sans doute préférable pour tous les deux que je lui demande de ne plus venir. Pas facile de lui annoncer sans qu'elle se mette dans la tête que je la tiens pour responsable de ce qui m'est arrivé à la manifestation. Il faudra que je réfléchisse à une bonne façon de le faire. Je trouverai bien.

Pour l'heure, à nouveau seul, je m'empresse d'enfermer Kasper Frankowski dans mes oubliettes mentales. Ce n'est pas une figure de style. Elles existent vraiment. C'est l'un des endroits clés de la forteresse intérieure que je me suis érigée il y a longtemps, déjà, du temps où je vivais à Paris.

Là-bas, je m'en suis servi comme d'un refuge quand la ville, je veux dire la ville matérielle, a cessé d'en être un. Sur la fin, j'y passais le plus clair de mon temps. Je voyais tout, vivais tout, depuis cette cité intérieure. Autour de moi, les gens ne s'en apercevaient pas. Enfin, je ne crois pas, peut-être me trouvaient-ils quand même un peu bizarre.

Le procédé peut paraître puéril, mais il m'a permis de garder mes distances avec un certain nombre d'attaques en provenance du monde extérieur qui, sans cette protection, m'auraient à coup sûr débordé.

Construite au sommet d'une colline, la forteresse est ceinte de hautes murailles de pierres. Des gardes y font le guet, jour et nuit, avec ordre de tirer à vue sur tout ce qui s'approche. Sans sommation. Dans mon univers mental, je n'ai pas de raison de faire dans la dentelle.

À l'intérieur, j'ai aménagé une bibliothèque, un vivarium, un ring de boxe thaï, un hurloir aux murs capitonnés. Il y a aussi une pièce où je n'ai jamais mis les pieds : à chaque fois, je passe devant la porte qui y donne accès sans jamais l'ouvrir, avec le sentiment que j'ai tout intérêt à ne pas le faire. Il y a enfin ces fameuses oubliettes, au fond d'une cave sordide, plongée dans l'obscurité, à laquelle on accède par un escalier raide et étroit.

C'est là que je jette mes ennemis. Kasper n'est jamais que le dernier en date. Une fois que j'ai refermé la lourde porte sur son visage grimaçant et haineux, je vais faire un tour au hurloir, histoire de finir de me défouler. Parfois, c'est sur le ring, mais aujourd'hui, je ne suis pas d'humeur.

Ensuite, j'ouvre les yeux, et constate que je me sens mieux.

★

Après six jours de silence radio, Kuba refait son apparition à l'entrée de ma chambre. Je suis si heureux de le revoir que je remarque à peine cet air de vouloir tout casser qui émane de toute sa personne – ce qui est plutôt inhabituel chez lui.

Sans attendre, sans même dire bonjour ou me demander comment je vais, il lance :

— J'ai bien réfléchi.

— À quoi ?

— Si tu aimes tant que cela l'histoire de Pavel, autant que tu connaisses la vraie.

Il m'a pris par surprise, et je ne sais pas trop comment réagir. Mais c'est sans importance. Déjà, Kuba a tiré une chaise, s'est assis aussi près de moi qu'il pouvait, et a commencé à parler. Ou plutôt à déboulonner la statue que, sans m'en rendre compte, j'avais dressée au père d'Elena, sur les bases des quelques heures que j'avais passées avec lui, et de sa version des faits.

Cela ne se fait pas sans peine, et il faut plusieurs visites pour terminer le travail de démolition. Pas seulement à cause de mes résistances mentales. C'est surtout que Kuba a accumulé une matière première impressionnante sur le vieillard. Au point que c'en est effrayant.

Mais je finis par surmonter l'inquiétude que m'a causée au premier abord son exaltation, l'écouter avec attention, et me faire une idée assez précise du parcours de Wronski. Et, au-delà des éléments biographiques factuels, de l'homme qu'il est, de celui qui se cache dans les tréfonds de sa personnalité.

Ce n'est pas une réalité agréable à regarder.

En fait, c'est même presque insoutenable.

Ses dix années à l'UB, en particulier, en disent long sur son compte. Fanatique parmi les fanatiques, Pavel s'est investi sans compter dans la collecte d'informations vraies ou fausses sur ses concitoyens, en ayant recours à tous les moyens à sa disposition, qui ne connaissaient à l'époque aucune limite d'ordre moral.

Extorsion. Chantage. Mensonge. Torture.

Tout était bon pour parvenir aux fins dictées par le parti.

Avec une efficacité saluée par sa hiérarchie, il a participé à des dizaines d'interrogatoires de partisans, notamment à la prison de Mokotów, de triste mémoire. Les témoignages de ceux qui ont survécu et qui parlent de lui se recoupent tous sur un point : Pavel aimait ce qu'il faisait.

Ce qu'il leur faisait.

Il était un homme cruel, avec d'évidentes tendances sadiques.

Autrement dit, un salopard.

Je résume, bien entendu. Mais l'essentiel est là.

Quand Kuba a terminé, sonné, je lui demande :

— Il y a une chose que je ne comprends pas. Que t'a-t-il fait exactement ?

Il se lève, s'approche de la fenêtre qui donne sur la rue et par laquelle une lumière hivernale blafarde se déverse dans la chambre. Me tournant le dos, il finit par répondre, d'une voix blanche :

— Il a détruit ma vie.

— Pavel ?

Il se retourne et plante ses yeux dans les miens. Son visage est déformé par une colère froide. Je ne me rappelle pas l'avoir jamais vu si perturbé.

— Peut-être pas lui personnellement… Mais ses semblables… Ses amis… (Après une pause, il ajoute, avec un sourire inquiétant :) Contrairement à lui, eux ont eu le bon goût de mourir.

Sentant que je marche sur des œufs, je demande aussi doucement que je peux :

— Que s'est-il passé ?

— Je ne peux pas te dire… Cela, je ne peux pas.

Comprenant à son air désemparé qu'il est inutile d'insister, je change mon angle d'attaque.

— Pourquoi m'avoir raconté tout le reste… Je veux dire, pourquoi moi ?

— Tu étais le client idéal pour partager le fardeau…, répond-il plus calmement. Sans doute parce que tu es étranger et que ça ne te touche pas directement… Pour n'importe qui né ici, c'est de la matière explosive. Des blessures mal refermées qui ne demandent qu'à se remettre à saigner… Et puis il y a encore une chose…

— Quoi ?

— Je t'aime bien, Gaspard, et ça me rendait dingue de te voir idolâtrer ce type…

Après un silence, je demande :

— Elena est au courant ?

— En partie, sans doute. Il est impossible qu'elle ignore tout des agissements criminels de son père. Je crois même qu'elle s'y est intéressée de près, à une époque. Mais à présent, elle est passée à autre chose et ne veut plus laisser ces histoires empoisonner sa vie… Je peux la comprendre…

— Mais pas au point de l'imiter.

Il m'adresse un sourire déchirant.

— Non. Disons que mon cas est différent du sien.

Suit un long silence. Cela a pris du temps, mais nous en avons terminé. Si tant est que cette histoire est de celles avec lesquelles on en finit.

N'ayant pour le moment plus rien à ajouter, Kuba soulève sa carcasse, déjà alourdie par rapport à l'époque où nous nous sommes rencontrés, pour prendre congé. Mais au moment de quitter ma chambre, il paraît se rappeler quelque chose, fouille dans la poche de sa veste de cuir, en extrait un papier qu'il me tend.

Sur ce papier sont écrits un numéro de téléphone et un nom : Andrzej Leszinski.

— Qui est-ce ? je demande, décontenancé.

— Un survivant. Appelle-le de ma part. Il te parlera. Si ce que je t'ai raconté t'a intéressé, ajoute-t-il encore, ce n'est rien à côté de ce que tu entendras de la bouche de cet homme.

Les minutes qui suivent le départ de mon ami, je me demande si je ne ferais pas mieux de jeter ce papier à la poubelle et, par la même occasion, de réserver à Pavel le même traitement qu'à Kasper : les oubliettes.

Mais je n'arrive pas à m'y résoudre. Il n'est pas si compliqué de comprendre pourquoi. Dans la petitesse, on veut juste ne pas le voir. Mais dans la grandeur, le mal devient fascinant.

MAJA

Marais rouges, février 2022

DEPUIS QUE JE VIS DANS LA FORÊT, j'ai complètement cessé de lire la presse, d'écouter la radio, de regarder la télévision ou de surfer sur internet. Ce renoncement m'a semblé aller de pair avec l'exil. Le ronron anxiogène des cracheurs d'information faisait partie des choses qui m'empoisonnaient la tête à Varsovie. Quitter la ville et continuer à m'en abreuver n'avait pas de sens, c'était une contradiction dans les termes. À quoi bon partir physiquement, si je ne me débranchais pas aussi mentalement ?

De sorte que, quand du jour au lendemain des convois militaires se mettent à passer en flux continu devant la *działka*, au point de saturer la route habituellement déserte qui passe devant chez moi, et des hélicoptères à survoler la zone à basse altitude, presque chaque nuit, en faisant un raffut d'enfer, je commence par ne pas comprendre de quoi il s'agit. Je me dis pour me rassurer qu'ils doivent être en période d'exercice et que toute cette agitation est temporaire.

Mais comme au bout de quelques jours, non seulement le ramdam ne s'arrête pas, mais s'amplifie, je n'ai pas d'autre choix que de renoncer à ma discipline de retrait pour faire la lumière sur ce qui justifie pareil surcroît d'activité.

C'est ainsi que je découvre que la guerre a éclaté de l'autre côté de la frontière et que le pays tout entier vit dans la peur.

La guerre.

Accablée, j'éteins la radio. Vu l'ampleur de la menace, j'aurais pourtant une excuse pour la laisser allumée en continu. Lutter contre la colonisation de ses pensées, pour reprendre l'expression de Gaspard, est une chose. Savoir si les chars russes sont à ma porte et si je dois filer vers l'ouest en catastrophe en est une autre.

Mais je tiens bon. Je ne vais pas laisser ces cons démolir ce que j'essaie de construire ici. Ce serait vraiment trop triste.

Une semaine s'écoule ainsi sans que je me tienne au courant de ce qui se passe sur le front. Si le fou furieux d'en face a décidé d'appuyer sur le bouton déclenchant l'apocalypse nucléaire et que je suis par miracle la dernière humaine vivante sur la terre, l'information m'est passée par-dessus la tête en même temps que les missiles tueurs.

C'est donc comme si rien d'inhabituel n'arrivait qu'un soir, je décide de rendre visite à Irina que je n'ai pas vue depuis longtemps. En chemin, je croise cinq camions de l'armée, dont l'activité ne laisse pas de place au doute : le conflit ne s'est pas arrêté sous prétexte que je ne m'y intéressais pas. Ou que je faisais semblant.

Il est près de dix-neuf heures quand j'arrive à destination. À ma grande surprise, la Dacia bordeaux d'Elena est garée au milieu de la cour. Un peu sous le choc, je reste un moment derrière le volant du Kombi à l'arrêt, ne sachant trop que penser de sa présence ici. Ma première réaction, bien entendu, est de m'en réjouir. Mais se serait-elle déplacée s'il n'y avait pas de problème ? Avec ce qui s'est passé ces derniers mois, j'ai toutes les raisons d'être inquiète.

Tandis que je me dépêtre comme je peux de la ceinture de sécurité, Irina et Elena, qui m'ont entendue arriver, sortent de la *działka* pour m'accueillir. Je remarque au premier coup d'œil qu'Elena porte un bébé dans ses bras. Comme, à voir leur air, tout semble aller pour le mieux, je me détends un peu et sors du Kombi en disant :

— Nom de Dieu, Elena, qu'est-ce que tu fais ici ?

— *Cześć*, Maja. Figure-toi qu'on a décidé de passer quelque temps dans notre *działka*. On s'est dit qu'on serait mieux dans les Marais rouges qu'en ville, en attendant d'y voir plus clair. Pour faire court, on est un peu voisines, à présent.

— Rien ne pouvait me faire plus plaisir. Vous êtes arrivés quand ?

— Il y a trois jours… Si tu n'étais pas passée aujourd'hui, c'est nous qui serions allés te voir.

Elena a à peine achevé sa phrase que le petit être rond et joufflu – très mignon dans son genre – qu'elle tient dans ses bras émet un bruit étrange, en me regardant droit dans les yeux, comme pour confirmer ce que sa mère vient de dire. Je me penche sur lui en lui grattant le menton du bout de l'index.

— Je te présente Lucie, dit Elena, radieuse. Je crois que vous ne vous étiez pas encore rencontrées.

— Enchantée, Lucie.

Quand je me redresse, tout sourire, une présence dans mon dos, que je n'avais pas remarquée jusqu'à présent, attire mon attention. Je me retourne et constate que Gaspard se tient dans l'entrée, les yeux fixés sur moi. Il dit en souriant, mais quand même un peu sur ses gardes, me semble-t-il :

— Salut, Maja. Content de te revoir.

— Moi aussi, Gaspard. Dis donc, ça fait un bail.

Ça me remue les tripes de le revoir. Je le croyais sorti pour de bon du paysage après ce qui lui était arrivé à la manifestation. Une drôle d'idée, car Elena ne serait jamais venue s'installer ici sans lui.

— Tu as changé, non ? dis-je après l'avoir examiné brièvement.

J'essaie de ne pas laisser transparaître mon émotion.

— J'espère bien, répond-il en riant. La dernière fois que nous nous sommes vus, j'étais cloué à mon lit d'hôpital.

— Ce n'est pas à cela que je faisais référence…

Je l'observe à nouveau, plus attentivement. Ses cheveux sont hirsutes. Sa barbe est mal taillée. Il porte des vêtements encore un peu à la mode, mais élimés et froissés. Il n'y a plus chez lui la moindre trace du Parisien… Je ne saurais dire si c'est une bonne ou une mauvaise chose.

Il m'aide à trancher.

— Je ne suis quand même pas venu vivre si loin de chez moi pour que ça me laisse intact.

Puis il fait un pas en avant pour me serrer dans ses bras. Je prends son geste comme le signe que le passé est oublié et qu'un nouveau chapitre va s'ouvrir dans notre amitié. Une bonne nouvelle, en somme.

Je lui murmure à l'oreille :

— Nom de Dieu, Gaspard. J'ai bien cru que je t'avais perdu.

— J'avais juste besoin d'un peu de temps.

Quand il relâche son étreinte, nous échangeons un regard ému, puis rejoignons les autres qui se sont installées au salon sans nous attendre. Dès qu'elle a servi les cafés, Irina s'assoit sur le sofa à côté d'Elena, et lui ôte le bébé des mains avec une avidité qui me surprend un peu. J'avais toujours pensé qu'elle n'avait pas la fibre maternelle.

Mais je peux comprendre son enthousiasme. Il n'y a pas à dire, Lucie est vraiment un joli spécimen, bien en chair, souriante, pas hystérique. Ce qui se fait de mieux. Pour autant, j'ai beau me sonder, cela ne suscite rien au niveau de mes tripes. Pas la moindre envie d'avoir le même. Je commence à douter qu'elle me vienne un jour. Je ne suis peut-être vraiment pas normale, après tout.

En moi, c'est sûr, il n'y a rien de maternel.

Une fois qu'elle a installé le bébé sur ses genoux, Irina fait signe à Urok, le berger allemand, beaucoup plus gros que la dernière fois que je l'ai vu, de nous rejoindre. L'animal rapplique aussitôt et, comprenant ce que sa maîtresse attend de lui, il gratifie le bébé de quelques coups de langue.

Gaspard fait un geste pour s'interposer, mais Elena l'arrête en tendant le bras.

— Laisse. Elle a l'air d'apprécier.

Elle a raison, Lucie ne proteste pas. Au contraire, l'excitation lui fait agiter les jambes avec frénésie, en même temps qu'elle tend une main dodue vers l'animal, dans l'intention évidente de lui rendre sa caresse.

— Et voilà, dit Irina, un air de triomphe sur le visage, en s'adressant à Gaspard. Pas question que ta fille ait peur des chiens comme toi. Il faut qu'on l'habitue à les côtoyer. Et ça commence dès aujourd'hui.

— Oui, tu as sans doute raison, concède Gaspard. Même pour bien haïr les hommes, il faut aimer les chiens. Pas vrai ?

Irina approuve d'un geste du menton, n'ayant visiblement pas l'intention de s'engager plus avant dans ce genre de discussion, puis se met à faire sauter sur ses genoux Lucie qui gazouille de plaisir. Tout le monde reste un moment, sans rien dire, les yeux rivés sur le spectacle qu'elles nous offrent, jusqu'à ce que je demande :

— Vous prévoyez de rester longtemps ici ?

— On ne sait pas encore, répond Gaspard. Ça dépend de la façon dont réagit le bébé à son nouvel environnement. Mais oui. On aimerait bien.

— Bien entendu, précise Elena, ça dépend aussi de la façon dont les choses vont évoluer sur le front… Si les Biélorusses deviennent agressifs, on ne pourra pas éviter de se poser les bonnes questions…

— La vérité, ajoute Irina, avec un haussement d'épaules, c'est que personne n'a la moindre idée de comment ce merdier va évoluer.

— Et en ville ? La menace de guerre a-t-elle changé quelque chose ?

— On se croirait revenu en 1984, au temps de la république populaire, répond Elena. Il y a des files d'attente partout. Devant les distributeurs automatiques, les guichets de la Western Union. Les gens ont peur de tout perdre.

— Ils n'ont pas idée de ce que c'est que de tout perdre, grommelle Irina.

Ignorant la remarque, Elena poursuit :

— Dans les supermarchés, certains rayons sont vides. Pâtes, couches bon marché, ce genre de choses est devenu introuvable, ou hors de prix. Les *kotlet schabowy* à vingt *złoty* appartiennent à un passé qui ne reviendra sans doute pas. Certains se préparent déjà à quitter le pays, convaincus que la Pologne sera la prochaine sur la liste. D'autres se préparent au combat. Les stands de tir sont pleins à craquer...

— Il y a des réfugiés ?

— À la gare centrale, les trains en provenance d'Ukraine arrivent à la queue leu leu. Emplis de femmes et d'enfants, surtout. Les hommes sont restés se battre. Les vieillards n'ont pas voulu partir.

— La bonne nouvelle, intervient Gaspard, c'est que les Polonais se montrent solidaires et se mettent en quatre pour les accueillir. On pouvait en douter après ce qui est arrivé avec les migrants à la frontière biélorusse. Mais cette fois, les choses se passent autrement. Il semble que les Ukrainiens soient perçus comme des frères.

— C'est vrai, confirme Elena. Et c'est même si spectaculaire que le gouvernement des bandits a déjà cherché à récupérer à son profit cet élan de solidarité, pour redorer son blason à l'étranger.

— Ce n'est pas surprenant, dis-je. Ils font ce qu'ils savent faire.

— Ils ont d'autres raisons de se réjouir. Tous les autres mouvements contestataires vont passer au second plan, à présent. Ce qui arrive à l'extérieur détourne l'attention de ce qu'ils font à l'intérieur. Pour eux, c'est du pain bénit.

Après un silence, je demande à Gaspard :

— Tu envisages de rentrer en France si la situation dégénère ?

— On a tracé une ligne rouge, avec Elena. Si les chars russes arrivent à Lvov, on quitte le pays. (Tristement, il ajoute :) Mais j'espère que ça n'arrivera pas. Pour moi, ce serait un vrai échec. Avec le temps, j'en suis arrivé à ne plus imaginer la vie ailleurs qu'ici.

— On n'en est pas là, pas vrai ? intervient Irina. Pour l'instant, on va essayer de faire en sorte que vous vous sentiez bien dans les Marais rouges.

Puis, se tournant vers moi :

— À propos, est-ce que tu as faim ? On fait un barbecue. Ça te dit de te joindre à nous ? Tu n'as rien d'autre de prévu ce soir ?

— À cette saison ? C'est encore un peu tôt, non ? Tu es en avance sur le calendrier d'au moins un mois ou deux…

— Pas du tout, m'oppose-t-elle avec le plus grand sérieux. Il fait froid et sec. C'est le temps idéal.

Quelques minutes plus tard, dix bâtons sont perchés au-dessus des flammes qui nous réchauffent assez efficacement du froid ambiant. La graisse dégouline de la viande de porc empalée sur leur extrémité taillée en pointe, tombant goutte à goutte dans la braise en grésillant. L'odeur de la fumée se mêlant à l'air froid, caractéristique de ce pays, me chatouille les narines.

Irina est la première à retirer son bâton du feu. Elle libère d'un coup de couteau bien ajusté la viande brûlante qui atterrit dans un morceau de pain noir tartiné de moutarde. Tout le monde l'imite bientôt.

— Délicieux, dis-je, la bouche pleine.

Tout en mangeant, nous parlons de tout et de rien. La nuit est tombée, à présent. Comme le ciel est dégagé, on peut voir apparaître les premières étoiles au-dessus de nos têtes. Du côté de la forêt, une demi-lune parfaite diffuse à travers les arbres sa clarté laiteuse. On entend un train qui passe, au loin, et son fracas métallique nous parvient aussi nettement que si la voie ferrée se trouvait à cent mètres d'ici, et non pas à quinze kilomètres.

— Ça doit être le train de marchandises à destination de Białystok, commente Elena.

Face à moi, par-dessus l'épaule d'Irina, le marais s'étend à perte de vue. La conversation se poursuit, mais je l'entends comme si elle se déroulait très loin. Cela faisait longtemps que je ne m'étais pas retrouvée entourée ainsi de personnes qui me veulent du bien. Je devrais être parfaitement détendue.

Pourquoi n'est-ce pas le cas ?

Je sais très bien pourquoi. Mon regard se pose sur Gaspard, le revenant, pendant qu'il ne fait pas attention à moi. Il ne dit rien et s'occupe en jetant des brindilles dans le feu. Lui a l'air parfaitement à l'aise. Je ne peux pas m'empêcher de penser : peut-être trop.

Car si, comme je le redoute, Frankowski est dans les parages, je crains que le Français ne se soit mis en danger en venant s'installer ici. Qu'il se soit une fois de plus jeté dans la gueule du loup. Je n'ai pas envie qu'il lui arrive à nouveau des histoires. Je crois qu'il ne s'en remettrait pas. Et moi non plus.

D'un autre côté, je ne veux pas l'effrayer pour rien. Oui : pour l'instant, le mieux que j'aie à faire, c'est me taire, et le laisser profiter de son insouciance, tant que je ne suis pas sûre de mon coup.

Pendant que je réfléchissais, mon regard s'est appesanti sur lui, et il a fini par le remarquer, sans comprendre ce qu'il signifiait. Il lève les yeux sur moi, me fait un clin d'œil, un sourire. Je le lui rends comme je peux, en essayant de ne rien laisser paraître de mon inquiétude.

GASPARD

Varsovie, février 2021

LE MÉDECIN QUI SE TIENT FACE À MOI est une quadragénaire à l'air triste. Depuis son cabinet, situé au sixième étage d'une tour d'affaires, on entend distinctement les tramways qui ferraillent. Mais ce bruit ne me dérange plus : fréquentant cet endroit deux fois par semaine depuis que je suis sorti de l'hôpital, j'ai eu tout le temps de m'y habituer.

— Vous allez mieux. Vous avez de la chance. Après ce que vous avez subi, les conséquences auraient pu être bien plus graves. On refait un point complet dans un mois. *Do widzenia.*

Je sors du cabinet, ordonnance renouvelée en main, à la limite de l'étourdissement. Me voici déjà dehors, dans le centre-ville du côté d'Ochota, le quartier de l'envie. Gratte-ciel ultra-modernes, cadres rutilants qui vont et viennent, trafic infernal.

— Nom de Dieu. C'est fini.

Les immeubles me semblent hauts, les avenues, larges, la foule, dense, bariolée, sophistiquée. Mais ce n'est plus comme avant. Je veux dire, dans mon ancienne vie, si lointaine désormais, presque irréelle. À présent, je n'ai plus envie de m'y tailler, à coups de crocs, une place au soleil. Les femmes trop belles ne me font plus rêver, les hommes en costume ne m'impressionnent plus. Je connais leurs fragilités, leurs névroses, leur désespoir. Tout cela n'est qu'une mascarade.

Retour dans le métro, peu fréquenté à cette heure-ci. Station Swiętokrzyska, les voyageurs affluent, c'est l'heure de pointe. Au lieu de prendre la direction de Młociny, moins pressé de rentrer à la maison que je devrais, j'opte pour la direction opposée. Je n'y peux rien : c'est une nécessité intérieure presque irrésistible, trop longtemps contenue, qui m'y pousse. Même si je me doute que je regretterai d'y avoir cédé, impossible de faire autrement.

Je quitte la rame station Pole Mokotowskie après un court trajet. À partir de là, il n'y a pas plus d'une centaine de mètres à parcourir pour atteindre le vaste édifice, dont on ne voit de l'extérieur que de hautes murailles, couleur jaune paille, sans fenêtres, et surmontées d'un mirador entouré de barbelés. Un grand portail, fermé, permet d'y accéder. Une plaque de marbre accrochée au mur rend hommage aux hommes qui ont péri ici, victimes des nazis et des communistes, parfois les deux pour les plus clairvoyants d'entre eux.

La prison.

Je m'assois sur un banc, de l'autre côté de la rue, et tremblant de tous mes membres, je laisse partir mon imagination à la dérive, comme à chaque fois que je viens ici. Car ce n'est pas la première. Au bout d'une poignée de minutes, je parviens presque à le voir, longeant la muraille aveugle, à la fin de sa journée de travail pour rentrer chez lui, sanglé dans son petit imper, un peu fatigué sans doute, un peu à cran, comme n'importe quel fonctionnaire ayant rempli avec zèle son devoir quotidien.

Avait-il la tête pleine d'images insoutenables quand il quittait son lieu de travail ? L'écho des hurlements de ses victimes résonnait-il encore dans ses oreilles ? A-t-il, ne serait-ce qu'une fois dans sa vie, été ébranlé dans ses certitudes de fanatique par un regard un peu trop limpide posé sur lui ?

Ou bien ceux qu'il avait tourmentés étaient-ils à ses yeux non des hommes, mais des obstacles à la marche triomphale de la révolution, dont la place était dans les poubelles de l'Histoire, guère plus que des rats, de la vermine ? Se réjouissait-il à l'avance des nouvelles arrestations qu'allaient permettre d'effectuer, dès le lendemain, les noms qu'il était parvenu à leur faire cracher dans un nuage de sang ?

Non, bien sûr. Pavel n'avait pas douté. Lui n'avait accordé à personne le bénéfice du doute.

À présent, Elena est endormie devant un film de Wajda, épuisée par sa journée et l'émotion que je lui ai causée en lui annonçant la bonne nouvelle concernant ma santé. N'ayant pas envie de continuer à regarder seul cette histoire de jeunes partisans qui se font massacrer dans les égouts de Varsovie pendant le soulèvement de 1944, et certain que je ne dormirai pas si je me couche maintenant, je quitte le lit en prenant bien garde de ne pas la réveiller.

Le canapé du salon, profond, usé, confortable, fait un bruit mou quand je me laisse tomber dedans. Par la fenêtre, je devine la cime des sapins frémissant dans le vent. Le silence emplit la pièce si complètement, jusque dans ses moindres recoins, que j'ai peur qu'elle n'éclate.

Sur la table basse, une bouteille de vodka à moitié pleine, mon paquet de cigarettes agonisant, un cendrier presque rempli, un stylo à bille noir, une rame de papier. Mon matériel de romancier.

Tu parles. Il faut se rendre à l'évidence. De roman, cela fait longtemps qu'il n'y en a plus. C'est, depuis un moment déjà, un tout autre projet que j'ai en tête. Ou disons plutôt une tout autre obsession.

Un instant encore, j'hésite sur la marche à suivre, et me sens gagné par le doute. Je me dis que je déraille. Ce n'est pas une surprise. J'ai toujours soupçonné qu'il y avait un endroit dans le monde qui me rendrait fou, et que je finirais par le trouver. Mais je m'étais plutôt imaginé un pays surchauffé d'Asie, d'Afrique ou d'Amérique du Sud. Enfin, pas de regret : sur le terrain de l'effondrement mental, le froid a aussi ses vertus.

Je quitte le sofa, nerveux. Mû par une impulsion subite, j'ouvre le tiroir de la console où, la dernière fois que j'ai vérifié, se trouvait l'unique photographie qu'à ma connaissance Elena possède de son père. Je remue quelques papiers : elle est là, elle n'a pas bougé.

Je me rassois dans le sofa, photo en main, et l'observe avec attention. C'est un vieux cliché en noir et blanc, petit format, qui doit dater du début des années soixante. On y voit Wronski, bronzé, grisonnant, sûr de lui, triomphant. Il a bien entendu beaucoup changé depuis cette époque. Mais pas de doute : mêmes yeux de Tatar, même sourire effilé, même posture conquérante. C'est bien le même homme.

Il est entouré d'individus à la peau sombre et aux yeux plus bridés que les siens, en costume traditionnel, tous plus petits que lui, sur fond de huttes de paille. Laos, Cambodge, Chine ? À cette période, Pavel a successivement exercé ses fonctions de diplomate dans chacun de ces pays, et cette photo peut avoir été prise dans n'importe lequel d'entre eux. Ce qui est sûr, c'est qu'il était alors au sommet de sa carrière.

Je passe un long moment à scruter le cliché. Sans que je puisse m'expliquer pourquoi, il y a en lui quelque chose qui me met mal à l'aise, et qui m'avait échappé quand je l'avais examiné pour la première fois, il y a des mois de cela. Il a pourtant toutes les caractéristiques d'un objet de propagande, s'efforçant de donner à voir un monde idéal sans aspérité, qui n'a que peu de rapports avec la réalité. *A priori*, pas de quoi semer le trouble...

J'insiste, pourtant, sentant qu'il y a là un élément intéressant, voire décisif. Mais j'ai beau faire, je ne vois rien de spécial. Ce n'est qu'au tout dernier moment, alors que je m'apprête à renoncer et à remettre le cliché à sa place, que le détail que je cherchais me saute enfin aux yeux.

En arrière-plan, derrière la rangée d'officiels, on entrevoit un homme très maigre, les deux bras en avant, paumes tournées vers le ciel, tête rejetée en arrière. On voit tout de suite qu'il y a dans son apparence un je-ne-sais-quoi d'insoutenable. Mais le mot que je cherche met encore un moment à venir.

Lépreux.

Cet homme est un lépreux égaré dans ce monde parfait mis en scène par les serviteurs du communisme. À présent que je l'ai remarqué, je n'arrive plus à en détacher mon regard. Il pourrait tout aussi bien être un revenant, tout juste ressuscité d'entre les morts. Ou un saint, avec cet air extatique qu'il a sur le visage...

Presque un sourire.

À coup sûr, c'est sans y être invité qu'il s'est joint à la procession. Il est étonnant qu'il y soit parvenu, mais de toute évidence, il semble avoir un don pour se rendre quasi invisible, auquel moi-même je n'ai pas échappé. C'est sans doute aussi à cela que cette photo doit d'avoir survécu, malgré la censure qui sévissait à l'époque où elle a été prise.

Délaissant un instant le malheureux, je me concentre à nouveau sur Pavel. Elena m'a dit un jour, avant que nous cessions de parler de lui pour de bon, que, jeune homme, il était le portrait craché de Staline, et que cela l'avait sans doute aidé dans sa carrière, au moins jusqu'à un certain point.

Mais sur cette photo, déjà âgé d'une quarantaine d'années, c'est plutôt à Yitzhak Rabin qu'il me fait penser. Il fait ce qu'on attend de lui, affichant un sourire plein de dents d'un blanc éclatant, le regard fixé sur celui qui tient l'appareil.

On se dit en le voyant qu'il ne peut pas avoir conscience de la présence du lépreux à quelques mètres derrière lui. S'il s'en était aperçu, c'est certain, il y aurait mis bon ordre.

Pourtant, je suis sûr qu'il sait. Quelque chose dans ses yeux ne colle pas avec son sourire de façade. C'est imperceptible, mais je ne crois pas me tromper. Oui. À ceux qui regardent cette photo, il semble dire, avec toute l'insolence dont il est capable : *Qu'est-ce que vous croyez ? Je sais ce qu'il en est. Je ne suis pas dupe.*

En même temps que me vient cette idée, un frisson me parcourt l'épine dorsale. Je secoue la tête et m'arrache à la contemplation du cliché. Je le remets là où je l'ai trouvé.

Une minute plus tard, je n'ai pas bougé d'un centimètre, je suis comme cloué sur place. À un moment, cédant à une impulsion irrésistible, je ferme les yeux. Sans surprise, le lépreux est toujours là, bien net, comme projeté sur l'écran noir de mes paupières. J'essaie de l'empoigner par le col, de le tirer jusqu'aux oubliettes.

Mais il ne se laisse pas faire. Personne, auparavant, ne m'avait opposé pareille résistance. Comprenant que je n'arriverai à rien avec lui, je rouvre les yeux, sors de ma poche le papier que m'a donné Kuba lors de sa dernière visite à l'hôpital et, après une dernière hésitation, sans me soucier de l'heure tardive, compose le numéro d'Andrzej Leszinski.

MAJA

Marais rouges, mars 2022

IRINA M'A REJOINTE DANS L'ABRI DE CHASSE, près de l'étang à castors, dans lequel je vais de temps en temps observer la faune, la nuit venue. Je ne l'ai pas entendue arriver, mais sa présence ne m'étonne pas ni ne me met mal à l'aise. Elle est là, c'est tout.

C'est elle qui entame la conversation, en fixant avec une expression difficile à interpréter un point situé juste au-dessus de mes sourcils.

— Alors, tu comprends mieux ce que je voulais dire, quand je te mettais en garde contre ce que les Marais rouges font à ceux qui y vivent ?

Je ne sais pas pourquoi au juste, mais la question me déplaît. Peut-être parce qu'elle touche quelque chose en moi de trop sensible ces temps-ci. Ce qui est sûr, c'est que je décide de couper court à la discussion.

— Non. Je ne vois pas de quoi tu parles.

Le rire que provoque ma réponse me fait froid dans le dos.

— Alors tu ferais bien d'y réfléchir.

Pour changer de sujet, plus que par intérêt véritable, je demande :

— Au fait, tu ne m'as jamais dit quel genre de consul était Pavel.

Cette fois, c'est à son tour d'être irritée. Elle passe nerveusement la main sur son crâne rasé. Ses yeux transparents se réduisent à deux fentes qui lui donnent une allure reptilienne.

— Excuse-moi, mais je trouve que c'est une question idiote. Il n'y a pas de genre de consul. On est consul ou on ne l'est pas. C'est tout.

Ignorant la sécheresse de la repartie, et sentant que si elle se met en colère, c'est peut-être parce que j'ai touché juste, j'insiste :

— Je veux dire… C'était un consul rouge, non ?

À nouveau, ce mauvais rire qui me noue les tripes retentit dans le cabanon.

— Ça, tu peux le dire… Un consul rouge sang, même.

À ce moment, je m'éveille en sursaut. Il me faut quelques secondes pour comprendre que je ne suis pas dans l'abri de chasse, mais dans le salon de ma *działka*, seule, et une minute de plus pour me débarrasser de l'impression désagréable que les images et les sons de mon rêve y ont été placés par une force extérieure qui l'a pénétré par effraction.

Ensuite seulement, je réalise que c'est un bruit anormal, venant de l'extérieur du chalet, qui m'a réveillée. On dirait qu'un moteur de voiture tourne au ralenti dans le jardin. Je me lève pour en avoir le cœur net, écarte discrètement les rideaux, et constate que je ne me suis pas trompée. Une voiture stationne, moteur allumé, tous feux éteints, juste devant le portail.

Des picotements me parcourent la nuque. Bien entendu, il peut très bien s'agir d'un automobiliste qui s'accorde une pause. Mais, à cette heure de la nuit et à cette saison, l'hypothèse est quand même peu probable. Je laisse retomber le rideau et vais sortir le fusil de l'armoire, histoire d'être parée à toute éventualité.

C'est Alicja qui m'a conseillé d'avoir toujours une arme à portée de main.

— Quand on vit isolées comme toi et moi, m'a-t-elle dit, il y a toujours un risque de se retrouver à la merci d'un taré.

Je ne l'avais pas trop prise au sérieux, à ce moment-là. Enfin, assez quand même pour l'écouter. Ce qui est sûr, c'est qu'à présent, je ne le regrette pas.

Une fois que je me retrouve avec l'arme entre les mains, elle me semble étrangement familière. Les gestes que mon grand-père m'a si souvent fait répéter quand j'étais gamine, pour m'entraîner à la guerre qu'il ne doutait pas que je serais amenée à faire un jour, me reviennent naturellement.

J'ouvre la porte d'entrée du bout du pied, en même temps que j'allume la lumière extérieure. La voiture stationnée devant chez moi apparaît dans le faisceau lumineux. C'est un vieux break de couleur sombre, mais l'intérieur est plongé dans l'obscurité, de sorte que je ne peux pas voir le visage du conducteur.

Histoire de bien montrer que je ne plaisante pas, je tire un coup en l'air avant de me mettre à marcher dans sa direction. Le coup de feu brise le silence de la nuit et, son écho pas encore dissipé, j'entends le bruit d'ailes d'un oiseau effrayé qui s'envole, tout proche.

Dès le second coup de feu, le break démarre en soulevant derrière lui un nuage de poussière et en faisant crisser ses pneus. Je cours pour essayer de le rattraper, mais j'arrive trop tard et n'ai pas le temps de voir qui est au volant, ni de lire la plaque d'immatriculation. Quand je mets un pied sur le bitume, le break est déjà loin, seuls ses feux arrière sont encore visibles.

Le souffle court, je passe encore quelques instants pieds nus sur la chaussée, jusqu'à ce que le véhicule ait complètement disparu dans la nuit, avant de regagner le jardin. Faute de mieux, je crois que j'ai fait ce qu'il fallait pour les effrayer, je ne pense pas qu'ils reviendront ce soir. Je peux retourner me coucher et dormir, ou au moins essayer.

Quand je remarque le X rouge peint sur la porte d'entrée, que le vent a refermée pendant que j'étais occupée ailleurs, la surprise me cloue sur place. Je reste un moment pétrifiée. Une partie de moi avait espéré que j'avais surpris ces charlots avant qu'ils aient eu le temps de faire leur mauvais coup. À l'évidence, je me trompais.

Je franchis les quelques mètres me séparant de la porte et passe l'index sur la substance rouge qui a servi à peindre la croix, prudemment, comme si elle risquait de me brûler, puis le porte à mes lèvres.

Ce n'est pas de la peinture.

C'est du sang.

Gagnée par la panique, je me précipite dans la maison, ouvre tous les tiroirs avant de mettre la main sur la torche, et de retourner à l'extérieur. Une fois dehors, je balaie avec le faisceau lumineux toutes les zones que la lampe située dans l'entrée n'éclaire pas, certaine qu'il y a autre chose.

Il ne me faut pas longtemps pour trouver.

Une forme est pendue à la plus grosse branche du prunier. Quand je la vois apparaître dans le cercle de lumière blanche, j'ai envie de partir en courant. Mais finalement, la curiosité est plus forte et je m'approche pour voir de quoi il s'agit.

Un animal, tête en bas, en train de se vider de son sang. Celui qui a servi à marquer ma porte, probablement. Je m'approche encore un peu, jusqu'à sentir quelque chose d'humide sous mon pied nu.

Ce que j'ai sous les yeux me rappelle les lapins écorchés de mon grand-père. Mais ce n'est pas un lapin. Corps fuselé, museau pointu, mâchoire crispée dans un ultime réflexe de défense, laissant voir les crocs acérés, yeux noirs figés dans une expression de terreur absolue : pas de doute possible, c'est une *kuna*. Selon toute probabilité, ma *kuna*.

Quand j'éclaire la partie supérieure du cadavre, je réalise que je n'ai pas encore vu le pire. L'animal est accroché à un cintre enfilé sur la branche de prunier. Le crochet lui transperce le bas-ventre et ressort par l'anus. Un spectacle à vomir. Nom de Dieu, c'est un malade qui a fait cela.

Je reste appuyée contre le tronc du prunier pendant une durée indéterminée. Une fois que j'ai un peu repris mes esprits, je cours à l'intérieur de la *działka* et en ressors armée d'un seau en métal. De retour sur la scène du crime, je fais glisser le cintre poisseux le long de la branche, et l'animal tombe au fond du seau dans un bruit mou. Puis je vais le vider au fond du jardin, dans le trou à ordures, en essayant de ne pas penser à ce qu'il contient. Ensuite, je passe un long moment à rincer le seau sous le jet glacé du robinet extérieur. Quand il n'y a plus de trace de sang sur ses flancs, je le mets à sécher sur le perron en le retournant, puis rentre à nouveau dans la *działka*.

J'en ressors une minute plus tard, armée d'un chiffon épais, au moyen duquel je m'attaque à la croix sur la porte. Je frotte longtemps, sans doute plus que nécessaire, jusqu'à ce qu'elle ait complètement disparu, et avec elle une partie de la peinture d'origine. Puis je retourne au fond du jardin jeter sur l'animal le chiffon taché de sang et de viscères. *Désolée, ma vieille, je n'ai pas de meilleur linceul à t'offrir.*

Lorsque le nettoyage est terminé, je retourne à la *działka*, verrouille la porte à double tour, et prends une longue douche glacée, le temps qu'il faut pour me sentir à nouveau capable d'aligner deux pensées à peu près cohérentes. Puis je m'installe derrière la table du salon et me sers un shot de vodka, histoire d'achever de me remettre.

Ce soir, celui ou ceux qui en ont après moi sont passés à la vitesse supérieure. J'ignore où ils ont l'intention de s'arrêter. À première vue, ils n'ont pas de limites. Une chose est sûre, en tout cas : je ne vais pas attendre leur prochaine visite sans rien faire.

Je regarde ma montre. Il est tard, presque trois heures du matin, mais comme je sais que Kuba est insomniaque, je décide de tenter ma chance avec lui et de l'appeler. Il décroche au bout de la troisième sonnerie. Sa voix sonne clairement, je ne me suis donc pas trompée : à l'évidence, il ne dormait pas. Rien que de l'entendre me soulage un peu.

— Kuba, Dieu merci, tu ne dors pas.

— Que se passe-t-il, Maja ? Tu as l'air complètement paniquée.

— J'ai un problème. J'ai à nouveau reçu des menaces.

— Quel genre de menaces ?

— Une croix sur ma porte. Tracée avec le sang d'une *kuna* suspendue au prunier, un cintre enfoncé dans le bas-ventre. Ce genre-là.

Après un silence pesant, il répond :

— Ça devient scabreux, cette histoire.

— Je ne te le fais pas dire.

Kuba a toujours su manier l'euphémisme. À son intonation, je sens qu'il est intéressé. Ce n'est pas rien, car il en faut beaucoup, ces derniers temps, pour intéresser Kuba.

— À nouveau, le message me semble assez transparent, dit-il après une pause. Le cintre est un des symboles de la *Strajk Kobiet*, n'est-ce pas ?

— La statue de Lénine et les pogroms. Maintenant, la *Strajk Kobiet*. Cela part un peu dans tous les sens, tu ne crois pas ?

— Au contraire. J'y vois une certaine cohérence.

— Ah ? Et tu peux me dire laquelle ?

— La haine. Je veux dire, un certain genre de haine. Avec des connotations politiques.

Nouveau silence. J'avale ma salive avec peine. C'est Kuba qui finit par reprendre la parole :

— En tout cas, autant avec Lénine, j'avais des doutes, autant cette fois, on est tout à fait dans le registre de Frankowski.

Je hoche la tête, comme s'il pouvait me voir.

— Que vas-tu faire, Maja ?

— Je crois que c'est assez évident, non ?

GASPARD

Varsovie, février 2021

— VOILÀ, C'EST ICI QU'ELLES SE TROUVENT.

— Quoi ?

— Les racines du mal, me répond Andrzej Leszinski.

C'est lui qui a insisté pour qu'on se retrouve au Musée national, juste à côté de la Maison blanche, l'ancien siège du parti communiste, au croisement de Ierosalem et de Nowy Świat. Moi, l'idée de revenir sur les lieux où je me suis fait tabasser par Frankowski et ses copains ne me plaisait pas plus que ça. Mais j'étais prêt à prendre le risque pour rencontrer cet homme. Alors, j'ai fini par dire oui.

Comme Kuba me l'avait laissé espérer, Andrzej Leszinski a tout de suite accepté de me voir quand je lui ai expliqué la raison de mon appel. Je n'ignore pas ce que sa disponibilité représente. Il est l'un des derniers survivants de l'époque où les hommes comme Wronski sévissaient. Et, parmi eux, un des seuls qui accepte de parler.

Andrzej est bien entendu un très vieil homme. Maigre comme un vieux loup, il a omis de se coiffer et de se raser, et porte un vieux T-shirt aux couleurs du groupe punk Dezerter, qui prête à sourire vu son âge. À l'opposé de Pavel, il semble très fragile, et on a l'impression en le regardant qu'un souffle de vent suffirait à le faire s'envoler. Mais, comme pour la plupart des hommes de sa génération qui ont survécu à tout, c'est sans doute juste une impression.

Lui et moi marchons depuis quelques minutes dans les grandes salles désertes du rez-de-chaussée, sous le regard suspicieux ou indifférent des gardiens, quand soudain, d'une voix ferme, il dit sans me regarder :

— Les hommes de ce temps avaient la tête emplie de ces visions d'horreur. Elles n'avaient même pas l'excuse de faire référence à l'enfer. Toutes concernaient la vie ici-bas. Je n'invente rien. Tu le vois aussi bien que moi.

En effet. Dans un éclairage médiocre, des peintures et sculptures médiévales figurant des scènes de torture variées et incroyablement détaillées se succèdent sans laisser de répit au visiteur. Autour de nous, ce ne sont que jarrets et coudes tranchés béant comme des bouches, chairs transpercées, écorchées, lacérées, crucifixions sadiques figeant les membres dans des positions contre nature, avec comme victimes privilégiées le Christ, les larrons, les saints des premiers âges du christianisme.

— C'étaient des artistes sans visage et encore moins de nom, n'aspirant à rien pour eux-mêmes, qui ne se voyaient pas comme des artistes, ni comme les membres d'une nation, même pas comme des individus, et qui ont posé les fondements d'une culture qui, nulle part ailleurs, n'a produit d'œuvres plus sombres.

De toute évidence, il se sent dans son élément. Cette aisance le rend un peu pontifiant, mais je ne dis rien, car au fond, le sujet m'intéresse, même si on est encore assez loin de celui qui a motivé notre rendez-vous.

Ou peut-être pas tant que cela, après tout.

— Voilà sur quoi on tombe quand on aborde les couches les plus profondes de la psyché de cette nation. Un christianisme doloriste reposant sur un socle de souffrance et d'horreur valorisées comme seuls modes d'accès à la rédemption et plus généralement comme seul mode de vie acceptable. Capable à l'occasion, comme par accident, de produire de sidérantes beautés. Mince consolation, tu me diras. Enfin, consolation tout de même.

Ce n'est qu'après avoir quitté la dernière salle consacrée à l'époque médiévale, que je recommence à respirer normalement. Une fois parvenus à l'étage, auquel nous accédons par un escalier monumental, nous entrons dans une salle où sont exposés les peintres modernes. Changement de décor : rien que de pâles copies des Italiens et des Français, loin de la folie furieuse que nous venons de laisser derrière nous. Tous ces tableaux, j'ai le sentiment de les avoir déjà vus, en mieux, ailleurs. Andrzej n'y prête pas la moindre attention et semble plutôt occupé à méditer sur ce qu'il a vu en bas.

C'est encore lui qui finit par rompre le silence.

— Après, tu vois, c'est le vide.

Il accompagne son propos d'un geste dédaigneux sur ce qui nous entoure.

— Et pourtant, on ne m'ôtera pas de l'idée que ce qui irriguait l'art médiéval se tient toujours là, au fond de nous, tapi quelque part, ne demandant qu'à ressurgir à la première occasion.

Changeant soudain de ton, il se tourne vers moi et ajoute :

— Ce qui nous amène au motif de notre rencontre, pas vrai ?

Je hoche la tête. Je ne connais pas encore Andrzej. Mais je dois d'ores et déjà lui reconnaître un certain sens du spectacle.

— Partons, tu veux bien ? Je crois qu'on a fait le tour.

Dehors, nous traversons l'avenue Ierosalem, encombrée comme toujours. J'évite de tourner la tête dans la direction du lieu de mon agression, alors tout se passe bien. Nous nous engageons dans le dédale de ruelles à l'est de Nowy Świat. C'est Andrzej qui est le guide, moi, je me contente de suivre. Malgré son apparente fragilité physique, il marche d'un pas alerte, et j'ai presque de la peine à tenir la cadence avec ma jambe encore douloureuse. Le spectacle qu'il vient de m'infliger semble l'avoir empli de vigueur. Je ne suis pas sûr de pouvoir en dire autant.

Au bout de quelques minutes de marche, nous pénétrons dans la cour intérieure d'un groupe d'immeubles délabrés, au fond de laquelle se trouve un autel dédié à la Vierge Marie, illuminé et fleuri. Dès que nous franchissons le porche, je remarque une bande de petites frappes en survêt qui font le guet, devant l'entrée d'un des immeubles.

Ils réagissent à notre intrusion sur leur territoire en nous fixant méchamment du regard, mais sans nous adresser la parole ni faire un mouvement dans notre direction. Tout dans leur attitude exprime un message simple : n'approchez pas et tout ira bien. Bref, ils font leur boulot de chiens de garde.

Mais en les voyant, Andrzej se fige, hésitant visiblement sur la marche à suivre : continuer ou faire demi-tour. Puis, soudain nerveux, il me saisit par le bras, le serre un peu trop fort, m'obligeant à avancer plus vite que je ne voudrais.

Surpris, je me tourne vers lui et demande :

— Qu'est-ce qui te prend ?

Je remarque alors que son visage sillonné de rides profondes est livide, et qu'il exprime la peur. Une réaction qui me semble excessive. Il n'y a vraiment pas de quoi se mettre dans un état pareil. Pour la première fois depuis que nous nous sommes rencontrés, je me dis qu'il est cinglé.

— Ces types, explique-t-il. Je les ai déjà vus. Je crois qu'ils me suivent.

— Tu plaisantes ? Ce sont juste de petits trafiquants. Tant qu'on ne se mêle pas de leurs affaires, ils vont nous laisser tranquilles...

Mais mes paroles ne parviennent pas à l'apaiser. Au contraire, il presse encore le pas, sans relâcher la pression sur mon bras. Je commence à me dire que je ferais peut-être mieux de foutre le camp.

Quand nous arrivons au pied de l'immeuble qui se dresse au fond de la cour, à l'opposé de celui dont l'accès est protégé par les petites frappes, Andrzej pousse une porte qui tient à peine sur ses gonds. Elle s'ouvre en grinçant sur une cage d'escalier qui pue le moisi.

Sans ralentir, nous traversons un corridor. Andrzej se retourne tous les deux mètres pour s'assurer que personne ne nous suit. Ce n'est qu'une fois sortis de l'immeuble, quand nous nous retrouvons à l'air libre, dans une rue fréquentée par quelques passants inoffensifs, que le vieil homme se détend un peu et me lâche le bras.

— Allons nous installer ici, tu veux bien ? suggère-t-il.

Il me désigne de l'index un petit bar coincé entre deux immeubles abandonnés. Pas complètement revenu du trouble qu'il vient de me causer, je lui fais signe que oui, bien sûr, ça me convient tout à fait.

L'intérieur de la *knajpa* est exigu, tout en recoins. Un espace bas de plafond, où tout client de plus d'un mètre soixante-quinze est obligé de se pencher pour ne pas se cogner, est aménagé à l'étage, auquel on accède par un escalier très raide. C'est là que nous nous assoyons, après avoir acheté des bières.

— Je venais souvent, quand j'étais plus jeune, me dit Andrzej en jetant un regard circulaire sur le théâtre des opérations. Ça n'a pas tellement changé.

Il sort de sa poche un paquet de cigarettes, et m'en offre une. Nous fumons un moment en silence, puis il lâche, soudain un peu embarrassé :

— Excuse mon comportement de tout à l'heure. Tu as dû te dire que j'étais dingue.

— Je ne te cache pas que l'idée m'a effleuré, en effet.

— C'est naturel. Mais il faut que tu comprennes une chose. Quand on a fait ce que j'ai fait, subi ce que j'ai subi, on ne tourne jamais la page. C'est le genre d'histoire qui s'écrit toujours au présent. On paie le prix jusqu'à la fin. Avec son sang.

Tandis qu'il prononce ces paroles, son œil se met à briller d'un éclat à la fois vif et morbide, si cela peut se concevoir. S'il voulait me convaincre qu'il n'était pas fou, c'est raté.

— Ça se reproduit presque tous les jours. J'ai le sentiment qu'on me suit. Je reconnais des visages dans la rue. J'ai l'impression d'être une bête traquée.

Il me regarde un moment, comme pour sonder ma réaction, se demandant sans doute si je le prends assez au sérieux. Jugeant probablement que non, il enchaîne sans se démonter.

— Enfin, passons... Ce n'est pas pour m'écouter me plaindre que tu as demandé à me voir, n'est-ce pas ?

Je confirme d'un hochement de tête.

— Alors ? Que veux-tu que je te raconte sur le vieux criminel de guerre ?

C'est le terme qu'il emploie : criminel de guerre.

Ça m'électrise. Enfin, je joue dans la cour des grands. Je me lance.

Une fois que j'ai fini de lui expliquer ce que je sais, il reste un long moment sans rien dire, donnant le sentiment de se débattre avec les mots qui ne veulent pas sortir. Je me garde d'intervenir, de peur de le bloquer complètement. Finalement, au bout d'une minute ou deux, il fait un geste d'impuissance, plante ses yeux gris dans les miens, et se met à parler.

Son parcours est tout compte fait assez typique. À l'automne 1943, âgé de quatorze ans, il a rejoint le maquis, dans la région de Białystok, sa ville natale, et a participé activement à la résistance contre l'occupant nazi. Après la fin de la guerre, et la mise sous tutelle du pays par l'Union soviétique, il a poursuivi le combat. L'ennemi avait changé, mais restait l'ennemi.

À cette époque, Staline était au pouvoir, il était vital pour l'occupant de consolider la mainmise sur son nouveau satellite, et la lutte contre toute forme d'opposition était féroce. Comme beaucoup de ses camarades, Andrzej a fini par se faire arrêter et enfermer dans la prison de Mokotów où, ironie du sort, il a partagé sa cellule avec un ancien nazi.

Pour lui, l'enfer a commencé. Pendant les trois mois qu'a duré sa détention, il a subi toute la gamme des tortures. Coups de matraque ou de fouet sur les parties sensibles du corps, arrachage des poils et des cheveux, brûlures de cigarettes sur les lèvres et les paupières, écrasement des doigts, privation de sommeil, humiliations sexuelles, macération dans ses propres excréments... La liste est longue et effrayante.

Comme presque tous les autres, il a fini par craquer. Il a livré quelques-uns de ses amis, avant d'être condamné à la pendaison par un tribunal d'opérette. Puis il a été gracié et envoyé au goulag, en Sibérie orientale, où il a passé dix ans.

À son retour en Pologne, deux fois miraculé, et malgré tout ce par quoi il était passé depuis, il se rappelait encore le regard glacé de Wronski posé sur son corps brisé pendant que ses sbires s'acharnaient pour lui faire cracher quelques parcelles de vérité supplémentaires.

Oui, pas de doute, me dis-je en l'écoutant, son parcours ressemble à celui de dizaines d'autres hommes de sa génération. Sa seule spécificité, au fond, c'est qu'il est encore là pour témoigner. Et que ses yeux sont encore ouverts pour se mouiller de larmes à l'évocation de ces souvenirs.

Quand il a terminé de parler, le teint du vieillard a viré au gris terreux. Il a l'air d'aller si mal, que je pose ma paume sur son avant-bras, pour essayer de l'apaiser, doutant d'y parvenir. Au bout d'un moment, il parvient à se reprendre, et se force à sourire.

— Tu comprends maintenant pourquoi j'ai voulu te montrer le musée avant que nous commencions à parler. À chaque fois que j'y vais, et j'y retourne souvent, tu peux me croire, je ne peux m'empêcher de penser à Pavel Wronski, et de me dire que ce triste personnage n'a jamais fait que s'inscrire dans une continuité. Une façon comme une autre de se consoler, tu ne crois pas ?

Nous passons ensemble la demi-heure qui suit à discuter de sujets moins graves. Quand nous avons fait le tour, Andrzej vide ce qu'il reste de sa bière, regarde sa montre, et dit :

— J'ignore ce que tu as en tête avec le consul rouge. Mais quel que soit ton projet, n'oublie pas qu'il n'a jamais payé pour ses crimes. Que justice n'a jamais été rendue. Alors essaie de lui faire aussi mal que tu peux. Moi, j'ai essayé, et j'ai échoué. Et maintenant, tu vois, je n'ai plus la force.

Je me lève en même temps que lui, lui serre longuement la main, et le regarde dans les yeux.

— Merci de m'avoir parlé, Andrzej. Je sais ce que ça t'a coûté. Mais rassure-toi : cet entretien ne restera pas sans suite. C'est une promesse.

Il hoche la tête, remet son manteau, déjà loin de moi, je crois, et pas complètement convaincu par ce que je viens de dire. Comment le pourrait-il ? Même à mes propres oreilles, mes dernières paroles ont sonné faux.

Une fois qu'il a quitté la *knajpa*, à nouveau seul, je passe un moment à essayer de remettre de l'ordre dans mes pensées. Ce que j'avais découvert sur le compte de Pavel en écoutant Kuba m'avait glacé le sang. Mais jusqu'à ce soir, son parcours avait gardé quelque chose d'abstrait, presque irréel, comme s'il s'agissait d'un personnage de roman.

Avec la rencontre qui vient de s'achever, j'ai franchi un cap décisif. J'ai le sentiment très net de m'être approché dangereusement des racines du mal, pour reprendre l'expression d'Andrzej. Et je ne suis pas sûr de devoir m'en réjouir.

MAJA

Varsovie, mars 2022

CHEZ FRANKOWSKI, ÉPISODE DEUX. Cette fois, pas de chiens de garde. Aucun *kibol* en vue pour me casser les vitres ou les dents. La voie est libre.

Avant de partir, il y a quatre heures, j'ai envisagé de proposer à Gaspard de m'accompagner. Puis il m'est revenu à l'esprit que la dernière fois que je l'avais convaincu de se joindre à moi dans une entreprise hasardeuse, il avait fini à moitié mort à l'hôpital. Alors j'ai renoncé. Aujourd'hui, c'est à moi de faire face. Et de payer les pots cassés s'il y en a. Seule.

Je pousse le portail et m'approche de la porte d'entrée du pavillon grisâtre. J'appuie sur la sonnette, en gardant mon index enfoncé plusieurs secondes. Je laisse passer un moment après que le troisième ding-dong a fini de résonner à l'intérieur.

Alors que je commence à redouter d'être, une nouvelle fois, venue pour rien, une femme grasse apparaît dans l'encadrement, sans que je l'aie entendue s'approcher. Elle doit avoir une trentaine d'années. Ses cheveux sont décolorés. Elle porte une robe de chambre à motifs fleuris et un marmot dans les bras. Son œil gauche est à moitié fermé et encerclé par une plaie violette toute fraîche. Quand je vois cette blessure, j'ai un mouvement de recul involontaire, en même temps qu'un début de réponse aux questions que je me pose : ses années en prison n'ont pas changé Kasper Frankowski.

Ignorant ma réaction, la femme passe un moment à me regarder d'un air soupçonneux et finit par lâcher, avant même que j'aie eu le temps de me présenter :

— Je te reconnais. C'est toi qui as envoyé Kasper en prison.

Je n'ai aucun souvenir de l'avoir jamais vue, mais je réponds :

— Il s'y est plutôt envoyé tout seul, à mon avis.

La réponse lui arrache un sifflement que j'hésite à appeler rire.

— Qu'est-ce que tu veux ?

Derrière elle, deux rottweilers adultes que je n'avais pas remarqués jusqu'à présent sortent de l'ombre et se mettent à grogner, peut-être alertés par l'intonation de leur maîtresse. Leur apparition fait monter ma nervosité d'un cran.

— J'espère que tu ne vas pas les lâcher sur moi.

D'abord, elle ne semble pas comprendre de quoi je parle, puis elle prend conscience de la présence des molosses derrière elle. D'une tape sur la tête, elle les fait taire.

— Ce sont ses chiens. Alors, qu'est-ce que tu veux ?

— Le voir.

Ma requête lui arrache à nouveau ce rire bizarre. Cette fois, les rotts se tiennent tranquilles, mais c'est au tour du bébé qu'elle tient dans ses bras de se mettre à protester.

— Moi aussi, j'aimerais bien, répond-elle, sans lui prêter attention.

— Il n'est pas là ?

Elle fait non de la tête.

— Il rentre bientôt ? Je peux peut-être l'attendre.

— Pas une bonne idée. Il y a peu de chances pour qu'il rentre ce soir. Ni dans les jours qui viennent, en fait.

— Il vous a laissés ?

— Non. Pas vraiment. On ne peut pas dire les choses comme ça. Entre un moment, si tu veux.

Sans attendre ma réponse, elle me tourne le dos et disparaît à l'intérieur de la maison, suivie par les molosses. Une fois revenue de ma surprise, je décide de lui emboîter le pas. Après tout, cette femme pourra peut-être m'éclairer un peu et faire en sorte que cette visite n'ait pas été complètement inutile.

Je parcours quelques mètres dans un étroit couloir sombre et encombré de bibelots, avant d'atteindre un salon vieillot, qui sent le renfermé et baigne dans une déplaisante lumière crue. C'est là qu'elle m'attend.

Comme si elle lisait dans mes pensées, elle commente dès qu'elle me voit apparaître :

— Ne fais pas attention à la décoration. Elle ne dit pas tout de nous. Elle ne dit même rien, en fait. J'ai hérité cet endroit de mon grand-père. On a tout laissé en l'état. Pas assez de fric pour se lancer dans les travaux, tu comprends.

Elle m'invite à m'asseoir. Je tire vers moi une chaise de bois, m'installe et pose les coudes sur la toile cirée qui colle un peu.

— Au fait, je m'appelle Marysia.

Je saisis la main qu'elle me tend par-dessus la table.

— Moi, c'est Maja.

— Je sais comment tu t'appelles. Tu bois quelque chose ?

— Tu as de l'Inka ?

Elle hoche la tête et se retire dans la cuisine, le bébé toujours dans les bras, en traînant des pieds. Peu après qu'elle a disparu, j'entends le bruit de la bouilloire qui monte en puissance dans l'autre pièce. Au bout d'une minute ou deux, elle revient avec deux tasses fumantes qu'elle pose sur la table, avant de se rasseoir face à moi.

Désignant du menton la fenêtre, à travers laquelle on aperçoit une rangée de pommiers, je dis :

— C'est bien, ici, c'est presque la campagne.

Elle fait un geste de dépit.

— Pas si bien que ça, en fait. Avec tous les pesticides qu'ils utilisent, ces champs, ce n'est plus vraiment la campagne. Il y a plein de bébés qui naissent avec des malformations. Pas celui-ci, heureusement.

Du menton, elle désigne le sien.

— Il y a pas mal de cancers, aussi.

— Pourquoi tu ne vas pas t'installer ailleurs ?

— Ça n'est pas comme si j'avais le choix…

Je la dévisage, main crispée sur la tasse d'Inka. Déjà, après cinq minutes passées avec elle, je me dis qu'elle est trop bien pour lui. Pourquoi tant de femmes vont-elles se fourrer dans les pièges grossiers que leur tendent des types dans le genre de Kasper ? Sa beauté tapageuse n'a sans doute pas fait le poids bien longtemps au regard de ce qu'il lui a fait subir.

Avec une pointe d'amusement, à moins qu'il ne s'agisse d'amertume, elle demande :

— Alors tu ne sais vraiment pas ?

— Qu'y a-t-il à savoir, au juste ?

— Bien sûr. Après tout, comment pourrais-tu…

Quand elle m'annonce en me regardant droit dans les yeux que Kasper est parti se battre en Ukraine, je suis tellement secouée que je suis obligée de la faire répéter. Elle s'exécute sans se faire prier, ajoutant qu'il a été parmi les premiers, avec une nuance de fierté.

— Ce n'est peut-être pas plus mal, au fond. Ici, il ne faisait que des conneries. Enfin, ce n'est pas comme si je t'apprenais quelque chose. Là-bas, toute la violence qu'il porte en lui trouvera peut-être à s'employer. Mieux en tout cas qu'avec ses copains fachos.

Tandis qu'elle prononce ces mots, son regard se met à briller. On dirait qu'elle a envie d'y croire. Elle a peut-être raison après tout. C'est peut-être moi qui suis à la traîne, dans cette affaire. Je ne me suis pas encore habituée. Mais on vient tout juste de se remettre à avoir besoin de gens violents. Il y a un mois encore, on aspirait seulement à moins les voir. On ne leur demandait rien d'autre que se rendre invisibles. Mais depuis, tout a changé. Que cela me plaise ou non.

— Si on n'avait que des domestiqués, on serait foutus, ajoute Marysia, me donnant à nouveau l'impression qu'elle lit dans mes pensées. Les Russes entreraient ici comme à la parade. Dans une ville désertée, abandonnée. Comme ils feraient à Amsterdam ou à Paris. Ces villes de dégénérés. Ce serait un trop beau cadeau à leur faire.

Cette idée lui arrache un petit rire, je ne sais pas pourquoi, car elle n'a rien de drôle.

— Quand il faudra prendre les armes, on ne pourra pas compter sur ces efféminés qui se distraient en allant au théâtre voir des acteurs jouer la bite à l'air. Eux, ils se seront déjà mis à l'abri. Tu ne crois pas, Maja ?

Ses paroles me parviennent comme filtrées par un voile de gaze. Elles me semblent aussi receler quelque chose de vaguement menaçant, comme si c'était de moi qu'elle était en train de parler.

— Quand est-il parti ?

— Il y a un mois. Deux mois à peine après sa sortie de prison. Déjà, il tournait en rond, ici, comme un fauve dans une cage trop petite... Pas pour lui, la vie domestique... Dommage qu'il ne s'en soit pas aperçu avant...

— Tu as de ses nouvelles ?

— Il a téléphoné deux fois. Autant que je sache, il n'est pas mort.

Elle dit cela avec un étrange détachement. Comme elle ne développe pas, c'est moi qui reprends la parole :

— C'est sûr qu'en partant là-bas, il se donne une chance de se racheter. Je ne sais pas si ça suffira pour que je lui pardonne ce qu'il a fait à mon ami. Mais je reconnais que ce n'est pas rien.

Elle hausse les épaules, comme si je venais de proférer une absurdité.

— Ce n'est pas lui qui a changé. C'est le monde. Il n'y a pas là-dedans de place pour le regret. Donc pas non plus pour le pardon.

— En effet, dis-je pensivement. C'est aussi un peu ainsi que je voyais les choses, pour ne rien te cacher.

Tandis que je finis de prononcer ces paroles, un bruit de moteur rompt le silence qui régnait jusqu'à présent à l'extérieur de la maison. La seconde d'après, la lumière crue des phares d'un véhicule balaie la pièce. Je vois Marysia se raidir devant moi, et du coup, moi aussi je me sens nerveuse. Qu'est-ce que je compte faire, au juste, si Kasper débarque et n'est, comme c'est très probable, pas content de me voir ici ? Y ai-je vraiment pensé ? Suis-je vraiment prête à cette éventualité ?

Marysia se lève d'un bond.

— *Kurwa !* Il est en avance. Suis-moi, je vais te faire sortir par la porte derrière.

Je ne me fais pas prier et lui emboîte le pas. Tandis que nous filons dans le couloir, je demande :

— C'est lui ? Kasper ?

— Non. C'est Nikodem. Le père du gosse.

Évidemment. J'aurais pu faire mes calculs toute seule. Ce gamin a six mois au maximum. Kasper était derrière les barreaux au moment de la conception.

— Il peut se montrer nerveux avec les gens qu'il ne connaît pas. Je préfère qu'il ne te trouve pas ici.

Comme pour souligner son propos, les rotts que j'ai dans les jambes se remettent à grogner. Pour la deuxième fois de la soirée, je me demande quel genre d'instinct autodestructeur pousse toujours cette femme dans les bras de l'homme qu'il ne faudrait pas. Car, à l'évidence, elle n'a de nouveau pas touché le gros lot avec Nikodem. Mais nous n'aurons hélas pas le temps d'aborder la question ce soir, vu son empressement à me faire évacuer les lieux.

La porte du cagibi dans lequel s'entassent toutes sortes d'équipements ménagers plus ou moins endommagés s'ouvre dans un grincement sur un jardinet plongé dans l'obscurité.

— Il y a un trou dans le grillage, juste là.

Elle me désigne l'emplacement du doigt.

— Après, c'est la rue.

Le moment est venu de se séparer, mais, cette fois, elle ne me tend pas la main. En revanche, elle me délivre une sorte d'avertissement.

— Un conseil. Fais comme moi. Oublie Kasper. C'est ce que tu as de mieux à faire.

À ce moment, j'entends la porte d'entrée qui s'ouvre avec fracas. Marysia pose l'index sur sa bouche et referme doucement sur moi celle du cagibi. Je garde encore trois ou quatre secondes les yeux fixés sur la porte, le visage de Marysia imprimé sur ma rétine, avant de me mettre en marche. Je traverse le jardin, pliée en deux, pour ne pas risquer de me faire voir, et passe par le trou dans le grillage qu'elle m'a indiqué.

Quelques minutes plus tard, je me remets au volant, secouée par l'entrevue qui vient de s'achever. Ce n'est qu'au bout de vingt minutes, quand j'arrive dans le centre, que je reprends véritablement conscience du monde qui m'entoure.

Circulant au ralenti sur Marszałkowska, je trouve aux tours d'affaires, qui ont poussé ici comme des champignons après la chute du mur, un air plus droit que d'habitude. Des files d'attente s'étendent sur des dizaines de mètres devant les guichets de banque. La gare centrale, qui semble au bord de l'implosion, régurgite une masse de voyageurs impressionnante. Impossible de ne pas sentir qu'il se passe ici quelque chose d'inhabituel.

Parvenue au croisement de Marszałkowska et Solidarność, je patiente un moment aux côtés d'un van sur le flanc duquel il est écrit : HOMO = PEDOFIL. Un haut-parleur installé sur le toit du véhicule diffuse des slogans homophobes du même tonneau. En attendant que le feu passe au vert, nous échangeons un regard avec le conducteur. Avec sa moustache épaisse et ses lunettes miroirs, il ressemble à un habitant des années quatre-vingt de Castro, le quartier gay de San Francisco. Son style improbable me suggère que c'est peut-être avant tout avec lui-même qu'il a des problèmes à régler. Mais nous redémarrons avant que j'aie pu trancher cette question et je cesse d'y penser.

Une fois sur la S8, roulant à cent vingt en direction de Białystok, je tente d'appeler Kuba, à qui j'estime devoir une mise à jour. Il décroche à la troisième sonnerie. Au son endormi de sa voix, je devine qu'il vient de s'injecter sa dose de morphine, me demande une seconde si c'est le meilleur moment pour lui parler, décide de le faire malgré tout.

— Je suis retournée chez Frankowski.

Après un silence, il répond :

— Tu as pu lui parler ?

— Il est parti se battre en Ukraine, Kuba. Ce n'est pas lui. Nous avons fait fausse route.

— Désolé, Maja. Dans un sens, qu'il soit derrière ce qui t'arrive aurait simplifié les choses.

— Oui. Dans un sens. Mais il n'est pas interdit d'espérer qu'elles en restent là, n'est-ce pas ?

— Non, ça n'est pas interdit

— Mais tu n'y crois pas, pas vrai ?

— Tu sais, fait-il après avoir marqué une nouvelle pause, j'ai beaucoup pensé à ton histoire. Il y a une possibilité que nous n'avons pas envisagée, toi et moi.

— Ah bon ? Laquelle ?

— Que ce qui t'arrive soit lié à la disparition de Wronski.

L'hypothèse me refroidit net.

— Je ne vois pas comment.

— Je ne sais pas, Maja. Je ne sais pas. Ça ne t'embête pas, si on revient un moment sur ce qui est arrivé au vieux ?

La vérité, c'est que oui, cela m'embête un peu, et que je n'ai pas la moindre envie de repenser à cette histoire. Mais Kuba ne me laisse pas vraiment le choix, alors j'essaie de me détendre et me prépare à raconter une fois de plus ce que je sais des circonstances de la mort de Pavel.

★

De retour chez moi, je reste un long moment assise derrière la table de bois, le sang pulsant contre les tempes, à contempler l'abîme que vient d'ouvrir sous mes pieds la mise hors de cause de mon suspect numéro un, jusqu'à ce qu'une douleur fulgurante m'arrache à ma rêverie. J'ai posé sans y prendre garde ma tasse de thé brûlant sur une irrégularité de la table de bois, et son contenu vient de se renverser sur mon avant-bras.

Quelle idiote, il ne manquait plus que ça.

Après une brève recherche, je parviens à mettre la main sur un tube de pommade anti-brûlure que j'avais acheté après m'être frottée d'un peu trop près à un de ces *barszcz* de Sosnowski qui ont commencé à pulluler dans la région depuis quelques années. La date de péremption est dépassée depuis près d'un an, mais ça devrait quand même faire l'affaire.

Une fois rassise au salon, tout en massant la zone brûlée qui à présent me fait un mal de chien, j'essaie de raisonner logiquement et de mettre un peu d'ordre dans la confusion de mes pensées. La question qui se pose est : si ce n'est pas Frankowski qui s'en prend à moi, alors, qui ?

Le mieux, c'est peut-être que je reprenne au commencement. Je l'ai déjà dit : mes débuts dans la région des marais n'ont pas été faciles. Les premiers mois que j'ai passés ici, après mon départ définitif de Varsovie, j'ai reçu des lettres anonymes m'accusant d'avoir volé la *działka*. C'était bien entendu complètement délirant. La vérité, c'est que j'avais racheté cette ruine de la façon la plus honnête qui soit aux voleurs de voiture en faillite qui l'utilisaient comme garage clandestin, et qui n'avaient d'autre choix que de la vendre pour régler les dettes qu'ils avaient accumulées au fil des ans.

Est-ce cette vieille histoire qui est en train de me revenir à la figure comme un boomerang ? Difficile de croire que ce soient les anciens propriétaires qui s'en prennent à moi aujourd'hui. Après la vente, ils ont quitté la région pour refaire leur vie dans les Tatras, et on ne les a jamais revus par ici. Ce serait vraiment surprenant qu'ils aient changé d'idée, si longtemps après, même si on ne peut pas tout à fait exclure cette hypothèse.

Mais si ce n'est pas eux, alors ce sont forcément les gens du coin. Et si tel est le cas, le moins qu'on puisse dire, c'est qu'ils ne manquent pas d'air, de me traiter comme une voleuse, quand on connaît le passé familial criminel qui leur a, à tous sans exception, permis d'acquérir leurs propriétés. Pavel aurait-il eu raison, finalement, de répéter sans cesse qu'ils n'avaient pas changé ?

J'ajoute un peu de pommade sur la peau brûlée, et me remets à masser, avant de pousser plus loin ma réflexion. Non, décidément, je crois que les anciens propriétaires n'ont rien à voir avec cette affaire. Le cœur du problème, pour celui qui m'a laissé ce message, ce n'est pas ce que j'ai fait, c'est ce que je suis, ou en tout cas ce qu'il pense que je suis.

C'est triste à dire, mais, malgré les horreurs sans nom qui se sont déroulées sur son sol, l'antisémitisme est encore bien vivant dans ce pays. Il n'est pas rare de voir sur les murs des terrains vagues des étoiles de David pendues à un gibet ou, dans les vitrines d'antiquaires, de vieux barbus à nez crochu comptant leurs pièces d'or, sans que cela ne choque personne.

Suis-je juive, au fait ? Bonne question. Je n'ai jamais réussi à le savoir avec certitude. Quand je le demandais à mon grand-père, il bottait toujours en touche et répondait avec un sourire fin : *J'ai découvert que j'étais juif le jour où on m'a accusé d'en être un.*

Mais que mon aïeul ait été, comme tant d'autres, victime de l'antisémitisme d'État suffit-il à faire de moi une Juive ? Je doute que ce soit une façon acceptable de voir les choses pour qui que ce soit.

Physiquement, en tout cas, je n'en ai pas l'air, ou, pour être plus précise, je ne m'inscris dans aucun des stéréotypes relatifs à la judéité. J'ai tout hérité de ma mère, une blonde au teint diaphane tout ce qu'il y a de slave. Quant à la religion, de mon point de vue, c'est au mieux un élément de folklore, au pire un ennemi à abattre, quel que soit le nom qu'elle se donne. Mais il faut croire que ceux qui s'en prennent à ma personne savent mieux que moi ce que je suis. Ce n'est pas comme si c'était la première fois que ce genre de choses m'arrivait. Ce n'est pas comme si je n'étais pas habituée.

Nom de Dieu, ce que cette bêtise me met en rogne. Et ce que cette brûlure me fait mal. Toute la pommade que j'ai appliquée tout à l'heure ayant déjà été absorbée par la blessure, je vide dessus ce qu'il reste du tube puis masse à nouveau, commençant à douter que cela me fasse vraiment du bien. En même temps, je me passe mentalement en revue tous les visages que je connais dans le voisinage. Toute la fine fleur des *kolonia* de la région. Qu'attendais-je au juste de ces gens-là ? Ce que j'ai été naïve de croire que, sous prétexte qu'ils étaient venus prendre un café une ou deux fois chez moi et m'avaient raconté par le menu leurs histoires sordides, ils m'aimaient bien, me considéraient comme une des leurs...

D'un autre côté, malgré tous mes efforts, il m'est difficile d'imaginer que l'un d'eux soit à l'initiative de ce qui m'arrive. Ce n'est pas une mince responsabilité de déterrer un passé criminel que tout le monde ici a toujours voulu dissimuler, fût-ce pour me le jeter au visage.

Tadzio me répète à chaque fois que je le vois que Pavel était le roi ici et qu'il n'aurait jamais permis qu'on me harcèle de la sorte. Dois-je penser que son successeur, à supposer qu'il y en ait un, ne partage pas ce point de vue ? Le problème, si c'est le cas, c'est que ni moi ni personne dans mon entourage ne connaissons son identité. Je n'ai rien contre payer quelqu'un pour qu'on me fiche la paix, mais encore faudrait-il savoir qui.

En résumé, plus que jamais, je navigue dans le brouillard. J'en arrive presque à regretter que Kasper soit hors de cause. Kuba a raison : un ennemi bien identifié, cela avait quelque chose de reposant. Alors qu'à présent, tout est flou.

D'ailleurs, je commence à avoir mal à la tête, à force de me poser toutes ces questions. Je crois que le mieux que j'aie à faire ce soir, c'est d'essayer de ne plus y penser. Après tout, il ne m'est encore rien arrivé de vraiment sérieux, rien en tout cas qui justifie que je me rende dingue avec cette histoire.

Je me lève donc pour aller me mettre au lit avec un livre, après avoir avalé une pilule anti-douleur. Mais je m'endors avant d'avoir eu le temps d'en lire la moindre ligne.

ALICJA

Marais rouges, octobre 2015

À L'ÉPOQUE OÙ J'AI DÉBARQUÉ dans la région des Marais rouges, avec dans l'idée de remettre sur pied une vieille auberge abandonnée depuis des décennies, j'avais déjà essayé beaucoup de choses dans ma vie. J'avais aussi échoué en à peu près tout. Même comme pute, c'est dire.

Alors, cette fois, il n'était plus question d'échouer. Il n'y avait plus de place pour l'échec dans la suite du parcours. J'en avais fait le tour et il était temps pour moi de passer à autre chose. De reprendre le contrôle, par exemple. Perdu depuis trop longtemps.

Pour moi, la dégringolade a commencé après la mort de ma mère quand, âgée de dix-huit ans à peine, j'ai décidé de quitter mon pays dont je n'attendais rien de bon. Plusieurs agences recrutaient des filles au pair pour des familles américaines, et payaient le voyage par-dessus le marché. C'était le grand Eldorado, et j'ai sauté sur l'occasion. On était dans les années quatre-vingt-dix : les gangsters prospéraient sur les ruines encore fumantes du communisme et le fumier de la misère qu'il avait laissée derrière lui.

Il n'y a pas beaucoup de suspense : j'avais rêvé de New York, mais je ne devais pas en fouler le moindre pavé. C'est dans un bled minable du Middle West, niché dans les contreforts des Rocky Mountains, que j'ai atterri. Mon lieu de travail : le *all nude lapdance club*. Il est facile d'imaginer ce que j'ai ressenti quand j'ai pris la mesure du piège dans lequel je m'étais fourrée toute seule comme une idiote.

Pendant trois ans, j'ai dansé chaque soir pour des ploucs locaux, entourée d'autres filles dans la même situation que moi. Dansé ou pire. Je n'ai pas vraiment envie de repenser aux détails de cette période, ils me donnent toujours la gerbe.

Il n'était pas question de fuir. Je n'avais pas de papiers en règle, mon passeport avait été confisqué, j'avais une somme importante à rembourser aux messieurs qui m'avaient fait venir, des types qui ne plaisantaient pas. Le moins qu'on puisse dire, c'est que je n'étais pas libre de mes mouvements.

Le calvaire a duré jusqu'à ce que le patron du club oublie de remettre leur enveloppe aux flics locaux, qui étaient aussi des clients réguliers. Une nuit, nous avons eu droit à une descente en bonne et due forme. Mon arrestation et celle des autres filles ont même fait l'objet d'un entrefilet dans le journal local, disponible sur internet pour l'éternité, pour qui ça intéresse.

Les autorités locales ne m'ont pas fait de cadeau et m'ont expulsée sans me donner de seconde chance. Pour moi, c'était la fin de l'aventure américaine, et le retour à la case départ. L'espoir en moins, la rage en plus.

Ensuite, près de dix ans ont passé, pendant lesquels j'ai exercé un nombre invraisemblable de petits boulots, impossible de tous se les rappeler. Serveuse dans des bars *underground*, réceptionniste dans des hôtels minables, caissière chez Społem, et j'en passe.

C'est à cette époque que j'ai connu Kuba, nous sommes beaucoup sortis ensemble, lui et moi, et avons même eu une brève aventure, qui n'a heureusement pas remis en cause notre amitié.

Cette phase a duré jusqu'à ce que j'en aie assez de la vie dans les blocs, que je comprenne que, malgré mes efforts, je ne parviendrais jamais à trouver de la beauté au béton, et que mon dégoût pour cette ville laide soit sur le point de me rendre folle. Autrement dit, jusqu'à ce que je me retrouve une fois de plus au bord de l'implosion.

J'avais repéré, pendant une virée avec des amis dans la région où j'avais mes racines, une auberge à l'abandon, complètement en ruines. À l'époque, je m'intéressais à la littérature américaine underground, à la *beat generation*. Ma lamentable aventure dans le Middle West ne m'en avait pas guéri. Au contraire, je me sentais proche, par ce que j'avais vécu, des individus désaxés qui peuplaient ces livres.

C'est dans l'idée de créer un lieu de rencontre pour artistes que j'ai repris l'Auberge du loup. Un endroit dans le genre de ceux qu'on pouvait encore trouver à Bieszczady dans les années soixante-dix. Si certains avaient réussi là-bas, alors pourquoi pas moi ici même ? La région ne manquait pas d'atouts pour qui voulait créer : le silence, les grands espaces, une indéniable beauté, pour ceux qui étaient sensibles à la désolation. Et j'étais persuadée que les villes avaient fait leur temps.

Un rêve de plus, m'opposera-t-on peut-être. Mais celui-là, j'étais bien décidée à ne laisser personne le détruire. De bonnes dispositions qui, comme l'avenir allait le montrer, devaient se révéler insuffisantes.

Le rachat finalisé, alors que je me lançais tout juste dans les travaux de réparation de l'auberge qui allaient me prendre plusieurs mois, et finir d'absorber ce qu'il restait de mes maigres économies, j'ai reçu la visite d'un très vieil homme, qui s'est présenté comme mon voisin. Quand il est apparu dans mon champ de vision, je n'ai pas pu m'empêcher de penser qu'il ressemblait à William Burroughs, une de mes idoles, et n'ai pas été loin d'y voir un bon présage.

Il m'a tendu la main et, en même temps que je la serrai, s'est présenté :

— Pavel Wronski.

En entendant ce nom, j'ai eu un mouvement de recul que je ne suis pas parvenue à réprimer complètement. Même si je ne l'avais plus entendu prononcer depuis au moins quinze ans, il était resté profondément imprimé dans ma mémoire. Un peu pour le meilleur, mais surtout pour le pire.

Malgré mes réserves, je me suis présentée à mon tour, en donnant à Wronski le nom de ma mère, que j'utilisais depuis sa mort. Je n'ai lu aucune surprise sur son visage. Je pouvais me tromper, bien sûr. Mais je ne crois pas qu'il savait qui j'étais.

Les présentations achevées, il m'a demandé ce que j'avais l'intention de faire ici. Je lui ai exposé les grandes lignes de mon projet, sans rentrer dans les détails.

— C'est un beau projet, a-t-il dit après m'avoir écoutée avec attention. J'espère que tu vas réussir. Mais ici, je ne vais pas te le cacher, ça ne sera pas facile.

La vérité, c'est que je me moquais un peu de ce qu'il pensait. En fait, j'étais surtout pressée de me remettre au travail, et j'aurais bien aimé qu'il parte. Sa présence chez moi me donnait l'impression que mon passé me rattrapait déjà, et cela me mettait mal à l'aise.

Percevant sans doute les signaux d'impatience que je lui envoyais, il n'a pas tardé à prendre congé.

— Encore une fois, je te souhaite la bienvenue, dit-il avant de partir, et bonne chance pour tes travaux. Nous discuterons plus longuement quand tu auras avancé. Il faudra que je t'explique un certain nombre de règles qui régissent la vie dans la région.

Je me suis raidie en entendant le mot *règles*. Je n'étais pas venue ici pour me soumettre à quelque règle que ce fût. C'était même tout le contraire. Sa proposition était donc des plus malvenues.

Histoire de ne pas prolonger inutilement sa visite, je me suis toutefois gardée de lui faire part de mes objections, puis je me suis remise au travail après son départ. Rapidement, j'ai cessé de penser à lui. C'est ce qu'il y avait de mieux à faire. Au fond, cet homme ne comptait pas, et j'avais l'intention de vivre la vie que je m'étais choisie, à l'écart du monde, sans me préoccuper de ce voisin éloigné.

Bien sûr, je n'ignorais pas que certains le surnommaient le roi des marais. Même s'ils ne plaisantaient pas, cela n'était pour moi qu'un élément de folklore, que je ne prenais pas très au sérieux. Si j'avais tort de voir les choses ainsi, eh bien, l'avenir le dirait. Pour l'instant, j'avais trop à faire avec le présent pour m'en soucier.

MAJA

Marais rouges, mars 2022

QUELQUES JOURS APRÈS MON RETOUR DANS LA FORÊT, Alicja m'appelle pour me proposer une séance de *morsowania*. Tout en lui parlant au téléphone, je jette un œil par la fenêtre, et constate que les conditions sont idéales. L'hiver est toujours sur les rails, la température est en chute libre, de la neige est tombée dans la nuit : la rivière promet donc d'être glaciale, et les bains dans l'eau froide sont presque aussi bons que les drogues dures, avec l'avantage d'être plus facile à trouver dans le coin, et d'offrir de meilleures perspectives d'avenir.

— D'accord. Tu passes me prendre ?

Une demi-heure plus tard, la Polo de mon amie s'arrête devant chez moi. Alicja me signale sa présence en appelant mon nom par la fenêtre ouverte de sa voiture, et je la rejoins. Sitôt que je suis installée à l'intérieur, elle se met en route.

Histoire de lancer la conversation en douceur, je demande :

— Tu en es où, dans ton combat contre la *kuna* ?

— Plus de nouvelles, répond-elle, l'air triomphant. Je ne voudrais pas me réjouir trop vite. Mais je crois que j'ai gagné la partie.

— Vas-y doucement, avec elle. Je ne l'aurais pas cru, mais la mienne me manque, à présent.

Son visage s'assombrit à l'évocation de la fin mouvementée de l'animal, sur laquelle je ne lui ai épargné aucun détail, mais elle ne fait pas de commentaire.

Au bout de vingt minutes, nous atteignons Castor Beach. Alicja gare la Polo sur la plage. Comme, en dehors de nous, il n'y a personne à part quatre ou cinq chevaux en liberté qui paissent sur l'autre rive, nous décidons de nous passer de maillot. Une minute à peine après être sortie de la voiture, elle est immergée jusqu'au cou dans l'eau, dont le froid mordant ne semble lui faire aucun effet.

— Alors ? me nargue-t-elle gentiment. Qu'est-ce que tu attends ? On n'est pas venues ici pour se tourner les pouces.

Moins brave que mon amie, je trempe prudemment un orteil dans l'eau avant de me lancer à mon tour, tête la première. À vue de nez, je dirais que l'eau est à moins de dix degrés. Une fois encaissée l'onde de choc causée par le froid, je lâche en le pensant vraiment :

— Nom de Dieu, que c'est bon.

Puis je me mets à nager en direction d'Alicja. Quand j'arrive à sa hauteur, je remarque sur son bras musclé, au niveau de l'épaule, un tatouage représentant un visage de femme balafré, qui évoque vaguement celui de la Vierge noire de Częstochowa. Il est assez mal exécuté ; en fait, on dirait un tatouage de taulard, trace d'une période de sa vie dont j'ignore tout et dont, à coup sûr, elle ne dira rien. Bizarrement, je ne l'avais jamais remarqué.

Surprenant mon regard, et peut-être pour s'y soustraire, elle plonge la tête sous l'eau. Sans trop réfléchir, je fais de même. Presque aussitôt, une cymbale se met à cogner dans ma tête. Chaque coup retentit un peu plus fort que le précédent, signe que l'hypothermie arrive au galop. Je connais la musique : si je reste immergée plus longtemps, le rideau va tomber. Ça m'est déjà arrivé une fois. Je n'ai pas envie de renouveler l'expérience, alors je décide de refaire surface.

Une fois à l'air libre, je regarde à droite, à gauche, et ne vois personne. Alicja n'est pas remontée. Ça fait quoi, une minute ? Je prends une goulée d'air puis replonge. Yeux ouverts, cette fois. Mais c'est inutile, l'eau est noire, la visibilité est nulle. Je fais quelques brasses au hasard, soudain nerveuse à l'idée qu'il ait pu arriver quelque chose à mon amie.

Quand je la heurte, son corps se contracte, et son premier réflexe est de s'écarter. Mais la seconde d'après, elle change d'idée, et m'enlace de tous ses membres en les serrant aussi fort qu'elle peut autour de moi. Puis on commence à couler ensemble. Ce n'est que quand je sens le fond vaseux sous mes pieds, les algues gluantes qui s'enroulent autour de mes mollets, que je commence à me débattre.

D'abord, Alicja résiste. Je n'arrive pas à me dégager de son étreinte. Ni à comprendre ce qui est en train de lui passer par la tête. Le sens de ce jeu débile. Alors, mon inquiétude monte d'un cran.

Heureusement, au bout d'une poignée de secondes, aussi brutalement qu'elle s'était accrochée à moi, elle me relâche. Je remonte aussitôt à la surface en battant des pieds. Enfin, je peux reprendre ma respiration.

Elle sort la tête de l'eau une seconde après moi. Dès qu'elle a repris son souffle, elle se met à rire.

— Tu es devenue dingue, ou quoi ? Qu'est-ce qui t'a pris ?

— Quoi ? Tu as vraiment cru que je voulais te noyer ?

— L'idée m'a effleuré, oui.

— Tu n'es pas drôle. C'était juste un jeu.

Irritée, je sors de l'eau, récupère mes fringues posées en tas sur la plage, me sèche énergiquement, en sautillant sur place, me rhabille à la hâte puis file vers la Polo. Une fois à l'intérieur, je m'enveloppe dans toutes les couvertures disponibles, chauffage poussé au maximum.

Alicja me rejoint une minute plus tard et s'installe près de moi.

— Tu n'es pas fâchée, au moins ?

— Penses-tu.

Elle me donne un coup de coude complice.

— Allez, arrête de faire la gueule.

La sondant du regard, je me demande quand même si elle n'attend pas plus de moi que ce que je suis capable de lui donner. Cela m'ennuierait de la perdre à cause d'un déphasage de ce genre. Par ici, il y a peu de gens qui valent le coup et je ne peux pas me permettre ce luxe.

Pendant que je l'observe, elle sort de la boîte à gants une bouteille de vodka entamée et me la tend.

— Tiens, bois un coup, ça t'aidera à te remettre.

Je saisis la bouteille et la porte à mes lèvres. Le feu après la glace. Pas aussi bon qu'une séance de sauna, mais pas loin. Je rends la bouteille à Alicja, qui boit à son tour, avant de la balancer sur le siège arrière.

Nous passons les minutes qui suivent en silence, à regarder la rivière couler, de l'autre côté du pare-brise. Les chevaux que j'ai aperçus quand nous sommes arrivées ont disparu. Notre intrusion bruyante a dû les déranger. Le spectacle presque immobile qui se déploie sous nos yeux achève de me calmer.

— Je venais me baigner ici quand j'étais gamine, dit soudain Alicja, complètement revenue de son humeur joueuse et passée en mode mélancolique.

Puis, se tournant vers moi :

— J'espère que ces crétins ne vont pas venir tout bousiller.

J'imagine qu'elle parle de la construction de l'autoroute. Ou peut-être, qui sait, des humains en général. Il y a chez elle une misanthropie qu'elle peine de plus en plus à contenir, le temps passant. En tout cas, elle est soudain devenue aussi glaciale que la rivière dont nous sortons à peine.

À nouveau, nous restons un moment silencieuses, jusqu'à ce qu'elle dise dans un murmure :

— Tu vois ce truc, là-bas, dans les roseaux ?

Je me tourne vers elle, puis dans la direction qu'elle indique de l'index, en plissant les yeux. D'abord, je ne vois rien. Puis j'aperçois une forme de couleur pourpre, qui ressemble un peu à une peau vidée de sa chair, sur l'autre rive, à quelques mètres de l'endroit où les chevaux se trouvaient tout à l'heure.

— Des porcs sont encore venus jeter leurs ordures, on dirait.

Il y a sur le visage d'Alicja une gravité inhabituelle.

— Je ne crois pas que ce soient des ordures. Tu m'attends un instant ? fait-elle tout en ouvrant la portière. Je vais voir.

Sans bouger de mon siège, je la regarde se déshabiller à nouveau, se jeter à l'eau d'un bond, nager en direction de la forme. À mesure qu'elle s'en rapproche, je sens mes nerfs se tendre. Alicja disparaît un moment derrière une barrière de roseaux. Puis je la vois réapparaître, et elle me fait signe de la rejoindre d'un geste de la main. Son invitation ne laisse pas de place à la discussion, alors je m'exécute. Quand je replonge, je sens à peine le froid de la rivière.

Il ne me faut pas plus de quelques brasses pour me retrouver à hauteur de mon amie. Avant de tourner les yeux en direction de ce qu'elle a trouvé, je commence par la regarder, elle. Cette expression effrayante qu'elle a sur le visage. Je ne l'ai jamais vue, elle d'ordinaire si forte, dans un pareil état de détresse. Ses yeux écarquillés sont fixés sur le cadavre d'un homme grotesquement boursouflé, flottant sur le ventre, la peau parcheminée, tournant déjà au vert.

Dans un souffle, Alicja me pose une question dont elle a déjà la réponse :

— On le connaît, non ?

★

C'est ainsi que, pour la seconde fois en trois mois, je me retrouve dans un cimetière. Deux fois de trop à mon goût, je ne partage pas la passion que leur vouent la plupart de mes compatriotes. Les milliers de lampions allumés à l'occasion de la fête des morts pas si lointaine ont beau donner au lieu des airs carnavalesques, ils ne suffisent pas à atténuer mon malaise.

Déjà, avec Pavel, ça n'avait pas été facile. Mais Kuba, c'était mon ami.

Je suis parmi les derniers à quitter les abords de la tombe à peine refermée. Elena m'attend dans sa Dacia, garée sur le parking du supermarché Biedronka qui jouxte le cimetière, sans laisser transparaître le moindre signe d'impatience. Quand je m'installe à côté d'elle sur le siège passager, elle passe quelques secondes à me dévisager.

— Ça va aller ? demande-t-elle.

Je dois vraiment avoir mauvaise mine pour qu'elle prenne tant de précautions. Mais je ne peux pas lui donner tort, c'est vrai que je me sens mal. Il faut se mettre à ma place. Kuba est mort peu de temps après notre dernière conversation. Même s'il s'agit d'un suicide, il y a de quoi se poser des questions. De quoi vraiment mal le prendre.

Au bout de quinze minutes d'un trajet silencieux, nous arrivons à destination et Elena engage la Dacia sur le parking. Elle se gare sur une place interdite de stationnement, juste sous la fenêtre de chez notre amie, et nous sortons du véhicule.

Milena Stegovic habite au dixième étage d'un vieil immeuble construit pendant la période communiste, à deux blocs du *kino* PROM, juste à l'extérieur de la zone dorée qui abrite les expatriés travaillant dans les ambassades. Une pluie froide et dense s'est mise à tomber et nous devons parcourir au pas de course la distance qui nous sépare du hall d'entrée pour ne pas être trempées.

C'est Milena elle-même qui vient nous ouvrir. Sans surprise, elle n'a pas la tête des grands jours. De la brune solaire que j'ai tant fréquentée autrefois, il ne reste, ce soir, que peu de choses. Elle a l'air épuisée, et le violet des cernes qu'elle a toujours sous les yeux semble plus sombre que d'habitude.

Elena la serre longuement dans ses bras, puis c'est mon tour. Milena profite de notre étreinte pour me murmurer à l'oreille :

— Merci d'être venue, Maja. Je suis très touchée.

— C'est la moindre des choses. Kuba était un ami cher.

Les mots que j'ai employés me semblent insuffisants sitôt sortis de ma bouche, mais Milena paraît s'en satisfaire, alors je me détends. Avec Elena, nous nous débarrassons de nos manteaux et rejoignons les autres dans le salon. À peine une dizaine de personnes y sont rassemblées, pas beaucoup plus que pour Pavel, ce qui m'étonne un peu. Parmi elles, je ne reconnais que Gaspard, isolé dans un coin, et Marta, qui m'adresse un petit signe de la main quand elle me voit entrer.

Alicja n'est pas venue. J'ai fait tout ce que je pouvais pour la convaincre de se joindre à nous, mais sans succès. Kuba avait commencé à fréquenter la région des marais avant que je m'y installe, et était ami avec elle depuis plus longtemps que moi et même que Milena. La découverte du corps l'a anéantie. Elle m'a expliqué ne pas se sentir capable d'en encaisser davantage. Cet aveu de fragilité m'a surprise de sa part. Il m'a touchée, aussi.

Les conversations en cours s'arrêtent net quand nous faisons notre entrée, un peu comme dans les westerns quand un étranger pénètre dans le saloon. Heureusement, le silence gêné ne dure pas plus d'une poignée de secondes. Quand tout le monde s'est remis à parler normalement, je me dirige sans hésiter vers le buffet, où je me sers un grand verre de vin rouge de Bulgarie.

Un moment passe et mon verre, plein l'instant d'avant, est vide, sans que j'aie le moindre souvenir de l'avoir bu. C'est alors qu'une voix me sort de la torpeur qui commence à me gagner.

— On sort fumer, Maja ? J'ai l'impression qu'un peu d'air frais te fera du bien.

Je relève la tête, qui s'est mise à tourner dangereusement. Le visage bienveillant de Gaspard est penché sur moi. Bienveillant et aussi un peu inquiet, me semble-t-il. Je dois avoir une tête à faire peur.

— D'accord. Allons-y.

Dehors, nous nous mettons à l'abri de la pluie, sous un porche, et il m'offre une cigarette de son paquet à moitié vide. Un tas de vieux meubles abandonnés pourrit contre un mur. Jamais personne ne viendra le ramasser. Il va falloir attendre que ce merdier se décompose, ce qui risque de prendre pas mal de temps.

C'est moi qui commence à parler.

— Vous traîniez toujours ensemble, lui et toi ?

— Moins que par le passé. Tu sais, après ce qui m'est arrivé, j'ai pris mes distances avec tout le groupe… Mais de temps en temps, oui. Il va me manquer.

Après un silence, il ajoute :

— Il paraît que c'est toi qui l'as trouvé. Désolé pour ça.

Une balle dans la tempe. Flottant sur la rivière. Gonflé de partout par le séjour prolongé dans l'eau, alors que je pensais qu'il ne pouvait pas enfler davantage, vu le poids qu'il faisait sur la fin. La peau déjà moisie. Il a fallu une journée et une nuit, entières, avant que mes larmes cessent de couler.

Gaspard se remet à parler, coupant court au défilé d'images sordides qui s'est enclenché dans ma tête.

— La dernière fois que je l'ai vu ne remonte pas à si longtemps… Je ne me suis pas aperçu qu'il allait si mal.

— Ne te fais pas de reproches. C'est toujours difficile, d'anticiper ce genre d'acte désespéré. Moi aussi, je l'ai vu récemment. Je n'ai rien remarqué non plus. En tout cas, rien de pire que d'habitude.

La lueur blafarde des télévisions clignote derrière les fenêtres. Je compte trois drapeaux arc-en-ciel, qui pendent des balcons. Quelques affiches rescapées de la *Strajk Kobiet*, aussi.

— Tu savais qu'il était revenu dans la région des Marais rouges ? demande Gaspard.

— Bien sûr que non. Je croyais que dans l'état où il se trouvait, il ne pouvait plus bouger. Apparemment, il avait un peu surjoué l'immobilité.

J'avale ma salive.

— Je ne sais pas pourquoi il est allé là-bas au juste, pourquoi il a jugé que c'était le lieu où il devait en finir.

La question me hante plus que je ne le laisse paraître. Qu'avait-il besoin de faire ce dernier voyage qui a dû tant lui coûter ? Je ne peux pas m'empêcher de penser que c'est comme s'il avait voulu que ce soit moi qui découvre son corps. Mais pourquoi aurait-il voulu une chose pareille ?

Gaspard interrompt une nouvelle fois le fil de mes pensées.

— En même temps, c'est un bon endroit pour ça, non ?

Sans répondre, j'observe l'extrémité incandescente de ma cigarette, tandis que le Français semble se plonger dans ses réflexions. C'est moi qui finis par reprendre la parole :

— Tu sais, la vie de Kuba a été compliquée... Le plus probable, si tu veux mon avis, c'est que ce qui l'a poussé à en finir se passait pour l'essentiel dans sa tête. À cela, personne n'avait accès...

Peu après notre retour dans son appartement, Milena profite de ce que nous sommes tous réunis pour annoncer qu'elle a décidé de rentrer dans les Balkans. J'avais presque oublié, avec le temps, qu'elle était étrangère. Bosniaque ou Serbe, je n'ai jamais bien compris. Tout ce que je sais, c'est qu'elle a débarqué en Pologne il y a presque trente ans, foutue à la porte de chez elle par la guerre, alors qu'elle n'était pas encore sortie de l'adolescence. Depuis que j'ai fait sa connaissance, je ne l'ai jamais entendue évoquer la possibilité d'y repartir.

Jusqu'à aujourd'hui.

Je regarde autour de moi. À voir la tête des autres convives, je ne suis pas la seule à être sidérée. À force, chacun en était arrivé à la considérer comme une locale pur jus. Pour atténuer le choc que la nouvelle provoque, Milena tente d'expliquer sa décision sur un ton léger, mais sans parvenir à tromper personne.

— J'ai envie de retrouver mes démons familiers. Ceux d'ici, décidément, me resteront toujours étrangers... obscurs... J'ai besoin de comprendre contre quoi je me bats...

En disant cela, elle plante ses yeux dans les miens. J'ignore au juste pourquoi elle me choisit moi, mais le temps que dure cet échange silencieux, je recommence à me sentir mal à l'aise.

Quand elle a fini de parler, et un ou deux verres plus tard, je décide de prendre congé. J'ai ma dose pour aujourd'hui et je ne me sens plus capable d'encaisser quoi que ce soit, sur le plan émotionnel. Sans compter que si je me presse un peu, j'ai une chance d'attraper le dernier train pour Mońki et de passer la nuit dans mon lit, ce à quoi, depuis un moment déjà, j'aspire plus que tout.

Tandis que j'enfile mon manteau, je remarque que Marta, l'air de rien, m'a emboîté le pas. Trente, trente-cinq ans, elle porte un ensemble noir serré, trois piercings à l'oreille droite, un dans la narine gauche. Toujours à la pointe de la mode, même les jours d'obsèques : pour les filles dans son genre, le style ne dort jamais. Je sais de quoi je parle, j'étais son portrait craché, il n'y a pas si longtemps.

Il y a une éternité que nous ne nous sommes pas vues. La dernière fois que je suis descendue en ville, j'ai logé chez elle, à Little Soho, mais j'ai récupéré les clés chez sa voisine de palier. Même si elle n'a pas beaucoup changé, la voir me fait un drôle d'effet. Elle me renvoie à une période de ma vie où je tentais encore des choses folles – ce qui me vaut, en plus des émotions qui me travaillent déjà, une bouffée de mélancolie dont je n'avais pas besoin.

Je me tourne vers elle, tente un sourire sans doute pas complètement réussi. Mais avant que j'aie eu le temps de dire quoi que ce soit, elle saisit ma main. Un geste que je n'ai pas vu venir. Ses yeux lançant des flammes, elle dit à mi-voix :

— On rentre ensemble, si tu veux.

— Désolée, Marta, pas ce soir. Je prends le train pour Mońki dans une demi-heure…

Elle fait signe qu'elle comprend, mais sans parvenir à dissimuler sa déception.

— Bon. On reste en contact, alors. On ne laisse plus passer des mois sans se parler.

— C'est promis. J'ai été nulle de ne pas te donner signe de vie.

Elle retire sa main de la mienne, aussi naturellement qu'elle l'avait prise, reste encore plantée devant moi un moment, affichant une émotion mal contenue, puis retourne avec les autres en faisant un effort pour ne pas se retourner.

Le train quitte la gare centrale une demi-heure après l'horaire prévu. Je passe le début du trajet debout dans le couloir, accoudée à la fenêtre, à regarder la ville défiler sous mes yeux à vitesse croissante. Une fois qu'elle a disparu, je regagne mon siège où, épuisée par ma journée et celles qui ont précédé, je m'endors presque immédiatement.

Il n'est pas loin de minuit quand le train ralentit, puis s'arrête dans la petite gare de Mońki, qui ressemble à un décor de cinéma pour un film jamais tourné. Irina, que j'ai prévenue de mon arrivée par téléphone, m'attend sur le quai, déjà vide quand j'y mets le pied.

— Je suis contente de te revoir. Tu m'as manqué.

— Je ne me suis même pas absentée trois jours, tu sais…

On se serre l'une contre l'autre, un long moment, puis je la suis en silence jusqu'à la voiture garée un peu plus loin, tandis que le train s'ébranle pour continuer sa route.

— Ça n'a pas été trop dur, là-bas ? demande-t-elle, une fois que nous sommes installées.

— Pas exactement un grand moment de détente, compte tenu des circonstances.

— J'imagine. C'est vraiment terrible, ce qui est arrivé à ton ami. En tout cas, j'ai surveillé ta maison. Tout est en ordre.

— Merci Irina. C'est une bonne nouvelle. Cela fait au moins une chose dans ma vie qui tient le coup. Ces derniers temps, il n'y en a plus beaucoup.

Plus secouée qu'il n'y paraît, je passe les semaines qui suivent l'enterrement de Kuba en état d'hibernation. Je cesse de répondre au téléphone. Quand quelqu'un vient frapper à la porte, je ne vais pas ouvrir. Irina, Elena, Alicja, Tadzio, tout le monde est logé à la même enseigne. Personne n'échappe à mon *black-out post mortem*.

Je ne quitte pour ainsi dire plus la *działka*, si ce n'est pour aller faire les courses à Mońki, en prenant bien soin de ne rencontrer personne que je connaisse. Je n'ai aucune envie d'avoir à m'expliquer sur mon comportement asocial dans les allées du Biedronka. Quand je ne trouve pas l'énergie pour y aller et que le frigo est vide, je me nourris de bols de *kasza* nature ou de conserves de *żurek*.

Au lieu de me tenir au courant des questions relatives à la survie de ma civilisation, je passe mes journées dans un état de semi-hébétude, à moitié ivre, voire complètement, à regarder en boucle des films crépusculaires. À écouter du jazz strident. À lire des livres hermétiques brassant la culture souterraine. À m'imaginer avec le canon du fusil de chasse enfoncé dans la gorge pour me calmer les nerfs.

Mais rien n'y fait. Les cadavres en couleurs sursaturées de Pavel et Kuba m'apparaissent presque toutes les nuits en rêve et me plombent le moral plus que je ne saurais le dire.

D'autant que physiquement non plus, ça ne va pas fort. J'expérimente par vagues successives toute la gamme des douleurs. Tempes serrées dans un étau par la migraine, vrilles dans les tympans, pulsations dans le dos, élancements dans les genoux. Tout autour de moi est comme trop serré. Je me sens vieille, moche, finie. Quand je me plante devant le miroir, la seule pensée qui me vient, c'est que je ressemble à mon futur cadavre.

Ce n'est pas la première fois que je traverse ce genre de mauvaise passe. Je suis assez expérimentée sur ce terrain pour savoir que, quand je me sens mal à ce point, il n'y a rien à faire, si ce n'est prendre mon mal en patience et attendre l'éclaircie.

Alors j'attends.

Finalement, c'est Alicja qui vient me tirer, presque de force, de ma retraite. C'est la seule qui insiste assez pour y parvenir. Même Tadzio s'est montré moins têtu qu'elle, ce que je ne manquerai pas de lui reprocher dès que j'en aurai l'occasion et l'énergie.

— Ouvre-moi, Maja. Je sais que tu es là.

Au bout de deux heures, comme elle ne fait pas mine de repartir et semble prête à camper sur le perron s'il le faut, je suis bien obligée de lui ouvrir.

À première vue, quand elle apparaît dans l'encadrement de la porte, elle est redevenue elle-même : solide comme un roc. Mais je suis bien placée pour savoir le genre de tourmente intérieure qu'une apparence vaillante est capable de dissimuler, alors je n'en tire pas de conclusion définitive.

Quant à moi, je ne sais pas au juste quel visage je lui offre, sans doute rien de brillant, car elle me regarde assez longtemps d'un drôle d'air, avant de lancer :

— Tu as été injoignable.

— Oui. Désolée. J'ai traversé une période difficile.

Sans faire de commentaire, elle dit :

— Allez. Va te préparer. Je t'emmène faire un tour dans les marais. Aujourd'hui, c'est notre dernière chance de voir des loups cette saison.

Un quart d'heure plus tard, je la rejoins à l'extérieur où elle grille une cigarette en m'attendant sans montrer le moindre signe d'impatience. Dehors, l'hiver livre une de ses dernières batailles. Comme souvent quand on le croit un peu trop vite vaincu, il fait un dernier retour en force. Même les arbres s'y sont laissés prendre : ils ont commencé à fleurir trop tôt, à présent leurs fleurs sont gelées.

Notre première heure de marche se déroule en silence. Mais ce silence ne me met pas mal à l'aise. Je trouve même assez normal, compte tenu des circonstances, que nous ayons besoin de nous côtoyer un peu sans rien dire, pour nous réhabituer l'une à l'autre. J'ai toujours tendance à me méfier des gens qui assaisonnent leurs retrouvailles d'un flot de paroles incontrôlé.

Finalement, elle finit par lâcher, à contretemps :

— Moi aussi, tu sais, j'ai traversé une période difficile. Tu imagines.

— Oui. J'imagine.

— Parfois, je me suis dit que ça m'aurait fait du bien de te parler. Tu étais la seule qui pouvait comprendre.

— Désolée, je réponds en faisant un geste d'impuissance. Je ne suis pas sûre que j'avais en magasin de quoi te remonter le moral.

Mes paroles parviennent à lui arracher une ébauche de sourire, et je me sens soulagée à l'idée que le courant est rétabli entre nous. Du coup, le silence qui s'installe à nouveau dans les minutes qui suivent est encore plus léger et nous cessons de communiquer elle et moi, jusqu'à ce que, à peine sorties d'un corridor bordé de part et d'autre par une végétation dense, Alicja se fige soudain. Elle me fait signe de me taire en posant l'index sur ses lèvres, alors que je ne dis rien.

Les loups.

Très excitée, je tends l'oreille. D'abord, je n'entends rien. Alors, je me concentre davantage, et finalement, je perçois quelque chose. Alicja a raison : venu de très loin, un hurlement déchirant nous parvient, qui ne peut être que celui d'un loup.

— Ils sont à plusieurs kilomètres d'ici. Je ne crois pas que nous pourrons les voir, en revanche. Ils craignent les humains comme la peste, tu sais. Ce sont des animaux pleins de sagesse.

C'est la première fois que je les entends depuis le temps que je vis ici, alors forcément je suis un peu émue. Ce n'est que lorsque je me sens rassasiée de leur appel, que j'ai le sentiment d'y avoir puisé le fluide vital dont j'ai besoin pour continuer, que je consens à me remettre en marche.

GASPARD

Varsovie, novembre 2021

À L'ARRÊT DEVANT LA GARE DE DWORZEC GDAŃSKI, ma toute première conversation avec Kuba me revient l'esprit, et je dis à Elena, pour essayer de détendre l'atmosphère :

— C'est ici que Bowie a débarqué en ville à son retour de Moscou.

— C'est surtout d'ici qu'on expédiait les Juifs du ghetto à Treblinka, répond-elle du tac au tac sans me regarder, d'un ton neutre.

Je me tourne vers elle, avec le sentiment désagréable d'être un peu idiot, avec mes références pop. Son ventre est énorme, je ne pensais pas qu'il pouvait gonfler à ce point. Elle a mis son manteau informe, celui que je déteste. Elle a l'air déjà loin de moi.

Le feu passe au vert, je démarre. Dehors, la chaussée luit de pluie. Avec ce qui tombe, les essuie-glaces sont au bord de la rupture et produisent un drôle de grincement. Le sac de toile blanche d'Elena, qui contient des affaires pour une semaine, repose sur le siège arrière. Nous n'avons pas mis de musique. Je n'en connais aucune adaptée à ce genre de contexte. Sur ce terrain, l'expérience me fait défaut.

Nous longeons des tours d'affaires, puis une enfilade de *działka* dont la présence ici est un peu incongrue, en plein cœur de la ville. Au bout de la rue se dessine la silhouette massive du *mega-mall* Arkadia. On aperçoit aussi le mur d'enceinte du cimetière de Powązki, où sont enterrées pas mal de célébrités locales.

— Prends à gauche, dit Elena, d'un air absent, une fois que nous arrivons à hauteur de l'entrée principale du *mall.*

Nous nous engageons sur une avenue très large, au milieu de laquelle est aménagée une voie de tramway. Nous prenons à droite juste après le monument de marbre noir sur lequel il est écrit : *Umschlagplatz*. La masse grise de l'hôpital apparaît au bout de la rue.

Je gare la Dacia dans le parking réservé aux patients, attrape le sac, quitte le véhicule, puis me précipite pour aider Elena à descendre. C'est devenu vraiment difficile pour elle de se déplacer, depuis quelques jours. Les gouttes grosses comme des billes crépitent contre la toile distendue du parapluie. Nous nous dirigeons aussi vite que possible vers l'entrée du bâtiment.

D'habitude, je ne suis déjà pas fan des hôpitaux, mais aujourd'hui, c'est encore pire. D'abord, celui-ci est vraiment *old school*, sa façade aurait besoin d'un sérieux ravalement ; en fait, l'idéal serait de le raser et de repartir de zéro. Surtout, avec l'épidémie, il s'est transformé en forteresse imprenable. À peu près toutes les entrées sont fermées, seuls les patients et le personnel hospitalier sont admis à entrer, et les visites sont interdites. Tous les petits efforts qui sont faits en temps normal pour essayer de rendre ce genre d'endroit un peu humain ont été suspendus, le temps que passe la menace. Ne reste que la réalité brute : on entre ici pour naître ou pour crever.

Nous devons patienter longtemps devant une porte vitrée, derrière laquelle veille un gardien à la mine patibulaire. Pendant que je suis occupé à réfléchir au malaise que me cause cet endroit, Elena s'entretient avec quelqu'un au parlophone. Au tour dramatique que prend la conversation, je crains qu'il n'y ait un problème. Mais non. Une fois qu'elle a raccroché, Elena se tourne vers moi, en souriant comme elle peut.

— Tout est en ordre. On va venir me chercher.

Quelque chose en moi se détend. J'ai le sentiment, à présent que le processus est lancé, que plus rien ne pourra l'arrêter. On reste face à face un assez long moment, sans trop savoir quoi se dire, mais peut-être n'est-ce pas nécessaire. Notre échange de regards dure jusqu'à ce que quelqu'un toque à la vitre. Je me tourne. C'est une femme en uniforme blanc. Elle fait signe à Elena qu'elle peut entrer.

— Bon, fais-je. Apparemment, ça va être l'heure.

— On dirait, oui.

— Je déteste les hôpitaux. Je te l'ai dit, non ?

Elle me jette un sourire indulgent. La femme toque à nouveau. La porte s'ouvre. Je serre Elena dans mes bras avec le sentiment absurde qu'on ne se reverra pas.

— *Dbaj o siebie.*

— *Trzymaj się.*

Elle cligne de l'œil et s'avance vers la porte que la femme en uniforme garde ouverte depuis l'intérieur. Celle-ci s'empare du sac que je lui tends, puis me fait signe de ne pas faire un pas de plus. Derrière elle, le vigile est en état d'alerte maximale. J'ai le sentiment très net qu'on me traite comme un dangereux pestiféré.

Ce qui me console un peu, c'est que la femme a l'air de se montrer gentille avec Elena. Elles avancent pas à pas, côte à côte, jusqu'à l'ascenseur, en devisant comme de vieilles amies. Avant de s'y engouffrer, Elena m'adresse un dernier signe de la main. Puis elle disparaît, et je me retrouve seul comme un idiot.

Je reste là, groggy, pendant une durée indéterminée, jusqu'à ce que le vigile n'y tienne plus et se lève pour me faire signe de dégager avec le même mépris que si j'étais un chien paria. Apparemment, j'encombre de façon inacceptable sa console de surveillance. J'ai un peu envie de ne pas me laisser faire, on ne traite pas les gens ainsi. Puis je me dis qu'au fond je m'en fous et préfère m'éloigner sans rien dire.

La pluie s'est un peu calmée. Une fois à l'intérieur de la Dacia, je passe un moment à la regarder ruisseler sur le pare-brise en écoutant le bruit des gouttes qui tambourinent sur le toit. Je me dis que c'était pas mal, cet au revoir, plutôt encourageant pour la suite. Quand je me sens assez calmé, je mets le contact, et repars par où je suis venu.

Cent mètres plus loin, j'arrête le véhicule et baisse la vitre, au niveau de l'*Umschlagplatz*. De là où je me trouve, je n'arrive pas à lire le panneau explicatif accroché à l'entrée du monument, alors je descends pour mieux voir, laissant mon véhicule au milieu de la rue. Il explique que c'est ici qu'on entassait les Juifs du ghetto avant de les envoyer à Treblinka depuis la gare située un peu plus loin. C'est ce que je voulais vérifier. Je retourne à la Dacia.

Mais j'ai beau me presser, quelqu'un klaxonne déjà derrière moi. Je lui fais signe de se calmer, remonte la vitre et passe la première, en me demandant si ce quartier est vraiment un bon endroit pour naître – si on n'a pas négligé un paramètre important dans notre décision en choisissant cet hôpital.

Le soir, sans nouvelle d'Elena, la solitude me pèse déjà, et je décide d'appeler Kuba. Il décroche au bout de trois sonneries, et a l'air content de m'entendre. Après cinq minutes de conversation, il me propose de passer la soirée en sa compagnie, histoire de me changer les idées. J'hésite, me sentant un peu coupable vis-à-vis d'Elena, qui est en train de se faire du mauvais sang dans sa chambre d'hôpital.

— Allez. Ne te fais pas prier. Il y a une soirée Komeda à Praga. Je t'emmène. Si ton gamin montre le bout de son nez en plein concert, promis, je te laisserai partir.

L'argument achève de me convaincre.

Je prends le tram jusqu'au parc zoologique, puis je finis le trajet à pied jusqu'à la rue Brzeska. Kuba est déjà dans la file d'attente maigrelette quand j'arrive, sur le coup de vingt heures. Il porte un jean noir, une veste de cuir usée jusqu'à la corde. Il a l'air en pleine forme.

— Le concert commence dans dix minutes…, me dit-il, en même temps qu'il me donne l'accolade.

La file d'attente se résorbe d'un seul coup et on entre sans bousculade. À l'intérieur, c'est le décor classique des clubs de jazz : murs en briques apparentes, décorés de photos en noir et blanc des musiciens passés ici et qu'on regrette d'avoir manqués, plafond bas hérissé de spots, scène minuscule sur fond de rideau rouge, pas de fenêtres, cinquante places à tout casser. Une fois que tout le monde est entré, seule la moitié, en comptant large, est occupée.

Kuba salue le barman en passant. Nous nous installons à une table libre, située à trois mètres de la scène. Nous n'avons pas à attendre longtemps que le concert commence. Déjà, un trio de blancs-becs sur le retour entre en scène à la queue leu leu et se met à jouer.

Au bout de quelques mesures, Kuba se penche vers moi, et me murmure à l'oreille :

— Pas mal, non ?

Le morceau dure vingt minutes, avec de nombreuses embardées côté *free-jazz* et quelques sorties de route bien maîtrisées. Nous écoutons jusqu'à ce que la dernière note s'éteigne complètement. Quand le silence se rétablit, nous ne sommes pas loin de la transe.

Pendant que les musiciens font une pause et vont boire une bière au bar, Kuba commence à monologuer, comme il aime le faire quand il est heureux. Mais deux mains qui se posent sur ses épaules l'arrêtent en plein élan. Un homme se penche à son oreille et dit, assez fort pour que j'entende :

— Salut, *towarzysz*.

Le visage de Kuba se décompose. Visiblement, il a reconnu celui qui est en train de lui parler. Et cette rencontre imprévue ne lui fait pas plaisir.

— Toujours amateur de jazz, on dirait ? Moi aussi, tu vois. Il y a des choses qui ne changent pas.

L'homme se tourne dans ma direction en souriant. Il est encore plus massif que Kuba, pas très grand, chauve, la soixantaine. Ses yeux me font penser à ceux d'une fouine. Je serre mécaniquement la main qu'il me tend, surpris par la réaction glaciale de mon ami.

— C'est comme ça qu'on s'est rencontrés, tous les deux, explique l'homme en s'adressant à moi. Dans un club. Pas vrai, Kuba ? Ça remonte à quoi ? Quarante ans ? Pff !, ce que le temps passe…

Kuba hoche la tête, mal à l'aise.

— Je suis Mateusz, dit l'homme. Un vieil ami de Kuba.

Je me présente à mon tour.

— C'est bien que tu t'intéresses au jazz de notre pays. Ça te plaît ?

— Beaucoup.

Je ne fais pas d'effort pour engager la conversation, étant donné que Kuba semble n'avoir qu'une seule envie, c'est que Mateusz retourne dans le trou d'où il vient de sortir. Ne pouvant ignorer que sa présence ne suscite pas l'enthousiasme, l'homme n'insiste pas, heureusement.

— Bon, je vous laisse. Il faut que j'aille me recharger au bar si je veux tenir le choc pendant la seconde partie. En tout cas, ça m'a fait plaisir de te revoir, Kuba. Et de faire ta connaissance, Gaspard.

Une fois qu'il s'est éloigné, Kuba se tourne vers moi et me fait un sourire forcé.

— C'est un vieux collègue du temps de Solidarność. Nos chemins ont… divergé.

Il n'en dit pas plus, et je ne pose pas de question.

— Bon, fais-je. Faut que j'aille pisser.

Les toilettes sont tout en longueur : enfilade de portes identiques, d'un côté, d'urinoirs de l'autre, carrelage vert au sol et aux murs, large miroir, chromes rutilants, lumière bleutée, propreté impeccable. De ma main libre, je vérifie mon téléphone : pas de message d'Elena. Mateusz fait son entrée alors que je le remets en poche. Il me reconnaît, me fait signe, vient se placer juste à ma gauche, puis se met à rire doucement.

— Qu'est-ce qu'il y a ? C'est moi qui te fais rire ?

Il rit un peu plus fort.

— J'ai fait quelque chose de drôle ? j'insiste, vexé.

— Non, ce n'est pas toi… C'est juste la… situation.

— On n'a pourtant pas mis notre costume de clowns.

Il rit encore plus fort, puis, dans un murmure, lâche :

— Tu lui demanderas.

Il remonte ses manches. D'épaisses cicatrices violettes couvrent ses avant-bras. À peu près les mêmes que celles que j'ai aperçues un jour sur ceux de Pavel. Je fixe à nouveau le mur.

— En tout cas, ce n'est pas parce qu'il a baisé ma femme. S'il te dit ça, tu sauras qu'il te ment.

Il rit à nouveau, actionne la chasse d'eau, se rhabille. Ce type me semble déplaisant au dernier degré. Pas besoin qu'il vous touche : sa proximité suffit à vous faire vous sentir sale.

Tandis qu'il se sèche les mains, il prend un air enjoué.

— Tu vas voir, ça va être formidable.

Je ne sais pas s'il parle de la suite du concert ou de ce que Kuba a à me dire au sujet de leur amitié défunte. Il passe derrière moi, me tape sur l'épaule, puis sort sans un mot de plus.

Quand je sors à mon tour, je le repère sans peine : il est installé au premier rang, à côté d'une jolie femme, plus jeune que lui – compagnie surprenante pour un type à première vue aussi peu attractif. Trois mètres derrière, côté gauche, se tient Kuba. Il a les yeux rivés sur son ancien ami et ne fait pas attention à moi. Son visage exprime une haine sans limites.

Je le rejoins, essaie de faire comme si de rien n'était, tandis qu'un autre groupe de musiciens monte sur scène.

— Tu les connais, ceux-là ?

Il se détend un peu.

— Non. Trop jeunes.

— Et Komeda, tu l'as connu ?

— Non plus. Là, c'est moi qui suis trop jeune.

Les musiciens attaquent un morceau au tempo rapide. Nous nous laissons happer par la musique. Je sens que Kuba se détend à nouveau. Nous oublions, comme prévu, nos soucis. Y compris ceux que nous n'avions pas prévus.

Nous partons sans revoir Mateusz. Il s'est éclipsé avec la jolie blonde, en plein milieu du dernier morceau. Kuba paraît soulagé. Moi aussi, je crois. Le moins qu'on puisse dire, c'est que ce personnage ne m'a pas fait forte impression.

Dehors, le froid est mordant. Kuba propose d'aller boire un ou deux verres chez lui, pour changer des bars. Je vérifie mon téléphone : toujours pas de message d'Elena. Après tout, pourquoi pas. L'occasion ne se présentera sans doute plus de sitôt.

Nous prenons un taxi. Il nous faut moins de dix minutes pour rejoindre le quartier d'Elektronowa, au nord, et l'étrange bunker dans lequel Kuba s'est installé depuis sa rupture avec Milena. La première chose qu'il fait, après avoir ouvert la porte, c'est de mettre de la musique, histoire de rester dans le bain. J'enlève mon manteau, l'accroche près de l'entrée, puis me laisse tomber dans le vieux sofa beige. Kuba nous sert un cocktail de sa composition, mélange détonant de vodka et de café, puis s'assoit à son tour.

Il n'y va pas par quatre chemins.

— Il t'a parlé ?

— Qui ça ?

— Tu sais bien. Mateusz.

— Un peu, oui.

— Un conseil… Quoi qu'il t'ait dit, n'en tiens pas compte, si tu m'aimes un tant soit peu. Ce type est une ordure.

— Il n'a pas dit grand-chose, tu sais…

— Ça ne me rassure qu'à moitié. Les insinuations, il n'y a rien de pire.

Je l'observe. Il a l'air aussi inquiet que sincère. Je ne sais pas quoi penser de cette étrange rencontre, pas plus que des émotions qu'elle suscite en lui. Pour me donner une contenance, je vide mon cocktail, le trouve plutôt bon, alors Kuba m'en ressert un.

Une demi-heure plus tard, j'en suis déjà à mon troisième, nous avons abandonné les sujets difficiles, et je commence à me sentir vraiment détendu.

C'est alors que mon téléphone se met à vibrer. J'interromps en plein milieu d'une phrase l'histoire que je racontais pour le sortir de ma poche. Mon cœur s'arrête de battre avant même que je jette un œil sur l'écran.

J'ai reçu une photo : un être minuscule étendu sur le dos, yeux fermés, cheveux noirs, humides, torse disproportionné par rapport aux bras et aux jambes, expression de détresse absolue sur le visage.

Un second message arrive : *Ta fille, Lucie.*

Puis un troisième : *Tout va bien.*

J'attends la suite une minute. Rien ne vient, alors je lève les yeux du téléphone. Kuba me regarde avec un air inquiet, hésitant à sourire.

— Que se passe-t-il ? Tu es pâle...

— Eh bien, mon vieux... Je crois bien que, cette fois, ma vie est finie.

Je me tourne vers la fenêtre du salon. Il me faut quelques secondes pour réaliser que c'est mon propre reflet qui apparaît dans mon champ de vision. Un large sourire dont je n'avais pas conscience me barre le visage.

Je prends congé de Kuba, l'esprit déjà à des années-lumière. Il ne m'en veut pas, il comprend la situation, il sait que je ne suis pas moi-même. Comment pourrais-je deviner que c'est la dernière fois que nous nous voyons ?

MAJA

Marais rouges, juillet 2022

L'APRÈS-MIDI TOUCHE À SA FIN. La touffeur qui a régné toute la journée cède la place, avec le soleil qui se couche, à une agréable tiédeur. Sans que je me rappelle quand, au juste, le vent s'est mis à souffler, et l'on peut entendre le bruit des cimes des pins qui s'entrechoquent. Très haut dans le ciel, un aigle est occupé à faire des cercles.

Trois mois se sont écoulés, sans incident notable, depuis la mort de Kuba. L'hiver a enfin tiré sa révérence, même si chacun sait que ce n'est pas pour longtemps. La cigogne qui aime gober les serpents se cachant dans les herbes hautes derrière la *stodoła* est revenue, comme tous les ans, fidèle au poste, me causant par son retour une joie inattendue.

Assise sur les marches du perron, je regarde s'éloigner dans la brume du soir le tracteur Ursus des frères Petruk jusqu'à ce qu'il disparaisse sur la piste derrière la rangée de pins, qui mène à la grande maison jaune dans laquelle ils vivent depuis la mort de leur mère.

C'est moi qui les ai appelés à la rescousse pour qu'ils m'aident à retaper la grange. Cela faisait longtemps que je caressais l'idée d'en faire un joli logement pour touristes épris de nature sauvage et de philosophie aseptisée, sans parvenir à me décider. J'ai fini par sauter le pas.

Les deux frères avaient, paraît-il, des vues sur moi avant que Tadzio ne s'invite dans ma vie. C'est en tout cas ce que m'a dit Irina, moi, je n'avais rien remarqué. Ils n'ont du reste peut-être pas abandonné tout espoir de ce côté, car ils ne se sont pas fait prier pour venir m'aider. J'aurais préféré que ce soit Tadzio qui s'en charge, mais il n'a aucun goût pour ce genre de travaux – l'endroit où il vit en témoigne –, et je n'ai pas voulu lui forcer la main.

Avec les frères, nous avons bien avancé. La grange qui, il y a quelques jours encore, n'était qu'une ruine et tenait à peine sur ses pieds, a déjà retrouvé une certaine allure, même s'il reste encore beaucoup de travail pour que le résultat ressemble à ce que j'ai imaginé.

Le moment que j'ai choisi pour me lancer dans une entreprise pareille peut surprendre. Après ce que je viens de traverser et les menaces en tout genre qui s'accumulent dans les parages, il aurait sans doute été plus sage de faire mes valises et de m'enfuir loin d'ici.

Mais je ne veux pas donner cette satisfaction à ceux qui s'en prennent à moi. Je ne veux pas qu'ils aient le sentiment d'avoir gagné. Ces travaux que j'entreprends, c'est ma façon de leur faire savoir que je ne cède pas, que je tiens bon, que je resterai quoi qu'il arrive.

Même quand les frères ne sont pas là, je m'active pour ne pas laisser mon esprit partir à la dérive. Cette semaine, j'ai brûlé un nid de serpents venimeux au fond du jardin. J'ai coupé du bois pour l'hiver, manquant de peu au passage de me sectionner les deux doigts qui me servent à fumer, et je tremble encore à l'idée de la triste plaisanterie que, sans eux, serait devenue ma vie. Le ramassage des *kurki* et des fruits des bois m'a pris aussi pas mal de temps et d'énergie. Bref, je fais ce qu'il faut pour être toujours occupée.

Après le départ des frères, je passe une demi-heure sous la douche, alternant eau brûlante et glacée pour apaiser mes douleurs musculaires. Tout le temps qu'elle dure, l'écho des coups de marteau que j'ai entendus toute la journée résonne dans mes oreilles.

Une fois que j'ai fini de me sécher, je me prépare pour rejoindre Tadzio. Notre relation a repris sans heurt après ma période de retraite, comme si rien ne s'était passé. Il m'a donné rendez-vous au festival de Goniądz.

Ce festival a lieu tous les ans, début juillet, souvent le même jour que la commémoration du pogrom de Jedwabne, tout proche. Coïncidence légèrement indécente ou moyen de détourner l'attention, c'est difficile à dire. En tout cas, c'est à coup sûr l'événement le plus important de l'année dans un endroit où d'habitude, sur le plan culturel, il ne se passe jamais rien.

Après un lancement discret, il y a dix ans, son succès excède à présent les frontières du comté et il attire les visiteurs en provenance des quatre coins du pays. Je ne suis pas sûre qu'il faille se réjouir de cette irruption de la fête dans un milieu sauvage, mais ce soir, je n'ai pas envie de jouer les bégueules et je mets de côté mes réticences.

Quand j'arrive sur le site, il n'est pas loin de vingt-deux heures et la fête bat déjà son plein. Comme convenu au téléphone, Tadzio m'attend à l'entrée. Il affiche un air radieux, et a sorti pour l'occasion son T-shirt Moskwa. Moins bien équipée que lui, j'ai opté pour l'immonde maillot vert pomme Onok Island que m'a offert Elena parce qu'elle le trouvait trop moche pour le porter elle-même.

— Alors, bien travaillé ?

— Oui, je crois que j'ai mérité un petit moment de détente.

— Ça tombe bien, on est là pour ça.

Une minute plus tard, il présente les tickets au contrôle et nous entrons. Une odeur entêtante de saucisse grillée, de bière et de *zapiekanka* flotte dans l'air. Sur la scène, une bande de papis surexcités beugle un rock primitif, sono réglée à plein volume. Sur la plage, d'habitude déserte, sont alignées des dizaines de tentes aux couleurs criardes.

Mais le vrai spectacle, c'est dans le public qu'il se trouve.

Cela fait vraiment une drôle d'impression de se retrouver entourés par tous ces punks vieillissants vêtus de T-shirt KSU, Dezerter, Kult ou Siekiera et arborant fièrement leur crête bancale, quand il leur reste assez de cheveux pour en avoir une. C'est comme si un vieux monde en voie de disparition retrouvait pour un week-end assez de combativité pour exister encore un peu. Comme si la rage, endormie le reste de l'année, brûlait à nouveau le temps du festival.

Tadzio me prend par la main, m'entraîne avec énergie en direction de la fosse où la foule est déchaînée, et nous nous mettons à danser. Comme tout le monde ici, nous nous sentons très vite renaître dans notre peau d'ados. La lumière se rallume dans nos yeux. Cela fait vraiment du bien, de pouvoir oublier un peu ses soucis.

À un moment donné, j'aperçois Alicja. Il peut sembler étonnant qu'elle ait fermé l'auberge ce soir. Sauf que les festivaliers ne vont pas chez elle. Ce sont des salauds de pauvres et ils préfèrent s'approvisionner au Dino du coin ou directement à la buvette. Dans cette affaire, une fois de plus, il n'y a pas d'argent pour l'Auberge du loup. Tant mieux, dans un sens, car Alicja aussi a l'air de bien s'amuser, et elle en a besoin au moins autant que nous.

Vers une heure du matin, les concerts sont brièvement interrompus quand un groupe de militants écologistes remontés à bloc débarque en force sur le site du festival. Il se compose de peut-être vingt personnes, qui détonnent sur le reste de l'assistance avec leur ventre plat, leur teint gris végan et leurs fringues de hobbits. Ils brandissent des panneaux anti-autoroute et gueulent des slogans rageurs dans des porte-voix, si fort que même les musiciens cessent de jouer pour profiter du spectacle.

Quand ils arrivent, je suis occupée à boire un verre avec Alicja à la buvette. Intriguée, je lui demande :

— Qui sont ces types ?

— Il y a un festival électro dans le coin, qui attire des altermondialistes en provenance de tout le pays. Il s'est mis en place il y a deux ou trois ans. Normalement, on ne les voit pas. Ils font leurs affaires sans rien demander à personne. Mais là, ils sont venus protester contre le projet d'autoroute.

— On est plutôt dans le même camp, alors.

— Oh, moi, tu sais, je ne suis dans le camp de personne.

Quand la police s'en mêle, les militants écologistes ont déjà déserté le site. L'opération coup de poing, bien menée, sans faire de mal à personne, n'a pas duré plus de dix minutes. Les concerts reprennent presque tout de suite après leur départ, comme si rien ne s'était passé, sur une note d'humour du *frontman*.

Mais aux alentours de deux heures du matin, ils sont à nouveau interrompus, par la pluie cette fois. Une vraie pluie de mousson, avec des gouttes énormes qui produisent en s'écrasant sur le sol un fracas d'enfer. C'est la panique, les musiciens remballent leur matériel dans la précipitation, et la foule s'égaye bruyamment.

Je cours m'abriter avec pas mal d'autres festivaliers sous le préau à kayaks, en bordure de la rivière, en attendant que l'averse se calme. Mais il est trop tard, je suis déjà trempée et aussi trop joyeuse, ou trop ivre, pour m'en soucier. D'abord, je ne reconnais personne parmi les gens qui se sont serrés autour de moi en grelottant. Et puis soudain, je suis parcourue par une décharge électrique de haute intensité. Comme si la foudre venait de s'abattre sur moi.

À cent mètres. Juste sous le grand saule. Lui aussi m'a repérée. Ses yeux bleu lagon fixés sur moi.

Kasper Frankowski.

Dès que je le reconnais, je ne me pose pas de question, je cours dans sa direction, ne me souciant plus d'être trempée. Aussitôt qu'il me voit me mettre en chasse, il disparaît dans la foule, et quand j'arrive sous le saule, il n'y est plus. J'ai beau regarder de tous les côtés, et même l'appeler par son nom – comme s'il y avait la moindre chance pour qu'il me réponde –, je ne parviens pas à le localiser. Il semble s'être volatilisé dans la nuit.

Alors que je suis encore sous le choc, Tadzio, que j'avais perdu de vue depuis un moment, s'approche de moi par-derrière et me met la main sur l'épaule. Je sursaute de terreur.

— Qu'est-ce qu'il y a, Maja ? Tu es toute pâle. C'est l'orage qui te met dans cet état ?

Je me tourne vers lui et mets quelques secondes à le reconnaître. Sans prendre la peine de lui expliquer la raison de mon brutal changement d'humeur, je lui dis, soudain gagnée par un mauvais pressentiment :

— Tu peux me raccompagner à la *działka ?* Tout de suite ?

Je dois avoir l'air vraiment perturbée, car il accepte sans rien me demander, pas même pourquoi je ne peux pas utiliser mon propre Kombi, qui m'attend sur le parking. La réponse serait facile, pourtant : *J'ai peur de ce que je vais trouver là-bas et je n'ai pas envie d'être seule quand je vais le découvrir.*

Cinq minutes plus tard, nous filons dans la nuit sur la Dollar, au milieu des arbres qui défilent à toute allure de part et d'autre de l'étroite chaussée. Alors qu'il reste encore deux kilomètres à parcourir pour arriver chez moi, nous pouvons déjà sentir l'odeur âcre de la fumée qui nous attaque les narines. Comprenant que je ne suis pas devenue folle et qu'il y a vraiment un problème, Tadzio lâche :

— On dirait qu'il y a le feu.

C'est la *stodoła* qui a flambé, avec toutes les rénovations que je viens d'y effectuer. Pas tout à fait réduite en cendres, grâce à l'averse, mais peu s'en faut.

La grange qui brûle.

Kasper, puisqu'il ne fait plus de doute que c'est lui qui est derrière tout cela, reste cohérent dans le maniement des symboles. Autant Kuba que moi l'avons sous-estimé. Brûler la grange de son ennemi, dans la région, on ne peut pas faire pire.

— Il va falloir que tu m'expliques comment tu as su, Maja, me dit Tadzio avec gravité tandis que nous faisons le tour des ruines encore fumantes.

— Oui. Laisse-moi juste un moment, tu veux bien ?

Quand il est clair qu'il n'y a plus rien à sauver du bâtiment, nous prenons la direction de la *działka* qui, elle, est intacte. C'est presque sans surprise que je trouve un papier cloué sur la porte. Je le décroche, lis, puis le tends à Tadzio.

La prochaine fois, tu flambes avec les murs, comme tes cousins autrefois.

Il lève les yeux du papier après l'avoir parcouru brièvement et me fixe, l'air effaré.

— Entre. On va boire un verre et je vais te raconter.

Une fois que j'ai fini de le mettre à niveau, Tadzio me regarde longuement.

— Dire qu'il a fallu qu'un cinglé mette le feu chez toi pour que tu m'en dises enfin un peu plus sur ton passé.

Je hausse les épaules.

— Je ne voulais pas polluer l'instant présent avec ces vieilles histoires.

— Et tu dis que tu as vu ce type tout à l'heure, au festival, alors qu'il était supposé être en Ukraine en train de se battre contre les Russes ?

— Si la grange n'avait pas flambé, j'aurais pu accepter l'idée que c'était juste quelqu'un qui lui ressemble… Ou même une hallucination… Mais à présent, je crois qu'il n'y a plus de place pour le doute.

Je pose la main sur la sienne.

— Désolée de t'avoir caché toutes ces choses. Je me sens vraiment mal que tu les découvres de cette façon.

Il balaie l'air devant lui avec sa main pour me faire comprendre que c'est sans importance. Après une hésitation, je demande :

— Ça t'embête de passer la nuit ici ? Je sais que c'est contre nos principes, mais avec ce qui vient d'arriver, la dernière chose dont j'ai envie, c'est de me retrouver toute seule…

— Cela va sans dire. Même si tu m'avais demandé de partir, je serais resté.

Une fois que nous sommes couchés, dans le noir, Tadzio ajoute une dernière chose :

— En tout cas, si ce type se cache par ici, on va le trouver, je t'en fais la promesse. Et une fois qu'on lui aura mis la main dessus, on lui fera passer l'envie de recommencer.

Puis il ferme les yeux et se met à respirer régulièrement, signe qu'il s'est endormi, m'abandonnant à la nuit qui, pour moi, s'annonce blanche.

Vers trois heures du matin, je n'ai toujours pas fermé l'œil, et il me semble entendre des pas dehors. Je me tourne vers Tadzio, qui dort à poings fermés. Je le secoue un peu, sans obtenir de sa part plus qu'un grognement. On dirait que, sur ce coup-là, je vais être obligée de me débrouiller seule.

Mes protections mentales affaiblies par le demi-sommeil, je bondis hors de mon lit, sors du fond de l'armoire du débarras le fusil déjà chargé – il l'est toujours à présent. Ensuite, j'ouvre la porte d'entrée, sentant vibrer en moi le calme qui précède l'explosion.

Au-dessus de ma tête, le ciel est saturé d'étoiles mais il n'y a pas de lune et l'obscurité est épaisse. Je sonde les alentours plongés dans les ténèbres, fusil braqué devant moi. À première vue, il n'y a personne. Mais je sens une présence, proche et menaçante.

Décidée à en avoir le cœur net, je m'arrache à la protection du perron, traverse le jardin, longe les ruines de la grange. Quand il ne reste plus face à moi que la forêt, qui se dresse comme une muraille végétale à moins de cinquante mètres, je me mets à crier comme une démente :

— Je sais que tu es là, Kasper. Viens donc régler cette affaire comme un homme. Si tu en es capable.

Pourquoi, au juste, je dis cela, je l'ignore. J'imagine que c'est le genre de provocation un peu lourdingue auquel un primitif comme lui sera sensible. Mais, bien entendu, personne ne répond.

Accablée par le silence qui persiste à régner autour de moi, je garde encore un moment les yeux rivés sur la forêt. Comme rien ne bouge, je commence à me dire que je me suis fait des idées, que moi aussi je deviens folle, et me prépare à regagner la *działka.*

C'est alors qu'un mouvement anormal, au milieu des ombres, attire mon attention.

Sans réfléchir, je braque le fusil dans sa direction et tire au jugé, à deux reprises. Une fois que l'écho des coups de feu s'est dissipé, je reste immobile quelques secondes, en retenant mon souffle, attendant de voir ce qui va se passer. Comme plus rien ne bouge et que tout est de nouveau très calme, je traverse les hautes herbes qui séparent les restes de la grange de la forêt pour aller voir s'il y avait bien quelque chose, ou si c'était le vent, ou si j'ai juste rêvé.

Une fois sur place, je constate qu'il n'y a rien, même pas d'éclat de bois. On dirait que j'ai tiré dans le vide, que mes balles ont été absorbées par la nuit. Partagée entre le soulagement et la déception, je baisse mon fusil en songeant que oui, je deviens folle, que c'est sans doute ce que veut Kasper, et que ce qui vient d'arriver est pour lui une victoire de plus.

Quand je fais demi-tour pour rentrer, je manque de buter contre Tadzio qui se tient pile derrière moi, le regard embué par le sommeil. Je ne l'avais pas entendu s'approcher.

— Nom de Dieu, Tadzio, c'est toi… Tu m'as fait peur.

— Que se passe-t-il ? J'ai entendu des coups de feu ?

— C'est rien. J'ai cru qu'il y avait quelqu'un dans le jardin et j'ai un peu surréagi…

Il fronce les sourcils, me pose un bras sur l'épaule et m'entraîne en direction du chalet.

— C'est normal que tu sois à cran après ce qui s'est passé. Allez, viens, on retourne se coucher. Je crois qu'on a, tous les deux, besoin de reprendre des forces.

ALICJA

Marais rouges, juillet 2022

MAJA SORT TOUT JUSTE DE CHEZ MOI. Elle m'a annoncé qu'on avait brûlé sa grange. Elle est très perturbée. Je ne l'ai jamais vue dans un état pareil.

Sitôt qu'elle est partie, je me précipite derrière le bar pour me servir un verre de *bimber.* J'ai besoin d'un remontant. L'histoire qu'elle vient de me raconter m'a remué les tripes. Ce n'est pas seulement à cause de ce qui lui est arrivé. C'est aussi tous les souvenirs que sa mésaventure a fait ressurgir.

Je savais déjà qu'on avait un parcours similaire, elle et moi. Il faut dire que nul ne débarque ici sans avoir quelque chose à fuir.

Mais à ce point, le parallélisme devient troublant…

Je vide mon verre d'un trait. L'alcool me brûle la gorge en passant. La minute qui suit, je me détends un peu. Je ferme les yeux. Les images, les odeurs, les sons, je ne peux rien y faire : tout revient en bloc.

Deux mois après la première visite de Wronski, alors que j'avais presque terminé les travaux de remise sur pied de l'auberge, j'ai reçu la visite de deux de ses gros bras, des paysans que je n'avais jamais vus et qui m'ont réclamé de l'argent en échange de sa protection.

Je leur ai ri au nez.

— Protection ? Contre quoi ? Contre les élans ? Les castors ?

Ils sont revenus une semaine plus tard. Un peu moins courtois que la première fois. J'ai quand même recommencé à me payer leur tête.

— Vous m'avez bien regardée, les gars ? Vous croyez vraiment que j'ai besoin de la protection d'un nonagénaire et de ses chiens à moitié fous ?

Il n'y a pas eu de troisième avertissement. Le lendemain, mon auberge a brûlé, ainsi que tout ce qu'il y avait autour dans un rayon de cent mètres. Les pompiers ont refusé de venir à la rescousse. J'ai enfin compris qu'on ne plaisantait pas avec Pavel Wronski.

En fait, je le savais déjà, car mon père me l'avait raconté. Mais j'avais choisi de ne pas en tenir compte. Une fois de plus, je ne pouvais m'en prendre qu'à moi si tout était parti de travers. Tout était clair, à présent. Pour vivre dans les Marais rouges, il fallait payer Wronski. La règle valait pour tout le monde, sans exception. Une fois le message passé, je n'ai donc pas seulement rebâti l'auberge. J'ai aussi commencé à payer le consul.

La vie a repris son cours normal. Un temps, l'idée m'a effleuré de partir en guerre contre le roitelet et de l'arracher à son trône pour lui mettre le nez dans la mare de boue sur laquelle il régnait. Mais c'est terminé, comme le reste, à commencer par cette idée farfelue d'attirer les artistes dans la dernière auberge avant le néant et mes rêves absurdes de *beat generation* polonaise. Ici, après tout, on a d'autres légendes, qui n'ont rien d'américain.

À présent, le temps a passé et les choses ont changé. Pavel n'est plus là et ce genre de pratique barbare est supposé appartenir à un temps révolu que personne ne regrette. Pourtant, on dirait bien que ça recommence.

Nom de Dieu, c'est encore plus effrayant de ne pas savoir qui est derrière tout ça.

MAJA

Marais rouges, juillet 2022

DIMANCHE APRÈS-MIDI, CHEZ IRINA. Le bruit de la porte d'entrée qui s'ouvre brutalement m'arrache un sursaut et interrompt la conversation dans laquelle la *szeptucha*, Tadzio et moi-même sommes plongés depuis une demi-heure.

Mirek Żelazny, l'homme de fer – qu'on surnomme ainsi à cause de sa carrure massive et de son nom de famille –, apparaît dans l'encadrement avec sur le visage un air qui ne laisse présager rien de bon. Après une hésitation, il avance d'un pas sans y être invité et deux paysans que je ne connais pas se matérialisent à leur tour.

Entre eux, un homme inanimé, tête ballante. Ils le tiennent chacun par un bras, faute de quoi il s'effondrerait sur le sol. Je les regarde un long moment avant de demander, la voix brisée comme si quelque chose en moi avait déjà compris qu'un événement décisif était en train de se jouer :

— Qui est-ce ?

Mirek hésite, puis explique :

— On l'a surpris alors qu'il était en train d'essayer de foutre le feu à la forêt. Tout près d'ici.

Nous échangeons un regard inquiet avec Tadzio.

— Alors, on l'a un peu secoué pour lui remettre les idées en place, poursuit Mirek. Pas trop quand même, vu son état, on a eu peur de le casser. Il a les os en verre, ce gars-là. Maintenant, on ne sait plus trop quoi en faire, alors on vous le ramène.

Tadzio s'est levé d'un bond. Se tournant vers moi, il lance, une nuance de triomphe dans la voix :

— Tu vois. Je t'avais dit qu'on l'attraperait.

Sauf que l'homme qu'ils ont attrapé ne ressemble pas du tout à Frankowski.

— Qui est-ce ? je répète, d'une voix tout aussi éteinte.

Sur un signe de la main de Mirek, un des deux hommes empoigne une touffe de cheveux gris sur le dessus du crâne et tire d'un coup sec. Un visage apparaît. En sang, contusionné. J'ai beau ne l'avoir vu qu'une fois, je le reconnais aussitôt.

— Witek Klossowski.

— Tu le connais ? demande Tadzio, étonné.

— Pas vraiment. Enfin, je sais qui c'est. On s'est rencontrés une fois, à l'enterrement de Pavel. C'était un ami à lui.

Irina, qui n'a encore rien dit depuis l'irruption de Mirek et ses sbires, demande sèchement :

— Pourquoi vous l'amenez ici ?

Mirek se gratte la tête.

— Avant, c'était chez Pavel que se réglaient ce genre de problèmes. On a pensé que maintenant qu'il était mort…

Ces paroles semblent plonger Irina dans une réflexion intense, que personne n'ose interrompre, même pas moi, malgré toutes les questions qui se bousculent dans ma tête.

Finalement, elle lâche :

— C'est bon. Laissez-le nous. On se charge de lui.

Sur un signe de Mirek, ils laissent tomber le vieillard sur le sol comme s'il s'agissait d'un ballot de foin. Un soulagement évident se peint sur leur visage quand ils se retrouvent à nouveau libres de leurs mouvements.

— Prenez-en soin, dit Mirek. Ce n'est pas tous les jours qu'on en prend un en flagrant délit. D'habitude, ils arrivent toujours à filer.

Puis se tournant vers les deux paysans :

— Allez les gars, en route, on n'a pas que ça à faire.

Ils quittent la *działka* sans un mot de plus. Concentrée sur le vieil homme, qui est allongé sur le dos et ne tente même pas de se relever, je ne leur prête pas la moindre attention.

— Witek, tu m'entends ?

Pour toute réponse, j'ai droit à un grognement indistinct.

— Nom de Dieu, ils ne l'ont pas raté.

Me tournant vers les autres, je demande sur un ton qui ne souffre pas la discussion :

— Vous m'aidez ou vous restez les bras croisés ?

Je fais passer son bras gauche par-dessus mon épaule, Tadzio fait de même avec le droit, et nous le soulevons d'un mouvement synchrone. Nous conduisons Witek, plus lourd que ne le laisse imaginer sa carcasse décharnée, dans la salle de bains remise à neuf, et faisons couler un bain chaud dans lequel nous introduisons tant bien que mal son corps maigre et blanc couvert d'ecchymoses, les plus fraîches remontant à une heure à peine.

Ensuite, nous le laissons mariner un moment en rajoutant de l'eau chaude à intervalles réguliers. Profitant de ce que nous nous retrouvons seuls – sans compter Witek, toujours dans les vapes –, je demande à Tadzio :

— Alors ? Tu crois que c'est lui qui me harcèle depuis des mois ?

Il hausse les épaules.

— On va attendre qu'il se remette un peu. Et on va lui demander.

Vingt minutes plus tard, Witek a plus ou moins retrouvé ses esprits et sort du bain sans qu'on ait besoin de l'aider. Le salopard est costaud pour son âge. Sans prononcer un mot, Irina, qui nous a rejoints, fouille un moment dans ses placards et lui apporte de quoi remplacer ses vêtements déchirés, un vieux bleu de travail et une chemise à carreaux qui ont dû appartenir à Pavel. Puis elle le fait asseoir et je me charge de désinfecter avec du coton imprégné d'alcool les blessures qu'il a au visage.

— Voilà, dis-je, une fois que c'est fait. Pour le reste, tu iras voir le médecin. Ou tu feras ce que tu voudras. Pas mes affaires.

Il me fixe sans rien dire, comme si je venais de m'exprimer dans une langue étrangère. Ses yeux bleus qui me semblent démesurément grands me dévisagent avec insistance. Il est complètement revenu à lui, à présent, mais n'a toujours pas dit un mot.

Pas déstabilisée par son mutisme, Irina déclare :

— Lève-toi, maintenant. On va aller boire quelque chose en bas. De quoi finir de te remettre sur pied. Ensuite, on causera.

Nous nous installons dans le salon, près de la cheminée. Irina s'absente le temps de préparer son remède de cheval, du thé à la gnôle. Tadzio et moi, nous passons ce moment avec Witek, en silence.

Quand Irina revient, elle le brise aussitôt :

— Tu as de la chance qu'on t'ait récupéré. Les autres t'auraient lynché si on les avait laissés faire. Ils ont déjà un peu commencé, remarque...

Elle pose une tasse fumante devant chacun d'entre nous. Puis elle s'assoit face au vieil homme, se penche autant qu'elle peut vers l'avant, plante son regard dans le sien et passe à l'attaque.

— Maintenant, il va falloir que tu nous expliques.

Witek tente de lui tenir tête pendant quelques secondes, mais finit par baisser les yeux. L'espace d'un instant, malgré les rides, son visage ressemble à celui d'un petit enfant. Mais cela ne dure pas.

— Cet endroit a détruit ma vie. J'ai voulu le rayer de la carte.

Il me regarde un moment, avec cette expression vide que je semble lui inspirer dès que j'entre dans son champ de vision, puis se tourne vers Irina.

— On ne comprend rien à ce que tu racontes, crache cette dernière. Il va falloir que tu sois plus clair.

Witek hésite, boit quelques gorgées d'*herbata* à la gnôle, puis dit d'une voix blanche :

— Les Marais rouges n'ont jamais engendré que l'horreur. Le sang qui coule dans les veines de ceux qui les habitent est corrompu. La génération actuelle ne vaut pas mieux que celle de ses aïeux criminels. Je crois que rien ni personne ici n'a changé ni ne changera jamais. Qu'est-ce qui n'est pas clair là-dedans ?

Nous échangeons un bref regard avec Irina. Elle semble aussi déboussolée que moi. Je décide de donner encore une chance au vieil homme avant de me ranger, comme les autres semblent l'avoir déjà fait, à l'hypothèse de la démence.

— Désolée d'être un peu directe, mais..., qu'est-ce qui te donne le droit de te poser en juge ?

En réponse, Witek commence par baisser la tête, apparemment décidé à se taire. Puis, au bout d'une poignée de secondes, il change d'idée, hausse les épaules avant de lâcher :

— Je vais vous raconter. Après tout, il n'y a plus de raison de garder le silence sur tout cela, à présent.

★

Son père étant parti se battre sur le front Est, Witek vivait avec sa mère et ses quatre frères et sœurs dans une minuscule maison de bois, en plein centre de Brzemowo. Situé à une dizaine de kilomètres de la frontière avec la Biélorussie, ce village était encerclé par les forêts et les marécages. Outre des maisons de bois comme la sienne, certaines plus grandes, mais aucune plus petite, il comportait une église catholique en bois, une autre orthodoxe, surmontée d'un beau toit doré, une synagogue, et même une petite mosquée bâtie par les Tatars venus s'installer dans la région au dix-huitième siècle. D'une façon générale, toutes les communautés cohabitaient en bonne intelligence, même si elles n'allaient pas jusqu'à fraterniser.

Malgré son jeune âge, Witek parlait déjà trois langues. Sa langue maternelle était un dialecte local, le *hachłacki*. À l'école, il avait appris le russe, puis le polonais. On lui faisait parfois remarquer qu'il avait l'air d'un Tatar, ou d'un Juif, à cause de son teint hâlé. Pour lui, pareilles distinctions ne signifiaient rien. Il choisissait ses amis en fonction du goût qu'il avait pour eux, un point c'est tout, sans se poser de questions sur leur appartenance.

Quelques jours avant que surviennent les événements qui devaient bouleverser le cours de son existence, alors qu'il traînait avec d'autres gosses de son âge, dans une relative insouciance, il avait remarqué cette berline noire qui était arrivée en trombe sur la place du village et s'était arrêtée devant la mairie. Des hommes portant de longs manteaux en cuir, qu'il avait jugés impressionnants, en étaient descendus et s'étaient engouffrés dans le bâtiment, sans regarder autour d'eux.

C'étaient les Allemands. Chacun à Brzemowo savait qu'ils arrivaient pour prendre la place des Soviétiques qui avaient déguerpi du jour au lendemain après avoir fait la loi pendant près de deux ans.

Ce qu'ils étaient venus dire au maire ce jour-là, Witek ne le découvrirait que plus tard.

L'été venait tout juste de commencer et le village était écrasé de chaleur. Witek se baladait tranquillement avec son copain Pavel Wronski quand, le lendemain de la visite éclair des Allemands, il vit des petites frappes en train de sortir de force de sa boutique Marek Skolimowski, le boulanger. Il les connaissait de vue et les évitait comme la peste, les sachant portés sur l'alcool et la violence. Une fois dehors, ils rouèrent de coups le pauvre artisan en le couvrant d'insultes, sans que personne n'intervienne, sous le regard effaré des deux gamins.

— Il a vendu du pain aux Russes. Maintenant, il paie la note, commenta un badaud qui s'était arrêté pour assister au lynchage, et observait le spectacle en paraissant l'approuver.

Plus tard dans la journée, le même sort fut réservé au mécanicien qui avait réparé les véhicules soviétiques. Cette fois, Witek n'assista pas à la scène. Mais quand on la lui rapporta, il comprit que les lois qui avaient jusqu'alors régi la vie dans le village étaient en train de changer, et qu'il fallait s'attendre au pire.

Les jours qui suivirent, chacun put sentir la tension monter graduellement à Brzemowo. Pas seulement à cause des premiers actes de violence qui s'y étaient déroulés sans que leurs responsables soient inquiétés par les autorités. Mais aussi à cause des rumeurs sur ce que les Allemands faisaient aux Juifs à l'est, qui circulaient avec une insistance et une précision grandissantes.

Les Juifs représentaient environ cinquante pour cent de la population du village, soit un peu plus de mille personnes. La plupart d'entre eux étaient des gens modestes, qui vivaient simplement, quand ce n'était pas pauvrement. Pendant des siècles, ils avaient été des voisins sans histoires.

Le jour du pogrom commença pour Witek de la même façon que n'importe quel autre jour. Il quitta la maison de sa mère alors qu'il était encore tôt, après avoir avalé un bol de *kasza*, pour rejoindre ses camarades. Quand, au bout de sa rue, un endroit où il était passé mille fois sans que jamais rien n'y retienne son attention, il tomba nez à nez avec un groupe de trois adolescents occupés à fracasser le crâne de Nathan Abramowicz à coups de bâton, il sut que, pour lui, à compter de cet instant, plus rien ne serait comme avant.

La suite de sa journée prit vite la tournure d'une promenade en enfer. Sauf qu'il ne comprenait pas bien comment il en était arrivé là. La veille au soir, il s'était endormi dans un lieu qui lui était familier. À présent, il ne reconnaissait plus rien. Comment tout avait pu basculer ainsi, en une nuit, sans qu'il s'en rende compte ?

En l'espace de quelques heures, il vit une jeune femme se faire violer, son bébé gisant à ses pieds dans une mare de sang, un groupe d'individus se faire enterrer vivants dans les marais, des familles cherchant à fuir se faire intercepter et tabasser jusqu'au sang par des patrouilles improvisées qui quadrillaient le village pour s'assurer que nul n'échappe à son destin. L'horreur l'attendait à tous les coins de rue. De quelque côté qu'il se tourne, elle était là. Il n'y avait aucun moyen d'y échapper.

Chaque pas qu'il faisait plongeait Witek dans un état d'hébétude de plus en plus avancé. Il avait l'impression d'évoluer dans une caricature terrifiante de sa vie d'avant. Des individus habituellement paisibles s'étaient transformés en bourreaux, s'en prenant, sans qu'il s'explique pourquoi, à des gens qui jusqu'alors, à défaut d'avoir été leurs amis, avaient été leurs voisins.

La police, d'habitude si prompte à intervenir pour trois fois rien, ne se montrait pas. Le curé, vaguement embarrassé, expliquait sur le perron de son église à une petite troupe curieuse que, selon lui, ils avaient tué le Christ. Tout était pareil, et en même temps tout était différent.

Au fil de son errance hallucinée, il croisa aussi quelques soldats allemands qui, comme lui, observaient les violences sans y prendre part. Tout au plus, certains photographiaient les événements. Witek eut l'impression fugitive de lire sur leur visage du mépris à l'encontre de ceux qui se livraient à pareilles exactions. Mais si tel était bien le cas, pourquoi n'intervenaient-ils pas pour rétablir l'ordre ? N'avaient-ils pas ce pouvoir ? Leur passivité était au-delà de ce que Witek pouvait concevoir. Mais il y avait tant de choses qu'il ne pouvait concevoir…

Plus tard dans la journée, les Juifs qui n'avaient pas encore été assassinés furent rassemblés, de force, sur la place principale du village. Le rabbin, un homme très digne que Witek connaissait de vue, fut tiré *manu militari* de la synagogue, modeste bâtiment de briques rouges que, de loin, on pouvait confondre avec une usine, pour être mis avec les autres. La Torah qu'il serrait contre son torse lui fut arrachée. Quelqu'un y mit le feu. Cette péripétie fit beaucoup rire.

Le regroupement achevé, la foule des Juifs fut contrainte de se mettre en marche, sous les crachats, les quolibets, et les coups. On exigea du rabbin qu'il se place en tête du cortège. À un moment donné, quelqu'un l'obligea à avancer à quatre pattes. Il commença par refuser, mais un coup de pied dans le ventre lui fit passer l'envie de discuter. À cause de ce qu'il représentait, il était une cible privilégiée de la colère populaire.

Les morceaux d'une statue de Lénine érigée deux ans auparavant par les Soviétiques, et qui avait été déboulonnée et fracassée plus tôt dans la journée, furent remis à quelques personnes. Des chants à la gloire du communisme se mirent à résonner. Bientôt, tout le monde fut contraint de reprendre en chœur : *Nous sommes responsables de la guerre*. Les événements prenaient aux yeux du jeune Witek des allures de carnaval cauchemardesque.

La procession s'arrêta finalement devant la grange de Jaroslaw, située en bordure du village. Après un moment de flottement, les Juifs furent contraints de s'y entasser. Elle suffisait à peine à contenir tant de monde, mais on parvint tout de même à refermer la porte sur eux en poussant fort, comme on aurait fait avec du bétail.

Quand Witek réalisa que les villageois avaient mis le feu au bâtiment où se trouvaient ces femmes, ces hommes, ces enfants, ces bébés, il poussa un hurlement silencieux. Il ne savait pas au juste comment cela était possible, mais aucun son ne sortit de sa gorge. L'explication la plus plausible à ce phénomène était qu'il avait perdu sa voix.

De l'intérieur du bâtiment, à présent rongé par des flammes de plusieurs mètres de haut, s'échappaient des cris inhumains qui, même s'il l'ignorait encore, seraient désormais le fond sonore de tout ce qu'il entendrait par la suite dans sa vie.

Par sa démesure, le spectacle qui se jouait sous leurs yeux finit par réussir à réduire au silence les villageois qui en étaient responsables. C'est dans l'immobilité la plus complète qu'ils regardèrent la grange finir de se consumer. Quand il n'en resta plus que des cendres, chacun rentra chez soi, comme après une journée de travail ordinaire. En regardant ces gens se disperser, Witek eut le sentiment que le démon qui les avait possédés toute la journée s'était retiré et qu'ils étaient redevenus eux-mêmes, sans toutefois puiser dans ce constat le moindre apaisement.

Il parcourut en titubant le chemin qui menait chez lui, et croisa plusieurs troupes de pillards occupés à vider de leur contenu des maisons dont les propriétaires n'étaient pas morts depuis une heure.

En voyant ces hommes se comporter en hyènes, il sentit qu'une blessure s'était ouverte en lui qui ne se refermerait jamais.

Quand il poussa la porte de chez lui, sa mère l'attendait. Elle ne fit pas de commentaire, et se contenta de lui jeter un regard appuyé. Il se dit que, sans doute, ce dont il avait été témoin se lisait sur son visage, et que les mots n'auraient fait qu'ajouter à l'horreur qu'il exprimait.

La nuit, l'odeur de chair brûlée qui allait planer pendant des semaines au-dessus du village lui parut irrespirable et le fit presque étouffer. Des images trop colorées apparaissaient sur ses paupières dès qu'il fermait les yeux. Alors, il renonça à essayer de dormir et veilla jusqu'au matin en se balançant d'avant en arrière, comme un enfant abandonné.

Les jours suivants, tout à Brzemowo sembla revenir à la normale. Les villageois se remirent à vaquer à leurs occupations comme si rien ne s'était passé. La berline des Allemands distingués revint à la même heure, s'arrêta au même endroit, et les mêmes hommes en sortirent. À voir l'expression de leur visage, ils semblaient satisfaits de la façon dont les problèmes avaient été réglés par les autorités locales. Quand il les raccompagna sur le perron, le maire semblait porter sur ses épaules un poids infini et son teint avait viré au gris lèpre.

Witek évita d'aller traîner du côté de la grange brûlée. Il savait que des hommes avaient été désignés pour y effectuer les opérations de nettoyage. Ce n'est que par hasard qu'il entendit l'un d'entre eux dire, en revenant de sa journée de labeur :

— Tu te rends compte ? Ils ne formaient plus qu'un seul corps. Il a fallu trancher dans le tas à coups de hache avant de pouvoir jeter dans la fosse ce qu'il restait de ces gens.

Celui qui avait parlé était connu pour être un petit dur mais, ce soir-là, son visage ruisselait de larmes.

Witek passa encore trois années dans son village natal. Elles lui parurent interminables. Tout le monde autour de lui semblait avoir oublié le jour de colère. Il était interdit d'évoquer ces événements, même pour affirmer que les Allemands en étaient seuls responsables. Pour un peu, Witek aurait pu croire qu'il les avait rêvés, si toutes ces maisons désormais vides n'avaient pas été là pour témoigner qu'il était survenu quelque chose d'innommable.

Quand enfin il fut en âge de partir, ou plutôt de s'enfuir, ce fut pour rejoindre les réseaux de résistance de Białystok avec d'autres gamins qu'il connaissait. Son exil loin de son village natal devait durer près d'un demi-siècle. La plus grande partie de sa vie, donc, et pourtant à peine le temps de comprendre que le monde qui avait produit l'horreur dont il avait été témoin n'était pas, au contraire de ce qu'il avait espéré, réformable.

Et encore moins que le reste, les gens qui y vivaient.

★

L'histoire de Witek a glacé tout le monde. Une fois qu'il a fini de parler, il nous faut plusieurs minutes pour reprendre nos esprits. C'est une chose, de connaître les faits. C'en est une tout autre d'y avoir soudain accès à la première personne.

— C'est une histoire terrible, Witek, finis-je par dire quand je suis un peu revenue à moi. Je comprends que tu en sois sorti traumatisé. Je ne suis pas sûre que la destruction par le feu soit une bonne façon de régler ton problème, mais enfin, il y a encore dans ce geste une sorte de logique que je peux comprendre. Mais là où je ne te suis plus du tout, c'est…

Je m'interromps. Il lève la tête, paraît intéressé, pour une fois, par ce que j'ai à dire.

— Pourquoi maintenant ? Pourquoi si longtemps après les faits ? Il y a combien de décennies, au juste, que tu ne vis plus ici ? Ne devrais-tu pas avoir tourné la page ?

En réponse, il commence par m'adresser un sourire ironique, puis se met à hocher la tête de bas en haut, avant de déclarer, dans un murmure qui sonne comme une aumône :

— Alors tu n'as pas compris ?

— Non. Ni moi ni personne ici.

Je regarde autour de moi, mais sans obtenir de soutien véritable, car tout le monde a les yeux rivés sur le vieil homme. Sûr d'avoir toute notre attention, il prend son temps, soupire, puis lâche sa bombe :

— À cause de l'assassinat de Pavel.

Nous échangeons un regard avec Irina. Je suis sûre qu'elle pense, elle aussi, à notre sortie dans les marais au cours de laquelle elle avait envisagé la possibilité que, contrairement à ce que tout le monde voulait croire, la mort de Pavel n'ait pas été accidentelle.

C'est elle qui demande, d'une voix altérée :

— Tu crois que Pavel a été assassiné ?

— Je n'en doute pas une seconde.

— Et qu'est-ce qui te permet d'être aussi sûr ?

— Je connaissais Pavel mieux que personne. Se faire bouffer par ses chiens, ce n'était pas son genre. Pas sans qu'on l'aide.

— Mais tu n'as pas de preuve de ce que tu avances.

— Juste ce que je viens de dire. Ça me semble plus que suffisant.

Ayant profité de cet échange entre Irina et Witek pour reprendre mon souffle, je demande :

— D'accord, Witek. Mettons que Pavel ait été assassiné. Mettons que tu aies raison. Pourquoi mettre le feu à la forêt ? Que doit-on comprendre ? Que de ton point de vue tout le monde ici est coupable de ce crime ? Comme tout le monde l'était du pogrom dont tu as été témoin ?

Il fait non de la tête.

— Non, ce n'est pas ça. Je ne crois pas que tout le monde soit coupable de ce massacre. Mais en revanche, je crois que tout le monde l'est de ce que j'ai à faire maintenant.

Ses paroles ont pour effet d'accroître la tension déjà palpable qui flotte dans l'air.

— De quoi tu parles, au juste ?

Son sourire ironique s'accentue. Il lève un index qu'il pointe sur Irina. Elle pâlit de surprise.

— Je vais le dire. Mais juste à elle.

— Je ne suis pas sûre que ce soit à toi de fixer les règles de cet entretien.

— C'est à prendre ou à laisser. La seule autre option, c'est que je me taise pour de bon. Vous savez que j'en suis capable. Alors, à vous de voir. Je vous laisse décider.

Ne sachant sur quel pied danser, je me tourne vers Irina. Elle paraît en proie à une vive émotion, même si elle fait tout son possible pour ne pas la laisser transparaître. La couleur de son œil vivant contraste plus fort que jamais avec celui qui est éteint.

— Alors d'accord, dit-elle. Rien qu'à moi.

La *szeptucha* hésite encore un peu, nous regarde, s'approche de Witek qui ne bouge pas d'un pouce, et, une fois à sa hauteur, se penche sur lui. Alors seulement, il sort de son immobilité, approche la bouche de son oreille comme pour l'embrasser, murmure quelque chose. Une fois qu'il a terminé de parler, elle se redresse et nous regarde à nouveau, mais en donnant l'impression de ne pas nous voir. Quant à Witek, il me semble qu'il a pâli, comme si ce qu'il venait de confier à Irina ne l'avait pas non plus laissé indemne.

Après un assez long silence, elle finit par lui dire, sans le regarder :

— C'est bon. Tu peux partir.

— Je peux garder les vêtements ?

D'un geste las, elle lui fait signe que oui.

— Mais qu'on ne te revoie plus par ici. Sinon, je te le promets, tu ne t'en tireras pas à si bon compte.

— Rassure-toi, il n'y a pas de risque de ce côté-là...

Il entreprend de quitter son fauteuil, non sans peine, sans que personne ne songe à lui venir en aide.

— Ma voiture n'est pas loin. Ne vous dérangez pas pour moi.

Partagée entre colère et sidération, je fixe Irina qui fait tout pour éviter mon regard tandis que Witek se dirige vers la sortie d'un pas mal assuré.

— Je n'en reviens pas que tu le laisses partir après ce qu'il a fait, dis-je.

— Je me porte garante de lui. Il ne fera plus de mal ici.

— Ce n'est pas la question. Que t'a-t-il dit au juste pour que tu renonces à le livrer à la police ?

Elle se tourne vers moi. Ses deux yeux ont l'air morts, à présent.

— Tu l'as entendu. C'est entre lui et moi. Tu peux me croire : il a raison. Ce qu'il m'a dit, tu ne veux pas vraiment le savoir.

Je me tourne vers Tadzio, en quête d'un soutien. Mais il connaît suffisamment la *szeptucha* pour savoir que si elle a décidé de se taire, rien ni personne ne la fera changer d'idée. De sorte que, même si cela me coûte, je me résigne à son silence sur ce point.

Mais cela ne veut pas dire que je m'y résigne pour le reste, et alors que Witek a déjà la main sur la clenche de la porte d'entrée, je lui demande dans un souffle, me doutant qu'une nouvelle occasion de poser la question ne se présentera pas de sitôt :

— Pourquoi t'en être pris à moi, qui ne suis même pas vraiment d'ici, plus qu'aux autres ?

Il suspend son geste, s'immobilise une seconde, se tourne dans ma direction.

— Je ne vois pas de quoi tu parles.

— Et la statue de Lénine ? Les messages antisémites ? La fouine morte ? Ça compte pour rien ?

Dans un nouveau haussement d'épaules, il détourne les yeux et ouvre la porte d'entrée.

— Désolé, Maja, répond-il. Ce que tu dis n'a aucun sens pour moi.

Ce sont les derniers mots qu'il prononce avant de claquer derrière lui la porte de la *działka*. Une fois qu'il a disparu, nous échangeons un regard avec Tadzio. Je comprends sans avoir besoin de lui parler qu'il pense la même chose que moi : le vieux n'a pas menti.

L'histoire qu'il nous a racontée a beau faire tenir tous les morceaux ensemble, ou presque, cet homme-là, j'en suis sûre à présent, n'est pas mon coupable. Mais c'est presque sans importance au regard de ce qu'à présent, j'ai vraiment envie de savoir.

GASPARD

Marais rouges, juillet 2022

ELENA EST SORTIE PASSER LA SOIRÉE avec Maja et Alicja à l'Auberge du loup. J'étais invité à la fête, mais j'ai bien senti qu'elles avaient envie de se retrouver entre elles, alors j'ai évité de m'imposer et je suis resté à la *działka* pour garder Lucie.

À présent, le bébé dort à poings fermés au rez-de-chaussée, et je me suis retiré à l'étage pour avancer un peu sur le dossier Pavel. Je n'en ai plus si souvent l'occasion depuis que je dois m'occuper d'un enfant. Mais la magie opère toujours, et très vite je suis absorbé par mon travail, même si j'ignore au juste où il est censé me conduire.

Ce n'est que vers une heure du matin que je lève le nez de mon ordinateur, quand un bruit de moteur m'arrache à ma concentration. À coup sûr, Elena qui est de retour. Avant qu'elle n'arrive, je mets un peu d'ordre dans mes papiers et j'escamote la bouteille de vodka que j'ai attaquée ce soir.

Ensuite, cinq minutes s'écoulent sans que je l'entende entrer dans la maison. Gagné par un début d'inquiétude, je me dirige à tâtons vers l'escalier raide qui mène au rez-de-chaussée, éclairé seulement par la lumière produite par la lampe-tempête que j'utilise quand j'écris. Quand, à mi-chemin, j'entends un craquement en provenance de la pièce du bas, mon corps se raidit. Les murs de cette maison chantent en permanence, et je connais leur registre : cette note-là n'en fait pas partie.

— Elena ? C'est toi ?

Ma voix sort étouffée, pas ferme et dissuasive comme je voudrais. Personne ne répond. Ce n'est que quand je mets un pied dans le salon, plongé dans la pénombre, qu'une voix familière retentit :

— *Cześć* Gaspard. Excuse-moi d'être entrée comme ça. J'espère que je ne t'ai pas fait peur.

— *Cześć* Maja. Juste un peu, pour ne rien te cacher. Je ne m'attendais pas à te voir. Tu n'es pas avec les filles ?

— Je suis partie un peu plus tôt. Je voulais te voir seul.

Débraillée, cheveux ébouriffés, regard fou, on ne peut pas dire qu'elle ait fière allure. Je me demande ce qu'elle peut bien avoir à me dire en tête-à-tête, et ne suis pas sûr d'avoir envie de l'entendre. Mais il est impossible d'y échapper, alors, résigné, je m'assois face à elle pour attendre la suite.

— Excuse-moi de me présenter à toi dans cet état. J'ai des soucis, depuis quelque temps…

— Je sais bien, Maja…

— Je voulais te maintenir à l'écart de tout cela, mais… Ce n'est plus possible.

Ça y est. En quelques mots, elle est parvenue à me communiquer son inquiétude. Nerveux à mon tour, je l'encourage à poursuivre. Elle ne se fait pas prier.

— J'ai tout lieu de croire que Kasper Frankowski est dans les parages…

Kasper Frankowski. Ce minable qui m'a roué de coups à la manifestation. Un personnage tellement dérisoire que, malgré ce qu'il m'a fait, j'avais presque réussi à le sortir de ma mémoire en le jetant dans mes oubliettes mentales, derrière une porte blindée fermée à double tour.

— Il me harcèle depuis des mois.

Presque rêveusement, je lâche :

— Je le croyais sorti pour de bon de nos vies...

Puis avec plus de fermeté :

— Qu'est-ce qui te fait croire que c'est lui ?

— Je l'ai vu. Au festival de rock. Il s'est enfui quand j'ai voulu aller lui parler, mais... je suis sûre que c'était lui. (Après une pause, elle ajoute :) Je crois que c'est lui qui a mis le feu à ma grange, qui a déposé la fouine éventrée devant chez moi, et toutes les autres joyeusetés...

Je hoche la tête.

— S'il apprend que tu es ici, reprend-elle, à supposer qu'il ne le sache pas déjà, j'ai peur qu'il ne s'en prenne à toi aussi.

Je ne peux retenir un rire qui sonne désagréablement à mes oreilles.

— Moi, il m'a déjà eu, tu ne crois pas ?

— Il pourrait avoir envie de finir le travail.

— Il pourrait. Mais je ne crois pas qu'il le fera.

— Qu'est-ce qui te rend si sûr ?

— J'ai pas mal réfléchi à cette histoire, tu sais. Moi, pour Kasper, j'étais juste un accident. Je me suis trouvé sur sa route, je portais les mauvaises couleurs. Mauvais endroit, mauvais moment. Il n'y avait rien de personnel là-dedans. Je ne crois pas qu'il y revienne.

— Sauf qu'il a fait deux ans de taule. L'épisode a pu lui rester coincé en travers de la gorge.

— Qu'il vienne me voir, alors. Cette fois, les choses se passeront autrement.

— Je repose la question : qu'est-ce qui te rend si sûr ?

Je fais un geste du menton en direction du bébé qui dort dans son berceau, à moins de deux mètres.

— Cette fois, j'ai quelqu'un d'autre que moi-même à protéger. Ça décuple les forces, tu sais.

Pas convaincue, elle reprend, un ton plus bas :

— J'espère que tu as raison.

Un silence suit. On ne se quitte pas des yeux.

— J'avais pensé que c'était ce pyromane que vous avez attrapé qui était responsable, pour ta grange.

— J'y ai pensé aussi. Mais je ne crois pas que ce soit lui.

— Pourquoi pas ?

— Disons qu'il n'a pas le profil.

— Qui est-ce, au juste ? J'ai entendu pas mal de choses contradictoires à son sujet.

Elle se laisse tomber contre le dossier de la chaise, place ses mains derrière la nuque, puis soupire.

— Un ami de Pavel Wronski qui a un peu perdu les pédales…, répond-elle. Un certain Witek Klossowski. Ça te dit quelque chose ?

J'ai beau sonder ma mémoire, ce nom ne me dit rien. Plus précisément, jamais Kuba ne l'a prononcé lors de nos conversations.

— Jamais entendu parler.

— C'est bien ce que je pensais. Je demandais à tout hasard.

Ça ne l'empêche pas d'avoir l'air déçue.

— Bon, fait-elle en se redressant d'un seul coup. Je t'ai dit ce que j'avais à te dire. Tu vois, ce n'était pas long.

Elle se lève, s'approche de moi, me donne l'accolade.

— Promets-moi d'ouvrir l'œil, murmure-t-elle. On ne sait jamais, avec Kasper. Il est tout ce qu'il y a d'imprévisible.

— Tu sais, j'ai déjà commis une fois l'erreur de ne pas prendre assez au sérieux les *bad guys* dans son genre. Tu peux compter sur moi pour ne pas la commettre à nouveau.

Tout en se dirigeant vers la porte d'entrée, elle ajoute :

— Et à ta place, je n'en parlerais pas à Elena. Elle a déjà assez de soucis comme ça.

— Entendu. Je n'en avais pas l'intention. Toi aussi, fais attention à toi.

Elle répond par un hochement de tête. Puis elle disparaît dans la nuit. Dehors, j'entends une portière qui claque, le moteur du Kombi qui démarre, puis s'éloigne. Sitôt le silence rétabli, je sors m'assurer que tout est en ordre à l'extérieur.

Une fois sur le perron, je sens avec une intensité inhabituelle la présence de la forêt autour de moi, indifférente aux événements dont elle est le décor, comme elle l'a été à tant d'autres avant eux. Elle est plongée dans un calme cristallin. Les animaux se taisent. Le vent ne souffle pas. Le silence atteint son point de perfection.

De retour à l'intérieur, j'appuie mon dos contre la porte et ferme les yeux. Du haut des murailles qui protègent mon palais intérieur, un spectacle inquiétant s'offre à moi. L'ennemi est partout, ses attaques sont incessantes. Bien sûr, pour l'instant, la forteresse tient bon, mes gratte-ciels mentaux tiennent ferme sur leurs bases.

Mais pour combien de temps encore ?

Revenu à moi, je me dirige sans faire de bruit vers le lit de Lucie, l'en extrais en prenant garde de ne pas la réveiller, et la serre contre moi aussi fort que je peux. Puis, une fois rasséréné, je la remets en place et vais me coucher à mon tour, trop épuisé pour attendre plus longtemps le retour d'Elena.

ALICJA

Marais rouges, 12 novembre 2022

J'IGNORE QUEL OBSTACLE J'AI HEURTÉ AU JUSTE. Tout ce que je sais, c'est qu'après le choc qui m'a secouée tandis que je conduisais trop vite la Polo en direction de Mońki, je ne reprends conscience du monde qui m'entoure que quand la portière s'ouvre de l'extérieur et que je me retrouve plaquée au sol par une force qui me dépasse.

Avant que j'aie eu le temps de réagir, le *dibbouk*, puisqu'il faut bien lui donner un nom, me prend par les pieds et commence à me traîner sur le ventre, d'abord sur le bitume, puis dans la boue. Mon cerveau en panique envoie à mes membres l'ordre de se débattre, à ma bouche de crier, mais sans résultat. J'ai le sentiment détestable que mon corps échappe à ma volonté.

Au bout d'une durée indéterminée, la force qui me tracte cesse d'un seul coup de s'exercer, et mes jambes tombent lourdement sur le sol. Mais je n'ai pas le temps d'en tirer parti pour me relever et me mettre à courir, parce qu'un coup de pied dans le flanc me coupe le souffle, suivi aussitôt d'un autre encore plus violent.

Ensuite, c'est la chute.

Je mets quelques secondes à comprendre qu'on m'a jetée dans un trou. À peine l'information a-t-elle franchi le seuil de ma conscience que, déjà, le *dibbouk* le rebouche à la hâte. J'en prends plein la gueule au passage. J'ai de la terre dans la bouche et peine à respirer. Mais ce n'est évidemment rien à côté de ce qui m'attend.

Quand le *dibbouk* a terminé, seule ma tête dépasse encore du sol et je ne peux plus bouger aucun de mes membres. La seule chose que je peux encore faire, c'est parler. Mais cela ne me sert à rien, car je ne trouve pas un mot à prononcer pour ma défense. Mes capacités de réaction semblent annihilées par la situation. Quelque chose en moi sent confusément que, de toute façon, parler n'est pas la bonne façon de s'en sortir.

Pas cette fois.

Le *dibbouk* passe un moment à m'observer. Son visage, son corps tout entier se confondent avec l'obscurité. Je ne peux pas m'empêcher de penser qu'ils sont de même nature, et cette idée me fait courir un frisson entre les épaules, à moins que ce ne soit le contact de la terre glacée contre ma peau.

Soudain, en ayant assez vu, il s'ébranle, me tourne le dos et se met en marche en faisant rouler ses épaules massives, comme moulées par l'ombre. J'ouvre la bouche pour le retenir, mais à nouveau rien ne sort. Pas le moindre son. Le bruit mouillé de ses pas s'éloigne, s'affaiblit puis s'éteint sans que je ne trouve rien à opposer à ce départ qui sonne pour moi la fin de partie. Complètement seule, à présent, j'essaie de réfléchir aux moyens de me sortir de cette mauvaise passe. Mais sans succès : je n'arrive pas à former la moindre pensée cohérente. À cette faculté qui, d'ordinaire, me sert à raisonner s'est substituée une machine qui produit dans ma tête une sorte de brume électrique inopérante. Assez vite, comprenant que mes efforts sont vains, je cesse de m'acharner, et je ferme les yeux.

Le temps passe. Aussi surprenant que cela puisse paraître compte tenu des circonstances, je crois que je m'endors. Quand je reprends mes esprits, la nuit a perdu de son épaisseur, et n'est pas loin de rendre les armes. Avec le jour qui se lève, c'est un nouveau chapitre qui commence. Il n'est plus temps de rêvasser. Plus temps, non plus, d'espérer.

Autour de moi, le nombre de corbeaux s'accroît à chaque seconde. Ils arrivent de tous les côtés et s'attroupent autour de ma tête. Ils me semblent anormalement gros, mais c'est peut-être une question de perspective ; après tout, je n'ai pas l'habitude de les voir d'aussi près.

Pour le moment, ils en sont encore au stade de l'observation prudente. Ils se demandent ce que peut cacher cette tête qui sort de la terre. Ils n'ont pas l'habitude de voir des humains en si mauvaise posture. Mais bientôt, ils vont cesser de se poser des questions et se sentir assez en confiance pour passer à l'attaque.

En général, ils commencent par les yeux. Je parie que c'est le gros balafré, là, à l'air pas commode et qui dépasse tous les autres d'une tête, qui va se lancer en premier.

C'est donc dans sa direction que je hurle de toutes mes forces :

— Viens donc, mon salaud.

Surpris et effrayé, le balafré fait un bond en arrière. Mais je sais bien que cela ne fait que retarder l'échéance, je ne gagnerai pas deux fois à ce petit jeu. Mon second cri n'aura déjà plus le même impact, et il y a fort à parier que le troisième n'en aura aucun.

Autant dire que je suis foutue.

Animée par l'énergie du désespoir, j'essaie une nouvelle fois de remuer mes membres enterrés. Sans résultat. Je ne peux pas faire le moindre mouvement. Le froid a depuis longtemps déjà envahi tout mon corps. Un froid comme je n'en avais jamais connu auparavant. Un froid qui n'a plus rien à voir avec la terre qui m'emprisonne et semble plutôt venir de l'intérieur. Au fond, j'ai un peu l'impression que je suis déjà morte.

Le balafré, comme s'il venait de lire dans mes pensées, fait un pas dans ma direction. Cette fois, je ne hurle pas. Je me contente de fermer les yeux. Un, deux, trois…

Après tout, bon débarras.

MAJA

Marais rouges, novembre 2022

LA DERNIÈRE FOIS QUE JE VOIS ALICJA, son comportement me semble bizarre, ou disons encore plus que d'habitude. Elle débarque chez moi, un matin, et dit simplement, sans donner plus d'explications :

— Aujourd'hui, je vais te présenter à ma mère.

Avec Alicja, nous n'avons pas seulement en commun d'avoir choisi de vivre dans ce lieu perdu. Il y a aussi une part d'ombre qui nous suit partout, qui fait comme une tache sur le joli tableau. Ce jour-là, je comprends que sa mère morte en est une des composantes. Pas la seule, sans doute. Mais pas négligeable. Mon amie ne m'en avait, jusqu'alors, jamais parlé.

Elle est enterrée au cimetière de Mońki. C'est là qu'Alicja m'emmène. Nous parcourons en silence quelques mètres dans les allées, et elle s'arrête soudain devant une modeste plaque de marbre noir, sur laquelle sont gravés les nom et prénom de sa mère, ainsi que ceux de ses grands-parents, sans photo. Trois lampions y flambent déjà. Sans doute allumés par ses soins.

Alicja pose par terre le sac de toile qu'elle a emporté avec elle, en sort un chiffon, un bouquet de fleurs, deux lampions. Puis, se saisissant du chiffon, elle commence à nettoyer la tombe. Très vite, ses yeux s'embuent, se tournent vers l'intérieur. Je sens que je la perds, que je disparais du paysage, que je cesse d'exister pour elle, tandis qu'elle entame son dialogue silencieux avec l'autre monde. Je comprends soudain que ce n'est pas un bloc de marbre qu'elle nettoie, qu'elle fleurit, mais un corps, à bien des égards, encore vivant.

Intimidée, surprise aussi de la voir se mettre dans cet état, comme une *pietà* de la Renaissance, et n'ayant pas envie de jouer les voyeuses, je décide de la laisser se recueillir seule. Sans surprise, complètement absorbée par sa tâche, elle ne s'aperçoit pas que je m'éloigne.

En attendant qu'elle revienne à elle, je flâne dans les allées illuminées, en songeant qu'à moi aussi, il m'est arrivé de dialoguer avec les morts. Alors je peux comprendre ce qui lui arrive.

Je rejoins mon amie au bout d'un quart d'heure, et nous passons un moment en silence, face à la tombe. À présent, un peu revenue à elle, elle sait que je suis là, et je sais qu'elle parle de moi, qu'elle me présente à la défunte. Je le sais avec autant de certitude que si je pouvais entendre les paroles qu'elles sont en train d'échanger.

Puis, à un moment donné, son dialogue avec l'autre monde s'interrompt et elle me fait signe qu'on peut partir. Nous nous mettons en route, mais il lui faut encore un temps pour redescendre de sa quasi-transe, de son expérience mystique de l'au-delà. Alors je me contente de marcher près d'elle, sans rien dire, et ne la brusque pas. De toute façon, je n'ai pas très envie de parler.

C'est elle qui finit par rompre le silence, alors que nous n'avons pas encore quitté l'enceinte du cimetière, avec une remarque inattendue :

— Il l'a laissée crever, tu comprends ?

Il y a de la rage dans ses yeux quand elle prononce ces mots.

Mais pourquoi au juste, je l'ignore, et ne lui demande pas d'explication. Je l'ai déjà dit : les histoires de famille des autres, j'évite de m'en mêler. Je ne crois pas qu'Alicja me tienne rigueur de mon silence. Au contraire. Si elle m'a fait venir, ce n'est pas pour que je pose des questions. C'est parce qu'elle n'avait pas envie d'être seule. Depuis le temps qu'on se fréquente, je commence à la connaître.

Avec le recul, je ne peux pas m'empêcher de penser que cette visite a été une sorte d'adieu. Comme si elle avait voulu réunir en un même lieu le peu d'individus qui comptaient pour elle. Comme si Alicja savait déjà, à ce moment-là, ce qui allait lui arriver. Mais peut-être est-ce simplement une illusion rétrospective. C'est si facile, de tout rendre logique, après coup.

La mauvaise nouvelle tombe quinze jours plus tard, un matin, aux alentours de la mi-novembre.

C'est Tadzio qui me téléphone pour me l'annoncer.

— On a retrouvé la Polo d'Alicja sur la portion de route qui longe les marais, garée n'importe comment sur le bas-côté, porte côté conducteur grande ouverte, clés sur le siège. Il semble qu'elle ait abandonné son véhicule dans la précipitation.

Mais pourquoi ? Pour aller où ?

Quand je me rends sur les lieux, je prends tout de suite la mesure du problème. Car dans les environs, il n'y a nulle part où aller. De quelque côté qu'on se tourne, il n'y a rien sur cinquante kilomètres. Dans cette zone, la forêt est plus dense qu'ailleurs, et la section de marais, particulièrement dangereuse, semée de tourbières et de sables mouvants.

C'est Mirek Zelazny, celui-là même qui avait mis la main sur Witek Klossowski, qui a découvert le véhicule abandonné. Il passait en tracteur, à l'aube, pour aller travailler son champ. Il a reconnu la Polo d'Alicja et, se doutant que quelque chose allait de travers, il a prévenu son copain Tadzio, qui m'a appelée à son tour.

Ensuite, la nouvelle a circulé très vite. Moins d'une heure après que j'ai terminé de parler à Tadzio, Gaspard a pris le relais. Il était dans tous ses états. Je crois qu'Alicja avait fini par prendre une certaine importance dans sa vie et dans celle d'Elena.

À présent, l'incertitude règne à nouveau, et l'affaire semble particulièrement mal engagée. Alors, même si cela va complètement à l'encontre des traditions du coin, on n'a pas d'autre choix que d'appeler les flics.

Contre toute attente, Jacek Kaminski, le chef de la police locale, à qui nous avons déjà eu affaire quand Pavel a été retrouvé mort, nous prend au sérieux, et un dispositif sans précédent est mis en place pour retrouver Alicja.

Au matin du premier jour de recherches, pour lesquelles je me suis bien entendu portée volontaire, l'air est vif et pur, presque tranchant. Le ciel paraît immense, comme toujours dans la région. Aujourd'hui, point de nuages d'apocalypse : il est blanc et vide. Le vent souffle en permanence, et sa froideur pénètre jusqu'au cœur des os.

Mais la solitude qui règne habituellement sur la zone n'est pas à l'ordre du jour. Pas loin de cinquante personnes se sont mobilisées, plus les flics, les rangers, sans compter les chiens, dont les aboiements montent d'un peu partout. Un dispositif impressionnant, en effet. Le grand jeu. Alicja, ici, c'est quelqu'un.

Sa Polo est là, garée sur le bas-côté. Elle est sale, cabossée, usée. Le genre qui a vu du pays. J'en fais le tour, en quête d'un indice quelconque qui aurait échappé aux autres. Mais rien ne retient mon attention. Il y a bien cette longue éraflure, sur l'aile avant gauche, que je n'avais pas remarquée. Mais je n'avais jamais, avant aujourd'hui, eu de raison d'examiner en détail l'état du véhicule de mon amie. Alors, elle peut tout aussi bien avoir été là depuis des années et n'avoir aucun lien avec sa disparition.

Je commence les recherches aux côtés de Tadzio, qui affiche la mine des mauvais jours et ne décroche pas un mot. Je crois qu'il est très perturbé par la disparition de son amie. Je peux comprendre ce qu'il ressent, ces deux-là se connaissent depuis si longtemps…

Les heures passent sans que son humeur change et, à un moment donné, fatiguée de son mutisme, je m'éloigne de lui sans qu'il s'en aperçoive. Pendant quelques minutes, je me retrouve à l'écart, même si j'ai toujours une dizaine de personnes dans mon champ de vision. Quand j'aperçois Gaspard, je lui fais signe. Il me rejoint, et nous décidons sans nous concerter de continuer les recherches ensemble.

C'est moi qui, au bout d'un moment, brise le silence :

— Dire qu'on avait peur pour nous.

— Oui. Le couperet n'est pas tombé là où on l'attendait.

— L'image est un peu forte. Le pire n'est pas encore sûr.

Il semble chercher ses mots un moment puis finit par demander :

— Tu penses que sa disparition a quelque chose à voir avec Frankowski ?

— C'est peu probable. Alicja n'a jamais été mêlée de près ou de loin aux problèmes de ce type. Mais va savoir. Cela fait un moment déjà que je ne suis plus sûre de rien.

Je me tourne vers lui, laisse s'échapper un rire qui sonne faux.

— Tu ne devais pas t'attendre à cela en venant t'installer ici.

— Tu sais, il y a longtemps que j'ai perdu mes illusions.

— Tu fais référence à ce qui t'est arrivé à la manif ?

— Entre autres... Mais tu sais, au fond, ce jour-là, j'ai eu ce que j'étais venu chercher...

— Comment ça ?

— J'avais quitté mon pays, entre autres choses, pour me retrouver de l'autre côté de la barricade. Pour savoir ce que cela faisait d'être l'étranger. On peut dire que j'ai été servi. Ce jour-là, les coups ont redoublé quand ils m'ont entendu parler... Ce sale accent dont je ne suis jamais parvenu à me débarrasser m'a trahi et les a... énervés.

— Tu ne me l'avais jamais dit.

— Non. Il y a pas mal de choses que j'ai gardées pour moi.

Sous mes pieds, la boue prise dans la glace forme des figures compliquées et craque à chaque pas. Au bout d'un moment, je demande :

— Tu crois que la vie sera encore possible ici, après ça... Je veux dire, si ça tourne mal ?

Mais à peine ai-je fini de prononcer ces paroles que Gaspard se fige net. Les yeux tournés vers le nord, il me désigne quelque chose de l'index.

— Regarde.

À deux cents mètres. Une concentration anormale de corbeaux. Après un échange de regards, ayant constaté que les autres sont loin, nous décidons d'avancer dans leur direction, seuls, pliés contre le vent, pour voir ce qui justifie pareil rassemblement.

Quand nous ne nous trouvons plus qu'à quelques mètres du cadavre que les volatiles sont en train de dépiauter, je m'attends déjà au pire et ne suis pas loin d'être débordée par l'angoisse. Trois corbeaux sont en train de profiter de l'aubaine. Leur bec est rouge sang, plein de viande fraîche. D'autres arrivent, pour se joindre au festin. Aujourd'hui, ils n'ont pas à se battre. Aujourd'hui, il y en a pour tout le monde.

L'un d'entre eux sent notre présence, s'arrête de manger, tourne la tête vers nous, s'immobilise. Puis, d'un bond, il descend de la nuque de la charogne sur laquelle il avait pris position pour lui arracher des filaments de chair à demi congelée. Il s'avance vers nous, penché en avant, bec sanguinolent, ailes grand ouvertes, en émettant d'inquiétants croassements, prêt à défendre chèrement sa pitance, pendant que les deux autres poursuivent leur repas sans faire attention à nous.

— Sale bestiole.

Gaspard se penche pour ramasser un caillou qu'il jette en direction de l'animal qui bat en retraite sans demander son reste, en même temps que ses deux congénères. Tous rejoignent la nuée qui tournoie lentement au-dessus de nous, prêts à revenir à l'assaut dès que la voie sera libre. Ils ne semblent pas douter qu'elle le sera bientôt. Aujourd'hui, la confiance est dans leur camp.

Autour de nous, la lumière baisse d'un seul coup. Il n'y en avait pourtant déjà pas beaucoup. Le vent se met à souffler avec une intensité redoublée. Vu l'état dans lequel je me trouve, je suis tout près de croire qu'il est vraiment chargé des mauvais sorts que tout le monde ici le soupçonne de véhiculer.

M'attendant toujours au pire, je parcours, les jambes en coton, les quelques mètres qui me séparent encore du cadavre. Heureusement, le doute ne subsiste pas longtemps. Ce n'est pas un cadavre humain. C'est celui d'un élan. Il est allongé sur le ventre, presque enfoui sous la neige. Quand je comprends que ce n'est pas ce que je redoutais, un poids s'envole de mon thorax, et je recommence à respirer normalement.

— Nom de Dieu, dit Gaspard dans un souffle. J'ai bien cru que c'était elle. Avec cette neige, difficile de savoir…

À présent, je concentre toute mon attention sur l'animal. Ses pattes avant ont un angle étrange. Ses côtes inférieures sont dénudées, nettoyées. Ses yeux ont été mangés, seules demeurent les orbites noires, insondables, fixées sur l'horizon. Le museau hors de proportion avec le reste de la tête est couvert de givre. La peau brune, tirant sur le gris, flotte et plisse comme un vêtement trop large. Tout autour du corps sans vie, la terre s'est teintée de rose.

Je m'agenouille, caresse son flanc du dos de la main. Me sentant soudain gagnée par une immense tristesse, je reste un instant à le regarder, pétrifiée, incapable de prononcer un mot, de faire un geste.

Nous finissons par rejoindre les autres, et l'étrange procession que nous formons se déploie sur fond de blanc absolu. À un moment donné, un phénomène étrange se produit en moi, sans doute à cause de la fatigue accumulée. Les mots rudimentaires qui désignent les éléments autour de moi, et ne sont pas loin de se confondre avec eux, se mettent à affluer dans ma tête… Ils en sont encore si proches qu'on dirait qu'ils pèlent des choses, s'en détachent, en même temps qu'ils conservent la trace des forces qui les habitent et s'y affrontent.

Szczyt, *brzeg*, *grzmot*, *drzewo*, *chmura*, *błysk*, *mgła*, *wiatr*, *księżyc*, *deszcz*, *śnieg*… ce sont des mots sauvages, qui ont la beauté des dieux primitifs. On croirait une horde tout droit surgie de la forêt. Ils ne se laissent pas dire, seulement marteler.

On sent qu'ils remontent de loin, qu'ils ont traversé les siècles, qu'ils s'enracinent dans la profondeur des temps, qu'ils ont été les premiers, même pas encore complètement distincts du son inarticulé.

Ils se combinent dans mon esprit pour former des poèmes païens qui parlent de la Nature sacrée, et produisent un roulement de tambour cannibale. Puis, aussi brutalement qu'elle est venue, la horde se retire des lieux du massacre sans faire de prisonnier. Je n'en conserve que nostalgie et un vague goût de sang dans la bouche.

La voix de Gaspard achève de me sortir de ma rêverie :

— Ça va, Maja, tu te sens bien ? Tu as l'air bizarre. Et tu parles toute seule.

— Ce n'est rien. Sans doute la fatigue.

— Oui. Il y a des chances. De toute façon, je crois qu'on ne va pas poursuivre les recherches encore longtemps aujourd'hui. Il va bientôt être l'heure de rentrer.

Une demi-heure plus tard, nous sommes de retour à notre point de départ. Il est temps que cette journée finisse. On s'y remet demain, et tout le monde a besoin de reprendre des forces.

★

Trois jours plus tard, il faut bien se rendre à l'évidence : l'échec est total, sans appel. Malgré nos efforts, nous n'avons pas trouvé la moindre trace d'Alicja. Comme si elle s'était volatilisée dans cette satanée mare de neige et de boue.

Quand nous nous retrouvons une fois de plus au point de départ avec les autres volontaires, peu après le coucher du soleil, gelés, mains vides, tête basse, nul n'est en état de proférer le moindre son. Les troupes sont épuisées. Même les bergers allemands semblent dépités et se taisent.

Au bord de la route, une dépanneuse est garée juste devant la Polo abandonnée. Deux mécanos venus de Goniądz sont en train de l'arrimer à leur véhicule. Tadzio, qui s'est investi à fond, plus que n'importe qui d'autre, dans les recherches, s'approche d'eux, dans un état d'agitation inhabituel pour lui.

— Qu'est-ce que vous foutez, les gars ?

— On dégage ce véhicule. Ordre de la police.

D'un geste du menton, il désigne Kaminski, qui s'approche de nous, bedonnant dans son uniforme trop serré et l'air mécontent.

— C'est fini, dit-il. J'ai donné l'ordre de tout arrêter.

— Arrêter ? tonne Tadzio. Pas question. Il faut continuer jusqu'à ce qu'on la retrouve.

— On ne la retrouvera plus. Ton amie est, hélas, très certainement morte. Un accident regrettable dû à une imprudence.

— Un accident ? Une imprudence ? Tu plaisantes, j'imagine ? Alicja connaissait cet endroit comme sa poche. Mieux que personne. Mieux que toi.

Le visage bouffi du policier se fige dans une grimace. Ce n'était pas vraiment à Tadzio qu'il parlait. Se tourner vers lui paraît lui coûter. Comme s'il était un personnage de seconde zone, dont la fréquentation, si limitée fût-elle, risquait de le salir.

— Je répète pour ceux qui ne comprennent pas vite et pour les étrangers.

Je me tourne vers Gaspard. S'il se sent visé par ces paroles, il n'en laisse rien paraître et parvient à rester de marbre. Le policier, qui ne semble pas pouvoir s'empêcher de tracer des frontières entre les gens, consent malgré son agacement à reformuler son explication :

— Elle s'est aventurée dans la zone dangereuse des marais. Elle est tombée dans une tourbière ou s'est embourbée dans les sables mouvants. Elle n'est hélas ni la première ni la dernière à qui ce genre d'accident arrive. Point barre. Fin de l'histoire. On n'en parle plus.

— C'est si simple que ça ? demande Tadzio, un ton plus bas.

— Non. Il y a autre chose.

Le policier s'approche de lui autant qu'il peut, et pointe en direction de son visage un index menaçant. Mais Tadzio ne se laisse pas impressionner et ne recule pas.

— Tu devrais faire attention au ton que tu emploies avec moi, Sikora. Ne pas oublier à qui tu parles. Si la façon dont les choses se passent ici ne te plaisent pas, tu peux toujours quitter la région. Je t'en prie. La porte est grand ouverte.

En réponse, Tadzio se contente de cracher par terre. Ignorant son geste – bien obligé, car une bagarre contre Tadzio aurait été perdue d'avance –, le chef de la police se détourne de son interlocuteur, et, paraissant oublier aussitôt son existence, crie en direction des autres policiers : *Allez les gars, on remballe.* Comme si on se trouvait sur le tournage d'un film de série Z. Il fait signe au conducteur de la dépanneuse de démarrer.

Une fois que Kaminski s'est suffisamment éloigné, je m'approche de Tadzio et lui pose une main sur l'épaule. Toujours en proie à la colère, il marmonne :

— Salopard.

— Laisse tomber, Tadzio. C'est un sale type. Ça ne date pas d'hier. On ne peut pas compter sur lui pour nous aider. Je te ramène, si tu veux.

Il acquiesce en silence, gagné par un début de résignation. Avant de partir, je salue Gaspard et les quelques personnes que je connais, parmi lesquelles Mirek, l'homme de fer, et les frères Petruk, puis nous nous installons côte à côte dans le Kombi.

— Désolée, Tadzio. Je savais qu'elle et toi, vous vous connaissiez depuis longtemps. J'imagine ce que tu ressens. Je me mets à ta place.

Il hoche la tête, sans proférer le moindre son. Tandis que nous commençons à rouler, comme il ne dit toujours rien, je demande :

— Que s'est-il passé, à ton avis ?

Il laisse échapper un soupir, sans cesser de regarder droit devant lui.

— Difficile de savoir. Je crois qu'elle s'était endettée. Auprès des mauvaises personnes.

— Je pensais que cela avait un rapport avec ce qui m'est arrivé, à moi, je réponds, surprise.

L'hypothèse lui arrache un haussement d'épaules.

— Si tu veux mon avis, ni Klossowski ni Frankowski n'ont à voir dans cette histoire.

Il a l'air si sûr de son fait, que je me demande en l'écoutant s'il n'en sait pas plus qu'il ne veut bien le dire. Après tout, à ma connaissance, il était le seul à qui Alicja se confiait réellement. Quoi qu'il en soit, c'est sans ajouter un mot qu'il ouvre la boîte à gants, en extrait la bouteille de Zubrowka que je garde toujours en réserve pour les urgences, en boit quelques gorgées, avant de la remettre à sa place.

Ensuite, il se tourne vers moi et dit, réussissant de nouveau à me surprendre, cette fois par son changement de ton :

— Tu sais, Maja, ce serait difficile pour moi de te perdre aussi. Je ne suis pas sûr que je m'en remettrais.

— Ça fait plaisir à entendre, Tadzio, je réponds, ne sachant trop comment réagir. Mais pourquoi tu me dis cela maintenant ? Tu penses qu'il y a un risque ?

Tandis qu'il cherche les mots appropriés pour me répondre, je lis dans ses yeux un mélange de peur et de détresse que je n'y ai jamais vu.

— Ça commence à sentir vraiment mauvais, ici.

— Et alors ? Tu me conseilles quoi ?

— Ça me déchire de te dire ça. Je sais le sacrifice que cela représente pour toi, de te demander une chose pareille. Mais je crois que le mieux que tu aurais à faire, au moins pour quelque temps, c'est de quitter la région.

DEUXIÈME PARTIE

Pas faite pour être mère

MAJA

Varsovie, septembre 2024

LONGTEMPS, J'AI CRU QUE JE N'ÉTAIS PAS vraiment faite pour être mère. La présence d'un enfant dans la même pièce que moi suffisait à me rendre nerveuse, à me gâcher le plaisir, à m'inciter à aller voir ailleurs. La perspective d'en avoir un à moi m'apparaissait comme une mort programmée. Le signal de la fin de partie. L'échec ultime, en somme.

Sur ce terrain, et sur pas mal d'autres, j'ai changé du tout au tout.

J'ai accouché il y a un an dans une maternité du quartier de Dworzec Gdański, un endroit que j'ai choisi sur les conseils d'Elena Wronski. D'un côté, je me sens enrichie par la présence de cet enfant, augmentée dans mon être, à un moment de ma vie où je croyais que plus rien de bon ne pouvait m'arriver. Mais de l'autre, je perds une possibilité essentielle, celle de fuir, par laquelle j'ai par le passé toujours résolu mes problèmes et, d'une certaine façon, me suis longtemps définie.

Fuir, désormais, m'est interdit, parce que cela reviendrait à m'amputer d'un membre. Loin de Léonora, je ne tiendrais non seulement pas mentalement, mais pas non plus physiquement. Je ne suis pas aveugle, je vois bien comment cette situation nouvelle peut tourner pour moi au piège mortel si ma relation avec Tadzio vire à l'aigre – on ne peut pas l'exclure, nous connaissant, nous et nos caractères de merde forgés par des décennies d'égoïsme sans rien pour lui faire barrage.

Mais pour le moment, tout se passe plutôt bien, alors j'essaie d'en profiter sans trop me poser de mauvaises questions. J'aime cette enfant jusque dans ses évidentes fragilités. Peut-être même surtout pour elles. Sans doute parce qu'y reconnaissant mes propres défauts, que je n'ai pas eu le temps de lui transmettre par mon mauvais exemple, je m'en sens comme innocentée. On ne saurait me reprocher ce qui remonte du sang.

Tadzio s'est trouvé un travail de cuisinier dans une *knajpa* de Praga, qui lui plaît assez, je crois. Plus ou moins l'équivalent urbain du bar de la plage de Goniądz, vue sur la rivière et patron alcoolique en moins. D'une façon générale, après quelques mois un peu mouvementés, il s'est accoutumé mieux que je ne l'aurais pensé à la vie en ville. Il n'a pas été facile à convaincre de venir s'y installer, au début. Les marais, après tout, il ne connaissait rien d'autre. Il y avait passé toute sa vie. Si l'enfant, que ni lui ni moi n'avions planifié, n'avait pas déjà été en route, je ne crois pas qu'il m'aurait suivie.

Une autre bonne nouvelle, c'est que l'arrivée de Léonora a fait passer au second plan toutes les mauvaises pensées qui, là-bas, en étaient arrivées à me coloniser l'esprit, pas loin de me rendre folle. J'ai cessé de me faire du mauvais sang à propos de la possible extension de la guerre en Ukraine. J'ai renoncé à dissiper le mystère entourant la disparition de Kuba, de Pavel et d'Alicja. Witek Klossowski et Kasper Frankowski ne font plus partie de ma vie. Je ne me suis même pas vraiment réjouie quand j'ai appris que la construction de l'autoroute transcarpatienne était suspendue, le temps que la situation géopolitique de la région se clarifie.

Je peux comprendre ce que peut avoir de désespérant, vu de l'extérieur, le spectacle de ma rentrée dans le rang et de mon renoncement à la vie libre que je m'étais choisie dans la nature sauvage. Son remplacement par le quotidien sans fard, la vie au huitième étage d'un bloc anonyme rythmée par les bruits de torchons, d'aspirateurs et de serpillières, les courses, les factures. D'autant qu'avec le salaire de Tadzio et ce qu'il reste de mes économies après l'achat de l'appartement, nous n'avons pas franchement de quoi mener la grande vie. Donc je l'admets avec humilité : les apparences sont contre moi.

Pour le reste, je n'ai pas vraiment de regret. La vie dans les marais n'était pas ce dont elle avait l'air. Elle ne m'avait pas apporté la liberté après laquelle j'avais passé ma vie à courir, et avait plutôt fini par me la faire voir pour ce qu'elle était, une chimère. Pour moi, au stade où j'en étais arrivé, enfant ou pas enfant, il n'y avait plus d'autre option que de partir.

C'est ce que j'ai fait.

Je n'ai pas pour autant brûlé tous les ponts derrière moi. En particulier, je n'ai pas pu me résoudre à vendre la *działka*. Avec la mode du retour à la nature chez les gens friqués, je crois que je pourrais en tirer un bon prix, et cet argent ne serait pas de trop pour faire fonctionner notre petite famille. Mais rien à faire, j'ai mis trop de moi dans cet endroit pour fonder ma décision uniquement sur des considérations pratiques. Impossible pour l'instant de couper le cordon. Sur ce terrain comme sur d'autres, il faudra se montrer patiente.

À présent, les perspectives sont ce qu'elles sont. Pas mirobolantes, c'est certain. Nos corps vont s'alourdir, notre peau, se distendre. La nuit, nous ronflons déjà côte à côte. Nous voyons de temps en temps Elena et Gaspard, eux aussi revenus de leur fantasme bourgeois de vie en harmonie avec la nature, que le risque de guerre leur a un temps permis de réaliser, pour s'installer dans un modeste pavillon à Białołęka, de l'autre côté du fleuve. J'espère que, dans un an ou deux, nos gamins joueront ensemble. Parfois, cela me réveille la nuit d'avoir désormais des soucis si terre à terre. Mais, en général, j'accepte mon destin de bonne grâce, trop contente d'en avoir encore un après tout ce par quoi je suis passée.

★

Le ronronnement ininterrompu de la quatre-voies, qui passe tout près d'ici, atténue les autres bruits de la ville. Des remontées d'égout me chatouillent les narines à peu près tous les deux mètres. Au loin, une silhouette isolée passe dans la lueur des réverbères, qui viennent tout juste de s'allumer pour célébrer l'arrivée de la nuit.

De l'autre côté de la rue, dans les blocs, des centaines de fenêtres sont déjà illuminées. Celui où nous vivons se dresse au milieu des autres, sans rien qui le distingue si ce n'est peut-être sa couleur moutarde, pas du meilleur goût mais pas pire qu'une autre.

Quand j'entre dans le hall, je croise le voisin du dessus qui sort promener son pitbull. Comme toujours, on se salue d'un geste du menton sans échanger un mot. Je monte dans l'ascenseur qui aujourd'hui me paraît encore plus lent que d'habitude, et en sors au huitième étage.

Sur le palier, à travers la porte du voisin d'en face qu'on ne voit jamais, j'entends le bruit étouffé de radio Marija en train de débiter son habituel discours de haine. Sans y prêter attention, je sors de mon sac mon trousseau de clés, au bout duquel tinte une petite clochette ramenée d'un lointain voyage en Mongolie, et déverrouille la porte de l'appartement.

C'est un joli deux pièces orienté ouest avec deux grandes fenêtres qui laissent entrer toute la lumière disponible, quand il y en a. Le mobilier du salon se compose, en plus du sofa, d'une bibliothèque et d'une table basse en verre poli. Un *kilim* aux couleurs passées couvre une partie du plancher. Les murs sont ornés de photos que j'ai prises moi-même lors de mes voyages. C'est propre, sans excès.

Sans surprise, il n'y a personne. Il n'est que seize heures et Tadzio ne devrait pas revenir du travail avant une heure ou deux. Une fois entrée, je tire la poussette à l'intérieur d'un coup sec, en extrais Léonora, lui ôte sa combinaison bariolée, et l'installe sur le tapis, au milieu de ses jouets, après lui avoir ébouriffé les cheveux du plat de la main.

Ensuite, je profite de ce qu'elle est occupée pour aller me passer de l'eau fraîche sur le visage dans la salle de bains, en évitant soigneusement mon reflet dans le miroir, une précaution que je prends toujours ces temps-ci. Mais une minute ne s'est pas écoulée qu'un cri inquiet me rappelle d'urgence au salon. Léonora a besoin d'être rassurée à cause d'un pétard qui vient d'exploser dehors.

— Ce n'est rien, dis-je une fois près d'elle, sans même prendre la peine de regarder par la fenêtre, habituée au phénomène. Juste des voisins cons qui s'amusent. Tu peux continuer à jouer tranquille.

Je me laisse tomber dans le sofa, tête vide, dans cet état proche de la mort cérébrale dans lequel je me trouve presque en permanence depuis que j'ai accouché. Au bout de quelques minutes, mon téléphone sonne. Quand je vois le nom qui s'affiche à l'écran, ça m'envoie une secousse dans les reins.

— Marta. Ça fait des mois que je n'ai pas eu de tes nouvelles.

— Nous avons été occupées toutes les deux.

— Oui. On peut dire ça.

— Alors, comment ça se passe, avec Tadzio et l'enfant ?

— Je crois que je m'habitue plutôt bien à ma nouvelle vie.

— Tu sais, je n'en reviens toujours pas que tu aies fini par fonder une famille. Tu es la dernière que j'aurais imaginée faire un tel virage à cent quatre-vingts degrés, tu sais… La vie normale, je ne pensais pas que c'était pour toi.

— Oui, on me dit toujours ça. Mais tu vois… Ça arrive aux plus endurcis. Ça veut dire que même toi, tu n'es pas à l'abri.

— Oh, moi, tu sais…

Après un silence, je demande :

— Qu'est-ce qui me vaut le plaisir de t'entendre ?

— Je ne vais pas y aller par quatre chemins. Il faudrait qu'on se voie. C'est pour une affaire importante, et assez urgente. Ce soir, par exemple, tu crois que ce serait possible ?

Je suis un peu prise au dépourvu par son ton pressant.

— Je suis seule avec Léo. Il faut que j'attende que Tadzio rentre du travail. Après, je pourrai peut-être te rejoindre. Mais je ne te promets rien.

Tadzio ayant accepté de s'occuper seul du bébé pour la soirée, je retrouve Marta un peu après vingt heures, à Praga, rue Brzeska. Pas mécontente de sortir, depuis le temps que cela ne m'est plus arrivé, je me suis mise sur mon trente et un, constatant au passage avec satisfaction que la petite robe noire que je n'avais plus portée depuis des années m'allait toujours. J'ai pris le tram jusqu'au parc zoologique, où je suis descendue pour finir le trajet à pied.

Marta se matérialise au coin de la rue dix minutes après l'heure convenue.

— Désolée pour le retard, s'excuse-t-elle en s'approchant.

— Ne t'en fais pas. C'est moi qui suis en avance.

Elle se tient raide devant moi, grande et filiforme, tout de noir vêtu, avec ses habituelles fringues sans marque. Ses cheveux coupés ras ont des reflets argentés désormais. Malgré le temps qui passe, elle a toujours l'air d'un chat sauvage.

— Je suis contente de te revoir, tu sais.

— Moi aussi, Maja.

Nous tombons dans les bras l'une de l'autre. Notre étreinte se prolonge un assez long moment.

— On va boire quelque chose ? propose-t-elle. Tu as droit à l'alcool ?

— J'ai fini d'allaiter, alors oui, je peux m'y remettre doucement.

— Parfait. Alors, viens, suis-moi, il y a un bar que j'aime bien, par là.

Nous nous mettons en marche. De part et d'autre de la rue, à la place des blocs lépreux qui constituent mon environnement quotidien, se dressent des enfilades de bâtiments en briques rouges miraculeusement rescapés de la guerre, mais sans doute plus pour longtemps, vu leur état de délabrement.

— Donc c'est vrai ? Tu ne m'as pas menti, au téléphone ? Ça te plaît, la vie de famille ?

En guise de réponse, je pose l'index sur mon front blessé.

— Super. Aujourd'hui, je me suis cognée en sortant la petite du bain. C'est le genre d'accident auquel j'en suis réduite, désormais. On a les aventures qu'on peut. Mais oui : aussi surprenant que cela puisse paraître, je m'en satisfais.

J'ignore pourquoi j'ai répondu cela – sitôt mes paroles prononcées, je les trouve un peu idiotes, mais il est trop tard pour les ravaler. Du reste, elles ne semblent pas déranger Marta, qui hoche la tête d'un air absent. Au fond, je crois que le sujet ne l'intéresse pas véritablement.

Il nous faut cinq minutes pour arriver à la *knajpa*. Malgré la foule des vendredis soir, nous réussissons à trouver une table libre, à l'étage. Les trentenaires installés à côté ont amené leur épagneul et il faut se serrer, mais c'est quand même mieux que de rester debout au bar.

Après s'être débarrassée de son manteau, Marta me laisse seule le temps d'aller commander. Elle revient au bout de deux minutes, une bouteille de Wyborowa à la main. Une fois assise face à moi, j'extrais de la poche de ma veste mon paquet de cigarettes contusionné et lui en offre une.

— Je ne sais pas s'il est toujours permis de fumer ici.

— Moi non plus. Mais personne ne va te reprocher de le faire.

J'allume sa cigarette, puis la mienne, et nous passons un moment en silence, à fumer et à boire. En fond sonore, le groupe Kult martèle : « Po co wam wolność ? »

— Alors ? Qu'est-ce que tu as à me dire de si important ? Je ne te cache pas que je suis un peu impatiente de savoir…

Elle passe quelques secondes à chercher ses mots avant de se lancer.

— Ça va peut-être te sembler étrange, mais… Est-ce que tu sais si quelqu'un a repris l'Auberge du loup ?

La question me surprend, en effet. Je ne m'attendais pas à cela. Ce n'est pas pour moi un sujet facile, vu qu'il m'oblige à repenser à la malheureuse Alicja, qu'on n'a jamais retrouvée.

— Je ne vis plus là-bas depuis longtemps, tu sais… Mais non, pas que je sache. Alicja n'avait pas de famille identifiée, et personne n'est venu réclamer son héritage. La dernière auberge avant le néant, forcément, le concept n'attire pas les foules. Pourquoi tu me demandes ça ?

— Parce que j'aimerais la récupérer.

Ses paroles m'arrachent un rire nerveux.

— Toi ? Tu veux devenir aubergiste au milieu de nulle part ? Tu es sérieuse ?

Embarrassée, elle répond :

— Non. Ce n'est pas tout à fait ça.

— Ah bon ? C'est quoi, alors ?

— J'aime autant ne pas t'en dire trop tant que je ne suis pas sûre de mon coup. C'est un projet un peu compliqué, tu comprends. Avec pas mal de ramifications…

Je me cale dans mon fauteuil et tire sur ma cigarette.

— Bon. Comme tu voudras. Et que puis-je faire pour toi ?

— J'ai besoin que tu m'aides à y voir plus clair sur les droits de propriété… Je pourrais le faire moi-même, bien entendu… Mais tu connais du monde, là-bas… Et si possible, j'aimerais autant ne pas trop me faire remarquer.

★

Quand je rentre à l'appartement, un peu avant minuit, je trouve Tadzio vautré dans le sofa, occupé à vider une cannette de Tyśkie pour passer le temps. Il s'aperçoit aussitôt que j'ai l'air perturbée.

— Qu'est-ce qu'il y a ? demande-t-il, inquiet. Pourquoi tu fais cette tête ? Ça ne s'est pas bien passé avec ta copine ?

— Si. Mais elle m'a demandé de lui rendre un service, et je ne sais pas si ça va te plaire.

Marta et lui ne se sont rencontrés qu'une seule fois. Entre eux, le courant n'est pas bien passé. On a même frôlé le clash à plusieurs reprises. Ils appartiennent à des mondes trop différents, et j'ai regretté tout de suite de ne pas les avoir maintenus cloisonnés.

— Dis toujours. Qu'est-ce qu'elle te veut ?

Une fois que j'ai fini de lui expliquer, le visage de Tadzio se couvre de petites marbrures rouges. C'est le signe d'une émotion intérieure intense, auquel je suis désormais habituée.

— Je croyais qu'on avait conclu un pacte, tous les deux, dit-il, d'une voix où transparaît une colère mal contenue. Il n'y a plus rien pour toi, là-bas, désormais. Plus rien pour nous.

— C'est important pour elle.

— Pas nos affaires. Ça ne peut que nous créer des problèmes de nous mêler de ça. On n'en a pas besoin.

— C'est mon amie, quand même.

— Pourquoi ne s'en charge-t-elle pas elle-même ?

— Là-bas, c'est une étrangère. Elle pense que ça va lui fermer les portes et je crois qu'elle a raison. Tu sais bien comment ça se passe... Alors que moi, tout le monde se rappelle encore que j'ai vécu dans les Marais rouges.

Agacé, il se lève et quitte la pièce pour aller s'asseoir dans la chambre, où le bébé dort. Je laisse passer une minute, puis je le rejoins, m'installe près de lui sur le lit, sans rien dire, et pose ma main sur son épaule. Il ne cherche pas à se dégager, signe qu'il n'est pas en colère au point de refuser la discussion.

— Excuse-moi, dit-il au bout d'un moment, tout bas, pour ne pas réveiller Léonora. J'ai peur pour toi, c'est tout.

— Je sais bien.

— Tout se passe si bien, ici, depuis quelques mois... Ce serait dommage de prendre le risque de tout détruire à cause de cette fille...

Puis, se tournant vers moi, il demande :

— Ça va te prendre combien de temps, cette histoire ?

— Une journée pas plus. Je fais l'aller-retour.

Il laisse échapper un soupir. Il se rend.

— Bon. Si ça peut t'aider, je connais quelqu'un aux archives. Je vais le prévenir que tu viens, ça te facilitera peut-être la tâche.

— Merci, Tadzio. Je savais que je pouvais compter sur toi.

★

Le lendemain, je quitte l'appartement en milieu d'après-midi, sans jeter un regard à Léonora, pas par indifférence, mais de peur que l'expression de son visage me fasse changer d'avis. J'ai toujours l'impression, quand je la laisse derrière moi, que je ne la reverrai pas. Mon côté mélo, j'imagine. On ne se refait pas.

Le Kombi est garé juste en bas de l'immeuble. Je déverrouille la portière et me mets en route dans le trafic clairsemé. Dès que j'ai quitté la ville, je laisse un message sur le téléphone de Marta pour l'informer que je suis en route.

Quand, après deux heures de voie express, je m'engage sur la route forestière qui me conduit tout droit à ce que j'ai voulu fuir, on ne peut pas dire que je sois sereine. Cela me fait une drôle d'impression, de retourner là-bas. L'inquiétude se mêle à une joie primitive, organique. Comme si un lien physique m'unissait toujours à ce lieu, malgré la distance que je me suis efforcée de mettre entre lui et moi. Comme si, quand on y avait vécu assez longtemps, il était impossible de s'en détacher véritablement et que, où qu'on aille par la suite, il continuait à déverser en vous son suc vénéneux. Comme s'il était porteur d'un sortilège dont il est impossible de se débarrasser une fois qu'on en a été la cible.

Quand la *działka* apparaît, inchangée, au milieu de la clairière, j'ai l'impression étrange de l'avoir quittée la veille et de reprendre le cours normal de ma vie, un instant perturbé par des événements au fond sans importance. Le moteur à l'arrêt, je reste immobile une minute ou deux, les mains crispées sur le volant, me demandant à quoi, au juste, je dois m'attendre en revenant ici.

★

Arrivée dans le centre de Mońki, après une nuit sans histoires à la *działka*, je trouve sans difficulté une place pour la voiture sous le monument aux morts, qui sert de perchoir aux corbeaux. On ne m'ôtera pas de l'idée qu'ils sont les vrais maîtres ici, et que les humains ne sont là que pour les servir. Je passe un moment à les observer, me rappelant pourquoi je ne venais jamais ici, du temps où je vivais dans les Marais rouges, pour autre chose que pour les courses au centre commercial.

De là où je suis garée, je n'ai que quelques mètres à parcourir pour rejoindre le bâtiment aux murs peints en jaune qui abrite le bureau des archives. L'intérieur baigne dans une lumière sale qui se déverse par les fenêtres, à travers lesquelles on aperçoit le monument aux morts. Un très gros type d'une cinquantaine d'années est installé à l'accueil, et me salue d'une voix claire quand je fais mon entrée.

Quand j'arrive à sa hauteur, il me tend sa main par-dessus le bureau, un geste un peu inattendu, d'autant qu'il est accompagné d'un sourire bienveillant complètement en dehors de la norme des administrations locales. Sa main est molle, humide, et son contact me semble vaguement répugnant. Je dois faire un effort pour ne pas laisser paraître mon dégoût.

— *Dzień dobry*. Je m'appelle Andrzej.

— Enchantée. Moi, c'est Maja.

— Tu es l'amie de Tadzio, pas vrai ?

— Tout juste.

— Il m'a prévenu que tu allais passer.

— Ça fait longtemps que vous vous connaissez, lui et toi ?

— Un bail. On était à l'école ensemble.

Il soupire, se cale dans son fauteuil, visiblement décidé à entamer la conversation, que cela me plaise ou non. Mais finalement, le professionnalisme reprend le dessus.

— Alors, dis-moi ce qui t'amène.

Je lui résume en quelques mots le but de ma visite. Il m'écoute en hochant la tête et n'a pas l'air surpris.

— Suis-moi. Je vais tout t'expliquer.

La salle des archives, située à l'autre bout du couloir, est tout ce qu'il y a de poussiéreux. Aussi éloignée de l'ère numérique que le reste du bourg de la diversité sexuelle. Privée de fenêtre, elle baigne dans une lueur bleutée qui me semble d'emblée assez désagréable. Andrzej, en revanche, affiche un sourire réjoui et se trouve à l'évidence ici dans son environnement naturel. Jetant un œil autour de moi, je constate qu'en dehors de nous deux, il n'y a personne.

Sans me demander plus de détails, il sort les uns après les autres des étagères métalliques les registres de propriété concernant le district des Marais rouges, et les pose en tas, devant moi, sur une table de bois réservée aux visiteurs.

Une fois qu'il a terminé, il s'essuie le front puis se penche pour m'expliquer comment ça fonctionne. Chaque registre couvre une période bien déterminée. Le plus ancien date d'avant la guerre. Il ouvre le plus récent, qui se trouve sur le sommet de la pile. Sur les deux premières pages s'étale une carte du district, qui m'est familière car j'ai beaucoup étudié les cartes de la région pour mes balades dans la nature. Mais celle-ci est découpée en parcelles numérotées – la touche administrative. Je me penche à mon tour pour mieux voir.

— Tu vois, dans cette colonne, tu as le numéro de parcelle, dit Andrzej.

Il tourne la première page, pose son index sur une ligne choisie au hasard.

— En face, le nom du propriétaire, et sa signature.

Il ferme le registre.

— Celui-ci est une photo de la situation actuelle. Les autres fonctionnent sur le même principe. C'est très simple, tu vois ?

Je hoche la tête.

— Si tout est clair pour toi, je te laisse un moment.

Dès qu'Andrzej est hors de vue, j'ouvre le registre en cours de validité, en parcours les pages sans m'attarder sur aucune, reconnais quelques noms familiers au passage. Quand j'ai terminé, je le laisse ouvert sur la table, puis identifie dans le tas qui se dresse devant moi celui qui couvre la période d'avant-guerre.

Et je compare.

Si les numéros de lot n'ont pas changé, on ne peut pas en dire autant du nom des propriétaires. Avant 1945, cinquante pour cent d'entre eux ont une consonance juive. Dans le registre actuel, il n'en reste plus un seul. Pas de quoi être surprise. Le rouleau compresseur de l'Histoire est passé par là. Ce n'est pas exactement un scoop.

C'est le registre dont l'année de validité commence en 1945 qui officialise les transferts massifs de propriété effectués dans les années précédentes. Là non plus, pas de surprise. C'est cette année-là que le régime communiste a effectué sa réforme agraire, accordant à chacun cinq hectares, se contentant dans la plupart des cas de reconduire les situations existantes, sans se poser trop de questions sur la façon dont elles avaient été acquises. Dans les périodes qui suivent, les modifications ne sont plus que marginales.

Quand j'ai saisi le principe, je fais des vérifications sur les noms que je connais. Je commence par la famille de Tadzio. Dernier changement de propriétaire en date : 2002. Le précédent date de 1945. Nom juif avant 1945. Nom polonais après. Ensuite, je vérifie pour Wronski. Le nom du propriétaire est celui de Pavel jusqu'en 1945. Un autre propriétaire prend le relais de 1945 à 1971. Puis le nom de Pavel revient.

J'en arrive alors enfin à la raison de ma présence ici. Alicja Zembron.

Et là, nom de Dieu, c'est le choc.

Je referme à la hâte les dossiers et vide les lieux en catastrophe. Quand je me retrouve à nouveau face à Andrzej, il perçoit mon changement d'humeur.

— Incroyable, ce qu'on trouve là-dedans, pas vrai ? dit-il, se méprenant sur les raisons de mon trouble. Une épée de Damoclès pèse depuis des décennies au-dessus de la tête de presque chaque paysan vivant ici. Le plus triste, dans cette histoire, c'est que ce sont des pauvres qui ont volé d'autres pauvres. C'est malheureux, de s'être trompé à ce point d'ennemi, tu ne crois pas ?

C'est à peine si je l'entends quand il me dit, tandis que je quitte le bâtiment :

— Salue Tadzio de ma part.

★

Après s'être fait pincer en train de mettre le feu à la forêt, Witek Klossowski a échappé à la prison, mais pas à l'hôpital. Quelques mois après les faits, il s'est fait interner à Tworki, dans le quartier de Pruszków, à l'ouest de Varsovie. J'ignore si c'est de sa propre initiative, ou si un tiers est intervenu. Ça ne m'intéresse pas vraiment de le savoir. L'essentiel est qu'à mon avis, il y est à sa place.

Dans les années quatre-vingt-dix, Pruszków était le QG des gangsters, alors au sommet de leur gloire. À présent, leur heure étant passée, il est fameux pour son asile de fous. Folie et crime marchant main dans la main : l'environnement idéal pour un personnage compliqué dans le genre de Witek.

Son nouveau lieu de vie n'a cependant rien d'un hôpital-prison. Il ressemble plutôt à une vieille université britannique, avec ses pavillons de briques rouges agréablement disposés dans un vaste jardin cerné par la forêt. C'est une ville en soi, où l'on trouve de tout, de l'épicerie au cimetière, et il est possible d'y passer une vie entière à l'abri du monde extérieur.

Chaque pavillon est dédié à un type de pathologie. Il y en a même un réservé aux stars du showbiz en cure de désintoxication. Mais le plus impressionnant pour les visiteurs est bien entendu celui qui abrite les fous dangereux, des types qui ont pour la plupart du sang sur les mains. Celui-ci comporte sa propre cour, cernée de hauts murs hérissés de barbelés.

J'ai prévenu l'administration de ma visite, et comme Witek ne fait pas partie des patients à risque, organiser une rencontre avec lui n'a pas posé de difficulté. Comme pour pas mal d'autres vieillards, cet endroit lui sert de maison de retraite médicalisée. Il a accumulé au cours de son existence assez d'argent pour pouvoir se permettre de passer le reste de ses jours dans ce cadre agréable.

Enfin, agréable jusqu'à un certain point. L'intérieur de son pavillon ne paie pas de mine. Les murs pèlent, certaines fenêtres ont des carreaux cassés qu'à l'évidence personne ne songe à remplacer. On se croirait revenu au temps de la république populaire.

Un infirmier en uniforme blanc immaculé me conduit jusqu'à la chambre de Witek. En chemin, nous ne croisons personne. On pourrait presque imaginer que l'endroit est désert.

Parvenu à destination, il frappe trois coups à la porte avant d'entrer, sans attendre de réponse, et me fait signe de le suivre. Murs vert pâle, lit une place, fenêtre grillagée, odeur de produit nettoyant flottant dans l'air, ce n'est pas exactement le grand luxe, mais il n'y a pas non plus de raison de se plaindre.

Witek se tient dans un coin, dans un fauteuil fonctionnel et sans doute confortable, occupé à lire un livre dont je n'arrive pas à deviner le titre. Il prend le temps de terminer la phrase qu'il a en cours et lève les yeux sur nous quelques secondes seulement après que nous avons fait notre entrée. Il n'a pas beaucoup changé depuis notre dernière rencontre. Visage émacié, air impénétrable : Witek est plus que jamais, dans ce qui risque d'être sa dernière demeure, un homme d'un autre temps.

Je n'ai pas besoin de me présenter, car il se souvient de moi. Il donne le sentiment qu'il m'attendait. Un instant, je me demande même s'il n'est pas soulagé de me voir. En tout cas, on est loin de la réticence qu'il m'a témoignée lors de son interrogatoire chez Irina.

Je saisis la main qu'il me tend. Il la serre longuement, en profite pour me dévisager avec intensité. Son regard bleu me jauge, sonde ce que j'ai dans les tripes. Il n'essaie pas, il y arrive, ça ne fait pas l'ombre d'un doute. Un frisson me parcourt l'épine dorsale.

Quand l'infirmier est assuré que tout va pour le mieux et que ni son patient ni moi-même ne courons le moindre danger, il se retire discrètement. Ce n'est qu'après qu'il a refermé la porte derrière lui que je commence à parler. Une fois n'est pas coutume, je n'y vais pas par quatre chemins.

— Je suis venue te parler d'Alicja. Ta fille.

Il n'a pas l'air surpris que je sois au courant.

— Comment tu as su ? demande-t-il calmement. Elle a pourtant tout fait pour garder le secret...

— Elle a bien été obligée d'utiliser son véritable nom lors de l'acquisition de l'auberge. La réalité administrative s'accommode mal des noms de scène.

Il hoche la tête.

— Pourquoi tu ne nous as pas dit qu'elle était ta fille ?

— On était en froid, elle et moi. On n'existait plus l'un pour l'autre. Je n'avais aucune raison de parler d'elle. Aucune envie, non plus. Ça n'était l'affaire de personne.

— En froid ? Pour quelle raison ?

— Il y avait pas mal de problèmes entre nous. L'un des plus sérieux était que nous avions un différend sur l'interprétation du passé.

— Du passé ? Quel passé ?

— Le mien. Et celui de Pavel Wronski, si tu veux tout savoir.

Il pose sur moi un regard lourd.

— Elle voit en lui un criminel de guerre, un tortionnaire, et rien d'autre.

Il laisse échapper un rire nerveux, qui s'éteint dans un soupir.

— Comme si un personnage grand format tel que Pavel pouvait se laisser enfermer dans des archives qui, comme chacun le sait, sont un tissu de mensonges.

— Tu penses qu'elle a fait fausse route ?

Un ton plus haut, les yeux brillant d'émotion, il répond sans hésiter :

— Je ne le pense pas, j'en suis sûr. Pavel a vécu la moitié de sa vie dans la clandestinité. Par définition, cette période n'est pas documentée. Si elle l'avait été, cela n'aurait pu signifier qu'une chose : que le régime l'avait pris et exécuté. Or, ce n'est pas arrivé.

— Quelle est ta version alors, si celle d'Alicja n'est pas la bonne ?

Il se cale dans son fauteuil, semble hésiter, lâche finalement :

— C'est une assez longue histoire.

— Ça tombe bien : j'ai le temps.

Il laisse échapper un nouveau soupir, sans cesser de me regarder. Puis, comprenant que je ne le lâcherai pas, il se lance.

★

— En 1968, au moment où des milliers de Juifs ont quitté le pays pour toujours, privés de leur passeport polonais, Pavel a choisi de rester. Oui, au lieu de prendre le train vers l'ouest comme Kolakowski, Bauer et des milliers d'autres, il est resté pour lutter contre son ancien maître, et expier, comme il pouvait, les années maudites passées à son service.

« Après nous être perdus de vue pendant des années, nous nous sommes retrouvés, lui et moi. À l'époque, il était au plus bas. Sa femme, Monika, ne lui parlant plus vraiment, il sortait tous les soirs, pour boire de l'alcool bon marché dans des rades peu reluisants.

« C'est ainsi que, par hasard, dans un bar de Sródmieście où je traînais moi aussi mes basques, j'ai fini par croiser mon ami d'enfance, que je n'avais plus revu depuis que j'avais quitté le village, quelques années après le pogrom. On s'est reconnus tout de suite. Ni l'un ni l'autre n'avions, au fond, vraiment changé.

L'évocation de ces retrouvailles remontant à des décennies parvient encore à lui arracher un sourire.

— D'abord, je me suis montré méfiant. C'était normal, à cette époque où plus ou moins tout le monde était informateur, de bon ou de mauvais gré, et puis, Pavel avait un passé chargé, et je le savais. Mais, au fil des rencontres, il m'a convaincu de sa sincérité, alors je me suis détendu et j'ai commencé à être plus bavard. Au point de finir par lui raconter mon histoire : comment je m'étais battu aux côtés des partisans, avais été condamné à mort, avais vu ma peine commuée en années de prison, avais repris le combat à ma sortie plutôt que de me ranger…

« Une nuit, après pas mal d'autres rencontres, ça a été son tour de se livrer. C'est ainsi qu'il m'a raconté par le menu ses errements de jeunesse, puis la manière dont il a été trahi et sa soif de vengeance, qu'il ne savait pas comment étancher. Une fois qu'il a terminé, je l'ai regardé fixement, pour le sonder. Je me rappelle m'être senti rassuré par ce que j'ai vu. Alors j'ai fini par lui demander : *Que dirais-tu, si je te donnais une occasion de prendre ta revanche ?*

« Le réseau auquel j'appartenais procédait par attaques ciblées contre des collaborateurs du régime jugés particulièrement vicieux. Il s'agissait d'un réseau aux contours mouvants, une organisation structurée aurait été trop facile à démanteler. Il était constitué d'opposants au régime venus de tous les horizons, rompus par des années de pratique aux techniques de clandestinité, et qui avaient suivi la consigne que le dernier chef de l'AK avait diffusée en même temps qu'il dissolvait l'organisation, peu de temps avant de disparaître en Sibérie : que chacun dans ce combat devienne son propre commandant.

« Du fait de ses anciennes responsabilités, Pavel connaissait l'existence de ces réseaux, qui constituaient pour l'UB un ennemi difficile à saisir – et donc redouté. Il a tout de suite accepté l'offre que je lui faisais. Sans la moindre hésitation. Je me rappelle précisément les paroles qu'il a prononcées alors : *Seul, je n'aurais rien pu faire, et je serais devenu un vieux type aigri. Et maintenant que la revanche devient possible, l'envie est toujours là. Plus que jamais. Alors oui, mille fois oui.*

« C'est ainsi que sa vie clandestine a commencé. Par une vengeance personnelle. Un soir, nous avons cueilli celui qui avait fait chuter Pavel, un certain Bartosz, j'ai oublié son nom, avec l'aide de deux autres partisans, dans le quartier de Grochów où il vivait. Il était revenu de Chine un an plus tôt. À son retour, il avait été parachuté responsable de la censure. Salopard, il avait été. Salopard, il restait.

« Nous l'avons assommé, fait entrer dans le coffre d'une voiture. Puis nous avons quitté la ville et l'avons conduit dans la région des Marais rouges, que je connaissais bien pour y avoir passé mon enfance. Je n'y étais jamais retourné, depuis mon départ forcé. Revoir ces paysages détestés, qui défilaient derrière la vitre de la voiture, a presque réussi, un temps, à faire passer au second plan ce qui était en train de se jouer. Et puis, le présent a fini par reprendre le dessus.

« Avec Pavel et les autres, nous avons conduit Bartosz dans la zone dangereuse, un endroit que Pavel avait choisi. C'était une sorte d'îlot, parmi des dizaines d'autres, au cœur des marécages. Je connaissais cet endroit, car nous venions y jouer, lui et moi, quand nous étions gamins. Nous lui avions même donné un nom, l'"île des fous", je ne sais plus pourquoi au juste. Mais, à présent, ce nom prenait tout son sens, car c'était folie que d'être l'ennemi de Pavel.

« Ce jour-là, nous avons regardé Bartosz terminer sa sale petite vie, secoué de sanglots, dans un gargouillis obscène produit par la terre, tandis qu'elle l'engloutissait. Je me rappelle m'être tourné vers Pavel, au tout dernier moment. À voir son air, j'ai tout de suite compris que cet homme n'était que le premier et que d'autres suivraient.

Witek fait une pause, avale sa salive, reprend :

— Ce n'est qu'après la naissance d'Elena, qui lui a procuré une joie intense, que sa carrière de résistant a pris un tour vraiment actif. Il a tué d'autres hommes, certains qu'il connaissait, d'autres non, des pourritures dans l'ensemble. La plupart ont terminé leur carrière dans les marais, presque tous à l'île des fous, où il était certain qu'ils ne seraient jamais retrouvés.

« C'est pour disposer d'une base logistique dans la région qu'il a fait l'acquisition de ce qui allait devenir la *działka*. C'est aussi à des fins, disons, utilitaires qu'il a commencé à recueillir des chiens errants. Avant de les aimer, ça a été pour s'en servir. Je te passe les détails, tu as compris.

Je ferme les yeux.

— Son activité clandestine a continué pendant les grèves de Solidarność, car l'action symbolique ne lui semblait pas suffisante pour qu'il s'en contente et s'y associe. Elle a même continué après la chute du régime communiste et son remplacement par la démocratie, le capitalisme, les mafieux. Certains dignitaires avaient décidément trop bien pris le tournant, s'étaient trop bien recasés, et le nouveau pouvoir avait fait un choix historique dans lequel ni lui ni moi ne trouvions notre compte : pas d'épuration, pas de revanche, pas de punition. C'était trop beau pour ceux qui avaient profité. Nous ne pouvions pas l'accepter.

« Beaucoup de mes amis, quand je leur ai fait part de mon idée d'intégrer Pavel Wronski dans nos rangs, ont dit que c'était une folie. Mais au fil des années, même les plus rétifs ont dû se rendre à l'évidence. L'ancien *ubek* avait vraiment changé de bord, il a fait avancer notre combat, pris de vrais risques, mis sa vie en danger. Il est devenu l'un des nôtres, et s'est ainsi lavé de ses fautes.

« C'est une vérité sur laquelle il est impossible de fermer les yeux, et ma fille a commis une grave erreur en choisissant de le faire.

★

Une fois qu'il a terminé son histoire, il faut un certain temps à Witek, qui s'est plongé profondément en lui-même pour se remémorer ces événements, pour revenir à lui ; et à moi pour m'ajuster au changement de perspective qu'ils m'imposent.

Finalement, je demande :

— Si ce que tu racontes est vrai… Pourquoi Pavel n'a-t-il rien dit ? Cela aurait fait taire toutes les rumeurs qui couraient sur son compte et lui aurait simplifié la vie, tu ne crois pas ?

Comme s'éveillant d'un très long sommeil, Witek a un geste d'impuissance.

— Je ne sais pas, au juste. Il peut y avoir plusieurs raisons à cela. Dédain de se justifier ? Habitude du secret ? Pas envie de parler ? Sans doute un mélange des trois. Ça lui ressemblerait assez, non ?

Puis il ajoute, malicieux :

— Le plus probable est tout de même qu'il voulait être craint. Le halo de mystère qui l'entourait y contribuait activement.

Je hoche la tête, puis demande, sentant mon rythme cardiaque s'accélérer, même si je ne m'attends pas à obtenir une réponse à ma question :

— Pour en revenir à Alicja… Est-ce que tu crois que toute cette histoire, je veux dire, le passé de Pavel et l'intérêt qu'elle lui a porté, pourrait avoir un rapport avec sa disparition ?

En réponse, Witek hausse les épaules, un peu trop théâtralement, je trouve, mais c'est peut-être une idée que je me fais.

— Je l'ignore. C'est possible. Dans ce pays, il est toujours dangereux de remuer le passé. Il n'y a que les naïfs pour croire les plaies refermées. La vérité, c'est qu'elles sont encore à vif, et qu'elles le resteront encore longtemps.

Tandis qu'il finit de prononcer ces mots, et que je m'apprête à le relancer, la porte s'ouvre, et l'infirmier de tout à l'heure apparaît dans l'encadrement. Mécaniquement, je regarde ma montre : déjà une demi-heure que nous parlons, Witek et moi. Mon Dieu, le temps est passé vite.

— Il va être temps de conclure, *pani*. Witek doit se reposer.

J'obtempère et me lève à contrecœur. Witek, lui, reste à sa place, sans faire un mouvement, à nouveau plongé dans ses pensées.

— Il y a quand même un détail qui m'échappe, dis-je en enfilant mon manteau. Ta fille, Alicja, c'était une femme d'action. Pas une intellectuelle, pas une chercheuse. Certainement pas un rat de bibliothèque. Je me demande comment elle a fait pour mener le travail d'historien nécessaire pour monter son dossier sur Pavel. Même si j'ai bien compris qu'il y manquait des pièces essentielles, ce qu'elle a réussi à faire, ce n'est quand même pas rien, n'est-ce pas ?

— Quelqu'un l'a aidée, répond-il sans hésiter. Elle m'a parlé de lui, une fois. Jakub quelque chose. J'ai oublié son nom.

Nom de Dieu.

Jakub.

Autrement dit, Kuba.

★

Quand j'ai appelé Milena pour lui dire qu'il fallait qu'on parle d'une affaire urgente, elle n'a pas eu l'air surprise. Elle a insisté pour qu'on se retrouve au cimetière de Powązki où est enterré son ancien compagnon, ce qui m'a un peu décontenancée, mais j'ai compris à son intonation que c'était là où nulle part, alors j'ai accepté.

J'arrive la première, et fais les cent pas en l'attendant devant l'entrée principale. Je ne suis pas seule, loin de là. Le long du mur d'enceinte du cimetière, les marchands s'agglutinent. Ils vendent des couronnes de fleurs et des lampions. Pour eux, pas de doute, les affaires vont bon train.

Quand Milena apparaît au coin de la rue, je me dis qu'à première vue, elle est en forme. À nouveau, elle ressemble à la brune solaire qu'elle était lors de nos premières rencontres, il y a quinze ans de cela, et qui fait écran avec tous les autres souvenirs moins glorieux que j'ai accumulés sur son compte depuis lors. Elle porte toujours des vêtements trop larges. Si je l'avais croisée par hasard, je l'aurais tout de suite reconnue. Je ne suis pas sûre que la réciproque soit vraie, mais j'aime autant ne pas trop me poser la question.

Après quelques secondes passées à se détailler du regard, un peu raides, ayant perdu nos réflexes, avec le temps, nous finissons par tomber dans les bras l'une de l'autre.

— Je suis tellement contente de te revoir.

Sa voix non plus n'a pas changé. Chaude et grave. Une des premières choses qui m'ont plu chez elle. J'ai toujours aimé les femmes à voix grave.

— Tu dois te demander pourquoi j'ai voulu qu'on se voie ici. Mais tu vas bientôt comprendre. J'ai quelque chose à te montrer.

Je lui emboîte le pas, impatiente, un peu inquiète aussi, mais sans faire de commentaire. Nous nous engageons côte à côte, en silence, dans les allées labyrinthiques. Milena avance d'un pas sûr, sans hésitation. Je ne me rappelle plus où se trouve la tombe de Kuba, alors je la laisse me guider.

Quand elle s'arrête devant la modeste plaque de marbre noir, je me rappelle soudain, je me dis, *ah oui, c'est ici.* Trois lampions y flambent déjà : pas terrible, pas exactement la gloire que mérite à mon avis un héros de Solidarność. Mais c'est quand même mieux que rien.

— Regarde ce qu'ils ont fait.

Tout en prononçant ces mots, d'une voix éteinte, Milena se met à serrer ma main au point que je sens ses ongles qui pénètrent sous ma peau. D'abord, je crois que c'est l'émotion d'avoir perdu son ancien amant qui la submerge. Puis je comprends que non, c'est autre chose. Inquiète, je me penche sur la tombe, pour voir ce qui a mis mon amie dans un état pareil.

Bolek.

Des vandales ont écrit ce mot à la bombe sur le marbre. En lettres rouges épaisses et maladroitement tracées. *Bolek.*

— Les cons.

Bolek n'est pas seulement le nom d'un personnage du dessin animé très populaire en Pologne, que tous les enfants de la génération *teleranek* connaissent. C'est aussi le nom de code que Lech Wałęsa est supposé avoir utilisé dans ses prétendues activités d'informateur du régime communiste. C'est du moins ce qu'ont affirmé les experts en réécriture de l'Histoire nationale, qui l'ont accusé d'avoir joué double jeu avant de devenir le libérateur qu'on sait, afin de pouvoir mettre leurs héros bidons sur le devant de la scène.

Finalement, Wałęsa a été lavé de tout soupçon. Mais la calomnie a laissé des traces. L'une d'entre elles, c'est que, désormais, Bolek, dans le langage local, ça veut dire *sale balance.*

Une fois que j'ai encaissé l'effet de surprise, je me tourne vers Milena. Elle semble s'être vidée d'un seul coup de ses forces. Sous mes yeux, sans que je puisse la retenir, elle tombe à genoux, en larmes, comme une marionnette dont on viendrait de couper les fils, et se met aussitôt à frotter comme une démente la pierre salie avec le chiffon qu'elle a apporté.

Au bout d'une minute ou deux, elle s'arrête, découragée de n'obtenir aucun résultat. La saleté tient bon. Je prends mon amie par le bras, l'aide à se relever.

— Laisse. Je vais le faire.

— C'est inutile, répond-elle. Je ne sais pas ce qu'ils ont mis là-dedans. Cela fait des mois que j'essaie sans y arriver.

★

On s'est installées dans la *knajpa* d'en face, au rez-de-chaussée d'un bloc d'immeubles bariolés, histoire de se remettre un peu de nos émotions. Milena s'est calmée, mais son teint a viré au gris, et toute joie de vivre semble l'avoir désertée.

Pour retarder un peu le moment fatidique d'aborder le sujet qui nous préoccupe toutes les deux, je demande :

— Comment se présentent tes projets de retour au pays ?

Tant bien que mal, elle parvient à sourire.

— Plutôt bien… Je fais des allers et retours presque toutes les semaines à présent. J'ouvre dans un mois mon *bed and breakfast* sur la côte Adriatique, au sud de Dubrovnik. J'ai retrouvé mes marques mieux que je ne l'aurais pensé.

— Tant mieux. Je viendrai te voir.

— Tu es la bienvenue quand tu voudras. Mais pas besoin que je te le dise. Tu le sais bien.

Elle se met à faire tourner nerveusement la bague à tête de mort qu'elle porte autour de l'index droit. Je ne l'avais pas remarquée jusqu'à présent. Le geste me rappelle Kuba.

— C'était à lui, cette bague, non ?

— Oui. Un souvenir. C'est le seul objet lui ayant appartenu que j'ai gardé. Tu trouves ça ridicule ?

— Pas du tout. Ça te va mieux qu'à lui, en fait... Sur lui, ça faisait un peu trop rocker sur le retour...

Elle passe sa main dans ses longs cheveux noirs, trois fois de suite, et se met à me regarder par en dessous. Cette fois, plus moyen de retarder l'échéance. C'est elle qui lance la première salve.

— Il a payé pour ses fautes, jusqu'au bout. Ça ne l'a jamais lâché. Avec le temps, il aurait dû oublier. Mais c'est le contraire qui s'est produit. Sur la fin, il était nerveux en permanence, il se réveillait presque toutes les nuits en hurlant.

Alors elle ne le défend pas plus que cela ? Moi qui espérais qu'elle allait nier, m'expliquer que tout cela n'était que calomnie. Sidérée, je demande :

— Alors c'est vrai, ce que ces vandales ont écrit ?

Ça me brûle la gorge de prononcer ces mots. C'est fou ce qu'ils font mal. J'avais plus que je ne le croyais besoin d'un héros dans ma vie. De quelqu'un qui plane au-dessus de toute cette saleté. Et Kuba l'incarnait parfaitement.

— C'est plus compliqué que ça. Attention de ne pas l'enfermer trop vite dans la catégorie des salopards. Il a traversé des temps difficiles. La génération de Kuba a vécu dans une société où tout le monde était, d'une façon ou d'une autre, informateur du régime. Il était impossible de n'être pas, plus ou moins, plongé dans la zone grise. Kuba n'a pas échappé à la règle. On ne peut pas le réduire à ses erreurs. Ça ne serait pas juste. Il a fait beaucoup, à côté. Je veux dire, du bon côté de la barricade...

— Oui. J'imagine qu'on ne peut pas lui retirer cela... Surtout quand on sait quel prix il a payé pour son engagement. Je n'avais pas l'intention de le faire, Milena.

Je pose ma main sur la sienne. Apaisée par mes paroles, elle ne la retire pas.

— Tu savais depuis longtemps ?

— Pendant longtemps, ça s'est limité à des bribes. Des informations qu'il lâchait de temps à autre, dans ses moments de faiblesse, quand il baissait la garde, et toujours au compte-gouttes. Je savais que ce qu'il avait vécu dans les années quatre-vingt l'avait marqué à vie. À bien des égards, j'en faisais les frais. Mais j'ignorais les détails.

Elle poursuit, yeux baissés – sa voix n'est plus du tout chaleureuse, à présent, elle est comme morte :

— Ce n'est que tout à la fin que, pour la première fois, il s'est décidé à me parler.

Elle redresse la tête, plante ses yeux dans les miens.

— Mais il était déjà trop tard. À ce moment-là, on ne pouvait plus rien pour lui. Même pas moi.

★

La douleur ne le lâchait pas. Elle l'empêchait de dormir, de se sentir bien, de se regarder dans la glace. Elle lui vrillait les tympans, lui causait des migraines impossibles, lui envoyait à haute fréquence des pulsations de douleur à travers tout le corps.

C'était comme vivre dans une cage trop petite pour lui.

Il avait cru, un temps, parvenir à s'en sortir et réussir à oublier ce qu'il avait fait. Tourner la page, comme beaucoup d'autres, pourtant pires que lui, y étaient parvenus sans effort apparent. Après tout, l'oubli n'avait-il pas été haussé au niveau de projet politique par les nouveaux maîtres du pays ? Ne pas régler les comptes, ne pas provoquer de nouveaux bains de sang, privilégier la réconciliation à la punition des bourreaux et des profiteurs n'était-il pas devenu la priorité nationale numéro un ?

Oui, il avait cru y parvenir. Il avait abandonné toute activité politique, cessé de lire les journaux, d'écouter la radio. Il répétait à qui voulait l'entendre que tout ce qui l'intéressait, à présent, en dehors de son activité professionnelle désormais presque entièrement centrée sur l'étude de l'hibernation des chauves-souris, c'était se promener dans la forêt, boire des verres avec ses amis, aller à des concerts.

Sa rencontre avec Milena, qui fréquentait le cercle d'amis d'Alicja, lui avait donné l'illusion qu'il venait d'ouvrir un nouveau chapitre de son existence. Comme lui, elle était traumatisée par les événements qu'elle avait traversés dans sa jeunesse, pendant la guerre qui avait ravagé son pays qu'on appelait encore, à l'époque, la Yougoslavie. Par les exactions dont elle avait été témoin, et peut-être victime, même si elle détestait qu'on la qualifiât ainsi.

Comme lui, elle ne parlait jamais de ce par quoi elle était passée. Mais ce silence entre eux n'était pas de ceux qui éloignent. Au contraire. Ce qu'ils taisaient, Milena et lui, les unissait plus que les paroles qu'ils échangeaient, souvent des concessions, des aveux de faiblesse. L'un et l'autre en avaient pleinement conscience.

Cette compréhension mutuelle a permis à Kuba de passer quelques années dans une sérénité relative et, pour lui, inédite. Il a recommencé à dormir, à se sentir en paix, et même à enseigner ce qu'il savait sans plus songer que ce savoir, il l'avait acquis au prix du sang de ceux qui avaient cru en lui et qu'il avait trahis.

Jusqu'à ce qu'au bout de deux ans de ce nouveau régime, la blessure se rouvre d'un seul coup, de la façon la plus inattendue.

Et la plus brutale.

Les symptômes du mal qui avait ravagé sa jeunesse et sur lesquels il était parvenu à maintenir le couvercle pendant des années ont recommencé à se manifester. Exactement les mêmes que ceux dont il s'était cru un peu vite guéri, mais dans une version plus intense, comme si pendant leur mise en sommeil, ils n'avaient jamais fait que prendre des forces en vue de l'attaque à venir. Insomnies, maux de tête, douleurs corporelles en tout genre, cauchemars récurrents, se sont remis à le tarauder, avec une violence inédite. Même Milena, qui en avait pourtant vu d'autres dans le registre du traumatisme, a fini par se sentir désarmée et s'est mise, à force, à le regarder de travers.

Il avait beau chercher à se raisonner, se répéter que les événements qui le travaillaient étaient lointains, dataient de près d'un demi-siècle, n'intéressaient plus personne, rien n'y faisait. Car ce mal, bien que plongeant ses racines dans ce passé éloigné, se conjuguait au présent. Pour lui, ce passé-là ne passait pas. Il s'accrochait, collait, il était éternel présent. En fait, le temps de Kuba avait arrêté de s'écouler le jour où, rentrant chez lui, il avait trouvé ces deux types en imperméable, visages fermés, des caricatures de ce qu'ils étaient, qui lui avaient laissé un choix simple : *Tu fais ce qu'on te demande, ou tu peux dire adieu à ta carrière à l'université.*

Ce qu'il avait fait, ce qu'ils l'avaient contraint à faire, continuait à le brûler, continuerait probablement toujours. Il vivait dans les flammes de l'enfer. Sa punition divine, il la vivait sur Terre. Il s'était longtemps dissimulé cette vérité. Mais à présent, il n'y avait plus moyen de l'ignorer.

Le voile d'oubli dont il avait cru pouvoir recouvrir ses plaies était irrémédiablement déchiré.

★

— Qu'est-ce qui a provoqué cette rechute, à ton avis ?

— Je ne sais pas, au juste, répond Milena dans un soupir. Je crois qu'il s'est passé quelque chose, ce soir où il est allé prendre un verre avec le Français.

Étonnée, je demande :

— Gaspard ?

— Oui. Ils se voyaient de temps en temps. Kuba était le seul d'entre nous avec qui il avait plus ou moins gardé contact après ses mésaventures à la manifestation de la *Strajk Kobiet.* Ils avaient pas mal de choses en commun, tu comprends… Ce goût pour le jazz inaudible, en particulier.

— Que s'est-il passé ce soir-là ?

— Je n'en sais rien. Il n'a pas voulu me dire. Mais il est rentré très bouleversé. Gaspard lui a sans doute dit quelque chose, mais j'ignore quoi.

Elle me jette un regard chargé de pure détresse.

— Cette fois-là, ça n'a duré que quelques jours, poursuit-elle, et il a fini par se remettre, par remonter la pente. En tout cas, il a réussi à me le faire croire. C'est quand il a appris la mort de Pavel qu'il a chuté pour de bon. Cette nouvelle a vraiment été pour lui le coup de grâce.

Suit un silence pesant, auquel Milena finit par mettre un terme.

— Les semaines qui ont suivi, il s'est enfoncé dans la dépression la plus noire. Cette fois, je n'ai rien pu faire. Complètement impuissante, je l'ai regardé couler, s'enfermer chez lui, passer ses journées à se gaver de sucreries immondes et de graisse toxique, le regard vide, s'enfoncer dans les sables mouvants. On avait beau avoir rompu depuis quelques mois, ça me faisait vraiment mal de le voir dans cet état… Quand j'ai appris que tu l'avais retrouvé mort dans les marais, finit-elle par ajouter, il avait déjà disparu depuis quelques jours. Je n'ai pas été surprise d'apprendre qu'il s'était suicidé. En un sens, je m'y étais préparée.

Une fois que Milena a cessé de parler, je garde un long moment les yeux baissés, parcourue par un tourbillon d'émotions contradictoires, avant d'avoir le courage de la regarder à nouveau.

— C'est une histoire terrible, Milena. Tellement loin de celle que j'avais en tête le concernant.

— Tu es la première à qui je la raconte, répond-elle, les yeux rouges. Merci de m'avoir écoutée. Ça devenait vraiment lourd de garder ça pour moi. Tout ce poison me détruisait à petit feu.

Je réalise que ma main est toujours posée sur la sienne. Qu'elle est restée ainsi tout le temps qu'elle a parlé. Je presse un peu plus fort.

— Il t'aimait beaucoup, tu sais, poursuit-elle.

S'ensuit un nouveau silence. Cette fois, c'est moi qui le brise.

— Il y a quand même quelque chose que je ne comprends pas. En toute logique, la mort de Pavel aurait dû le soulager, tu ne crois pas ? Avec lui, c'était un peu son pire ennemi qui disparaissait.

Elle ne me lâche pas du regard. Il me semble que, soudain, le feu s'y rallume.

— Oui… J'ai beaucoup réfléchi à cela.

— Et tu es arrivée à quelles conclusions ?

— Que la seule explication plausible à l'impact que la mort du vieillard a eu sur sa santé, c'est qu'il s'en est senti, d'une façon ou d'une autre… responsable.

À ces mots, je sens mon corps se raidir.

— Qu'est-ce que tu veux dire ?

Milena retire sa main de sous la mienne, hésite une seconde, puis dit, en essayant de se donner une contenance :

— Rien. Je ne suis sûre de rien, dans cette histoire. En particulier, je ne suis pas en train de te dire que Kuba a tué Pavel, loin de moi cette idée. Kuba n'avait pas l'étoffe d'un assassin. Mais je ne peux pas m'empêcher de penser que d'une façon ou d'une autre, il a découvert quelque chose qui a mis le feu aux poudres, et qu'il n'a pas supporté les conséquences de sa découverte. Parce qu'au fond, c'était un faible.

Longtemps après que j'ai pris congé de Milena, ces derniers mots continuent à résonner dans ma tête. Kuba, un faible. Peut-être. Mais quelque chose ne cadre pas dans le paysage. Je n'arrive pas à me convaincre que Kuba se soit tué à cause d'un *remords* concernant Pavel. Il y a forcément une autre raison.

Et il n'y a qu'une seule personne qui puisse m'éclairer.

★

L'été a beau être officiellement derrière nous, la canicule sévit depuis cinq jours. Une chaleur sèche qui tape jour et nuit, sans pitié, qui pèse sur la ville comme pour l'étouffer, y compris ceux qui y vivent. La Wisła est presque à sec, et on peut voir de nombreux bancs de sable blanc affleurer à la surface, comme des plaies à vif.

Pendant notre premier quart d'heure de marche le long des berges, Gaspard et moi parlons de choses et d'autres, sans véritable importance. Quand la masse imposante du stade national se dessine au loin, la foule jusqu'alors clairsemée se densifie. À notre gauche, les longues marches d'escalier qui plongent dans les eaux brunes et basses, comme les *ghats* à Bénarès, sont prises d'assaut. Sur l'autre rive, côté Praga, les plages sont aussi noires de monde. Les couleurs sont vives. On écoute du disco polo. Des airs concurrents s'entrechoquent, se rentrent dedans sans ménagement. Des rangées de stands démontables proposent des *kiełbasa* et des *zapiekanka*. Ça sent la bière et la graisse recuite.

Bien que sachant qu'il n'aime pas qu'on l'agresse, je décide d'y aller sans détour.

— J'ai besoin que tu fasses un effort de mémoire.

— Je peux toujours essayer, répond-il, un peu sur ses gardes.

— Ça concerne Kuba.

Son visage s'assombrit à l'évocation du nom du défunt. Sa mâchoire se contracte, et il fournit un effort visible pour éviter de croiser mon regard.

— Milena prétend que c'est après t'avoir vu que sa dégringolade a commencé. Il n'a jamais voulu lui révéler de quoi vous aviez parlé, lui et toi. Mais elle est persuadée que ce que tu lui as dit ce soir-là a brisé l'équilibre fragile qu'il était parvenu à construire. Car il n'allait pas bien, tu sais.

Je ne donne pas de précision, n'oubliant pas que Milena m'a parlé sous le sceau du secret.

— Je me rappelle très bien cette soirée, fait Gaspard, au bout de quelques secondes. Elena était à l'hôpital, sur le point d'accoucher. Kuba a accepté de passer la soirée avec moi pour que je ne me retrouve pas tout seul à me faire du mauvais sang en attendant la naissance du bébé. Nous sommes allés écouter du jazz dans un club de Praga.

Il semble réfléchir intensément pour se rappeler les détails.

— Je ne lui ai rien dit de particulier.

— Tu es sûr ?

— Oui. En revanche, il s'est passé quelque chose.

Électrisée, je demande :

— Quoi ?

— On a rencontré un homme étrange, ce soir-là. Il s'appelait Mateusz. Il s'est présenté comme un ami de Kuba, et même un ami de longue date, mais…

— Mais ?

— Kuba m'a semblé très perturbé par cette rencontre… Après le bref échange qu'il a eu avec cet homme, il n'a plus vraiment été le même…

— Il t'a dit qui c'était ?

— Non. Il m'a juste mis en garde. Presque supplié, en fait… de ne pas croire ce que cet homme m'avait dit à son sujet.

— Il t'avait parlé ?

— Juste quelques mots… Trois fois rien… Ses paroles exactes m'échappent. En revanche, je me rappelle qu'il m'a fait l'effet d'être un type brutal, sans scrupule. Une impression détestable. Au fond, ce soir-là, ce n'est pas tant la froideur de Kuba à son égard qui m'a étonné… C'est plutôt qu'ils aient pu être amis.

— À supposer qu'ils ne l'aient jamais été…, dis-je pensivement.

— Que veux-tu dire ?

— Je ne sais pas encore. Ça fait un moment déjà que j'en suis réduite à formuler des hypothèses, dans cette histoire…

Nous nous taisons un moment. Je regarde autour de moi. À droite, à gauche, partout, on boit, on discute, on refait le monde sous le soleil de fin d'été. De jeunes types fiers de leurs corps, d'afficher leur torse nu, font des concours de tractions. Les filles se baladent en shorts minuscules. Nos soucis font tache dans le paysage.

— Pourquoi tu veux savoir ? demande Gaspard. Tout cela est loin à présent. Tout le monde est passé à autre chose. J'ai un enfant. Toi aussi.

— Je crois que ce qui s'est passé avec Kuba ce soir-là a peut-être quelque chose à voir avec la disparition d'Alicja.

Avec toute la fermeté dont je suis capable, je poursuis :

— On n'a pas retrouvé son corps. S'il reste une chance, ne serait-ce qu'infime, qu'elle soit encore vivante, je ne veux pas la laisser passer. Elle était mon amie, tu comprends. Et autant que je sache, elle était aussi la tienne…

— Qu'as-tu l'intention de faire ?

— Aller au bout, je te l'ai dit. Je n'ai pas d'autre choix.

Sinistre, soudain, il réplique :

— Nom de Dieu, Maja... Il faut se rendre à l'évidence. Tout le monde est mort. Pavel. Kuba. Alicja. Même les Marais rouges sont morts, au moins pour nous, en attendant que le prochain incendie les ravage pour de bon et les réduise en cendres. Ta vie est ici, en ville, avec Tadzio, avec Léo. Comme la mienne. Loin de toute cette folie. Pourquoi s'y replonger ? Pourquoi ?

Je le regarde longuement.

— Parce que moi, je n'ai nulle part où m'exiler et que, comme je vais devoir continuer à vivre ici, j'essaie de mettre un peu d'ordre...

À ces mots, Gaspard ne trouve rien à répondre et se contente de baisser la tête.

★

La chaleur est brutalement tombée dans la nuit et, ce matin, le ciel ressemble à un drap gris tendu au-dessus de la ville. Un avion passe à basse altitude. Le pavé luit dans la lumière blafarde. J'ai laissé derrière moi Tadzio et Léonora, qui dormaient encore quand je suis partie, pour me mettre en route vers les Marais rouges, après avoir scotché un message assez vague, et pas loin d'être mensonger, sur le frigo, pour expliquer mon absence. On ne peut pas dire que j'en sois fière. Mais je sais comment réagit Tadzio dès qu'il s'agit de cet endroit, et je n'ai pas voulu l'inquiéter pour rien.

C'est Irina que je vais voir. Mon amitié avec elle a mal résisté à l'éloignement géographique. Je m'en veux un peu de n'avoir pas fait plus d'effort pour l'entretenir. Cette négligence tient à mon caractère. J'ai au cours de ma vie laissé crever un paquet d'amitiés comme celle-ci sur le bord de la route. Mais elle non plus, après tout, ne s'est pas montrée très empressée, alors, pour cette fois au moins, tout le tort ne me revient pas.

De toute façon, aujourd'hui, ce n'est pas au nom de l'amitié que je rends visite à la *szeptucha*. C'est parce qu'il faut que je lui fasse cracher, qu'elle le veuille ou non, le secret que lui a révélé Witek Klossowski le jour où elle l'a laissé partir.

Parce que c'est la seule pièce qui manque encore au puzzle.

Avant de me décider à faire le voyage, j'ai envisagé de poser la question directement à Klossowski. J'ai même rappelé Tworki pour fixer un nouveau rendez-vous. Mais cette fois, on m'a accueillie froidement, et je me suis heurtée à un mur. Apparemment, notre précédent entretien a provoqué une brutale dégradation de l'état de santé de Witek, et je ne suis plus la bienvenue.

Irina est donc la seule personne que je peux désormais espérer faire parler.

Je ne me fais pas d'illusions, il est peu probable que notre amitié, ou ce qu'il en reste, sorte grandie de cette entrevue. Il est même à craindre que celle-ci ne tourne franchement au vinaigre. Mais je crois que je suis prête à prendre le risque.

Quand j'arrête de réfléchir, mon cerveau est en surchauffe et j'ai déjà quitté l'autoroute. La grisaille matinale s'est dissipée, et finalement, la journée s'annonce belle. Les premiers rayons du soleil frappent le ruban de bitume et leur réverbération sur la chaussée donne l'impression que la forêt est traversée, non par une route, mais par un canal charriant de la lave en fusion.

Sur les premiers kilomètres, je compte trois grosses branches arrachées à leur tronc, gisant sur le sol, et que je dois contourner. Un gros coup de vent a dû balayer la zone dans la nuit. Mais à présent, tout est calme et silencieux.

Quand j'arrive à proximité de l'endroit où on a retrouvé, il y a deux ans déjà, la Polo vide d'Alicja, mon estomac se tord sous l'effet de l'angoisse. Ou est-ce l'impatience d'obtenir enfin des réponses aux questions que je me pose depuis tout ce temps ?

Une dernière fois, je tourne les yeux vers l'ouest, en direction du marais qui l'a engloutie, avant de pénétrer dans un tunnel végétal qui me bouche la vue. Quelques secondes sont nécessaires pour que mes yeux s'accoutument au changement de luminosité et, avant que l'ajustement soit complet, une forme anormale se met à bouger à la périphérie de mon regard, à une dizaine de mètres sur la droite. Instinctivement, je pile sur le frein de toutes mes forces. Le Kombi s'arrête net, et je suis projetée brutalement vers l'avant.

Quand je relève la tête, à deux mètres à peine, un élan sort de la forêt et se met à traverser tranquillement la route, indifférent à l'accident fatal qu'il vient d'éviter de justesse. C'est un grand mâle qui doit peser au moins trois cents kilos. Tout le temps où j'ai vécu ici, je n'en ai jamais vu un d'aussi près. Pas vivant, en tout cas.

Parvenu au milieu de la route, il tourne dans ma direction son museau démesuré par rapport au reste de son corps. Le regard qu'il me jette exprime une innocence absolue. Je remarque que sa peau pèle par endroits, sans doute à cause des tiques qui pullulent à cette saison.

À le voir ainsi, si beau, si maladroit, si souffrant, je suis soudain envahie par le désir de sortir du Kombi pour aller le serrer dans mes bras. Mais dès que j'ouvre la porte, craintif, inconscient de sa force, il se remet en marche, finit de traverser la route et disparaît dans la forêt après m'avoir jeté un dernier regard, sa faible curiosité satisfaite.

Alors que toute trace de sa présence a disparu et que la forêt est retournée à son calme habituel, je reste immobile un moment, travaillée par des émotions que ma rencontre fortuite avec l'animal semble avoir libérées d'un seul coup. Après avoir tourné la clé de contact et remis le moteur en marche, j'hésite encore une fraction de seconde.

Puis, dans un crissement de pneus, je décide d'ignorer le message et, au lieu de faire demi-tour, je poursuis ma route.

★

Une fois chez Irina, je gare le Kombi au milieu de la cour, où rien n'a changé. La même ferraille traîne un peu partout, peut-être un peu plus rouillée que la dernière fois. Le même désordre règne. En ville, je ne peux pas le nier, j'en ai un peu perdu l'habitude, et je crois que je n'arrive pas à retenir une grimace devant ce spectacle.

À première vue, aucune trace de présence humaine dans les parages. J'espère qu'Irina n'est pas allée faire un tour à la *kolonia*. Les questions se bousculent dans ma tête et je ne suis vraiment pas d'humeur à attendre qu'elle revienne, Dieu sait quand, pour pouvoir les lui poser.

Sitôt que je mets un pied dehors, le bruit familier des chiens aboyant m'emplit les oreilles, irritant, mais aussi rassurant – signe que tout est de nouveau à sa place. Malgré le traitement qu'elle a réservé à leurs prédécesseurs, Irina a recommencé à les accueillir comme l'aurait fait Pavel.

Alors que j'approche du chalet, laissant le chenil derrière moi, et que je m'apprête à signaler ma présence, quelque chose attire mon attention sur le flanc ouest du bâtiment, quelque chose qui n'était pas là la dernière fois que je suis venue.

Il n'y a rien d'étonnant à ce qu'Irina ait continué à accumuler des objets inutiles dans cette cour qui ressemble de moins en moins à un jardin, et de plus en plus à une décharge publique. Pourtant, cédant à la curiosité, je décide d'aller voir de quoi il s'agit. On dirait une voiture recouverte par une bâche en plastique. Que fait-elle là ? À qui sert-elle ? Pourquoi est-elle bâchée alors qu'ici on ne prend jamais soin de rien ?

Une fois arrivée à sa hauteur, après une brève hésitation, je soulève la bâche et ce que je découvre en dessous provoque un frisson entre mes omoplates. Il s'agit bien d'une voiture, et je la reconnais tout de suite. C'est sans doute possible le break Nissan qui stationnait devant chez moi la nuit où ma porte a été marquée avec le sang de la *kuna* éviscérée. Bien que je ne l'aie eue sous les yeux que quelques secondes, l'image de ce véhicule s'est imprimée dans ma mémoire.

Nom de Dieu, qu'est-ce que cette voiture fait chez Irina ?

Les jambes en coton, je fais le tour de la Nissan. Sans raison particulière, juste pour m'assurer que je ne rêve pas. C'est alors que je remarque une longue éraflure sur l'aile avant droite du véhicule.

D'abord, j'enregistre l'information sans réagir. Puis un détail que j'avais presque oublié me revient à l'esprit. Cette trace de choc sur l'aile gauche de la Polo, qui avait attiré mon attention, le premier jour des recherches.

Je me penche pour mieux voir. Je passe le bout de mon index sur l'estafilade. Quand je le retire, il est couvert de petites particules de peinture gris métallisé.

La couleur de la Polo d'Alicja.

C'est sans doute juste une coïncidence. J'aurais tort de tirer des conclusions hâtives. Dans une heure, Irina aura dissipé tous les malentendus, et j'en rirai avec elle derrière une tasse d'*herbatka*.

Mais pour l'instant, malgré mes efforts pour me maîtriser, tout part en vrille. J'ai le souffle court, mon cœur bat trop vite, et mes bras tremblent tandis que je remets la bâche en place, comme je l'ai trouvée, essayant de faire en sorte que personne ne puisse s'apercevoir qu'un indiscret est allé voir ce qui se cachait en-dessous.

Une fois l'opération achevée, je prends une grande inspiration, puis une seconde, et je recommence jusqu'à ce que mon rythme cardiaque retombe à un rythme raisonnable.

Un peu calmée, au lieu de retourner au Kombi et de filer d'ici en quatrième vitesse, comme l'exigerait le bon sens, je décide de tenter à nouveau ma chance et retourne frapper à la porte de la *działka*, plus que jamais impatiente d'entendre les explications forcément rassurantes qu'Irina va me fournir sur la présence de ce véhicule chez elle.

Comme personne ne répond, j'essaie d'ouvrir, mais la porte est fermée à clé. C'est une nouveauté. Avant, Irina ne verrouillait jamais. Un peu dépitée mais plus résolue que jamais à obtenir des réponses, je tourne le dos à la *działka* et traverse la cour en direction du chenil, avec le sentiment de plonger en eaux profondes. Vu l'état d'excitation des cabots, il y a des chances pour que ce soit parmi eux que la *szeptucha* se trouve. En fait, maintenant que j'y réfléchis, c'est même par là que j'aurais dû commencer.

Au passage, je jette un coup d'œil furtif en direction du break, comme pour m'assurer que je ne l'ai pas imaginé tout à l'heure. Mais non, rien à faire. Le réel ne se laisse pas intimider. La masse d'acier, hostile, persiste à être là. Avec toutes les questions qui lui tournent autour comme des mouches.

Une fois dans le chenil, je parcours une dizaine de mètres dans le corridor qui sépare l'enclos des gros chiens de celui des petits. Je sens dans ma poitrine mon cœur qui bat très vite. Quand enfin une silhouette humaine apparaît dans mon champ de vision, ce n'est pas celle à laquelle je m'attendais, et je me fige, souffle coupé.

Pavel.

Il se tient à dix mètres de moi. De dos, mais parfaitement reconnaissable. Il a toujours ce corps sec, ce crâne rasé qu'il avait tout à la fin de sa vie, ayant renoncé à sa belle crinière blanche, ce *kożuch* au col jauni, cette aura qui l'entoure comme un halo de lumière sombre, si tant est que cela puisse se concevoir. Pas de doute. C'est bien lui.

J'ai beau être tétanisée par cette apparition, je trouve la force de faire quelques pas de plus dans sa direction, sans que lui, tout à ses chiens, ne remarque ma présence. Quand il ne reste plus que quelques mètres entre nous, je demande, d'une voix que je reconnais à peine :

— Pavel, nom de Dieu, est-ce que tu vas m'expliquer…

Surpris, il se redresse d'un seul coup, se retourne, se met à rire doucement.

— Pavel ? Alors c'est vrai ? Je lui ressemble tant que ça ?

Mon cerveau a besoin de quelques secondes pour s'ajuster à ce que mes yeux voient. Car, contrairement à ce que j'avais cru, ce n'est pas Pavel qui se tient en face de moi. Mais j'aurais presque préféré me retrouver en compagnie d'un fantôme.

Kasper Frankowski.

Peau laiteuse, regard bleu délavé, traits anguleux, il a toujours ce visage d'une beauté magnétique, que la prison n'a en rien entamée, et qui m'avait impressionnée la première fois que je l'avais vu, au plus fort de la manifestation, juste avant qu'il ne s'en prenne à Gaspard.

À un détail près toutefois.

Il ne lui reste plus qu'un œil.

À la place de l'autre, côté gauche, il y a un bandeau noir qui ne dissimule pas complètement un bourrelet de chair violacée qui descend jusqu'à son oreille. Une plaie très laide qui, plus encore que le reste, plus encore que ma surprise de le trouver ici, je crois, m'arrache un mouvement de recul.

— Non, n'est-ce pas ? Ou alors juste de loin.

Devinant ce que je suis en train de penser, il passe la paume de sa main droite, doigts écartés, tout près du bandeau mais sans le toucher.

— Kasper, dis-je dans un murmure, trouvant à peine la force d'articuler. Qu'est-ce que tu fais chez Irina ?

— Je vis ici, figure-toi. Elle t'expliquera, si ça t'intéresse.

— Où tu t'es fait ça ? En Ukraine ?

Il laisse échapper un rire mauvais.

— C'est ça. Je me suis pris une volée de plomb sur le front.

Il me dévisage ensuite avec intensité de son œil valide. Le même regard que Pavel, du genre qui réussit à arracher un frisson même aux plus endurcis. Comme s'il était attaché au lieu et non à l'homme. C'est drôle : une idée pareille ne m'avait jamais effleurée avant, et maintenant qu'elle me vient, elle me semble relever de l'évidence.

— Et toi, pourquoi es-tu ici ? Tu étais partie, non ? Es-tu sûre que ce soit une si bonne idée d'être revenue ?

Je reste un moment sans répondre, mon cerveau ne s'étant pas encore complètement remis du choc qu'il vient d'encaisser. Finalement, je décide d'ignorer la question, et la menace à peine voilée qu'elle sous-tend, pour passer à mon tour à l'attaque.

— C'est à toi, la belle voiture dans la cour ?

À peine ai-je prononcé ces paroles que je sens une main se poser sur mon épaule, ce qui, compte tenu de l'état de tension dans lequel je me trouve, me cause un sursaut de terreur.

Mais quand je me retourne, prête à frapper, au lieu de la menace sans visage à laquelle je m'attendais, c'est Irina qui apparaît dans mon champ de vision. Elle me toise avec ses yeux transparents, qui ressemblent aujourd'hui à ceux d'une fouine.

Elle porte un bonnet qui dissimule son crâne rasé et son éternelle robe longue trop ample qui la fait paraître trois fois plus volumineuse qu'elle n'est en réalité. De son corps se dégage un parfum douceâtre que je ne lui connaissais pas.

— Maja… Tu aurais dû me prévenir que tu venais…

— Je ne regrette pas de ne pas l'avoir fait…

Avec beaucoup de douceur dans la voix, mais pas celle, rassurante, que j'attendais en arrivant ici, elle déclare :

— Suis-moi dans la *działka*, tu veux ? Il faut qu'on parle, je crois.

— Oui, je crois aussi. Et ce serait bien qu'il soit là…

Je me retourne vers l'entrée de la cage, où se trouvait Kasper il y a quelques secondes. Mais il n'y est plus. Il s'est comme évaporé dans la nature.

— Nom de Dieu, où est-il passé ?

— Ça n'est pas grave. Il n'est pas doué pour la conversation, de toute façon. Tu as dû remarquer. Et puis, il n'y a rien qu'il sache que je ne sais aussi. Alors, on va très bien s'en sortir sans lui. Allons, viens, suis-moi.

Après une dernière hésitation, je lui emboîte le pas. Autour de nous, on dirait que les chiens sentent la tension dans l'air, car ils aboient avec une furie redoublée. L'une derrière l'autre, nous traversons la cour en silence.

Elle déverrouille la porte de la *działka* et m'invite à entrer la première. À l'intérieur, le chaos a repris ses droits. L'état de désordre et de saleté est à nouveau comparable à celui qui y régnait du temps de Pavel.

Je m'assois sur le fauteuil à oreilles qu'Irina me désigne de la main. Elle s'absente dans la cuisine pour préparer un thé que je n'ai pas demandé puis, au bout de deux minutes, revient s'asseoir face à moi et plante ses yeux dans les miens.

Ignorant la tasse qu'elle me tend, je demande :

— Alors ? Tu ne te contentes plus de recueillir les chiens abandonnés, à présent ?

J'avais imaginé commencer par une tout autre question, mais les circonstances m'obligent à revoir mon plan d'attaque. Elle laisse passer plusieurs secondes, avant de se décider à me répondre, sans lâcher mon regard, sur un ton monocorde, comme si elle débitait une histoire apprise par cœur.

— J'ai trouvé Kasper dans la forêt. Peu après qu'on a mis le feu à ta grange. Il avait la moitié du crâne arrachée et tenait des propos incohérents. J'ai failli mourir de peur quand je l'ai vu sortir du bosquet. J'ai vraiment cru que c'était un *dibbouk.*

Je me mets à ronger un de mes ongles intacts en repensant aux coups de feu que j'ai tirés, cette nuit où, juste après que ma grange avait été réduite en cendres, j'avais cru détecter une présence hostile dans le jardin. Je m'étais persuadée, alors, d'avoir rêvé et de n'avoir touché personne. Se peut-il que je me sois trompée ?

Comme si elle lisait dans mes pensées, Irina précise :

— Il s'est pris une volée de balles perdues… Ou peut-être pas si perdues que ça… Tu as peut-être ton idée sur la question ?

Son regard se charge d'une nuance accusatrice que je décide d'ignorer, jugeant Irina mal placée, compte tenu des circonstances, pour jouer les procureurs.

— Donc ce n'est pas arrivé en Ukraine…

— Il n'a jamais mis les pieds là-bas…

Je repense à mon entrevue avec Marysia, sa femme. Je tiens l'explication, à présent, du relatif bon accueil qu'elle m'a réservé quand je lui ai rendu ma visite surprise dans son pavillon. Ce jour-là, elle m'a roulée dans la farine, évidemment, et m'a raconté des histoires pour le protéger. Nom de Dieu, c'était peut-être même Kasper, et non son remplaçant, qui rentrait à la maison quand elle m'a fait sortir en catastrophe par la porte de derrière. Ce que j'ai pu être naïve…

— Et ensuite ? Que s'est-il passé ?

— Ensuite, je l'ai soigné.

— Pourquoi tu ne l'as pas emmené à l'hôpital ?

— Il était blessé par balle. Ça aurait fait des histoires.

— Des histoires, il y en a eu quand même…

Elle poursuit comme si je n'avais rien dit, les yeux toujours fixés sur moi.

— Je me suis occupée de lui. J'ai un peu de savoir-faire hérité de ma grand-mère.

— Tu veux dire, la *szeptucha* ?

Irina me regarde d'un drôle d'air, comme si je venais de proférer une énormité, mais pour finir, elle hoche la tête.

— Oui. La *szeptucha*. Je suppose qu'on peut l'appeler ainsi.

Après mon interruption, elle met quelques secondes avant de reprendre le fil de son récit.

— Il était salement amoché. Il m'a fallu pas loin de trois mois pour le remettre complètement sur pied.

— Trois mois ? Ce n'est pas rien… Je vivais ici, à l'époque. Comment se fait-il que je ne l'aie jamais vu chez toi ?

— Il n'était pas chez moi. Compte tenu de la situation, j'ai préféré le cacher dans une vieille maison abandonnée que je connais, dans la forêt.

Elle marque une nouvelle pause.

— Un mois après que je l'ai trouvé, entre deux séquences de délire, il est parvenu à me raconter de façon à peu près cohérente ce qui lui était arrivé. C'est alors que j'ai compris qui c'était. En particulier que c'était celui qui en avait après toi. Remarque, j'avais déjà deviné…

— Cela a dû te poser un sacré cas de conscience.

Elle hausse les épaules.

— Que te dire, Maja ? Au fil des jours, je me suis attachée à lui.

Ce n'est pas un homme mauvais, tu sais. Il est juste complètement perdu. Personne ne lui a jamais vraiment laissé sa chance.

— C'est pour cette raison que tu as choisi de ne rien me dire ?

Elle acquiesce, baissant enfin les yeux, sans me donner toutefois l'impression de se sentir coupable.

— Quand il a été complètement rétabli, je lui ai dit qu'il était libre de faire ce qu'il voulait. Partir ou rester. C'était à lui de voir.

— Et alors ? Qu'a-t-il répondu ?

— Il voulait faire quelque chose pour moi. Pour me remercier de l'avoir sauvé. Alors j'ai accepté qu'il me rende quelques services.

— Des services ? Quel genre de services ?

— Oh, tu sais, toutes sortes de services. Tu es bien placée pour savoir le genre de tâches qu'impose la vie ici. Ce n'est pas simple, d'être toute seule...

Je lui jette un regard appuyé, certaine qu'elle ne dit pas tout, et que les choses ne sont ni si simples ni surtout si innocentes qu'elle essaie de me le faire croire.

— Et tout cela sans se faire voir ?

— Nous avons été discrets. La forêt, comme tu sais, ne manque pas d'endroits où se cacher, pour qui la connaît un peu.

— Laisse-moi deviner la suite. Il a commencé à se sentir bien ici, a décidé de s'installer pour de bon, et toi tu as dit oui.

— C'est à peu près ça. Je me sentais seule, tu sais, depuis la mort de Pavel, puis ton départ et celui d'Elena. Vraiment seule. Ça me fait du bien, qu'il soit là. Je ne peux pas dire le contraire.

Coupant court à l'épanchement sentimental que je sens se profiler et que je ne suis pas d'humeur à subir, je demande :

— Pourquoi l'avoir déguisé en Pavel ?

Elle se raidit, apparemment offensée par mes propos.

— Qu'est-ce que tu racontes ? Je ne l'ai pas déguisé en Pavel. Je lui ai mis à disposition ses vêtements, rien de plus. Ils font à peu près la même taille, et Kasper n'avait que ceux qu'il portait au moment où je l'ai trouvé. Alors ça s'est fait naturellement. (Après une hésitation, elle ajoute :) Mais c'est vrai que la ressemblance est frappante. Parfois, quand je le vois, j'ai l'impression que Pavel est revenu.

Tandis qu'elle prononce ces paroles, elle ne peut réprimer un sourire, et il me semble qu'une lueur malsaine s'allume dans ses yeux.

— Peut-être bien qu'il est un *dibbouk*, après tout, dis-je. C'est bien le principe, n'est-ce pas ? L'âme d'un mort mécontent qui prend possession du corps d'un vivant ?

À l'évocation de cette possibilité, le visage de la *szeptucha* se ferme.

— Ne plaisante pas avec ces choses-là, tu veux bien ?

Je hausse les épaules. Comme si le risque d'offenser les démons était ma principale préoccupation. Comme si j'avais assez de temps et de l'énergie en réserve pour tenir compte des superstitions locales en plus du reste.

— Tu sais que je pourrais mal prendre le fait que tu l'aies pris sous ton aile. Il a quand même barbouillé ma porte avec du sang de *kuna* après l'avoir étripée, et brûlé ma grange. Sans oublier qu'il a tabassé presque à mort un de nos amis.

— Nous en avons parlé, lui et moi. Il a changé. Cette époque de sa vie est derrière lui, à présent. Crois-moi : ce n'est plus le même homme.

— Bon, dis-je, loin d'être convaincue. Tu fais ce que tu veux, Irina. Tu es une grande fille. De toute façon, ce n'est pas pour te parler de ce taré que je suis venue te voir.

J'observe sa réaction. Quelque chose se durcit dans l'expression de son visage. Je ne peux pas m'empêcher de penser qu'elle sait exactement de quoi je suis venue lui parler.

Parfois, elle me fait peur.

— De quoi alors ?

— De la disparition d'Alicja.

Avec toute la froideur dont elle est capable, ses deux yeux aussi durs que du verre, elle dit :

— Ah ? C'est bien de ne pas oublier ton amie.

Nous atteignons le point critique de la discussion, et elle le sait aussi bien que moi. Les mots me restent un moment coincés en travers de la gorge. Quand ils sortent enfin, c'est avec plus de fermeté que je ne l'avais redouté.

— Ça n'est pas prudent d'avoir gardé cette voiture… Tu sais, je l'ai vue, la nuit où Kasper a étripé cette pauvre *kuna* avant de la suspendre à mon prunier… Et puis surtout…

— Surtout quoi ?

— J'ai remarqué cette éraflure, la même que sur la Polo d'Alicja.

Pas un muscle de son visage ne tressaille. On peut penser d'elle ce qu'on voudra. Mais pas lui retirer qu'elle a du cran.

— Et tu en tires quelles conclusions ?

Cette question ne mérite pas plus qu'un silence, alors je me tais, mais je garde les yeux fixés dans les siens. Comprenant que je ne dirai rien, Irina hausse les sourcils, puis laisse échapper un soupir.

— Pourquoi aurait-on dû se débarrasser de cette voiture ? Les autorités avaient conclu à un accident, comme pour Pavel. Personne ne menait l'enquête. Elle n'intéressait personne, à l'abri sous sa bâche, jusqu'à ce que tu viennes fouiner… Si tu étais restée dans le coin, j'aurais peut-être fait plus attention. Mais tu étais partie…

Elle a prononcé ces paroles sans agressivité. J'ai même le sentiment qu'elle est soulagée de ne plus avoir à mentir. Je reprends, calme, moi aussi :

— Après avoir découvert cette voiture, il y avait encore un détail qui me gênait, qui me donnait l'espoir que je me trompais, que tu n'avais rien à voir dans cette histoire. Je ne comprenais pas comment une femme frêle comme toi s'y était pris pour maîtriser quelqu'un d'aussi costaud qu'Alicja. Mais c'était avant de découvrir qui tu avais pris pour locataire…

Je suis tellement absorbée par ce que je suis en train de dire à Irina, tellement concentrée sur le décryptage des expressions que mes paroles font apparaître sur son visage que, quand la porte d'entrée s'ouvre brutalement derrière moi, je suis complètement prise au dépourvu. La lumière pénètre à grands flots dans la pièce et semble vouloir me submerger. Tous les angles autour de moi deviennent plus aigus, comme pour me transpercer. Mais le plus menaçant, dans cette histoire, reste la silhouette de Kasper Frankowski qui s'encadre dans l'entrée et que je découvre en me retournant.

L'ange de la mort...

D'une voix où ne perce aucune colère, il demande :

— Cette petite garce fait encore des histoires ?

La seconde d'après, sans attendre la réponse de sa protectrice, il claque la porte derrière lui, se rue sur moi comme un prédateur sur sa proie, m'arrache à mon fauteuil et me plaque contre le mur en me serrant les poignets de toutes ses forces. Mon visage se trouvant à quelques centimètres du sien, je ne peux faire autrement que remarquer qu'il a ôté son bandeau et l'espace d'une seconde je vois le blanc souillé de son œil mort qui semble me sonder.

Ensuite, je reçois le premier coup et, dans les secondes qui suivent, on peut dire que je perds complètement le contrôle de la situation.

— Non. Kasper. Non. Irina, nom de Dieu, fais quelque chose.

Mais elle ne fait rien, et la dernière chose dont je me souviens avant de perdre connaissance est le visage impassible de la *szeptucha,* qui s'approche du mien pour me murmurer à l'oreille :

— Désolée, Maja, mais tu as compris trop de choses et, à présent, on n'a plus le choix.

WITEK

Varsovie, septembre 2024

— MOI, TU VOIS, JE SUIS DE NULLE PART. Ma langue maternelle a disparu. Les mots les plus profondément ancrés dans ma mémoire, je suis le seul à les comprendre. On ne connaît pas vraiment le sens du mot *solitude*, tant qu'on ne s'est pas retrouvé seul à parler une langue. Sa seule source de vie. Tant que je serai là, elle sera vivante. Quand je ne serai plus, elle sera morte. Nos destins sont liés.

Je suis tellement pris par ce que je raconte que le bruit de ferraille que produit notre train en avançant au ralenti me parvient à peine aux oreilles. La fille assise en face de moi m'écoute, ou au moins fait semblant, par politesse. Elle a un bras dans le plâtre et doit avoir vingt-deux ans à tout casser. Une étudiante, à coup sûr.

Encouragé par son hochement de tête, je poursuis :

— Toi, ta langue s'en moque : elle t'a préexisté, et elle te survivra. Elle est plus grande que toi. Alors que la mienne est à ma hauteur. À hauteur d'homme. Je la tiens à ma merci. En joue. De toute façon, c'est déjà un objet de musée. Qu'est-ce qu'une langue qu'on ne peut parler qu'avec soi ? Que sur le mode du monologue intérieur ? Une sorte de délire schizophrène ? Déjà, je ne l'entends plus qu'en rêve. Parfois, j'en viens à douter qu'elle ait été parlée par d'autres, vu qu'ils ont tous disparu. Comment être sûr que je ne suis pas fou ? Un mythomane bavard ?

À nouveau, elle hoche la tête. Elle semble vraiment intéressée par ce que je raconte. Mais je me fais sans doute des idées. Elle doit se dire que je suis un vieux fou échappé de l'asile. Exactement ce que je suis, du reste.

— Toutes les races, toutes les religions cohabitaient dans le village où je suis né. Polonais, Cosaques, Russes, Tatars, Juifs, catholiques, orthodoxes. Je suis un peu tout cela à la fois. Difficile de faire le tri. Fondamentalement un sang-mêlé. Tout, c'est-à-dire rien. Les notions de race, de religion, de culture n'ont pas de sens pour moi.

Je marque une pause avant de reprendre.

— Mon village a été vidé de sa population juive par les Allemands. Puis les autres ont suivi. Aujourd'hui, il n'y a plus personne. C'est un village fantôme. Un village mort. La maison où j'ai grandi est une ruine. Tout ce qui renvoie à mes origines rime avec destruction. L'espace, les mots, le temps.

J'étais immobile mais tout bougeait autour de moi, se recomposait en permanence. Chaque matin, j'avais le sentiment de m'éveiller dans une nouvelle peau. Différent de moi-même, sans identité propre. Mon village a changé de pays au gré du redécoupage des frontières. Tantôt ukrainien, tantôt russe, tantôt polonais. Des individus grandioses tiraient des traits sur des cartes et on se retrouvait ailleurs, exilés, apatrides, déplacés, sans avoir fait un pas. Les notions de frontière, de nation n'ont pas de sens pour moi.

Pas de langue, pas de nation, pas de race, pas de culture, pas de famille. Rien ne me rattachait à la terre. J'étais ce dont rêvaient les nouveaux fanatiques. Mais pour finir, je crois que je suis devenu leur cauchemar. Oui, je crois que je m'en suis plutôt bien tiré. Même si j'ai commis des erreurs, et même parfois de graves erreurs.

Une ombre passe sur le visage de l'inconnue. Je regrette presque de l'y avoir fait naître. Pas au point, toutefois, de ne pas poursuivre ce que j'ai commencé.

— Quand le système qu'ils avaient mis en place s'est effondré, on s'attendait à ce que la Bête surgisse du chaos. On s'attendait à un bain de sang. Il n'a pas eu lieu. Une actrice a annoncé à la télévision que le communisme était mort. C'est ce dont la plupart des gens qui ont vécu cette période se souviennent : une actrice qui dit quelques mots à la télévision. Toi, tu es sans doute trop jeune pour te rappeler cela...

Elle confirme d'un signe de tête. Ce que je lui dis n'évoque rien pour elle. Quelle vanité, que d'avoir imaginé laisser la moindre trace...

— Les loups, ça les a rendus fous. Ils mouraient de soif. Ils ont laissé passer un peu de temps, puis ils ont décidé d'ouvrir les archives de la police secrète, pour que les comptes puissent enfin se régler. En réalité, la grande boîte à mensonges. Les salauds sont devenus des héros, et réciproquement. Personne n'a vraiment été satisfait. Le ressentiment s'est installé, a enflé. On en est encore là, aujourd'hui. On respire encore cet air empoisonné.

« Moi, dans ce joyeux déballage, je me suis retrouvé du bon côté. Mon ami Pavel du mauvais. Est-ce qu'il le méritait ? Je l'ignore. Lui et moi, nous avons vécu dans des temps troublés où tout le monde était plus ou moins victime, mais jamais complètement innocent. Où il était difficile de faire la part entre la vérité et le mensonge. J'imagine qu'au final, il a profité du système plus que d'autres et que, pour cette raison, il a eu le sort qu'il méritait. Il n'empêche : aujourd'hui encore, malgré tout ce que je sais sur son compte, et je crois que je sais à peu près tout désormais, j'ai encore du mal à le ranger dans la catégorie des salauds. Il n'a, au fond, jamais rien fait d'autre qu'être un homme de son temps.

Le regard de la fille s'est voilé pour de bon. Son sourire s'est fait mécanique. Je crois que je l'ai perdue. Il faut dire que je me suis un peu embrouillé dans mon développement.

— Mais j'ai trop parlé, je crois, je lâche, presque embarrassé. Maintenant, c'est votre tour.

— Désolé, *pan*, moi, vous savez je n'ai pas grand-chose à dire. Moi, je n'ai pas d'histoire.

Elle parle d'une voix claire, pleine de vitalité, qui fait chaud au cœur. Tout en se levant, elle ajoute :

— Excusez-moi, je descends ici. Vous aussi, je pense. C'est le terminus.

Elle m'adresse un dernier sourire avant de disparaître. Je me retrouve seul dans le wagon : tous les voyageurs sont descendus pendant que je finissais de parler. Je réalise à quel point la jeune inconnue a été aimable de m'écouter jusqu'au bout.

Je quitte le train à mon tour, sans oublier le fardeau calé entre mes jambes. En moins d'une minute, je me retrouve au grand air. La station centrale recrache un flux continu d'hommes et de femmes au visage gris, pour l'essentiel des employés de retour de Mordor. Au moins ai-je la satisfaction de n'avoir jamais été comme eux. Même si je me suis fait de temps en temps rouler dans la farine, ma vie a toujours eu un sens. On ne pourra pas m'enlever cela.

Au niveau du carrefour de la rotonde, je me mêle au flot des gens tristes qui se partage en deux pour descendre sous terre dans la galerie marchande labyrinthique, ou s'engouffrer dans les bouches de métro. Je suis les premiers et traverse une enfilade de couloirs où s'alignent boulangeries, coiffeurs, marchands de journaux, et autres petits commerces datés qui prennent la poussière dans la lumière blafarde des néons.

Je réémerge à l'air libre avenue Marszałkowska, et prends la direction de la place de la Constitution. Une avenue large bordée d'immeubles sales, abritant bureaux, restaurants, hôtels, surmontés de néons rose et bleu sans visée commerciale évidente. En passant, j'avise un squat d'anarchistes. Il y a pas mal d'affiches sur les murs, de slogans aussi. Je m'arrête un moment pour les lire, et constate que les combats que mènent ces gens me sont étrangers. Ils font partie d'un monde qui, depuis longtemps déjà, n'est plus le mien.

Quand j'arrive sur la place, la foule des travailleurs s'est dissipée, diluée dans la ville. Les costumes élimés se sont noyés dans la masse des survêtements pastel, manteaux en peaux de panthère, parkas couleur aluminium, tenues de camouflage, eux-mêmes noyés dans la masse de ceux qu'on ne remarque pas.

La place de la Constitution est un vaste espace carré, plein de colonnes et de bas-reliefs représentant des ouvriers enthousiastes glorifiant le communisme défunt, flanqué d'arcades et éclairé par des réverbères monumentaux. Je la parcours en diagonale, jusqu'à ce que je retrouve l'avenue Marszałkowska qui file vers la place Zbawiciela.

Ma destination.

Je m'assois sur le trottoir. Les gens passent devant moi sans me prêter la moindre attention. Tandis que je les observe, je me demande ce qu'ils ont dans la tête, quel genre d'histoires ils se racontent. Sont-ils comme cette fille dans le train, qui m'a dit n'en avoir aucune ?

Moi, des histoires, j'en ai trop, au contraire. Je ploie sous le poids de mes propres histoires. Elles m'écrasent. Je me suis perdu dans leurs replis. Alors je ne les plains pas de n'être que des pages blanches. Je ne trouve pas cela déchirant. Au contraire, je crois même que j'envie un peu leur légèreté.

Je pose le plat de la main sur le jerrican aux couleurs de la compagnie Orlen, que j'ai posé près de moi. Il va être temps. Allez, encore une minute. Qu'est-ce que ça change, dans ma situation, soixante secondes de plus ou de moins ?

C'est étrange. Quand on parle d'immolation par le feu, on pense tout de suite à des moines vietnamiens ou tibétains cherchant à résister au bulldozer américain ou chinois. On pense à des civilisations plus avancées que la nôtre sur le plan spirituel.

Pourtant, l'Europe centrale a une vraie tradition dans ce domaine : dans les années soixante, pas mal de jeunes gens, en Tchécoslovaquie et en Pologne, se sont fait flamber pour protester contre le pouvoir en place. À l'époque, les communistes. On se rappelle en particulier Ryszard Siwiec qui s'est immolé dans le stade national, en plein discours de Gomułka, sous les yeux des caméras du monde entier et de dizaines de milliers de spectateurs. Ou encore Piotr Szczęszny, au pied du palais de la Culture et des Sciences, avec près de lui une pile de tracts vengeurs sur lesquels il était écrit : *Vous avez mon sang sur les mains.*

On est loin d'un mouvement de masse, bien sûr. Il n'est question ici que de quelques individus, plus résolus, plus déterminés, ou plus sensibles que les autres. Mais avec cent comme eux, on fait une révolution. Avec cent mille comme les autres, on fait, au mieux, des manifestations.

À présent, moi, Witek Klossowski, je vais rejoindre leur glorieux cortège. En passager clandestin, certes. Mais seul un nombre très restreint d'hommes et de femmes saura que je n'y ai pas ma place. Tous les autres n'y verront que du feu. C'est le cas de le dire, ha ha ha !

Je ne suis pas né de la dernière pluie. Je sais déjà ce qui va suivre. Dès demain, ou peut-être même aujourd'hui dans les journaux du soir, l'information fera la une. Je vois déjà les titres, comme si j'y étais.

> On en sait plus long sur l'homme qui s'est immolé par le feu. Ce n'était pas n'importe qui. Héros de la résistance, qui s'est battu contre les nazis puis contre les communistes, il a joué un rôle dans la grande Histoire, celle avec une majuscule, du bon côté de la barricade, qui plus est. Très affaibli depuis quelques années, il menait une retraite paisible à l'hôpital de Tworki.
> Paisible jusqu'à ce geste inouï.

Les jours qui suivront l'événement, les spéculations iront bon train sur les raisons qui m'ont conduit à me faire flamber. Beaucoup d'analystes jugeront qu'elles sont politiques. Que j'ai voulu terminer ma vie en beauté, avec un spectaculaire et ultime acte de résistance, cette fois contre l'ennemi du moment, le gouvernement des bandits et sa clique. On parlera de sacrifice. On parlera d'héroïsme. On sortira les grands mots.

Mais très vite, le ton changera. Les médias et les politiciens de tous bords essaieront de minimiser la portée de mon acte, voire de le discréditer. Après tout, cet homme était très vieux, déséquilibré, presque fou, diront-ils. Ce n'est pas par hasard qu'on se retrouve enfermé à Tworki.

Même les opposants au régime, même ceux qui devraient s'y retrouver, modéreront leur enthousiasme. Aucun de ceux qui participent au jeu politique n'a intérêt à ce qu'on en brutalise trop les règles, à ce qu'on détruise le système dont ils sont les rouages. L'instinct de survie jouera donc à plein. L'instinct de clan, aussi. Tout le monde tombera d'accord. Contre moi.

Très vite, on passera à autre chose. Ce sera d'autant plus facile que je n'ai même pas songé à me filmer dans mes derniers instants. Un détail qui montre si cela était nécessaire que j'étais vraiment un homme d'un autre temps. Faute d'image, il ne faudra pas longtemps pour qu'on en arrive à douter que cet événement s'est réellement produit.

Alors, on m'oubliera.

MAJA

Marais rouges, 13 septembre 2024, 08 h 10

LE DÉCOR DE CE QU'IL FAUT BIEN APPELER ma prison est tout ce qu'il y a de minimaliste. Je ne me rappelle pas y être venue. J'étais inconsciente quand Kasper m'a traînée dans cette cabane encerclée par la forêt, et où les seuls bruits qui parviennent à mes oreilles sont ceux de la nature. Peut-être celle où la *szeptucha* l'a soigné, ou peut-être une autre. Ce genre d'endroit, ce n'est pas ce qui manque, dans la région.

Les portes et fenêtres sont condamnées, le plancher est effondré par endroits, l'odeur de bois pourri est omniprésente, le froid est mordant. La nuit, j'entends les rats courir à l'étage. Parfois ils viennent me rendre visite, guettant sans doute le moment où je me laisserai manger sans résistance.

Je passe mes journées sur un matelas humide et noir de crasse, le poignet droit attaché aux barreaux du lit d'acier avec des menottes rouillées qui me serrent trop fort et me coupent la circulation, vêtue d'une chemise trop grande et sale qui ne m'appartient pas. Je n'ai rien à faire de mon temps, si ce n'est guetter les craquements du parquet annonçant que ce foutu borgne va revenir me sauter.

J'ai essayé de lui résister au début, jusqu'à ce que je comprenne que ça ne servait à rien et qu'au contraire, ça ne faisait qu'aggraver les choses. J'ai aussi essayé de lui parler, de le raisonner. Peine perdue, autant s'adresser à un trou noir. J'ai fini par me laisser faire.

Si seulement Irina était venue me voir, j'aurais pu tenter quelque chose avec elle, au nom de notre ancienne amitié – même si je doute, à présent, que celle-ci ait existé ailleurs que dans mon imagination. Mais la *szeptucha* a complètement disparu du paysage, elle ne s'est pas montrée une seule fois depuis notre discussion orageuse à la *działka*, et je ne crois pas qu'elle le fera. De mon sort, elle se lave les mains.

Je ne sais pas au juste depuis combien de temps dure ma séquestration. Jours, semaines ou mois, je suis incapable de le dire. Après l'attaque surprise de Kasper dans le salon d'Irina, tout ce qui m'est arrivé a été placé sous le signe de la confusion et j'ai, entre autres choses, perdu la notion du temps.

Parfois, en dépit de mes précautions pour garder la tête froide, je ne peux pas me retenir de pleurer en pensant aux malheureux qui ont pris le risque de m'aimer. Mais ce qui revient le plus souvent, dès que je baisse la garde, dès que je tombe dans la somnolence, ce sont des images, des sons, des odeurs, de l'autre fois où je me suis jetée dans la gueule du loup.

C'était il y a dix ans déjà. J'étais une autre femme, alors, en pleine reconstruction après des années d'errance. Je venais tout juste de mettre un terme à ma carrière de banquière, de la façon la plus spectaculaire et la plus irréversible qu'on puisse imaginer.

J'avais sifflé la fin du bal lors d'un déplacement à Moscou, où j'intervenais sur un dossier stratégique de fusion-acquisition, mon pain quotidien à l'époque. Au bord de la rupture depuis pas mal de temps déjà, même si je l'avais caché à mon entourage, j'avais placé une perceuse électrique dans mon attaché-case. Quand la réunion avec les clients a commencé à tourner à l'aigre, je l'ai sortie et collée contre ma tempe. Ensuite, on l'imagine, plus rien n'a été comme avant…

Une fois sortie de l'hôpital, gavée de médicaments puissants que j'étais supposée prendre le reste de ma vie si je ne voulais pas rechuter et me vriller la tempe pour de bon, je suis partie en voyage, en Inde – un vieux rêve que je pouvais enfin réaliser, et à la hauteur duquel je pense avoir vécu plusieurs mois. Jusqu'à ce qu'il se brise en mille morceaux, ce jour maudit où je me suis aventurée, pas assez équipée et en mode oie blanche, dans les montagnes du Laddakh et que ces types ont prétendu me porter secours – alors que les glissements de terrain qui avaient l'air de démarrer de partout à la fois menaçaient de m'emporter –, avant de profiter de la situation.

Dix ans déjà, et pourtant j'ai l'impression que ce qui se passe aujourd'hui ne fait qu'achever ce qui a commencé alors. Comme si la mâchoire de la bête n'avait fait cette fois-là que s'ouvrir et qu'à présent elle se refermait sur moi. Comme si entre ces deux mouvements destructeurs, rien n'était arrivé, si ce n'est, peut-être, une respiration, et que mon destin n'avait jamais été autre que de finir broyée.

GASPARD

Varsovie, 13 septembre 2024, 10 h 08

AVANT, JE N'AURAIS PRÊTÉ ATTENTION à rien de tout ça : une grille d'aération, un trou dans le mur, un bout de papier froissé sur le sol, une fleur desséchée, un vieux chewing-gum, un mégot, un corbeau mort. Avant, je serais passé à toute vitesse devant ces choses sans importance qui constituent notre environnement immédiat, sans qu'on les remarque. Avant, mes pensées délétères auraient eu le champ libre et ma vie intérieure aurait pris toute la place, pour le meilleur et pour le pire.

Maintenant, je marche avec Lucie, et ça change tout.

Maintenant, il faut prêter attention à chaque fait saillant, à chaque micro-événement, à chaque petite singularité, s'arrêter devant chaque détail intriguant, répondre à chaque stimulus. Bienvenue dans le *slow train*.

Mais je ne la brusque pas, je m'ajuste à son rythme. J'ai le temps. Rien ne presse. Au fond, je n'ai rien de mieux à faire.

Sur le chemin qui mène à la forêt, nous croisons toujours les mêmes personnes. Surtout des vieilles et des alcooliques. En un rien de temps, Lucie est devenue leur idole. À chaque fois qu'elle arrive à leur hauteur, elle se fige devant eux, stupéfaite, comme s'il s'agissait de merveilles du monde. Puis elle leur adresse des sourires inouïs. Même leurs cœurs endurcis ne résistent pas à ça. Parfois, j'ai peur qu'ils crèvent de joie.

Ils ne regardent qu'elle. À moi, ils ne prêtent pas la moindre attention. Au mieux, je suis le gars qui l'accompagne. Au pire, je n'existe pas. C'est bien ainsi. Je n'ai pas envie de leur faire la conversation. Je n'ai rien à leur dire. J'ai toujours aimé rester dans l'ombre. Ça m'a toujours convenu.

Ils sont là tous les jours. Ils n'ont rien de mieux à faire, eux non plus. Avant, ils n'avaient pas vraiment de raison de venir. Maintenant, ils attendent Lucie. Leur vie a changé, depuis qu'elle s'est mise à traîner dans le quartier.

Une fois que madame X et monsieur Y, dont j'ignore toujours le nom, ont fini de s'extasier sur la beauté de ce petit être surgi de nulle part, nous passons notre chemin. Lucie glousse de joie encore deux mètres environ, encore sous le choc de cette rencontre formidable, avant de tout oublier et de passer à autre chose.

Tant bien que mal, nous arrivons à la forêt.

Très vite, quand nous pénétrons dans l'allée bordée de chênes centenaires, la petite cesse de crier, puis de bouger. Sa tête bascule sur le côté gauche, toujours le même. Je reconnais les signes de l'endormissement. La sieste commence. À partir de maintenant, j'ai une heure devant moi. Une heure pendant laquelle il va falloir résister à l'assaut des mauvaises pensées. Enfin, je suis prêt au combat, ce n'est pas comme si je n'avais pas l'habitude.

Mais aujourd'hui, quelque chose de différent se produit. Une minute ne s'est pas écoulée que mon téléphone se met à vibrer dans ma poche. Sans doute Elena, il n'y a plus guère qu'elle pour m'appeler. Mais non, ce n'est pas elle. Je décroche quand même, à peu près certain que j'ai tort de le faire.

— *Cześć* Tadzio.

— *Cześć* Gaspard. Je t'appelle parce que j'ai un problème. Peut-être sérieux.

Il y a de la panique dans sa voix. Ce n'est pourtant pas son genre de perdre les pédales. Je m'attends au pire.

— Que se passe-t-il ?

— C'est au sujet de Maja. Elle a disparu depuis deux jours. Je n'ai pas la moindre idée d'où elle se trouve. Est-ce que tu sais quelque chose qui pourrait m'aider à la retrouver ?

16 septembre 2024, 13 h 15

Le coup de téléphone de Tadzio m'a secoué. Trois jours que j'y pense sans arrêt et que mon cerveau mouline à plein régime. Je me passe en boucle le film de mon dernier entretien avec Maja sur les bords du fleuve, ce jour où on crevait de chaud. Je fais tout mon possible pour essayer de faire tenir ensemble les éléments qu'elle m'a fournis alors. Pavel. Kuba. Alicja. J'essaie de me mettre à sa place. De réfléchir comme elle. Ça n'est pas un exercice hors de portée. Après tout, nous avons été proches amis, elle et moi, il n'y a pas si longtemps.

Un résultat finit par tomber.

Même si ça me hérisse de l'admettre, tout converge vers les Marais rouges.

Oui. Je suis convaincu que c'est là-bas qu'elle s'est rendue. Pour finir de faire le ménage, comme elle dit.

C'est là-bas aussi qu'elle a disparu.

Plus j'y pense, moins je peux m'ôter de l'idée qu'elle a peut-être mis le doigt sur un peu plus de vérité qu'il n'est souhaitable pour quiconque. Qu'il y a peut-être urgence. Alors je ne perds pas de temps.

Je ne rappelle pas Tadzio pour lui faire part de mes soupçons. Après tout, rien n'est sûr. Il faut que j'y voie plus clair avant de l'alarmer. De toute façon, il est probable qu'il ait abouti par ses propres moyens aux mêmes conclusions que moi.

Je ne dis presque rien, non plus, à Elena, avant de me mettre en route. Juste que j'ai besoin de deux jours, trois au plus. Je dois avoir l'air perturbé. Elle sait comment je suis quand j'ai cet air-là. Inaccessible. Elle prend Lucie dans ses bras et ne demande pas plus d'explication.

Au volant de la Dacia, je retourne dans les Marais rouges aussi vite que je peux. Direction : chez Irina Igorenko. J'espère ne pas me tromper. Mais comment le pourrais-je ? Là-bas, il ne reste plus guère que la *szeptucha*. Tous les autres sont partis. Je veux dire, ceux qui ne sont pas morts.

Sur la route de la forêt, un phénomène étrange parvient presque à me distraire de mes soucis. Des morceaux de toiles d'araignée flottent dans l'air, un peu partout, par centaines, avec la lenteur et la grâce de méduses dans l'océan. Un spectacle d'une beauté inouïe. Malgré tout le temps que j'ai passé dans la région, je n'avais jamais rien vu de tel. Ici, décidément, la nature a toujours quelque chose de neuf à offrir.

Mais l'heure n'est pas à la contemplation.

Quand j'atteins la *działka* en fin de matinée, tout semble calme. Je suis surpris de trouver la porte entrouverte. Il me semble que cela ne saurait annoncer rien de bon.

J'entre sans frapper. À l'intérieur, il n'y a personne. Mon appel se perd dans le vide. Irina n'est pas là. Je m'étais tant attendu à pouvoir parler à la *szeptucha*, j'étais si préparé à devoir le faire, que son absence me cause une sérieuse déception.

Je passe un moment à explorer les lieux. Dans le salon, ce n'est pas le désordre habituel qui règne. C'est un désordre inhabituel. Le fauteuil à oreilles sur lequel je me rappelle m'être assis est renversé, ainsi que plusieurs statues. Le service à thé ayant appartenu à je ne sais plus quel tsar gît brisé sur le sol. À l'évidence, Irina est partie dans la précipitation. Il est même permis d'imaginer qu'on s'est battu ici.

Je tourne encore un moment dans le salon, en quête d'un signe, d'un indice. En vain.

À un moment donné, résigné, je sors dans la cour. Une fois dehors, j'ai l'impression qu'une force irrésistible m'y a jeté. Le bruit que font les chiens, dont je n'avais pas conscience jusqu'à présent, me fait le même effet que si un fou martelait à l'intérieur de mon crâne. J'ignore depuis quand au juste Irina est partie, mais il y a fort à parier qu'ils sont en train de crever de faim.

Se détournant du chenil, mes yeux se posent sur la *stodoła*. C'est là, dans ce petit bâtiment de pisé à toit de chaume, de l'autre côté de la cour, qu'Irina avait l'habitude de loger ses rares invités. Je décide d'aller y jeter un œil et traverse la cour. Parvenu devant la porte, elle aussi entrouverte, je frappe trois coups.

N'obtenant pas de réponse, j'entre puis, sitôt à l'intérieur, referme derrière moi en essayant de ne pas faire de bruit.

MAJA

Marais rouges, 16 septembre 2024, 16 h 03

SORTANT DE SON MUTISME HABITUEL, Kasper m'annonce, en me tendant ma tasse de café instantané et le bol de *kasza* qui constituent ma pitance quotidienne depuis qu'il me retient prisonnière :

— Tu manges, et on y va. Le moment est venu.

Le moment de quoi, je l'ignore, et je préfère ne pas trop y réfléchir. Je connais suffisamment Kasper, à présent, pour savoir qu'il est inutile de lui demander des précisions. Il n'ajoutera pas un mot de plus s'il ne l'a pas décidé.

Je suis presque soulagée qu'il se passe enfin quelque chose. J'en suis arrivée à un stade où l'envie de crever n'est pas loin de prendre le dessus sur tout le reste. Oui, désormais, tout vaut mieux que la réclusion que ce malade m'impose.

Je refuse de manger et de boire. Kasper s'en fout : il n'insiste pas. Quand il me détache, l'acier des menottes laisse une trace profonde dans ma chair et je secoue la main pour essayer de réactiver la circulation sanguine. Il me fait passer de vieux vêtements crasseux, nous sortons de la cabane et la lumière du jour, dont j'ai déjà perdu l'habitude, m'éblouit. Il me fait monter sans ménagement à l'arrière de la Nissan et m'oblige à me coucher sur le ventre. L'odeur de skaï envahit mes narines. Il démarre. Nous roulons une quinzaine de minutes sur une piste forestière défoncée, puis il s'arrête, sort du véhicule, ouvre la porte arrière, me fait descendre en me tirant par les pieds. Une barque amarrée à un tronc d'arbre scié à la base nous attend à l'extrémité d'un bras mort de la rivière. Il me fait monter la première en me poussant dans le dos, s'installe derrière moi et se met à ramer.

La rivière Biebrza, en pénétrant dans les marais, se transforme en un réseau de cours d'eau anarchiques, incurvés comme des caractères persans, aux ramifications innombrables dont beaucoup se terminent en cul-de-sac et qui, vus du ciel, lui donnent des airs de labyrinthe. Certaines sections sont fréquentées par les touristes. Celle où nous nous trouvons n'en fait pas partie. Celle-ci, personne n'y vient jamais.

À part lui.

Et maintenant, à part moi.

GASPARD

Marais rouges, 16 septembre 2024, 16 h 10

SI MES SOUVENIRS SONT EXACTS, la grange est divisée en trois pièces, séparées par des cloisons peu épaisses qu'Irina a installées après la mort de Pavel pour rendre l'endroit habitable. La première d'entre elles est plongée dans la pénombre, entamée seulement par un rai de lumière qui passe à travers le volet fermé et frappe le sol juste à mes pieds. Après y être entré, je reste immobile quelques secondes, le temps pour mes yeux de s'habituer à l'obscurité.

Très vite, je commence à distinguer les objets autour de moi. La décoration est sobre, presque monacale. Un lit une place dans un coin. Une table de nuit à côté. Une vieille armoire contre le mur. Un bureau d'écolier, une chaise. Les murs sont nus. On est aux antipodes de la furie baroque qui règne de l'autre côté de la cour.

Je fais quelques pas en direction de l'armoire et en ouvre les battants. J'éclaire l'intérieur avec la lampe de mon portable. Il contient, suspendues à des cintres, des chemises de bûcheron, des pantalons de toile grossière, et au fond, deux paires de bottes de cuir usées.

J'avale ma salive. Je reconnais chacun de ces vêtements. Autrefois, ils appartenaient à Pavel. Pourquoi ai-je le sentiment qu'ils ont été portés pas plus tard qu'hier ?

Un craquement retentit, juste derrière moi. Je sursaute, me fige, tends l'oreille. Dehors, les chiens font toujours un boucan du tonnerre, que les murs de la grange atténuent à peine. Au bout de quelques secondes, comme aucun danger ne s'est matérialisé, je recommence à respirer normalement et poursuis ma fouille, sans savoir ce que je cherche au juste, mais certain qu'il y a quelque chose à trouver.

J'ouvre le tiroir du bureau d'écolier : il est vide. Celui de la table de nuit également. Je passe mon index sur le sol : pas de poussière. L'idée me vient que cet endroit sans âme ressemble à une cellule de prison. Et que quelqu'un y a vécu il n'y a pas si longtemps.

Je passe encore un moment à regarder autour de moi, convaincu que quelque chose m'a échappé. Puis je m'attaque à la pièce suivante. Mes doigts tâtonnent contre le mur avant de trouver l'interrupteur. J'appuie : changement complet de décor. L'ampoule nue qui pend du plafond jette une lumière crue sur des montagnes d'objets hétéroclites couverts de poussière et de toiles d'araignée. Ici, à l'évidence, on se trouve dans une annexe du musée de Pavel.

Je fais quelques pas à l'intérieur, me frayant comme je peux un passage entre les piles de trésors accumulés par le vieil homme. Je suis tellement concentré sur ce qui m'entoure que je ne remarque pas que, dehors, les aboiements des chiens ont cessé d'un seul coup, et qu'un silence absolu règne à présent autour de moi. Jusqu'à ce que j'entende une sorte de cri étouffé venant de dessous mes pieds, que le bruit ambiant m'avait jusqu'alors empêché de percevoir.

Mon cœur fait un bond. Ce bruit est humain. Comprenant soudain qu'il y a quelqu'un là-dessous, je me démène à la recherche d'un accès, déplace sans ménagement les objets, dont certains se brisent en tombant sur le sol.

Enfin, je trouve la trappe, dissimulée sous un ensemble de marionnettes indonésiennes à l'effigie des personnages du Ramayana. J'essaie de l'ouvrir, mais elle est cadenassée. Sous mes pieds, le gémissement est devenu continu.

En panique, je retourne à la *działka*, récupère la hache que j'ai repérée dans la cuisine lors d'une précédente visite, puis reviens dans la grange et m'attaque au cadenas en murmurant, de la même façon que quand j'essaie d'endormir Lucie :

— J'arrive. Tout va bien se passer. J'arrive.

Dans un craquement, le cadenas cède et la trappe s'ouvre enfin. Elle donne sur des escaliers très raides, qui s'enfoncent dans la pénombre. Dès que j'y pose un pied, tout se met à tanguer. En quelques mois, les événements ont réduit ma forteresse intérieure à un terrier. À présent, ce terrier ne se contente plus d'être une construction psychique : il devient réalité matérielle. La réalité géographique coïncide avec la représentation mentale. Je crains que ce ne soit le signe annonciateur d'une liquidation définitive. Je préfère ne pas penser à ce qui arrivera après.

J'essaie de me concentrer, pour ne pas partir en vrille. Je fais un pas de plus, en me baissant pour ne pas me cogner contre le plafond qui suinte d'humidité. L'odeur de pourriture qui règne autour de moi me donne la nausée en un quart de seconde.

J'ai trouvé l'interrupteur, mais à présent je ne suis pas loin de le regretter. Je me dis que l'obscurité valait mieux que ce que j'ai maintenant sous les yeux. C'est une caricature monstrueuse de mon amie qui apparaît dans le faisceau lumineux.

Son corps ressemble à une énorme plaie et est rongé par la vermine. Ses os saillent sous la peau, au point de n'être plus très loin de la transpercer. Les yeux qu'elle tourne vers moi ressemblent à deux béances, d'où la lumière s'est retirée. Elle doit peser trente kilos au maximum. Sans les gémissements qu'elle produit, je la croirais morte.

Je m'avance vers elle et la serre dans mes bras, mais pas trop fort, de peur de la briser.

— Alicja. C'est fini. C'est fini. Tout va bien se passer à présent.

Malgré l'effort que cela lui coûte, elle tente de dire quelque chose. D'abord, j'essaie de la faire taire, mais elle insiste, alors je renonce, approche mon oreille de sa bouche, et parviens enfin à comprendre ce qu'elle cherche à me dire d'une voix méconnaissable :

— Ils l'ont emmenée sur l'île des fous… Dépêche-toi… Il est peut-être déjà trop tard…

MAJA

Marais rouges, 16 septembre 2024, 16 h 45

L'EAU GORGÉE DE TOURBE A DES REFLETS DE PÉTROLE. Les roseaux mesurent trois mètres de haut. Les quelques arbres encore vivants sont à moitié rongés par les castors. Le chant des grenouilles m'évoque un concert de *tabla*. Une odeur de pourriture froide flotte dans l'air.

Kasper manœuvre et rame seul, sans se laisser ralentir par les lentilles d'eau. Il sait exactement où il va, et comment s'y rendre. Il s'est approprié ce lieu à une vitesse sidérante. Comme si, de tout temps, avant même d'y mettre un pied, il l'avait eu dans la peau. Comme s'ils avaient été faits l'un pour l'autre.

La barque prend l'eau, mes pieds sont trempés. Quelques moucherons attardés m'agacent en voletant près de mon visage. Ça n'est rien à côté du bouillon urticant que cet endroit deviendra l'été venu. Quand il ne sera plus question pour les humains de s'y aventurer. Quand je m'en foutrai pas mal, vu que j'aurai cessé d'en faire partie.

Nous ne parlons pas. Ni l'endroit ni la situation ne s'y prête. De toute façon, je crois qu'on s'est dit le peu de choses qu'on avait à se dire. Lui et moi, on n'a jamais eu besoin de beaucoup de mots pour se comprendre, et ce n'est pas maintenant que cela va changer.

Au bout d'une demi-heure de navigation au cœur de la mangrove froide, les roseaux qui nous entourent perdent leur habituelle teinte jaune pâle pour virer au rouge écarlate. Je n'en ai jamais vu de pareils, et j'ignore ce qui au juste leur donne cette couleur. Mais je ne peux m'empêcher de la trouver appropriée. Depuis le temps que je demandais d'où cet endroit tenait son nom…

Quelques minutes après les avoir laissés derrière nous, nous abordons un îlot de terre noire et molle, identique à des centaines d'autres, tout autour. Comment Kasper parvient à savoir que celui-ci est le bon, je l'ignore. En tout cas, il a l'air sûr de lui.

Une fois que la barque a heurté la terre ferme et s'est immobilisée, il se tourne vers moi, me jette un regard qui signifie, nous y sommes, et saute de la barque en faisant un bruit mouillé. Tétanisée, soudain, effrayée de toucher enfin au but, redoutant par anticipation le vide cosmique qui suivra, je reste assise dans la barque, incapable de faire le moindre mouvement, obligeant Kasper à me rappeler à l'ordre.

— Alors ? Tu viens ou il faut que je te sorte de là ?

Je fais oui de la tête, mon corps se déplie d'un seul coup presque malgré moi, et je rejoins Kasper avec le sentiment d'y être poussée par une force qui me dépasse.

Les minutes qui suivent, nous parcourons côte à côte une dizaine de mètres dans les herbes hautes. À mesure que nous avançons, le sol se raffermit sous nos pas, jusqu'à devenir sec. Puis apparaît devant nous un espace vierge de toute végétation, au milieu duquel trône une grosse pierre blanche et lisse, enterrée aux trois quarts, qui ressemble à une idole païenne.

— Voilà. C'est ici. Nous sommes arrivés.

— C'est où, ici ?

Ma question reste sans réponse. Je repère une autre pierre semblable à la première, un peu plus loin, puis encore un autre, puis une forme fuselée qui semble sculptée dans la même matière. Soudain, l'évidence me tombe dessus.

— Nom de Dieu, Kasper… Ce sont des crânes humains… On est sur l'île des fous.

Quand je me tourne vers lui, espérant une confirmation, je constate qu'il ne se trouve plus près de moi, et qu'il est allé s'asseoir un peu à l'écart sur un tronc d'arbre mort. Étourdie, je le rejoins et me laisse tomber près de lui. Il fouille dans son sac, en extrait une bouteille, me la tend avec un début de sourire que rend effrayant son visage déformé par la blessure.

— Tiens. Voilà de quoi te préparer à la suite.

C'est son premier geste un peu humain depuis qu'il a commencé à me séquestrer, de sorte que, décontenancée, j'hésite un moment avant de me saisir de la bouteille, redoutant un mauvais coup de plus. Mais comme il insiste, je surmonte mes réticences et la porte à mes lèvres, en gardant les yeux fixés sur lui. Son regard, ou plutôt ce qu'il en reste, est clair comme jamais. Je n'y décèle aucune trace de doute ni de remords. Rien que du vide. Quand j'ai fini de boire, je demande :

— Pourquoi, Kasper ? Il y a d'autres issues possibles, tu sais.

Il hausse les épaules comme si le sujet l'ennuyait.

— Allons. Ne fais pas l'enfant.

Je tourne de nouveau mes yeux en direction des ossements, pensive. Sur ma gauche, un oiseau s'envole d'une branche dans un froissement.

— Toute cette bêtise, Kasper. Toute cette bêtise… Toute ma vie j'ai été obligée d'y faire face… Je crois que je ne supporte plus… Si tu savais comme elle me rend malade…

Sans paraître m'avoir entendue, peut-être parce que j'ai murmuré, ou peut-être parce qu'il se fout de mes états d'âme, il se tourne vers moi.

— Tu sais, je regrette qu'on doive en finir, dit-il doucement. Je commençais à bien t'aimer. Tu peux me croire ou non. Mais c'est vrai.

Une fois qu'il a fini de parler, l'esquisse d'un sourire se dessine sur ses lèvres, et je comprends que nous ne sommes plus très loin du moment fatidique.

GASPARD

Marais rouges, 16 septembre 2024, 16 h 48

EN ATTENDANT L'ARRIVÉE DE L'AMBULANCE, conscient qu'il y a urgence, le mieux que je trouve à faire, c'est d'appeler Mirek Żelazny, l'homme de fer, même si je crois qu'il ne m'aime pas beaucoup.

Quand il décroche, au bout de cinq sonneries, je commence par lui dire que c'est moi, puis, sans lui laisser le temps de revenir de sa surprise, je lui demande :

— Sais-tu où se trouve l'île des fous ?

Un silence qui pèse des tonnes suit ma question. Finalement, Mirek répond d'une voix de basse :

— Tous ceux qui vivent dans les Marais rouges connaissent cet endroit. Tous aussi savent l'usage qu'en a fait le consul. C'est pourquoi personne n'en parle ni ne s'y rend jamais.

— Il faut que tu fasses une exception. J'ai des raisons de croire qu'ils vont se débarrasser de Maja là-bas. Il n'est peut-être pas trop tard pour empêcher que cela se produise.

Pour une fois, ma voix a sonné comme je voulais. Avec toute l'autorité requise par la situation.

Un détail qui n'a pas échappé à Mirek.

Vingt minutes plus tard, l'ambulance fait son entrée dans la cour, en même temps que l'homme de fer, sur son quad, massif dans sa tenue de camouflage. Tandis que les ambulanciers se dirigent en courant vers la cave dont je leur ai indiqué l'emplacement, il explique :

— Avec cette machine, on ira plus vite. Depuis le bras de rivière où je vais pêcher, il ne nous restera qu'un kilomètre à parcourir en barque pour rejoindre l'île des fous.

Je hoche la tête. Le plan me convient et je n'en ai pas de meilleur à proposer. Je monte à l'arrière en enjambant la crosse de fusil qui dépasse du petit coffre.

— Accroche-toi. Ça va secouer un peu.

Il démarre en trombe. Je ne me retourne pas. Alicja est en sécurité à présent. Autant qu'elle peut l'être dans sa situation.

Mais moi, moins que jamais. Tandis que pins et bouleaux défilent à toute vitesse de part et d'autre du bolide, et que les ornières qui s'enchaînent sur le chemin boueux me retournent l'estomac, mes dernières protections mentales s'effondrent pour de bon.

Je ne peux faire autrement que fermer les yeux. À mesure que je m'enfonce en moi-même, le bruit du moteur me parvient de plus en plus affaibli. Ce que je découvre une fois de l'autre côté me plonge dans le plus grand désarroi.

Les gardes surarmés tombent raide morts du haut de leurs miradors. Les murs de la forteresse se lézardent et ne tiennent plus guère. Des flammes s'élèvent d'un peu partout.

La ruine vient. Pire : elle est là.

Une rumeur furieuse attire mon attention, et je tourne la tête dans sa direction. Une foule sans visage pénètre par une brèche dans le mur. Une fois l'ennemi entré, tout va très vite. Les salles tombent les unes après les autres. Le ring, le hurloir, la bibliothèque… Tout cela part en fumée.

Le quad s'arrête brutalement et je reviens un peu à moi.

— On est arrivés. Monte là-dedans.

Mirek me désigne de l'index une vieille barque de pêcheur. Je m'installe à l'avant, lui à l'arrière. Il se met à ramer énergiquement.

Il n'a pas besoin de mon aide. Ou il s'est aperçu que je n'étais pas en état de la lui donner.

À nouveau, je ferme les yeux.

En moi, le désastre se poursuit. Maintenant, ce sont les oubliettes qui tombent. Mes ennemis ont libéré ceux que j'y retenais prisonniers. Tous ces types dangereux sont en liberté. Ils mettent le feu partout. Mon palais intérieur n'est plus très loin d'être réduit en poussière.

Je sens le sol mou sous mes pieds, la voix de Mirek, lointaine, qui donne des ordres. Mais cette fois, je n'arrive pas à quitter le peu qu'il reste de mon refuge mental pour revenir dans le monde réel. Les flammes montent de partout autour de moi, me lèchent la peau. Tout ce qu'il reste d'intact, c'est cette porte jamais ouverte, donnant sur la salle interdite. Il ne reste plus que cela : une porte fermée sur fond de blanc absolu.

Si je ne veux pas brûler vif, je n'ai pas d'autre choix que de l'ouvrir pour essayer de trouver refuge dans ce qui se trouve derrière.

ALICJA

Marais rouges, 16 septembre 2024, 17 h 03

C'EST UN VASTE DÉSERT NOIR QUI S'ÉTEND maintenant à mes pieds. Là où se dressaient il y a deux jours encore mon auberge et les hautes herbes dorées, il ne reste plus que ce paysage désolé. On se croirait à la surface d'un volcan, juste après une éruption dévastatrice, ou sur une planète maudite imaginée par le cerveau tourmenté de Lem ou de Beksiński.

Après avoir passé quelques minutes sur le promontoire qui surplombe la vallée, j'emprunte un sentier qui dévale la colline pour aller me faire une idée plus précise du désastre. Une fois en bas, c'est d'abord l'odeur de brûlé qui me prend à la gorge. La même que celle qui s'échappe des ruines de l'Auberge du loup, mais cent fois plus intense.

Je n'étais pas préparée à une telle épreuve. On n'est jamais prêt, je crois, pour ce genre de choses. J'ai les jambes en coton. Le sol charbonneux crisse sous mes pas. On n'entend pas un bruit, si ce n'est celui des rafales de vent qui soulèvent la cendre et la font tourbillonner dans les airs.

De quelque côté que je me tourne, aucun signe de vie. Ici, elle n'est plus à l'ordre du jour. Je ne suis pas loin de prier pour ne pas me retrouver nez à nez avec le cadavre noir de suie d'une cigogne qui aurait décidé de ne pas fuir, ou d'un élan qui n'en aurait pas eu le temps. Je crois que ce serait plus que je ne puis supporter.

Au bout d'une dizaine de minutes, comme c'était sans doute inévitable dans un décor pareil, je sens l'angoisse remonter d'un seul coup, presque incontrôlable, des profondeurs insalubres de ma mémoire. Un mélange impressionniste des désastres de mon passé vient se superposer à ceux du présent. Je fais tout ce que je peux pour les contenir, mais n'y arrive pas aussi bien que je voudrais.

À un moment donné, je sens une présence derrière moi. Je ne l'ai pas entendue s'approcher.

— Désolé, Alicja.

Je reconnais tout de suite la voix de Tadzio. Nous étions ensemble, le jour où l'incendie s'est déclaré. Nous prenions le soleil à Castor Beach. Il venait juste d'ouvrir une cannette de Lech tiède après s'être longuement baigné dans l'eau brune. Il a attiré mon attention sur les panaches de fumée noire qui s'élevaient à l'horizon. Nous avons bondi sur la Dollar et roulé à toute vitesse entre les champs de colza en fleur pour aller nous faire une idée plus précise de la situation. Il ne nous a pas fallu longtemps pour comprendre que c'était ma propriété qui était en feu.

Tout mon travail de plusieurs mois qui partait en fumée.

Je sais que sa détresse est sincère, aussi grande que la mienne, peut-être plus. C'est un lien presque organique qui l'unit à cette terre. Souvent, je me dis qu'elle est sa mère véritable, bien plus que l'autre, dont il ne parle jamais. Dès qu'il y a un feu dans la région, je crois que c'est un peu de lui-même qui part en fumée.

— Il faudrait pendre celui qui a fait ça, murmure-t-il comme pour lui-même, les yeux rivés sur le spectacle mortifère.

Après une hésitation, en écrasant du bout du pied un morceau de charbon, je dis :

— Ce n'est pas comme si on ne savait pas qui c'était.

Il se tait un moment avant de répondre.

— Malheureusement, si tu as raison, je crains qu'on ne puisse pas grand-chose contre lui.

— Non. En effet. Pas grand-chose. J'ai essayé, et on voit où ça m'a menée…

— Que vas-tu faire ?

— Remettre tout cela sur pied. Et lui payer ce qu'il demande. Comme tout le monde. Que faire d'autre ?

Tadzio me jette un regard désolé, puis me serre dans ses bras un assez long moment, avant de m'expliquer qu'il doit retourner au travail. Une fois qu'il est parti, je reste là où je suis, abattue, incapable de faire un geste. J'essaie de trouver des raisons d'espérer, de me convaincre que toute cette mort n'est qu'apparente et que la vie reviendra au printemps, mais mon effort se solde par un échec. Mes ressources mentales se révèlent insuffisantes pour surmonter ce que le réel vient de me balancer à la figure.

Un tressautement de l'ambulance me fait revenir au présent. Deux visages inquiets sont penchés sur moi. Des tubes s'échappent de mon torse, reliés à d'étranges machines qui font bip-bip. Des diodes clignotent un peu partout. Des courbes s'affichent sur des écrans.

L'évidence me saute au visage. À présent, le désert noir, c'est moi. Et cette fois, je doute que quoi que ce soit refleurisse au printemps.

MAJA

Marais rouges, 16 septembre 2024, 17 h 30

C'EST DONC AINSI QUE SE TERMINE L'HISTOIRE ? Au milieu d'une mare de boue ? Tout en moi se révolte à cette idée.

Alors, tandis que la pression des mains de Kasper sur mon cou s'accentue, mue par un instinct de survie que j'avais cru éteint par la captivité, je mobilise ce qu'il me reste d'énergie et brise net la bouteille que je tiens toujours par le goulot – j'avais presque oublié sa présence dans ma main – contre le tronc sur lequel je suis à présent couchée sur le dos. Mon bras armé parcourt un demi-cercle parfait en direction de la jugulaire de mon agresseur.

J'essaie de frapper aussi fort que je peux.

Mais Kasper a anticipé mon geste et sa main gauche, large comme un battoir, me lâche une seconde pour envoyer valser à un mètre le tesson qui était aussi mon dernier espoir.

— Sale garce. Tu as voulu me tuer.

La seule chose que j'aurai réussi à faire, c'est amplifier sa rage. Tant mieux, dans un sens : on en aura fini plus vite. Mon dernier regret sera de ne pas avoir pu le regarder se vider de son sang en poussant des cris porcins.

Mais à présent que tout est foutu, même cela n'a plus d'importance.

Le monde autour de moi commence à vaciller. Je ne suis plus très loin de perdre conscience. Un claquement retentit. Est-ce ma nuque qui vient de se briser ? Étrange, dans ce cas, que je ne ressente pas de douleur plus vive. Mais peut-être ai-je déjà atteint un stade qui se trouve au-delà de la douleur…

Oui. Peut-être bien que je suis déjà morte.

GASPARD

Marais rouges, 16 septembre 2024, 17 h 30

J'APPUIE SUR LA CLENCHE. La porte interdite n'est pas fermée à clé et s'ouvre sans résistance. Le visage de Frankowski apparaît en gros plan. Je le reconnais tout de suite malgré l'œil qui lui manque. J'ouvre la bouche pour pousser un cri qui ne sort pas.

Mais aujourd'hui, je ne recule pas. Aujourd'hui, je fais face. Sans réfléchir, j'arrache son fusil à Mirek qui, craignant peut-être que dans l'état où je me trouve, je ne le retourne contre lui, ne m'oppose pas de résistance. Puis je mets en joue et j'appuie sur la gâchette comme si j'avais fait cela toute ma vie.

Suit un claquement sourd.

Aussitôt, la pièce interdite prend feu à son tour. La forteresse est tombée. Le terrier est liquidé. Il n'y a plus de refuge.

Je suis bien obligé d'ouvrir les yeux.

MAJA

Marais rouges, 16 septembre 2024, 17 h 31

LA SECONDE QUI SUIT LE CLAQUEMENT, l'étau que formaient les mains de Kasper autour de mon cou se desserre. Puis je sens son corps s'amollir, s'affaisser. Avec son œil unique, il me jette un dernier regard surpris. Puis il tombe sur le côté et fait un bruit mou en heurtant le sol.

Alors que j'hésite encore à me redresser, craignant qu'au moindre mouvement l'air ne cesse à nouveau d'arriver à mes poumons, une voix retentit, toute proche.

— Maja ? C'est bien toi ? Est-ce que ça va ?

Cette voix m'est familière, mais avant de tourner la tête pour mettre un visage et un nom dessus, je regarde mes mains. Elles sont couvertes de sang. Un instant, je redoute que ce ne soit le mien. Mais non. C'est le sien.

Mirek, l'homme de fer. Et à ses côtés, Gaspard. C'est le Français qui tient le fusil. À voir l'air qu'il a, ce n'est pas que pour moi qu'il a tiré. Il a profité de l'occasion pour régler ses propres problèmes.

Bien que je ne le reconnaisse qu'à peine, je me laisse tomber dans les bras qu'il me tend.

★

Les jours qui suivent, je raconte mon histoire un nombre incalculable de fois à beaucoup de personnes différentes, que je connais ou non, avec une intonation qui, même à moi, me semble mécanique. Je n'ai pas à me plaindre, on me traite avec beaucoup d'égards. Il faut dire que je suis dans un sale état, alors il n'est pas étonnant que nul ne se permette de me brusquer.

Pendant les quelques jours qu'a duré ma captivité, j'ai perdu six kilos. Une vilaine blessure me couvre la moitié du visage. Elle me fait un peu ressembler à Kasper. Il est impossible de faire le compte des contusions que j'ai sur le reste du corps. Le lendemain de ma libération, mes cheveux se sont mis à tomber par plaques. J'ai dû me résoudre à les raser et je ne pense pas qu'ils repousseront – un point que j'ai désormais en commun avec mon autre bourreau. Plus surprenant encore, je suis sujette à des crises de larmes incontrôlables, qui peuvent se déclencher à tout moment, et sans que je ne puisse rien faire pour les arrêter.

Tout cela est, je l'admets, assez spectaculaire. Oui, je suis à moi toute seule devenue une sorte de spectacle, une authentique rescapée, pour ne pas dire une bête curieuse.

Pourtant, ce n'est pas moi la reine du bal.

Alicja Zembron m'a ravi la vedette. Ou Alicja Klossowski, si vous préférez. Oui, pas de doute possible. C'est elle, la vraie miraculée.

Elle s'est longtemps tue, après que Gaspard l'a tirée de sa prison. Elle ne pouvait tout simplement plus parler. Elle avait presque oublié l'usage des mots pendant ses deux ans de réclusion. Perdu les muscles permettant de les former. Elle était presque réduite à néant.

De l'avis général, c'est un miracle qu'elle n'y soit pas restée. Qu'elle ait voulu à ce point continuer à vivre. Et aussi qu'ils ne l'aient pas tuée, jugeant sans doute une mort rapide trop douce pour elle, après ce qu'elle avait fait à Pavel. Un miracle, enfin, qu'elle ait réussi à articuler ces trois mots décisifs : île des fous. Ces mots qui me valent d'être toujours là.

Ce n'est qu'après deux semaines à l'hôpital qu'elle s'est remise à parler. Et alors, plus rien n'a pu l'arrêter. Ce qu'elle avait à dire, même moi je l'ai écouté. Même moi qui n'écoute pourtant plus grand monde. Même moi qui ne me croyais plus capable d'entendre quoi que ce soit de douloureux.

Surtout pas la vérité.

TROISIÈME PARTIE

Trop de vérité

ALICJA

Marais rouges, novembre 2021 – septembre 2024

KUBA SE TENAIT RAIDE SUR SA CHAISE, face à moi, cheveux coupés ras, désormais parcourus de reflets argentés. Il avait salement vieilli depuis la dernière fois que je l'avais vu, et il avait aussi pris beaucoup de poids. Je lui donnais au bas mot trente kilos de trop.

La veille, quand nous avions parlé au téléphone, il avait dit qu'il devait me parler de toute urgence, et qu'il pouvait si nécessaire faire le déplacement jusqu'aux Marais rouges. Ce n'était pas rien pour un homme qui ne sortait presque plus de chez lui.

À présent, il était là. Après avoir rempli deux pintes de bière, je me suis laissée tomber dans le fauteuil, face à lui.

— Tu es un peu nerveux, ou c'est juste une idée que je me fais ?

Sa réponse a été directe. Il n'avait pas passé trois heures sur la route pour prendre des gants avec moi.

— J'ai trouvé quelque chose d'explosif sur Pavel Wronski.

J'ai senti mon sourire disparaître et mon corps se raidir. Pour moi, après ce que le consul m'avait fait, la vie normale n'avait repris qu'au prix d'un effort quotidien pour ne pas penser à lui. La moindre entorse à cette discipline me paraissait dangereuse et, en temps normal, je ne m'en autorisais aucune.

Mais ce soir, pour Kuba, au nom de notre vieille amitié, j'étais prête à faire une exception.

— Wronski ? Depuis quand tu t'intéresses à lui ?

— Depuis longtemps.

L'espace d'un instant, il a eu l'air d'un gamin qui vient de laisser échapper un secret honteux. Mais il s'est vite repris.

— Enfin, peu importe, là n'est pas la question.

— Quelle est la question, alors ?

— Alors, voilà. Pour faire court, j'ai mis la main sur un document resté longtemps ultra-confidentiel, aux archives de la Maison blanche.

La maison blanche. Le surnom de l'ancien siège du parti communiste, en plein centre de Varsovie. Le cœur du réacteur, en quelque sorte.

Mon rythme cardiaque s'est accéléré.

— Il n'est passé qu'entre quelques mains. Rien que les grands pontes de l'UB. Ça n'a pas été facile d'y accéder. Ce genre de document est toujours sensible. Même si longtemps après. Ce n'est pas à toi que je vais l'apprendre.

Quelques pellicules se sont envolées dans la lumière quand il a passé le plat de la main sur son crâne, un geste qu'il faisait souvent. Les yeux rivés dans les miens, il s'est enfin jeté à l'eau.

— Il mentionne une opération visant à anéantir les réseaux de résistance. Ou plutôt de ce qu'il en restait après leur décapitation dans les années cinquante. Ils étaient devenus moins dangereux pour le régime, sans doute, mais aussi plus insaisissables. Pour en finir avec eux, il n'était pas question d'employer les moyens habituels.

Le cœur battant maintenant à cent à l'heure, j'ai demandé, bien que me doutant déjà de la réponse :

— Et donc ? Quels moyens ont-ils employés ?

— L'infiltration.

Le silence est tombé. Un silence avant tout intérieur, je crois. La musique que j'avais mise en fond sonore, juste avant que Kuba n'arrive, a cessé de me parvenir aux oreilles, et mon cerveau s'est mis à tourner à plein régime.

— Le document est daté de mars 1968. Tu commences à voir où je veux en venir ?

— Il est question de Pavel dans ce document ?

J'ai eu le sentiment que les yeux de Kuba s'allumaient. Un mot m'est tout de suite venu à l'esprit en le regardant : obsession. Avec tout ce qu'il implique de pathologique.

— Tu parles qu'il en est question. Tout est décrit dans le détail. Sa destitution du parti, c'était une mascarade. Le rapport qui l'a dénoncé était bidon, ça, on le savait déjà. Mais pas de la façon qu'on croyait. Les stratèges de l'UB, dont faisait partie Pavel, ont calculé qu'un fonctionnaire déçu, lâché par le parti, et ayant exercé des fonctions aussi importantes que lui dans la sécurité intérieure, serait une cible de choix pour les recruteurs de l'autre bord.

Après un silence, il a ajouté :

— Mais il n'est pas question que de lui, dans ce document.

Soudain, il a eu l'air franchement embarrassé. Il ne savait pas comment continuer. Il a fait comme il a pu.

— Ce qui a facilité l'opération, c'est que Pavel connaissait un type qui jouait un rôle important dans les réseaux de résistance. Un ancien ami d'enfance, qui traînait souvent dans les bars de Sródmieście, et qu'on savait donc où trouver.

J'ai senti mon sang refluer. Après une pause tendue, Kuba a repris, histoire de bien me mettre les points sur les *i*, comme si j'en avais besoin :

— Witek Klossowski. Ton père. Et ils ne se sont pas trompés. Tout s'est passé comme ils l'avaient prévu.

C'était comme s'il venait de m'enfoncer la tête sous l'eau. Comme si chaque parole qu'il ajoutait ne visait à rien d'autre qu'à m'empêcher de refaire surface.

— Je suis désolé, Alicja. Moi aussi, ça m'a fait un choc. Je m'attendais pourtant à tout, de la part de Wronski…

Je n'ai rien dit pendant un moment, pour essayer de me donner une contenance.

— Il a servi le même maître toute sa vie, ai-je résumé, sans pouvoir empêcher ma voix de trembler. Il y a cru jusqu'au bout.

Kuba a hoché la tête. Un ton plus bas, j'ai ajouté :

— Nom de Dieu, si Witek l'apprend, c'est toute sa vie qui sera détruite.

— Tu as de quoi lui faire très mal, en effet, a répondu Kuba d'une voix douce.

Mon père, donc. Un sujet compliqué. Au cœur de ma zone grise.

Plus jeune, je lui avais voué une admiration sans bornes, à cause de son passé glorieux. La résistance contre les nazis puis les communistes, l'arrestation, la condamnation à mort, la prison, la reprise de la résistance aux côtés de ce qui restait de l'AK... Pas de doute possible : il était un personnage grand format. Pour ne pas dire un héros. Il y avait dans son pedigree de quoi impressionner l'enfant que j'étais alors.

Mais j'avais grandi, et le vernis s'était craquelé pour laisser apparaître les aspects moins glorieux du personnage, qui avaient fini par prendre le dessus sur le reste.

Le processus d'érosion avait commencé le jour où il avait refusé de revoir son propre père, et lui avait claqué la porte au nez quand ce dernier s'était présenté chez lui, pour faire la paix, après dix ans d'une brouille aux raisons obscures. Je n'avais qu'une dizaine d'années quand c'est arrivé. Pourtant, je me rappelle encore nettement chaque détail de cette scène, et l'impression pénible qu'elle m'avait laissée.

Puis il y avait eu la révélation de l'existence de Natalia, la fille cachée que Witek avait eue avec une autre femme avant de rencontrer ma mère. Il l'avait complètement délaissée pour commencer une autre vie avec sa nouvelle famille, ne s'était jamais occupé d'elle, et elle était morte prématurément d'un cancer, sans s'être – autant que je sache – réconciliée avec lui, et avant que j'aie eu l'occasion de la rencontrer.

Et par-dessus tout, il avait laissé crever sa femme, ma mère, d'un cancer elle aussi, sans lui consacrer ni temps, ni argent, ni amour, me laissant la lourde tâche d'être à ses côtés dans les derniers mois de sa vie. Un épisode particulièrement douloureux pour moi.

Ainsi, quand j'atteignis l'âge de dix-huit ans, la statue était brisée. J'avais mis le temps, mais j'avais fini par comprendre que mon père était d'un égoïsme absolu, complètement centré sur lui-même, incapable d'empathie, même à l'égard de ses proches, même à mon égard. Le trait de caractère qui lui avait permis de devenir un héros sur le terrain de la guerre faisait de lui un salaud sur le plan des sentiments. C'était, je suis prête à le reconnaître, le revers de la médaille, et on ne pouvait pas avoir l'un sans l'autre. Mais ça ne rendait pas la pilule plus facile à avaler. Après tout, s'il avait été un meilleur père pour moi, je ne me serais sans doute jamais lancée dans ma minable aventure américaine, et tout, dans ma vie, aurait été différent.

À présent, je tenais ma revanche, je pouvais lui faire ravaler sa suffisance, et même l'étouffer avec. Seulement voilà : maintenant que j'en avais les moyens, je n'étais plus si sûre que cela d'en avoir vraiment envie.

La vérité, c'est que le désir de revanche que je sentais bouillonner en moi avait un tout autre objet. Au fond, je crois bien qu'il était déjà là et n'avait jamais fait que s'assoupir. Alors d'accord, je veux bien l'admettre, je m'étais peut-être toujours trompée en presque tout, et on pouvait me reprocher beaucoup de choses.

Mais, au moins, le moment venu, je ne me trompais pas d'ennemi.

★

Après avoir tourné et retourné la question dans tous les sens, au prix de pas mal de nuits blanches, j'ai abouti à la conclusion que rien ne justifiait qu'on laisse un homme vivre dans le mensonge, fût-ce au nom des meilleures intentions… J'ai donc appelé mon père pour lui dire qu'il fallait que nous parlions. Surpris de recevoir une invitation de ma part, il m'a assuré qu'il passerait me voir dès que possible.

Quelques jours plus tard, il a tenu parole et est apparu dans l'encadrement de la porte de l'Auberge du loup, vêtu d'un costume blanc éclatant qui, au cœur des marais, semblait tout ce qu'il y a de déplacé. Il ne m'avait pas prévenu qu'il viendrait ce jour-là, et est entré sans y être invité. Chez moi, à l'évidence, il se sentait chez lui. Dans son esprit, ce qui était à moi était à lui. C'est toujours ainsi qu'il a vu les choses.

Autant dire que nos retrouvailles commençaient mal.

Il a regardé à droite, à gauche, et demandé, un pli moqueur au coin de la bouche :

— On dirait que les affaires ne vont pas très fort.

Depuis derrière le bar où j'étais occupée à essuyer les verres, face à la grande salle vide, je n'ai fait aucun mouvement dans sa direction, tout en essayant de ne rien laisser paraître du trouble que me causait son intrusion.

— Je t'ai demandé de venir me voir parce que j'ai quelque chose d'important à te dire. Assoyons-nous. Je te sers à boire ?

La demi-heure qui a suivi, je lui ai répété mot pour mot ce que m'avait raconté Kuba, en lui jetant à intervalles réguliers un regard oblique, pour voir comment il réagissait. Une fois que j'eus fini de parler, il s'est levé sans rien dire, il a franchi en silence, avec une lenteur calculée, les quelques mètres qui le séparaient du bar, puis est revenu sur ses pas et s'est planté devant moi.

Toujours assise, j'ai levé les yeux vers lui.

— Alors ? Qu'est-ce que ça t'inspire ?

— Excuse-moi d'être un peu direct, a-t-il dit, après s'être assuré d'avoir capté mon regard, mais, à mon avis, tu n'as rien compris.

Voilà que ça recommençait. Je me retrouvais encore dans la peau de la gamine en train de se faire sermonner par son père. Malgré le chemin parcouru depuis le temps où j'acceptais ce genre de situation sans broncher. Ça me donnait envie de dégueuler.

— On ne peut pas saisir la vérité d'un personnage comme Pavel Wronski en fouillant dans de la vieille paperasse.

Ce ton docte qu'il prenait avec moi me débectait. Mais comment le lui faire bien comprendre ? Je me sentais impuissante. Je ne savais comment lui faire face comme il aurait fallu. Comme il le méritait.

— Ah bon ? Comment fait-on, alors ?

— Il faut l'avoir côtoyé, comme moi. S'être battu à ses côtés. Avoir été témoin d'horreurs indescriptibles. Avoir pris des risques. Avoir mis sa vie en danger. Autant de choses qui te sont étrangères.

— Ou s'être fait interroger par ses soins à la prison de Mokotów. Ce qui m'est aussi étranger, je te l'accorde.

Cette fois, la provocation a touché au but.

— Tu ne comprends rien, je t'ai dit, a-t-il explosé.

Je me suis figée et ai attendu la suite. Il a repris son souffle et continué, plus calme :

— Pavel a sans doute commis des erreurs. Mais il ne faut jamais oublier qu'il a passé cinquante ans de sa vie à se racheter.

— Des erreurs ? Moi, j'appelle ça des crimes. Et, excuse-moi, mais pas de ceux dont on se rachète.

— Encore une fois, tu ne sais pas de quoi tu parles.

Là, ça a été mon tour d'exploser.

— Nom de Dieu, Witek. Je sais bien à quoi tu fais référence. La légende de la résistance et de la rédemption. Mais c'est bidon. Il vous a trahis tout le temps. Il a provoqué la mort de dizaines de tes camarades. Si tu fais le compte des cadavres de chaque côté de la barricade, tu verras tout de suite qu'il y a un problème. Wronski n'a jamais été un résistant. Jamais, tu entends ? Ça n'est tout simplement pas arrivé.

Une ombre est passée sur son visage, et je crois que, pour la première fois depuis le début de notre entretien, ses certitudes ont vacillé. Mais il s'est vite ressaisi.

— Des rumeurs, tout ça. Rien que des rumeurs sans fondement.

— Il y a les preuves. Datées. Signées. Je les ai vues. Kuba me les a montrées. Que te faut-il de plus ?

Ébranlé mais pas vaincu, il a fini par hausser les épaules avec mépris, avant de poursuivre, un ton plus bas :

— Toute la paperasse produite pendant cette période est mensongère. Elle ne compte pas. Moi, j'ai vu cet homme en action. Se faire tirer dessus à balles réelles, pas du caoutchouc comme dans vos manifs d'enfants gâtés. Se faire tabasser. Verser des larmes quand ses copains mouraient dans ses bras. Ça, c'est réel. Ça, ça compte.

Ainsi donc, il choisissait, contre l'évidence, de s'accrocher à ses certitudes. Le déni et l'aveuglement. Mais je n'étais pas surprise par une telle réaction. Mon père avait toujours eu tendance à faire fi du monde réel, quand cela l'arrangeait. Et cela l'arrangeait souvent.

— Tu te voiles la face, Witek. Tu traites ce sale type comme un dieu intouchable. Qu'a-t-il fait au juste pour mériter que tu le révères ainsi ?

Au lieu de répondre à ma question, il a demandé, presque avec douceur :

— Et toi, que t'a-t-il fait au juste pour que tu lui en veuilles à ce point ?

— Il a fait brûler mon auberge, par exemple. Ne me dis pas que tu avais oublié ce détail ?

— De cela non plus, tu n'as aucune preuve, a-t-il répondu en jetant un regard dédaigneux autour de lui.

— J'en ai suffisamment. De toute façon, ce n'est pas ma seule raison de vouloir le faire tomber.

Ça l'était au départ. Mais les choses ont changé.

— Pourquoi, alors ?

— Au nom de la Justice.

Son corps tout entier s'est raidi, exprimant le plus profond mépris à l'égard de ce qu'il venait d'entendre.

— Quelle idéaliste tu fais. C'est bien ce que je disais. Tu juges sans comprendre. Ton cerveau en est incapable. Il n'est pas configuré pour cela. Pavel et moi avons toujours évolué en zone grise. Là où personne n'est innocent. Là où la Justice en noir et blanc telle que tu la conçois n'a pas cours. En un mot, là où tu n'as pas accès. Ni toi, ni aucun de ceux de ta génération.

Nous avons passé quelques secondes à nous regarder dans les yeux. C'est moi qui les ai baissés en premier. Alors seulement, satisfait de sa petite victoire, il s'est remis à parler.

— De toute façon, même si tu avais raison...

Reprenant espoir d'entendre enfin quelque chose de sensé sortir de sa bouche, j'ai relevé les yeux vers lui.

— Même si tu avais raison, il faudrait garder le silence sur tout cela.

— Mais pourquoi ? Pourquoi le protéger ?

— Pas pour le protéger. Pas parce qu'il est intouchable, comme tu dis. Mais parce que de telles révélations frapperaient de discrédit notre lutte. Pas seulement la mienne. Ni la sienne. Mais celle de tous les soldats maudits tombés sur le champ de bataille. Et cela, je ne peux pas le laisser faire.

Après une hésitation, s'apercevant sans doute que je trouvais l'argument léger, il a ajouté :

— Et puis, il y a encore autre chose...

— Quoi ?

— C'est quelque chose que je n'ai jamais raconté à personne... Mais comme tu ne me laisses pas vraiment le choix...

Les minutes qui ont suivi, Witek m'a, pour la première fois, répété la conversation qu'il avait eue avec son ami Pavel, le lendemain du pogrom, pas loin d'un siècle plus tôt. Malgré le temps passé, il s'en rappelait mot pour mot. Cela en disait long sur l'importance cruciale qu'elle avait eue pour lui.

— Le lendemain du pogrom, j'ai revu Pavel. Nous nous sommes retrouvés près de la rivière, un peu à l'extérieur du village. J'avais passé une très sale nuit, et quand je me suis retrouvé face à lui, j'ai craqué. Toutes les émotions accumulées au cours des jours précédents se sont répandues à ses pieds comme une flaque de sang. Me voyant dans cet état, il m'a pris par l'épaule pour me réconforter et m'a demandé :

— *Qu'est-ce qui ne va pas, Witek ?*

— *Tu te doutes bien.*

— *Oui. Ce qui est arrivé à ces gens est horrible. Moi aussi je suis secoué.*

« Après un silence, j'ai repris la parole.

— *Ce n'est pas seulement ça.*

— *Quoi alors ?* a-t-il demandé, étonné, mais apparemment prêt à tout entendre.

« Presque honteux, j'ai fini par lui avouer ce qui me tourmentait.

— *J'ai peur de finir comme eux.*

— *Pourquoi ça arriverait ?*

— *Pourquoi pas ? Aujourd'hui, c'est le tour des Juifs. Demain, qui sait ? Ça peut être le nôtre. Après tout, eux non plus n'ont rien vu venir.*

— *Ça n'arrivera pas.*

« Il a prononcé ces mots avec une telle fermeté que je me suis redressé d'un seul coup. Réprimant mes sanglots, qui m'ont soudain fait honte, je l'ai fixé avec intérêt et lui ai demandé :

— *Qu'est-ce qui te rend si sûr ?*

— *Nous ne sommes pas comme eux. Nous sommes des témoins. Ça veut dire que nous sommes prévenus. Que nous savons ce qui est possible. À présent, c'est à nous d'organiser notre vie de telle sorte qu'on ne se retrouve jamais dans le camp de ceux qu'on mène à l'abattoir.*

« J'ai demandé :

— *C'est si simple que ça ?*

— *Sans doute pas. Mais nous serons deux pour y parvenir. C'est déjà un bon point pour nous. Tu ne crois pas ?*

« Dans un murmure, j'ai reformulé ce qu'il venait de dire.

— *Jamais du côté des victimes, donc…*

— *Non. Quoiqu'il en coûte.*

— *Quoiqu'il en coûte…*

« Voyant que je reprenais vie grâce à ses paroles, Pavel est allé encore un peu plus loin.

— *Et si cela t'arrive tout de même, je te promets que je ne le laisserai pas passer.*

« J'ai marqué une pause, puis j'ai répondu :

— *D'accord. Et moi je ferai la même chose pour toi. Moi non plus, je ne laisserai rien passer.*

« Nous n'avions pas dix ans. Cela n'aurait pu être qu'une conversation sans lendemain entre deux gamins sous le choc. Un serment sans importance véritable. Mais il a en grande partie décidé de la suite de notre vie à l'un comme à l'autre.

« Bien sûr, les années qui ont suivi, nous avons eu des façons différentes d'en tirer les conséquences. Au point de nous retrouver dans des camps opposés pendant près de deux décennies. Mais ni lui ni moi ne l'avons jamais oublié.

« Que nos luttes aient fini par se rejoindre n'est d'une certaine façon pas l'essentiel. Car même quand nous nous trouvions face à face, nous étions l'un et l'autre animés par la même exigence. Mais je ne sais pas si tu peux me comprendre. Si tu as les oreilles pour entendre cela.

Non seulement j'avais les oreilles pour entendre ce qu'il venait de me dire, mais, une fois qu'il eut fini de parler, l'évidence m'a explosé au visage. Je me rappelle avoir pensé, sidérée, sans cesser de le regarder : *Nom de Dieu. Je ne lui ai rien appris. Il savait déjà tout ce que Kuba a mis des mois à découvrir. Il connaissait déjà la vérité sur Pavel Wronski.*

Quand il a été sûr que son message était passé, Witek a repris la parole :

— Tu sais tout à présent. Tout ce qui te manquait pour avoir une vision claire de qui était cet homme. Tu sais pourquoi, même dans ses décennies d'errements, je n'ai jamais cessé de comprendre ses raisons. Tu connais la promesse qui nous lie et qui m'interdit de me retrouver dans le camp de ses ennemis. Il reste peut-être juste une dernière chose…

J'avais déjà le sentiment d'avoir entendu plus de vérité que je ne pouvais en digérer, mais je l'ai quand même encouragé à continuer, consciente que l'occasion ne se représenterait pas.

— Je t'écoute, Witek. Je ne t'ai même jamais autant écouté.

— C'est peut-être une idée que je me fais… Mais je crois qu'il m'a en quelque sorte sauvé ce jour-là. En trouvant les mots qu'il fallait. Parce que sans lui, après ce que j'avais vu… Il y avait dans la surdose d'horreur à laquelle j'avais été exposé de quoi détruire un homme, tu comprends ? À plus forte raison, l'enfant que j'étais aurait pu ne pas s'en remettre. J'aurais pu passer le reste de ma vie réduit à l'état de pantin désarticulé… Au lieu de quoi… Enfin tu sais… Tu connais mon histoire…

Le silence s'est rétabli, et, parfaitement immobile, je me suis abandonnée au flot d'émotions que Witek venait de susciter en moi, jusqu'à ce qu'il reprenne la parole.

— Maintenant, je crois qu'on en a vraiment terminé. (Puis, regardant sa montre, il a aussitôt ajouté :) D'ailleurs, il faut que je te laisse. On m'attend en ville.

— Nom de Dieu, Witek…, ai-je dit, pas encore prête pour ce changement de ton.

Avant de quitter l'auberge, il a jeté ces derniers mots :

— Attention, Alicja. Je ne sais pas au juste ce que tu as en tête. Tu as toujours été une fille compliquée. Mais n'oublie jamais une chose : c'est dangereux de s'attaquer à Pavel Wronski. Alors, s'il te plaît, pas de bêtise, avec lui. Tu t'en mordrais les doigts, je te le promets.

Avertissement ? Menace ? Il ne m'a pas laissé le temps de lui demander, car déjà la porte de l'auberge se fermait derrière lui.

Qu'importe. Tout était clair à présent.

J'avais cru que mon père vivait dans une légende, ou au moins s'accrochait à elle, parce que le sens de sa vie en dépendait. Qu'il se jouait à lui-même une sale petite comédie.

J'avais eu tort. Il était tout ce qu'il y a de lucide. Mais les liens qui l'unissaient à Pavel lui interdisaient toute action. D'une certaine façon, il était prisonnier de la morale du pogrom. Mais moi, ce n'était pas mon cas. J'étais peut-être seule dans cette affaire. Plus que je ne l'avais jamais été. Contrairement à mon père, j'étais libre de mes mouvements.

★

C'est l'agression d'Irina Igorenko, que Pavel a essayé d'étouffer dans son sommeil pour une raison obscure, qui a servi de détonateur, et m'a convaincue que le moment était venu de passer à l'action, avant que le vieillard ne commette le crime de trop. Parce que alors c'est de mon propre crime qu'il s'agirait. Et ce fardeau supplémentaire, je n'avais pas envie d'avoir à le porter.

Le jour que j'ai choisi pour aller m'expliquer avec lui, je me suis engagée sur la piste menant à sa *działka* peu avant les premières lueurs de l'aube. Une fois arrivée dans la cour, j'ai coupé le moteur et quitté la Polo. Sitôt que j'ai mis un pied dehors, le bruit des chiens, qui jusqu'à présent m'était parvenu assourdi, a brisé la sérénité relative que j'avais réussi à préserver.

À cinq mètres de moi, les clôtures de fer remuaient en cadence sous les assauts répétés des bêtes affamées. Les aboiements semblaient s'être fondus en un seul. Après une ultime hésitation, je me suis engagée dans le passage aménagé entre les deux enclos.

Pavel n'a pas tardé à apparaître dans mon champ de vision, exactement à l'endroit où, connaissant un peu ses habitudes, je m'attendais à le trouver à cette heure matinale. Le vieil homme a aussitôt remarqué ma présence, et orienté dans ma direction sa lampe frontale, sans se soucier de m'éblouir.

Une fois qu'il m'a reconnue, c'est sans exprimer la moindre surprise qu'il a dit :

— Tu tombes bien. Tu viens m'aider à nourrir les chiens ?

— Si tu veux.

Il portait son habituel *kożuch,* col de fourrure jaunie remonté. En dessous, on devinait son corps sec. Il se dégageait de lui cette même force, tant physique que mentale, qui m'avait déjà impressionnée lors de notre première rencontre, des années plus tôt, et que les suivantes n'ont fait que confirmer.

Quand je suis arrivée à sa hauteur, il m'a tendu un seau rempli d'anneaux couleur chair. Je m'en suis saisie sans discuter, et ai à peine jeté un œil au fond, avant de demander :

— Que fait-on maintenant ?

En réponse, il s'est contenté de tourner la tête. De l'autre côté de la grille, les chiens faisaient irruption dans le cercle de lumière produit par sa lampe, puis l'instant d'après disparaissaient, comme des flashes d'horreur pure. Leurs yeux fous, la salive épaisse et puante qui s'échappait de leur gueule, les crocs acérés, les mâchoires qui claquaient, tout cela formait pour moi un spectacle pénible. Mais c'est en essayant de ne rien laisser transparaître de mon trouble que j'ai marché dans les pas du vieil homme quand il m'a invitée à le suivre.

Après avoir parcouru quelques mètres, nous nous sommes immobilisés devant la porte grillagée qui donnait accès à l'enclos des gros chiens. De sa main libre, Pavel a entrepris de la déverrouiller, puis s'est interrompu à mi-chemin pour se tourner, à nouveau, dans ma direction.

— Alors, Alicja, qu'est-ce qui t'amène, au juste ? J'imagine que tu n'es pas venue chez moi si tôt dans la journée juste pour me donner un coup de main…

Sans attendre la réponse, mais en me donnant le sentiment qu'il la connaissait déjà, il a ouvert d'un coup d'épaule la porte de l'enclos, puis est entré à l'intérieur. Aussitôt, les molosses se sont rués sur lui. Indifférent à l'agitation qu'il suscitait parmi eux, il a fait encore quelques pas, jusqu'à disparaître de mon champ de vision.

Une pensée absurde m'a alors traversé l'esprit, pas loin de me faire paniquer : *Il s'est échappé.* Mais je me suis aussitôt reprise, et j'ai concentré à nouveau toute mon attention sur la scène qui se jouait sous mes yeux. Dans l'enclos, la rumeur tournait au concours de jappements. Quand je me suis enfin décidée à franchir la porte, c'est avec le sentiment de pénétrer dans le septième cercle de l'enfer.

Une fois à l'intérieur, j'ai vite compris que les chiens étaient trop occupés à se monter les uns sur les autres et à arracher leur part de pitance pour s'intéresser à moi. Du coup, je me suis détendue un peu, j'ai parcouru presque sereinement les quelques mètres qui me séparaient du vieil homme.

Quand il s'est aperçu que je l'avais rejoint, il m'a jeté un sourire ironique.

— Tu aurais dû me dire que tu voulais t'en charger seule. Je t'aurais laissé faire.

Je me suis protégé les yeux du faisceau lumineux que Pavel projetait sur moi, en mettant mon avant-bras en visière, tandis qu'il me dévisageait sans se soucier du désagrément qu'il me causait.

— Alors ? Pourquoi tu es venue ?

Mes yeux se sont mis à couler sous l'effet de la lumière trop vive, à moins que, sans m'en apercevoir, je ne me sois mise à pleurer.

— Pour te demander des comptes.

C'était étrange. Je venais de dire ce qu'il fallait, exactement les mots que j'avais prévus, tournés et retournés dans ma tête des nuits durant – toutes ces foutues nuits d'insomnie. Pourtant, cela ne les empêchait pas de sonner faux, et même de tomber à plat. La scène ne ressemblait pas à ce que j'avais imaginé, et cela a fait naître en moi un début de malaise.

Au bout d'une poignée de secondes, Pavel a répondu d'un air contrarié :

— Alors tu as frappé à la mauvaise porte. Moi, je ne rends de comptes à personne. Je ne l'ai jamais fait. Et ce n'est pas aujourd'hui que je vais commencer. Surtout pas avec toi.

Toute trace d'affabilité avait disparu de sa voix. Le changement n'avait d'ailleurs pas échappé aux molosses qui s'étaient arrêtés net de manger et s'étaient mis à me fixer en grognant.

— Je sais ce que tu as fait. J'ai les détails. Noms, dates, lieux. As-tu jamais songé à demander pardon pour tes crimes ?

Pavel a craché sur le sol d'un air dégoûté.

— Tu me demandes de m'excuser, mais tu ne sais rien, siffla-t-il. Tu ne sais pas de quoi tu parles.

Toujours le même refrain. Exactement les mêmes mots que Witek pour se dédouaner, se défausser, nier l'évidence. Cette hypocrisie me rendait malade.

Pavel a haussé les épaules et, le visage déformé par la haine, il a ajouté :

— Pars de chez moi, à présent. Tu n'es pas la bienvenue ici. Va-t'en, je te dis.

Comme pour mettre l'emphase sur les propos de leur maître, les chiens se sont mis à grogner encore un peu plus fort.

— Ce n'est pas si simple, Pavel. J'aimerais que ça le soit. Mais ça ne l'est pas. Pas cette fois.

Il s'était penché sur un des chiens sans même attendre que j'exécute son ordre, ne doutant pas que je le ferais, habitué à ce qu'on lui obéisse. Mes paroles l'ont fait se redresser, et même se tourner à nouveau vers moi.

— Et arrête de m'envoyer tout le temps cette lumière dans la figure. Tu vois bien que tu m'éblouis.

Contre toute attente, surpris qu'on lui parle sur ce ton, il a tourné la tête de quelques degrés. Mais il a continué à fixer sur moi un regard oblique, chargé de questions informulées. Jusqu'à ce que, sans que rien l'ait annoncé, il se mette à rire, d'un rire glaçant, mais un rire tout de même, qui a duré un moment, avant de s'interrompre d'un seul coup, aussi brusquement qu'il avait commencé.

— Tu veux me faire chanter, c'est ça ?

— Allons, Pavel… Tu me prends pour qui ?

— Tu crois que tu es la première à essayer ? a-t-il poursuivi, ignorant ma dénégation. Tu crois vraiment avoir les épaules assez solides pour cela ?

Tout en caressant un museau au hasard, Pavel a continué, en donnant le sentiment qu'il s'adressait au chien plus qu'à moi :

— C'était toi, les lettres anonymes, pas vrai ?

— Je ne vois pas de quoi tu parles.

Dans un haussement d'épaules, Pavel s'est ébranlé, a fini de vider le contenu de son seau dans l'auge des chiens.

— J'aurais dû m'en douter. Décidément, tu ne vaux pas mieux que ton crétin de père.

Ces mots m'ont fait à peu près le même effet que s'il avait jeté une allumette sur un baril de poudre.

— Ne m'insulte pas, Pavel. Et surtout, ne l'insulte pas. N'ajoute pas cela au reste. À ce que tu lui as déjà fait.

Mais au lieu d'écouter ce que je lui disais et d'en rester là, il a insisté, sentant qu'il avait touché un point sensible, histoire de me faire encore plus mal.

— Ton crétin de père qui a construit toute sa vie sur des enfantillages.

Ensuite, son rire a redoublé d'intensité, alors je n'ai pas eu d'autre choix que de me jeter sur lui pour le faire taire. L'instant d'après, il s'est retrouvé sur le dos, moi à califourchon sur son torse, et je me suis acharnée sur lui, débordée par la rage, comme je ne l'avais jamais fait avec personne auparavant.

Mon déchaînement a duré peut-être une minute, pendant laquelle j'ai cessé d'être moi-même, comme possédée par une force supérieure. Puis je suis presque revenue à moi, assez en tout cas pour songer qu'à ce stade, malgré le sang qui déjà me couvrait les mains, il n'était pas encore trop tard, l'irréparable n'était pas encore commis. Il était encore temps de s'arrêter.

Mais, pour cela, il aurait fallu que ce rire cesse. Que Pavel ne persiste pas à ne pas me prendre au sérieux alors même que les os de son visage craquaient sous mes poings, et que je tenais entre mes mains le peu qu'il restait de sa misérable vie. Et peut-être aussi qu'il demande pardon. Juste pardon. Oui, je crois bien, à présent, que ce simple mot aurait suffi.

Mais voilà : le rire n'a pas cessé.

Et Pavel n'a pas demandé pardon.

Dans un sens, c'est donc l'entêtement du vieillard qui m'a obligée à continuer. Jusqu'à ce qu'enfin, un dernier coup le fasse taire pour de bon. J'avais fini par croire que ce moment n'arriverait jamais.

Quand j'ai eu la certitude que tout était fini, je me suis relevée, couverte de sang, et, une fois debout, j'ai reculé, pas à pas, haletante, sans quitter des yeux le corps immobile de Pavel. À ce moment-là, je n'arrivais pas encore à mettre les mots sur ce que je venais de faire. Cela viendrait plus tard. Ou pas. Peut-être qu'après tout il n'y avait pas de mots pour décrire ce qui venait d'arriver.

Autour de moi, les chiens, que j'avais oubliés pendant le massacre, étaient comme pétrifiés. Ils semblaient hésiter sur la conduite à suivre. C'était étrange, pour des chiens. Je n'en savais pas long sur leur compte, mais il me semblait qu'ils auraient dû se précipiter sur moi pour me mettre en pièces au premier signe d'agressivité à l'encontre de leur maître.

Il faut croire qu'ils ne l'aimaient pas beaucoup. Pas autant qu'ils auraient dû. Pavel devait avoir beaucoup à se faire pardonner. Trop en tout cas pour s'en sortir une fois de plus. À croire que cette sale histoire de festin cannibale était restée gravée dans les mémoires canines.

Non, à coup sûr, ils ne l'aimaient pas beaucoup, et le visage de Pavel était déjà réduit en bouillie par les molosses, à présent déchaînés, quand j'ai claqué derrière moi la porte de l'enclos et me suis éloignée sans me retourner, ne sachant encore trop si dans cette histoire j'avais gagné ou perdu.

★

De retour chez moi, une demi-heure à peine après l'exécution du bourreau, la première chose que j'ai faite a été de brûler mes vêtements au fond du jardin. Tout le temps que cela a duré, je suis restée debout, à observer les flammes, pour m'assurer qu'elles faisaient bien disparaître toutes les traces de mon forfait. J'avais le sentiment en les regardant danser que ce n'était pas seulement aux centaines de victimes de Wronski que j'avais rendu justice aujourd'hui, pas seulement non plus – puisque je me rendais compte maintenant qu'il s'agissait aussi de cela – à mon père qui à sa façon, dans sa naïveté, dans son idéalisme daté, dans son aveuglement, avait aussi été sa victime.

Mais aussi à moi-même.

Ainsi, tous les épisodes peu glorieux de ma vie défilaient devant mes yeux à toute allure tandis que je regardais brûler les fringues couvertes du sang du criminel de guerre. Ils ne me prenaient pas au dépourvu, car j'étais habituée à ce qu'ils alimentent mes cauchemars. Ce qui était nouveau, en revanche, c'était ce sentiment qu'ils ne faisaient plus partie de moi et que j'avais, ce matin, retrouvé une certaine pureté que je croyais à tout jamais perdue.

Et, nom de Dieu, que c'était bon.

Deux heures plus tard, je travaillais sur le toit, comme si de rien n'était, quand Maja est passée me voir.

★

Quelques semaines plus tard, comme je l'avais espéré, la mort de Pavel a été classée par la police locale au rayon des accidents tragiques et en partie inexpliqués. Personne, à ma connaissance, n'a suspecté qu'il puisse s'agir d'autre chose.

Très vite, je me suis donc retrouvée plus ou moins seule à ne pas avoir tiré un trait sur cette histoire, à l'exception peut-être d'Irina Igorenko qui malgré tout et, à mon avis, en dépit du bon sens aimait tant cet homme. Car ce que j'avais fait me hantait. Les images du visage de Pavel agonisant me revenaient en boucle et en technicolor dès que je fermais les yeux.

Attention : je ne le regrettais pas. Mais il allait falloir vivre avec et, il ne fallait pas se mentir, ça ne serait pas facile. Si j'étais allée plus loin que je ne m'en croyais capable dans cette histoire, je n'étais tout de même pas de la trempe des grands assassins à sang-froid, capables de tourner la page sur leur crime et de passer à autre chose comme s'ils n'avaient rien fait de plus grave qu'écraser un cafard.

Je n'avais pas revu mon père depuis notre explication à l'auberge. Maja m'avait dit qu'il était venu assister à l'enterrement de son vieil ami. J'avais redouté un instant, en l'écoutant m'en parler, qu'il n'ait révélé notre lien de parenté. Mais il ne l'avait pas fait. Pas plus que moi, il n'avait intérêt à l'étaler sur la place publique. Ni de raison de le faire. Ce n'était pas pour moi qu'il était venu. C'était pour son vieux copain. Tout était en ordre.

J'avais aussi coupé les ponts avec Kuba. J'ignorais même s'il savait que Pavel était mort. Oui, selon toute probabilité. Je n'avais pas eu le cran de l'en informer moi-même, mais j'étais à peu près sûre que quelqu'un d'autre s'en était chargé à ma place.

Je dois avouer qu'il me manquait, au point que parfois je n'étais pas loin de décrocher mon téléphone pour lui proposer qu'on se voie. Mais désormais, le fantôme de Pavel Wronski se dressait entre nous. Le souvenir de cette soirée au cours de laquelle il m'avait révélé l'ultime secret du vieil *ubek*, et qui avait réveillé la bête en moi, faisait obstacle.

Nous nous sommes pourtant revus une dernière fois avant son suicide. Chez moi, à l'auberge. À son initiative. Une visite non annoncée, et qui m'a prise au dépourvu, c'est le moins qu'on puisse dire.

Ce soir-là, aux alentours de minuit, comme je n'arrivais pas à dormir, j'étais sortie sur le perron de l'auberge pour fumer. Dehors régnait pour quelques heures une épaisse nuit sans lune et les étoiles crevaient l'écran. J'avais toujours l'espoir de trouver dans ce spectacle de quoi m'apaiser un peu. Mais cet espoir était toujours déçu.

Je suis restée assise un moment, les yeux tournés vers les abîmes sidéraux, en essayant de me vider la tête, de ne plus penser à *ça*. Mais, au bout de quelques minutes, un bruit en provenance de l'arrière de l'auberge m'a tirée de ma contemplation. C'était peut-être un animal. Peut-être même la *kuna* faisait-elle son grand retour.

J'ai décidé d'aller vérifier de quoi il s'agissait. Une fois de l'autre côté du bâtiment, comme je n'avais pas de torche, je n'ai d'abord perçu qu'un point de lumière rouge luisant dans l'obscurité. Puis une silhouette s'est dessinée au milieu des ombres.

— Kuba ?

Pourquoi n'étais-je pas plus surprise que cela de le trouver ici ? Pourquoi en étais-je presque heureuse ?

— Je te dérange ?

— Non. Viens t'asseoir, si tu veux. Je ne serais pas contre un peu de compagnie.

J'ai écarté les pans de la moustiquaire et me suis assise dans le sofa, près de lui. Une bouteille était posée sur la table basse.

— Sers-toi, si tu veux.

Je ne me suis pas fait prier, m'en suis saisie, et ai avalé une gorgée ou deux. Vodka. À en juger par son poids, la bouteille était à moitié vide.

— Tu aurais dû me prévenir que tu venais, ai-je dit. Il y a de la place à l'intérieur, tu sais. Malgré les rumeurs qui courent en ville, on ne vit pas comme des bêtes.

— Je préfère rester dehors. Et je savais que tu finirais par sortir.

— Toi non plus, tu n'arrives pas à dormir ?

— Comme tu vois.

Les mots me sont restés un moment coincés dans la gorge, avant de sortir.

— Quelque chose qui cloche en particulier ? Ou juste l'angoisse ordinaire ?

Il a laissé échapper un rire bref.

— Allons, Alicja. Ne va pas croire que j'aie mis de côté toute cette histoire si facilement.

Inutile, bien entendu, de continuer à jouer les idiotes et de lui demander de préciser de quelle histoire il s'agissait, alors je me suis abstenue.

— Ça me ronge.

Le plafond obstruait la vue sur les étoiles. Seul demeurait visible, face à nous, le mur végétal qui délimitait la forêt – le noir absolu, dentelé de violet vers le haut. Kuba a écrasé son mégot, sorti son paquet, m'a offert une cigarette, en a pris une pour lui, et les a allumées l'une après l'autre, en prenant son temps.

— Tu veux qu'on en parle ?

— Pas vraiment. Tout ce que j'ai à dire, c'est que je crois que tu as eu raison de faire ce que tu as fait. Oui, Alicja : je crois que tu as fait ce qu'il fallait.

Longtemps, je n'ai rien dit. J'avais le souffle court, et l'impression qu'une armée de fourmis était en train de parcourir la surface de mon corps.

— Alors tu as toujours su ?

— À la seconde où j'ai appris la mort de Pavel. Cette histoire d'accident avec les chiens, je ne l'ai jamais avalée. Pour qui connaissait un peu le personnage, elle ne tenait vraiment pas la route. Et qui, mieux que moi, le connaissait ?

Il a porté la bouteille à ses lèvres. La tête vide, je me suis concentrée sur le va-et-vient de sa pomme d'Adam, à demi noyée dans les bourrelets de graisse.

— Note que je ne te jette pas la pierre. Je le répète : je crois que tu as eu raison de faire ce que tu as fait.

Il a marqué une pause pour me laisser le temps de répondre quelque chose, ce que je me suis gardée de faire. Alors, il a fini par reprendre :

— Tu connais mon histoire, Alicja. Mon parcours chaotique. Tu es la seule qui sache tout. Ou presque. Même Milena en sait moins long que toi.

Après une nouvelle pause, il a poursuivi :

— Eh bien, elle n'est pas terminée, cette histoire… J'avais fini par le croire, pourtant. Mais je me trompais. Un soir, il y a quelques mois, j'ai revu un des types qui m'avaient *recruté*… Ça ne pouvait pas être un hasard. Avec eux, il n'y a jamais de hasard. (Il a avalé sa salive.) Ce soir-là, j'ai compris que ça n'en finirait jamais, qu'ils étaient à nouveau après moi, quel que soit le nom qu'ils se donnent à présent, et celui de la cause à laquelle ils se sont vendus. Et j'ai compris aussi une autre chose, peut-être encore plus importante : que je ne le supporterais pas.

Nom de Dieu, où voulait-il en venir ?

— Alors je me suis dit que le temps était venu de révéler l'ultime vérité que je gardais pour moi. Pour qu'elle ne disparaisse pas en même temps que moi. À la personne qui en ferait le mieux usage. Toi, Alicja.

J'ai laissé échapper un rire nerveux.

— Bravo. On voit le résultat. (Puis, avant qu'il reprenne la parole, soudain saisie d'un doute, j'ai demandé :) Tu es en train de me dire que tu avais deviné ce qui allait se passer ?

Il a secoué la tête de droite à gauche.

— Je ne pensais pas que tu irais aussi loin. Mais je savais aussi que tu ne resterais pas inactive. Toi aussi, je te connais bien...

— Donc c'est bien ça..., ai-je dit, sentant la colère monter en moi. Tu m'as utilisée pour régler tes comptes...

J'ai avalé ma salive, manquant de m'étouffer au passage.

— Pourquoi ne pas t'être chargé toi-même de la sale besogne ?

Il a fait un geste d'impuissance.

— Tout ce que j'ai pu faire, c'est lui envoyer des lettres de menace. Pas vraiment des lettres, en réalité. Des listes de noms. Ses victimes. Avec la date de leur mort.

— Alors c'était toi...

— C'est le mieux que j'ai trouvé. Tu sais, en dépit de ma légende, je n'ai jamais été un homme d'action.

Il était pitoyable, à présent. J'avais beau chercher, aucun autre mot ne me venait. Pitoyable.

— Nom de Dieu, Kuba, je n'en reviens pas. Tu m'as manipulée.

Il s'est forcé à sourire, a bu quelques gorgées de vodka au goulot, puis a été saisi d'une quinte de toux. Une fois qu'il a fini de cracher ses poumons encrassés de nicotine, j'ai lancé :

— Pourquoi n'as-tu pas gardé tout ça pour toi ? Pourquoi tu es venu ce soir ?

— Parce que je m'en vais, a-t-il répondu sans une trace d'hésitation.

Il a marqué un temps, m'a jeté un regard désolé, regrettant peut-être que je ne l'interroge pas sur sa destination.

— Mais avant cela, j'ai voulu te dire merci. Et pardon. Et aussi au revoir.

Joignant le geste à la parole, ayant dit ce qu'il avait à me dire, et accepté le fait que je ne rentrerais pas dans son jeu et ne répondrais rien, il a soulevé son énorme carcasse pour se diriger vers le parking. Toute à ma colère, je n'ai rien fait pour le retenir. Quand il a disparu au coin de l'auberge, je me suis contentée de siffler :

— Foutu lâche.

Mais sans doute pas assez fort pour qu'il m'entende.

Après son départ, j'ai passé encore un moment dehors, le temps de vider la bouteille et de retrouver mon calme. Ensuite, tandis que je m'apprêtais à retourner à l'intérieur de l'auberge pour essayer de dormir, j'ai remarqué que la voiture de Kuba était toujours garée sur le parking. Alors, comme je ne le voyais pas dehors, j'ai poussé la porte du restaurant et appelé à l'intérieur.

Pas de réponse.

Gagnée par un début d'inquiétude, j'ai à nouveau appelé dehors. Toujours sans obtenir de réponse. J'ai sondé l'obscurité autour de moi. À deux cents mètres, un faisceau lumineux faisait des zigzags au milieu des arbres.

— Merde.

Au pas de course, j'ai rejoint le sentier qui commençait derrière l'auberge et qui traversait un bras de forêt avant de déboucher sur le marais. C'était un sentier étroit, incertain, qui avait souvent tendance à disparaître. Pour corser le tout, la lune ne s'était toujours pas levée et, pour me repérer dans l'obscurité presque totale, je n'avais que la lampe de mon téléphone.

J'ai tracé mon chemin comme je pouvais. La mousse séchée craquait sous mes pieds. Je m'empêtrais à chaque pas dans des toiles d'araignée. Des bruits d'origine indéterminée s'échappaient de toutes parts. J'ai vu passer une ombre, peut-être un renard. J'ai dû faire un effort pour ne pas laisser l'angoisse me déborder.

Au bout d'un quart d'heure de marche, la forêt a cessé d'un seul coup. Le mur d'obscurité m'a recrachée. Je suis sortie de l'autre côté, comme dans un autre monde, là où les Marais rouges commençaient. Je ne voyais plus la lampe de Kuba. L'avais-je rêvée, tout à l'heure ? Ou bien s'était-il aperçu que j'étais après lui, et avait-il jugé préférable de l'éteindre pour se rendre invisible ?

De plus en plus inquiète, j'ai pressé le pas.

À présent, une odeur fétide montait de la terre. Elle devenait de plus en plus forte à mesure que j'avançais. La zone humide qui m'entourait me faisait penser à une plaie purulente, à une maladie de peau, à une soupe maléfique. Mais ce sentiment me renvoyait peut-être davantage à mon état intérieur qu'à une réalité objective.

J'aurais déjà dû rattraper Kuba depuis longtemps. Ces derniers mois, il était devenu énorme, bouffi, sa condition physique s'était dégradée de façon alarmante. Par quel miracle m'échappait-il encore ? Je me l'expliquais mal.

Le sol a perdu le peu de fermeté qu'il lui restait, la progression est devenue encore plus difficile. Puis est arrivé un moment où, incapable d'avancer davantage, j'ai été contrainte de m'immobiliser.

— Kuba, où es-tu ? Reviens. Je ne suis plus en colère. Je regrette ce que je t'ai dit tout à l'heure. C'est promis. On tire un trait sur tout ça, et on repart à zéro.

J'ai sondé l'obscurité, fébrile. J'ai fait un tour sur moi-même pour balayer tout l'espace environnant. Une fois, deux fois. Et soudain, je l'ai vu. Ou plutôt, je l'ai deviné, mais pas de doute, c'était bien lui : il était là, à moins de cent mètres.

Sentant peut-être mon regard posé sur lui, il s'est arrêté, a tourné la tête dans ma direction, a semblé vouloir dire quelque chose, mais a changé d'idée au dernier moment, et s'est remis en route.

Sa démarche était grotesque. Chaque pas semblait l'arracher à la terre et le faisait rétrécir, comme si la nuit qui l'entourait s'attaquait à son intégrité physique.

Mais, contrairement à moi, il avançait. Moi je n'y arrivais pas. À présent, j'étais enfoncée dans la boue jusqu'à mi-cuisse, comme dans un mauvais rêve, et complètement bloquée.

— Kuba, reviens.

Interrompant mes efforts pour m'extraire de la boue, j'ai gardé les yeux fixés sur le point de la nuit où il avait sombré, sans parvenir à distinguer quoi que ce soit. J'ai appelé encore une fois. De toutes mes forces. Mais sans plus de résultat que les précédentes. Aucune réponse n'a surgi du néant.

Une demi-heure plus tard, je suis parvenue à m'extraire du piège de boue dans lequel je m'étais jetée comme une idiote. J'ai renoncé à rattraper mon ami qui s'était volatilisé dans la nuit depuis longtemps déjà, et j'ai regagné l'auberge par le même chemin qu'à l'aller.

Mon cœur battait vite, mais pas à cause de l'effort. J'avais l'impression qu'un liquide glacé courait dans mes veines, à la place du sang qui, il y a peu encore, y avait sa place. Ma tête tournait.

Quand je suis arrivée dans la cour de l'auberge, le coup de feu m'est parvenu si étouffé que j'ai presque réussi à me convaincre que je l'avais rêvé.

★

Pas plus que dans l'affaire Wronski, mon rôle dans la disparition de Kuba n'a été mis au jour. Pour tout le monde, il s'est limité au fait que c'est moi qui avais retrouvé son corps sans vie, flottant sur la rivière. Et pour tout le monde, c'était déjà plus que suffisant.

Je connaissais assez les marais pour savoir que, compte tenu de la zone où il avait disparu au terme de notre course-poursuite nocturne, il avait toutes les chances d'être rejeté du côté de Castor Beach. En m'y rendant deux jours après notre ultime rencontre, j'ai cédé au besoin de le voir une dernière fois, peut-être pour m'assurer qu'il était vraiment mort, que tout cela était réel, et pas juste le fruit de mon imagination déglinguée. Sans bien me l'expliquer, je crois aussi que je préférais que ce soit moi qui le découvre plutôt que quelqu'un d'autre, qui ne l'aurait pas assez aimé.

J'ai emmené Maja avec moi, car je craignais de ne pas être capable de faire face seule à la situation. Je me suis comportée de façon un peu étrange avec elle ce jour-là. Pas étonnant, au vu des circonstances. Sauf qu'il n'y a que moi qui les connaissais et que je ne pouvais pas les lui expliquer. Alors, je crois qu'elle m'a trouvé un peu folle. Mais pas au point de faire le lien entre mon comportement et la découverte du corps.

Personne n'a trouvé suspect que je ne sois pas présente le jour de l'enterrement. L'amitié qui nous unissait, Kuba et moi, était connue de tous, et tout le monde a mis ma décision sur le compte de l'émotion qui me déchirait. Sur cette question au moins, ils ne se trompaient pas.

Ensuite, le temps a passé. Mes cauchemars quotidiens, pourtant déjà saturés à cause de ce que j'avais fait à Pavel, se sont encore enrichis de nouvelles images. La vie a repris dans les marais, tant bien que mal, avec son lot de problèmes. Maja, surtout, a vécu une sale période. Après l'avoir aidée comme je pouvais à s'en tirer, j'ai caressé l'espoir de réussir à reprendre une existence à peu près normale.

Quand j'ai appris que mon père s'était fait pincer en train de mettre le feu à la forêt, j'ai eu l'impression de recevoir un coup de massue sur la tête. C'est Maja qui m'a raconté toute l'histoire. Je l'ai écoutée en maîtrisant avec peine l'émotion que faisait grandir en moi chacune de ses paroles.

D'une certaine façon, j'avais sous-estimé Witek. Il était le seul, dans cette affaire, à avoir fait preuve d'assez de lucidité pour ne pas avaler la version officielle de la mort de Pavel. Ou en tout cas le seul à avoir été assez opiniâtre pour ne pas laisser filer sans rien faire. Je le reconnaissais bien là.

Tout le monde a mis son acte sur le compte de la démence sénile. Tout le monde sauf moi. On peut voir dans sa décision la volonté de punir la communauté tout entière de son incapacité, à lui, de mettre la main sur le vrai coupable Un aveu de faiblesse. Moi, je voyais les choses autrement. Je crois qu'il avait obéi à une nécessité intérieure irrépressible de passer sa colère comme il pouvait, faute de pouvoir punir le vrai coupable. Et pour cause, c'était sa fille.

Oui. Je crois que, comme Kuba avant lui, il avait été assez malin pour remettre ensemble toutes les pièces du puzzle et pour comprendre que si son compagnon de lutte avait été assassiné, alors j'étais, moi, sa fille, impliquée d'une façon ou d'une autre. Peut-être de la pire qui soit. Et je crois aussi qu'il avait été aussi fidèle à son serment, comme lui presque centenaire.

Après tout, il m'avait prévenue. J'aurais dû savoir à quoi m'en tenir. Avec lui non plus, il ne fallait pas plaisanter.

Pas de bêtises, avec Pavel.

Personne n'avait encore fait le lien entre lui et moi. Mais à présent, cela n'était plus qu'une question de temps. Les projecteurs qu'il avait attirés sur lui ne tarderaient pas à m'envelopper dans leur faisceau. Et j'aurais alors plus à craindre qu'une nouvelle destruction par le feu de mon auberge.

Ma seule erreur a été de croire que j'avais encore un peu de temps pour préparer ma sortie.

Du temps, en réalité, je n'en avais déjà plus. Et pour moi, l'horloge s'est arrêtée sur la route des Marais rouges, très précisément au milieu de nulle part, au moment où je m'y attendais le moins.

★

C'est ainsi que je me suis retrouvée enterrée jusqu'au cou dans les marais, entourée par les corbeaux sur le point de passer à l'attaque et n'ayant rien d'autre à faire qu'à attendre la fin, aussi prête qu'on peut l'être à passer de l'autre côté dans des souffrances indescriptibles.

Sauf que la fin n'est pas venue.

Au lieu de l'impact mou du bec acéré contre la cornée, auquel tout en moi s'était préparé, j'ai entendu le battement d'ailes des volatiles en train de déguerpir. Quand j'ai rouvert les yeux, une femme est apparue dans mon champ de vision.

— Eh bien, ma belle, on dirait que j'arrive juste à temps.

J'ai mis un moment à reconnaître le visage de la *szeptucha*. Et même une fois que je l'eus reconnue, il m'a fallu encore quelques secondes pour admettre que c'était bien elle qui se tenait face à moi, et pas une hallucination produite par mon cerveau détraqué. Alors, ma joie a été immense.

— Irina, nom de Dieu, tu ne peux pas imaginer comme je suis contente de te voir.

Mais le temps de se réjouir a été de courte durée. Avant qu'elle ait eu le temps de répondre, une ombre s'est approchée derrière elle. J'ai tout de suite reconnu celui que j'avais, jusqu'alors, faute d'un nom plus approprié, appelé le *dibbouk*. Un homme de chair et d'os, en réalité. Borgne, comme elle.

J'ai voulu la mettre en garde, lui crier de faire attention. Mais déjà, le *dibbouk* s'était immobilisé près d'elle, elle ne pouvait pas ne pas l'avoir remarqué, et elle continuait à sourire. Alors j'ai compris qu'elle n'était pas venue pour me porter secours.

Elle s'est agenouillée face à moi, a planté ses yeux dans les miens.

— Sais-tu au moins comment j'ai su que c'était toi ? a-t-elle demandé d'une voix où ne perçait aucune haine, mais aucune compassion non plus. Sais-tu au moins qui t'a trahie ?

Elle a approché autant qu'elle pouvait son visage du mien et m'a éclairée dans un murmure :

— Ton propre père, Alicja. Ton propre père.

La seconde d'après, avant que j'aie eu le temps de digérer l'information, un violent coup de pied dans le nez administré par le *dibbouk* m'a fait perdre conscience.

★

Quand je me suis réveillée, j'étais enfermée dans une cave humide, enchaînée au mur au niveau des pieds, et plongée dans l'obscurité. Dans ce qui était devenu ma prison, j'ai eu plus de temps qu'il n'en fallait pour méditer sur le fait que mon père avait sacrifié sa fille au nom d'un serment de gamins remontant à des décennies, et par lequel il avait pendant tout ce temps, sans s'en apercevoir, été le seul à se sentir lié. Et même pour cesser d'y penser.

Je crois que je sais pourquoi ils ne m'ont pas tuée. Parce que la mort était aux yeux d'Irina une punition trop douce au regard de ce que j'avais fait subir à Pavel. Elle voulait me faire souffrir le plus longtemps possible avant d'en finir avec moi.

Les visites qu'elle me faisait chaque jour pour m'apporter ma pitance, un bol de soupe claire, toujours la même, faisaient partie de la torture. À chaque fois, au lieu de se taire, comme elle le faisait si bien du temps où nous étions amies, elle me racontait des choses que j'aurais préféré ignorer.

Un jour, elle m'a dit :

— Tu ne vas pas le croire, j'ai eu des nouvelles de ton père.

Je n'ai pas réagi à l'information. Pas fait un mouvement. Il n'existait plus pour moi.

— Il est dans les journaux, figure-toi.

Pas un tressaillement.

— Mais inutile de te faire un long discours. Je vais plutôt te montrer.

Elle a fouillé dans la poche de son manteau, en a extrait un téléphone. Elle l'a approché très près de ses yeux, a tapoté maladroitement les touches avec l'index, puis a tourné l'écran dans ma direction, sans un mot de plus.

Un assez long moment, le vieillard reste assis sans bouger jusqu'à ce que, soudain, il s'ébranle, donnant le sentiment de s'éveiller d'un sommeil profond. Il se tourne sur le côté, se saisit à deux mains du jerrican, qui semble trop lourd pour lui. Sans se presser, il en dévisse le bouchon, puis le pose sur le sol. Ensuite, il attend encore un moment, et constate qu'il n'attire toujours l'attention de personne. Alors, d'un geste étrangement assuré, comme s'il en avait l'habitude, ou l'avait répété, il soulève le jerrican au-dessus de lui, et en répand le contenu sur sa tête et son corps. À présent, quelques passants se sont arrêtés pour l'observer. Certains semblent même se demander s'ils ne devraient pas intervenir, avant que quelque chose de grave ne se produise.

Mais il est déjà trop tard pour faire quoi que ce soit pour le vieil homme. Déjà, il a allumé son briquet, qui produit une belle flamme, et sans hésitation il le laisse tomber sur lui. Aussitôt, son corps prend feu. Des cris de panique s'élèvent de la foule rassemblée autour de lui et qui grossit à chaque instant.

Maintenant, il a toute leur attention.

Transformé en torche humaine, le vieillard parvient à rester immobile quelques secondes, jusqu'à ce que la douleur devienne insoutenable, et l'oblige à abandonner sa position assise. Il se met alors à courir en cercle, en faisant des moulinets avec les bras, sur un périmètre très restreint, comme un oiseau monstrueux tout droit sorti des enfers, ou venant d'y faire son entrée.

Au bout de quelques minutes, un homme en uniforme de gardien de parking, armé d'un extincteur, se fraie à coups de coude un chemin dans la foule. Une fois qu'il se trouve à portée du vieillard, il l'asperge copieusement et parvient à éteindre le feu. Le vieillard s'effondre alors sur le sol, de la fumée malodorante s'échappant de son corps noirci comme une vieille bûche.

La vidéo achevée, Irina a rangé son portable dans un pli de sa robe.

— Tu l'as reconnu ? C'est bien lui, n'est-ce pas ? Désolée que ce soit à moi de te l'apprendre, mais la fin de l'histoire est triste. On l'a transporté à l'hôpital en urgence, mais ça n'a pas suffi, il est mort quelques heures plus tard. De toute façon, je ne sais pas ce que tu en penses, mais je ne crois pas qu'il voulait qu'on le sauve.

J'ai senti une larme couler sur ma joue. J'avais beau ne pas le vouloir, je ne pouvais pas l'empêcher. À la douleur que j'éprouvais d'apprendre la mort tragique de celui qui, malgré tout, restait mon père, s'ajoutait celle d'avoir donné à la *szeptucha* ce qu'elle voulait.

Une autre fois, elle m'a dit :

— Tu as envie de savoir pourquoi Pavel a essayé de m'étouffer, cette fameuse nuit ?

Elle a poursuivi sans attendre ma réponse, en parlant sur un ton neutre. Je ne pouvais pas déchiffrer l'expression de son visage, plongé dans l'ombre, car seule la lumière de l'étage, qui filtrait à travers la porte laissée ouverte, nous éclairait.

— J'ai essayé d'user avec lui de mes pouvoirs de *szeptucha*. J'ai voulu lui lire son avenir. Je lui ai prédit une fin brutale. Pas par malveillance : parce que c'est ce que j'avais vu. Ça ne lui a pas plu, c'est le moins qu'on puisse dire, et il a mal réagi. Pourtant, la suite m'a donné raison…

J'avais la gorge sèche, et une seule envie : qu'elle se taise, qu'elle parte, qu'elle me laisse tranquille. Devinant ma pensée, elle s'est détournée de moi. Mais elle a lancé une dernière chose avant de disparaître :

— Oui, une fin brutale. En somme, tout à l'opposé de la tienne. C'est presque ironique, non ?

La dernière fois que j'ai vu Irina, elle semblait plus agitée que d'habitude. Comme toujours, chacune des paroles qu'elle a prononcées n'avait d'autre but que de me tourmenter. Comme toujours, elle y est parvenue.

— Aujourd'hui, on en finit avec ta copine Maja. T'avais-je dit qu'on la tenait, elle aussi ? Oui, je ne crois pas avoir oublié de t'en parler. Mais elle a plus de chance que toi : son calvaire s'achève aujourd'hui. Kasper se charge de la conduire à l'île des fous, et de lui faire subir le même sort qu'à tous les autres. Je veux dire, tous ceux qui ont trahi Pavel.

Quand elle a disparu, j'ai eu le sentiment très net que je ne la reverrais pas. Je ne me trompais pas, et je pense qu'elle a vidé les lieux pour de bon aussitôt après avoir quitté la cave où elle me tenait enfermée depuis près de deux ans. Sans doute convaincue que je crèverais de faim en quelques jours.

Mais tu es arrivé, Gaspard. Tu as changé la fin de l'histoire *in extremis*. J'ai cru que je délirais, quand je t'ai vu apparaître à la place de cette vieille sorcière ou de ce cinglé borgne et vicieux. Quand j'ai compris que je ne rêvais pas, les dernières paroles d'Irina me sont revenues à l'esprit, et j'ai puisé dans le peu d'énergie qu'il me restait pour t'aider à retrouver Maja, avant qu'il ne soit trop tard.

La suite, à présent, tout le monde la connaît.

GASPARD

Marais rouges, septembre 2024

UNE FOIS SORTIS DE L'HÔPITAL, et en ayant, pour l'instant, fini avec la police locale, nous nous mettons en route sans attendre pour Varsovie, pressés de nous arracher à ce lieu. Quand la Dacia quitte enfin la forêt, je laisse échapper un soupir de soulagement, ayant redouté jusqu'au dernier moment que la force maléfique que je soupçonne d'y régner m'en empêche et m'y retienne prisonnier, comme elle l'a fait avec tant d'autres avant moi.

Au moment où nous franchissons la frontière invisible, Elena, qui est au volant, cesse de regarder la route et se tourne vers moi, une étrange lueur dans le regard. Comme si elle avait éprouvé les mêmes craintes que moi.

Sur le siège arrière, Lucie est sanglée dans son siège auto. Je la croyais endormie, mais, jetant un coup d'œil dans le rétroviseur intérieur, je constate qu'il n'en est rien et que ses yeux grands ouverts sont fixés sur moi. Elle semblait attendre que je me décide enfin à poser les miens sur elle.

À présent qu'elle me tient, elle me dévisage, sans ciller, et ne me lâche plus. Au bout de quelques secondes, je me dis : *Elle sait, elle voit ce que les autres ne voient pas. À elle, pas question de mentir.*

À elle, on ne la lui fait pas.

Le moment d'après, je suis complètement déstabilisé par cette clairvoyance que je prête à mon enfant. Le bleu nuit de ses yeux se met à couler sur ses joues et sur son front comme de la peinture trop diluée. Est-ce que tout va encore partir en vrille ? Si peu de temps après que le sol s'est à nouveau affermi sous mes pieds ?

Mais, l'instant qui suit, son visage d'ange se fend d'un large sourire édenté, plein de bienveillance, sous l'effet duquel mon angoisse s'évanouit en un éclair. Le bleu nuit retourne à sa place et tout rentre dans l'ordre. Soulagé plus qu'on ne saurait le dire, je rends son sourire à ma petite fille, pour ainsi dire il déborde de moi, comme s'il avait été trop longtemps comprimé.

On passe un moment ainsi à se regarder sans rien dire, l'air béat, simplement heureux d'être ensemble. Puis, quand elle en a assez de notre échange silencieux, sans façon, elle tourne ses yeux vers le paysage qui défile de l'autre côté de la fenêtre. Je me rabats alors sur Elena, qui, après notre bref échange de regards, a recommencé à fixer la route sans rien dire.

— Comment tu penses qu'elle jugera notre vie, plus tard ? je demande enfin, brisant le silence.

Le temps qu'elle réfléchisse à ce qu'elle va me répondre, tout est comme suspendu. Cela me semble si important, soudain, qu'elle dise ce qu'il faut et pas seulement les banalités d'usage…

— Pas si mal. Non, peut-être pas si mal, après tout.

Je souris.

— Et nous, qu'est-ce qu'on va faire, maintenant ?

Cette fois, elle était prête, et sa réponse vient sans attendre.

— Nous ? On va continuer.

Épilogue

Cinq mois plus tard

— MERCI D'ÊTRE VENUE SI VITE, Maja.

— Pas de problème, Marta. Ça avait l'air important, alors je ne me suis pas posé de questions.

Un mensonge, évidemment.

— Je ne crois pas que tu seras déçue.

Une fois à l'intérieur, elle se débarrasse de sa parka, me laissant tout loisir d'apprécier son changement de style. Elle a abandonné toute forme de sophistication citadine et n'a plus rien de la pasionaria *underground* que j'ai connue il n'y a pas si longtemps. Bottes crasseuses, jean, T-shirt noir informe, coupe mi-longue, sans teinture, approximative. Elle a l'air d'une cousine de la campagne, à présent, presque une caricature de ce qu'on s'attend à trouver dans un endroit pareil.

Un coup d'œil circulaire me suffit pour constater qu'en revanche, rien n'a changé à l'Auberge du loup, que tout est exactement resté tel qu'Alicja l'avait laissé. Cela me fait une drôle d'impression, de me retrouver à nouveau dans ce lieu où je n'ai plus mis les pieds depuis les événements, et où j'ai tant de souvenirs, même si tous ne sont pas bons, tant s'en faut.

— Je te sers un thé ?

— Volontiers.

Tandis que, debout derrière le bar, elle met en route la bouilloire, je demande :

— Il y a quelqu'un chez toi en ce moment ?

Elle se tourne vers moi.

— Un groupe de six personnes que nous avons récupéré hier au milieu des marais. Elles reprennent des forces deux ou trois jours, avant de partir pour l'Allemagne.

Remplissant les tasses, interprétant peut-être mal mon silence, elle ajoute :

— Je ne te prends pas en traître. Je t'avais prévenue que je ne venais pas ici pour jouer les aubergistes. Ou en tout cas, pas au sens habituel du terme. C'est la proximité avec la frontière qui m'intéressait. Moi et les gens avec qui je travaille.

— Ce n'était pas un reproche. Je posais juste la question.

Elle vient s'asseoir près de moi.

— En fait, c'est à cause d'eux que je t'ai fait venir, dit-elle, un peu rassurée.

Après m'avoir situé le contexte en quelques mots, Marta quitte la grande salle vide pour aller chercher Amid, un jeune homme d'une trentaine d'années qui a fui l'Afghanistan avec sa famille, qui a franchi la frontière biélorusse il y a moins d'une semaine, et que Marta a installé dans le bâtiment discret situé à l'arrière de la propriété.

Je me lève pour lui serrer la main quand il apparaît sur le seuil, aux côtés de mon amie. Il a l'air intimidé, mais moi non plus je n'en mène pas large. J'ai toujours peur de ne pas être à la hauteur, quand je rencontre quelqu'un qui est passé par l'horreur véritable.

Comme si je n'étais pas moi aussi passée par l'horreur véritable.

Une fois qu'il est installé, on se présente dans les règles. Ensuite, une minute passe avant qu'il parvienne à nous dire ce qu'il a sur le cœur.

— Vas-y, Amid, l'encourage Marta. Répète à Maja ce que tu m'as dit ce matin.

Je profite de son hésitation pour le détailler du regard. Traits tirés, maigreur de chat sauvage, cicatrices récentes au front et sur le cou. Pas de doute possible : ce par quoi il est passé l'a mis dans un sale état. J'espère juste que ce qui vient ne m'obligera pas à en savoir plus.

Quand enfin il se lance, dans un anglais hésitant, il parvient tout de suite à capter mon attention :

— Nous avons vu quelque chose d'étrange, moi et les autres.

Il semble en proie à la plus grande nervosité et se tord les mains. Je n'arrive pas à en détacher mon regard. C'est idiot, mais j'ai peur que ses doigts, qui ont l'air si fragiles, se brisent s'il continue à tirer dessus.

— Ça s'est passé une ou deux heures avant que tu nous trouves, Marta.

Il a besoin d'une pause avant de pouvoir reprendre.

— Il y avait une tête. Humaine. Il ne restait plus que de l'os. Elle dépassait du sol. Je veux dire que… le reste du corps était… enfoui sous la terre.

Nous échangeons un regard avec Marta.

— L'île des fous ? je demande dans un souffle.

— Non. Je ne crois pas. Ils ne sont pas passés par là. L'endroit est inaccessible à pied.

Me tournant à nouveau vers Amid, je constate qu'il semble encore plus dévasté qu'il ne l'était déjà à l'évocation de ce souvenir. Malgré toutes les horreurs par lesquelles cet homme est passé, celle-ci semble encore capable de lui faire impression. Peut-être s'en croyait-il à l'abri, de ce côté-ci du monde. Peut-être s'était-il fait une image un peu trop lisse du paradis.

Comme je l'avais fait avant lui, quoique dans un registre un peu différent.

— Je voulais que vous sachiez, finit-il par reprendre. Vous êtes d'ici. Vous saurez peut-être quoi faire.

— On n'a jamais retrouvé Irina, pas vrai ? demande Marta en me regardant.

Je confirme d'un mouvement de tête.

— La rumeur veut qu'après les événements, elle soit retournée dans son pays d'origine, en Ukraine. Mais c'est une information impossible à vérifier. Pourquoi, tu penses que ça pourrait être elle ?

— Vas-y, dit-elle en se tournant vers Amid. Raconte la suite de ton histoire.

La réponse tombe dans un souffle.

— Il restait un œil dans l'orbite.

Le détail me fait tressaillir.

— C'est cela qui m'a le plus impressionné, je crois. Il n'y avait plus rien, sur ce crâne. Plus de peau. Plus de chair. Il aurait pu être là depuis mille ans. Sauf qu'il y avait cet œil gris qui avait l'air de nous fixer.

L'œil de verre d'Irina. C'est comme si cet homme venait de me confirmer l'identité de la victime. Presque aussi sûrement que si son nom avait été écrit sur l'os en lettres de sang.

— Alors, oui, je lâche après avoir repris mon souffle. Il y a des chances pour que ce soit Irina. (Je m'adresse à nouveau à Amid :) Tu pourrais me décrire un peu plus précisément l'endroit où tu as vu cette… tête ?

Mais non. Il a beau essayer, il ne peut pas. Pour que les marais cessent d'être l'infinie répétition dans toutes les directions d'un motif identique, il faut y passer quelques années, ou au moins quelques mois. Amid n'a évidemment pas atteint ce stade. Ses tentatives pour m'éclairer s'éteignent dans un geste d'impuissance.

— Ce n'est pas grave, Amid, le rassure Marta. Ce que tu nous as dit nous aide déjà beaucoup. Pas vrai, Maja ?

Je confirme d'un hochement de tête.

— Désolé que tu sois tombé là-dessus. Ce n'est vraiment pas de chance. Ce n'est pas tout le temps comme ça, dans ce pays, tu sais…

Il me fait signe qu'il comprend, à moitié convaincu seulement, peut-être autant que moi, ou peut-être moins. Ensuite, nous lui proposons de rester un moment avec nous, mais il préfère rejoindre sa famille. Nous n'insistons pas et nous retrouvons à nouveau toutes les deux.

— Ils viennent d'où, ces gens que tu aides, au juste ?

— Syrie. Yémen. Soudan. Somalie. Tous les points chauds de la planète. Ça n'est pas ce qui manque.

— Comment sont-ils arrivés là ? Si loin de chez eux. Atteindre la frontière polono-biélorusse, ça représente déjà un sacré voyage…

— Ils ont été acheminés par avion par des régimes hostiles à l'Europe. Biélorussie. Russie. Turquie. Pour eux, ce ne sont pas des hommes. Ce sont des armes.

— Comment ils passent, alors ? Il y a un mur, non ?

— Pas encore partout. La frontière s'étend sur des centaines de kilomètres, tu sais. C'est difficile de la sécuriser complètement. Et puis, les gardes-frontières biélorusses donnent un coup de main, enfin, façon de parler. En fait, ils se comportent comme une filière d'immigration clandestine mafieuse. Ils tabassent les gens. Ils les droguent pour qu'ils n'aient pas peur de passer à l'assaut. Ils les rançonnent, aussi. Ils se font un fric monstre dans cette histoire, tout en servant la vision de leurs dirigeants. Tout le monde y gagne. Sauf les migrants, bien sûr.

— Qu'est-ce qu'on va faire ? je demande, pensive. Je veux dire, concernant cette histoire de tête.

— Je ne sais pas. Essayer de la retrouver à partir de ce qu'il nous a dit, j'imagine. Après… on verra bien.

Dans le marais, à cette saison, le vent souffle en permanence et sa froideur pénètre jusqu'au cœur des os. Avec le temps, j'avais presque oublié l'effet qu'il faisait. Enfin, je crois que mon corps, lui, se rappelait. Je l'ai senti se réajuster presque tout de suite quand il s'est retrouvé en situation. Non, décidément, lui n'a rien oublié.

Nous avons quitté la *działka* aux aurores, et marchons depuis deux heures en direction de l'endroit où Marta a retrouvé Amid et les siens. À un moment donné, elle ressent le besoin de briser le silence qui s'est installé entre nous.

— Alors, ça se passe bien, avec Tadzio et l'enfant ?

— Oui. On a tourné la page. Je crois qu'on n'est pas loin d'avoir remonté la pente. Je crois même qu'on s'en sort bien, pour le moment.

— Ça n'a pas dû être facile, après ce par quoi vous êtes passés.

Me voyant sans réaction, et soucieuse de ne pas déclencher chez moi une émotion qu'elle ne pourrait pas contrôler, elle enchaîne aussitôt :

— Tadzio sait où tu es ?

— Tu plaisantes ? Il ne m'aurait jamais laissé venir…

Après une pause, j'ajoute :

— D'ailleurs, je ne te cache pas que jusqu'au bout, j'ai douté d'être capable de remettre un pied ici. Jusqu'au bout, j'ai cru que quelque chose en moi s'y opposerait.

Elle hoche la tête pour me signifier qu'elle comprend.

— Et Alicja ? Tu as de ses nouvelles ?

— Pas récemment. La dernière fois que j'en ai eu, elle vivait dans un village de Papouasie. Aussi loin qu'on peut l'être d'ici.

— Pauvre fille. Ce qui lui est arrivé est vraiment moche. Enfin, je suis contente qu'elle m'ait laissée garder l'auberge.

— Je ne crois pas qu'elle viendra te la réclamer. Ici, pour elle, c'est fini.

Suivent quelques minutes de silence. Quand Marta finit par le rompre, ce n'est pas pour parler, mais pour chanter. Doucement, d'abord, puis de plus en plus fort :

— *Obława, obława na młode wilki obława*

Te dzikie zapalczywe, w gęstym lesie wychowane…

Quand elle a terminé, elle me dit :

— Une chanson sur les loups. Et ceux qui leur donnent la chasse. Infiniment triste. Mais tu me connais, tu sais que je n'aime que la musique déprimante, ça ne date pas d'hier…

Puis elle recommence la chanson depuis le début, les yeux dans le vague, comme pour elle-même. Pour la seconde fois depuis que je suis de retour ici, je repense à cette balade avec Alicja, la fois où nous avions entendu les loups, et je sens mon cœur qui se serre.

Ce jour-là, nous n'avons pas trouvé le crâne. Têtue, j'y suis retournée le lendemain, avec Marta. Puis le surlendemain, seule. Toujours sans succès. C'est à peine croyable. Je ne m'explique pas bien comment c'est possible. Il faut croire que ces gens qui l'ont vue, et qui ont sans doute atteint l'Allemagne à présent, pour y commencer une autre vie ou au moins essayer, ont dû, à force de vouloir se dérober aux regards, s'aventurer là où personne d'autre ne va jamais. Sous l'effet de la fatigue, j'en arrive même à me demander si c'était en territoire humain, ou s'il s'agissait déjà d'autre chose.

Le cœur lourd, je finis par abandonner la partie. Il m'est d'autant plus difficile de m'y résoudre que, malgré mes tentatives pour nier l'évidence, je sais à qui appartient cette tête. Cet œil de verre ne laisse pas vraiment de place au doute. Irina a probablement fini sa vie enfouie dans les marais.

Pour elle, contrairement à Alicja, il n'y a pas eu de *happy end*. L'aube venue, les corbeaux lui ont arraché le visage sans qu'elle puisse faire un geste pour se défendre. Ils l'ont bouffée vivante. Les vers se sont chargés du reste. Elle a payé ses fautes au prix fort.

Est-ce un hasard qu'elle soit morte en subissant le supplice qu'elle avait infligé à mon amie ? Faut-il voir dans cet effet de symétrie une simple coïncidence ? Difficile à croire. Quelqu'un a voulu la venger. Et peut-être, qui sait, me venger moi aussi, par la même occasion.

Mais qui ?

Je pourrais poser la question à Tadzio. Lui saurait peut-être. Ou à Elena, même si, dès qu'on évoque cette histoire en sa présence, elle se mure dans un silence de plomb. Mais je ne le ferai pas. Cette fois, je ne briserai plus le pacte. Cela m'a coûté trop cher, la dernière fois que j'ai pris ce risque.

Oui. J'en ai fini avec cette histoire. Et avec cet endroit qui l'a rendue possible. Après cette ultime et vaine équipée, je n'y mettrai plus les pieds. Ceci est ma dernière visite. J'ai mis le temps, mais j'ai fini par comprendre : il n'y a rien pour moi ici. Ni sans doute pour personne. Les Marais rouges peuvent bien partir en fumée quand passera le prochain incendie : à présent, ce ne sont plus mes affaires.

J'ignore pourquoi la mort d'Irina me perturbe autant, après ce qu'elle m'a fait. Après ce qu'elle nous a fait. J'imagine que sa fin tragique était dans l'ordre des choses. En un sens, sur ce point au moins, Witek Klossowski n'avait pas tort quand il disait qu'ici, tout revient toujours. Surtout le pire.

Pour le reste, c'est étrange quand on y pense que ce soit, une fois que tout est consumé, le vide que la raison n'arrive pas à remplir qui alimente les mauvais rêves avec le plus d'insistance.

Personnages

Pavel Wronski : ex-dignitaire du régime communiste, alias le consul rouge, alias le roi des marais
Maja Wilka : ex-militante féministe, a quitté Varsovie pour mener une vie plus tranquille dans les Marais rouges
Irina Igorenko : originaire d'Ukraine, probable *szeptucha*, vit avec Pavel Wronski
Alicja Zembron : patronne de l'Auberge du loup, amie de Maja
Tadzio Sikora : amant de Maja
Kuba : ancien héros de Solidarność, ami de Maja, d'Alicja et de Gaspard
Gaspard : originaire de France, vit avec Elena Wronski
Elena Wronski : fille de Pavel Wronski, vit avec Gaspard
Kasper Frankowski : jeune *kibol*, sort de prison au moment où commence le roman
Witek Klossowski : ami d'enfance de Pavel, ancien membre de la résistance polonaise
Milena Stegovic : originaire d'ex-Yougoslavie, ex-amante de Kuba
Marta : amie de Maja
Jacek Kaminski : chef de la police de Goniądz
Léonora : fille de Maja et de Tadzio
Mirek Żelazny : fermier, habitant des Marais rouges

Andrzej Leszinski : ancien partisan, a été emprisonné et torturé dans la prison de Mokotów après avoir résisté aux nazis puis aux communistes

Ewa Wronski : fille de Pavel, sœur d'Elena

Glossaire

AK : Armia Krajowa, armée de l'intérieur, plus important mouvement de résistance polonais sous l'occupation allemande et soviétique

Bar mleczny : littéralement, bar à lait, restaurant bon marché servant de la cuisine traditionnelle polonaise, et pas d'alcool

Barszcz Sosnowskiego : berce de Sosnowski, plante dégageant des toxines pouvant provoquer de graves brûlures

Bimber : eau-de-vie produite de façon artisanale

Błysk : éclair

Bolek : nom d'un personnage de dessin animé célèbre en Pologne, et nom de code que Lech Wałęsa aurait utilisé dans ses prétendues activités d'informateur du régime communiste

Brzeg : rive

Chmura : nuage

Cześć : salut

Dbaj o siebie : prends soin de toi

Deszcz : pluie

Dibbouk : démon de la mythologie juive

Do widzenia : au revoir

Drzewo : bois

Działka : chalet généralement utilisé comme résidence secondaire

Dzień dobry : bonjour

Fajki : cigarettes en argot, clopes
Grzmot : tonnerre
Hachłacki : dialecte pratiqué au nord-est de la Pologne
Herbata ou herbatka : thé
Inka : marque de chicorée
Jeszcze raz : veuillez répéter
Kasza : gruau, fréquemment servi en accompagnement des plats polonais
Kaszanka : boudin noir
Kiełbasa : saucisse
Kibol : version polonaise du hooligan britannique
Kino : cinéma
Kolonia : bourgade
Knajpa : taverne
Kożuch : manteau de peau à col en fourrure
Księżyc : lune
Kotlet schabowy : escalope de porc panée, plat le plus populaire de Pologne
Kuna : fouine
Kurki : girolles
Kurwa : putain
Makowiec : gâteau aux graines de pavot
Mgła : brouillard
Morsowania : plongée en eau glacée
Pan : monsieur
Pani : madame
Placek po węgiersku : littéralement galette à la hongroise, galette de pommes de terre servie avec du goulash
Salceson : sorte de pâté à base langue, bajoues, couenne et foie de porc
Sejm : parlement polonais
Smalec : saindoux
Śnieg : neige
Stodoła : grange
Strajk Kobiet : grève des femmes, mouvement de protestation commencé en 2016, initialement dirigé contre un projet de loi visant à

restreindre le droit à l'avortement, avant de s'étendre peu à peu à d'autres revendications

Szczyt : sommet

Szeptucha : littéralement, « celle qui murmure », guérisseuses ou sorcières, selon les points de vue, encore en activité au nord-est de la Pologne

Teleranek : émission pour enfants diffusée dans les années quatre-vingt

Towarzysz : camarade

Trzymaj się : prends soin de toi

Tworki : célèbre hôpital psychiatrique situé au sud-ouest de Varsovie

UB : Urząd Bezpieczeństwa, bureau de la sécurité sous la république populaire, devenu SB, Służba Bezpieczeństwa, service de sécurité, à partir de 1956

Ubek : membre de l'UB

Wiatr : vent

Wisła : la Vistule

Witaj : bienvenue

Zapiekanka : demi-baguette couverte de fromage fondu et de champignons, plat bon marché très populaire en Pologne

Złoty : unité monétaire de la Pologne

Żurek : soupe aigre à base de farine de seigle fermentée, de légumes divers, avec en plus des lardons fumés ou des œufs durs

Extraits de chansons

Po co wam wolność ?

« À quoi bon votre liberté ? »

(Titre d'un morceau célèbre du groupe Kult)

Obława, obława na młode wilki obława

Chasse, chasse aux jeunes loups, chasse

Te dzikie zapalczywe, w gęstym lesie wychowane

Ces loups sauvages et impétueux, élevés dans la forêt dense

Krąg śniegu wydeptany, w tym kręgu plama krwawa

Un cercle de neige piétiné, une tache sanglante dans ce cercle

Ciała wilcze kłami gończych psów szarpane !

Des corps de loups déchirés par les crocs des chiens de chasse

(Extrait d'« Obława », chanson de Jacek Kaczmarski)

RÉALISATION : NORD COMPO À VILLENEUVE-D'ASCQ
ACHEVÉ D'IMPRIMER SUR ROTO-PAGE
PAR L'IMPRIMERIE FLOCH À MAYENNE
DÉPÔT LÉGAL : JUIN 2025. N° 159072 (107177)
IMPRIMÉ EN FRANCE